Raum 043a

»Die Phantastik«, sagte Professor Hieronymus C. Welk, »ist eine ernst zu nehmende Wissenschaft wie jede andere auch.«

Er machte eine Pause, um sich zu sammeln. Der Vortrag strengte ihn heute ungemein an, obwohl er erst seit fünf Minuten redete. Ein so großes Publikum war er nicht mehr gewohnt: Ganze zwölf Studenten – der Professor hatte sie bei seinem Eintreten mit wachsender Beunruhigung gezählt – hielten die letzten beiden Reihen besetzt und erweckten ernsthaft den Eindruck, an einer phantastischen Lehrveranstaltung teilnehmen zu wollen.

Kurz hatte Professor Welk erwogen, die Vorlesung aufgrund des überfüllten Hörsaales abzubrechen.

Wobei *Hörsaal* eine etwas übertriebene Bezeichnung für den bescheidenen Raum war, den man dem Professor aus *organisatorischen Gründen* zugewiesen hatte, nachdem das Institut für Phantastik den Negativrekord von weniger als fünf ordnungsgemäß eingeschriebenen Studenten erreicht hatte. Ganz zu schweigen von der geringen Zahl derer, die tatsächlich ihren Abschluss machten. Die letzte phantastische Dissertation war vor mehr als dreiundzwanzig Jahren am Institut eingereicht worden und hatte den vielversprechenden Titel getragen: ›Das Problem der stilistischen Kontinuität bei zwergischen Artefakten der proto- und hochklassischen Epoche‹. Mittlerweile betrieb ihr Verfasser einen mäßig erfolgreichen Imbissstand vor dem Bahnhof.

»Keineswegs darf es sich die Phantastik, entgegen einer vielleicht populären Vorstellung, erlauben, willkürlichen Spekulationen Raum zu geben.«

Der Professor hatte sich nicht beschwert, als man ihn und sein Institut in den Raum 043a abgeschoben hatte, jenen fensterlosen, in den Katakomben des Universitätskellers gelegenen Raum 043a mit seinen altmodischen, wurmstichigen Stuhlreihen, den dunklen Wandvertäfelungen aus Eichenholz, dem vergilbten Transparent mit Dr. Rettelbecks ›Überblick über die Fünf Hauptklassen der Fabeltiere‹ und dem ewig flackernden Deckenlicht.

Niemals waren in diesem Raum Worte wie *Beamer* oder *Power-Point-Präsentation* erklungen. Handys hatten kein Netz.

Ohne die zusätzliche Belegung des Tutoriums ›Rote Fäden: Orientierung in Labyrinthen I‹ war Hörsaal 043a kaum zu finden*. Der Legende nach bleichten im universitären Untergrund noch immer die Knochen zahlloser Erstsemester, die auf dem Weg verschollen gegangen waren. Diese wahrscheinlich ein wenig übertriebenen Gerüchte hatten am Rückgang der Zahl neuer Studienbewerber aber wohl weniger Anteil als die prekären Berufsmöglichkeiten, die ein Studium der Phantastik in Aussicht stellte.

Professor Welk störte dies alles wenig. Im Gegenteil. Es entsprach sogar genau seinen eigenen Ansichten über das Wesen der akademischen Phantastik.

Phantastische Lehrveranstaltungen bekamen in diesem Rahmen etwas Geheimbündlerisches, Verschworenes. Es gab die *Phantastik* und es gab *die Welt da draußen*. Dazwischen klaffte ein tiefer Graben.

---

* Die Veranstaltung fand ebenfalls in 043a statt – eine zugegeben etwas problematische Raumbelegung.

Drinnen eine Handvoll hochspezialisierter Gelehrter, *draußen* der … unbestimmte Rest. (Obwohl von einer *Handvoll* zuletzt vor siebenunddreißig Jahren hatte gesprochen werden können, beim Großen 8. Internationalen Kongress der Phantastik.)

Die heutige Lehrveranstaltung grenzte dagegen an Massenhysterie – zwölf Studenten: in einer einzigen Phantastikvorlesung!

»Um es mit einem Wort des großen Phantastikforschers Ludowig zu sagen: Der Phantastiker ist mitnichten ein Phantast.«

Professor Welk hatte das Gefühl, als ließe er eine Schar buntgeflügelter Blumenelfen in einem unterkühlten Labor für anatomische Experimente frei.

»Zu Beginn meiner Vorlesung möchte ich zunächst einige Werke nennen, die als absolute Basisbibliothek anzuschaffen ich Ihnen dringend rate. Die meisten oder alle der genannten Werke sind selbstverständlich nicht mehr als Neuauflagen erhältlich, dürften jedoch in gut sortierten Antiquariaten zu bekommen sein.«

Einer der Studenten hob den Arm. Im ersten Augenblick dachte der Professor, der junge Mann wolle seiner Nachbarin etwas an der Decke zeigen, bevor ihm klar wurde: Er *meldete* sich. Das war eine Ausnahmesituation, die in diesem Hörsaal seit 1973 nicht mehr vorgekommen war.

Professor Welk beschloss, den Vorfall zu ignorieren.

»Zunächst Höltins Standardwerk ›Über das Wunderbare‹«, fuhr er fort, »weiterhin Schleedorns Schrift über Zwerge mit dem Titel ›Die Unterirdischen‹, ergänzend dazu selbstverständlich die von Doktor Diecksen herausgegebenen ›Beiträge zur Geschichte der Feen und Elfen‹ …«

»Entschuldigung.«

Der Professor brach ab und räusperte sich.

Der junge Mann senkte den Arm.

»Ist das hier die ergänzende Übung C1 zum Modul Marktforschungsstatistik I?«

»Ähm«, sagte Professor Welk, »nein. Das ist meine Vorlesung über Trolle.«

Diese Mitteilung sorgte für einige Unruhe.

Einer der Studenten, der bis eben noch sorgfältig mitgeschrieben hatte, riss eine Seite aus seinem Heft und zerknüllte sie.

Die Mehrheit der Anwesenden erhob sich gleichzeitig und verließ den Hörsaal.

Eine Zeit lang waren noch Schritte, Stimmen und vereinzeltes Lachen auf dem Gang zu hören, dann wurde es still.

Professor Welk atmete befreit auf.

Ein Irrtum, Beginn des Semesters, uninformierte Studienanfänger. Das kam vor, wenn auch glücklicherweise ausgesprochen selten.

Ob die jungen Leute rechtzeitig zu ihrer Übung C1 zum Modul I kommen würden, durfte bezweifelt werden. Möglicherweise würden sie nicht einmal pünktlich an den Abschlussklausuren zum Ende des Semesters teilnehmen können, wenn sie nicht durch puren Zufall den Ausgang aus den Katakomben fanden.

»... Wachobels ausgezeichnete Monografie ›Nebenwelten‹«, nahm der Professor seinen Vortrag wieder auf, »sowie Schlögels Lexikon phantastischer Grundbegriffe. Für die aktuelle Vorlesung empfehle ich die Anschaffung der folgenden Titel ...«

Ein einzelner Student saß noch einsam in der Mitte des Hörsaales, aber daran gab es nichts auszusetzen. Er hatte bereits an allen Phantastikvorlesungen der letzten Jahre teilgenommen und gehörte inzwischen sozusagen zum vertrauten Inventar von Raum 043a.

Bislang war er höchstens durch stumme Anwesenheit aufgefallen und hatte den Dozenten auch mit plumpen Versuchen persönlicher Kontaktaufnahme verschont.

Professor Welk kannte seinen Namen zwar nicht, aber der junge Mann war ihm sympathisch. Er schien ähnlich über den Begriff *Privatsphäre* zu denken, wie der Professor selbst: dass nämlich *Privatsphäre* einen kugelförmigen Körper mit einem Radius von mehreren Kilometern bezeichne, in dessen Mitte sich ungestört ein einzelnes Individuum aufhielt.

»Nach diesen allgemeinen Ausführungen möchte ich nun mit meiner Vorlesung über Trolle beginnen«, fuhr der Professor fort, und als sein Blick den Studenten kurz streifte, dachte er: ›Alles was recht ist, aber der könnte fast selbst als Troll durchgehen, so wie er aussieht …‹

Theodor – so hieß der einsame Student, der nach Meinung des Professors so entschieden trollartig aussah – Theodor besaß einen gewissen Hang zur Schwermütigkeit.

Einerseits war dies auf sein Körpergewicht zurückzuführen:

Er hatte entschieden zu viel davon und es zog ihn nachdrücklich abwärts. Ohne Weiteres hätte es für zwei bis drei Menschen oder einen gut genährten Steintroll gereicht.

Der andere Grund für Theodors eher verhaltenen Enthusiasmus hing mit seinen stagnierenden Karriereplänen zusammen, wobei von Karriereplänen im eigentlichen Sinne nicht die Rede sein konnte.

Auf die Frage, was er nach dem Studium machen wolle, pflegte er zu antworten: »Frag mich lieber, was ich *nicht* machen will.«

Allerspätestens jenseits des 15. Semesters hatte diese Antwort nichts mehr mit Humor zu tun, nicht einmal mit schwarzem. Aber es fragte ihn auch niemand mehr. Die stummen, kopfschüttelnden Blicke, mit denen man ihn stattdessen bedachte, deuteten an, dass man über seine berufliche Zukunft, beziehungsweise deren Nichtvorhandensein, hinreichend Bescheid wusste.

Als er sich vor Jahren für sein Studium entschieden hatte, war er sich selbstverständlich darüber im Klaren gewesen, dass der Arbeitsmarkt nur begrenzte Aufnahmekapazitäten für Phantastiker bereithielt. Was so nicht ganz stimmte. Der Arbeitsmarkt hatte nicht bloß *begrenzte* Aufnahmekapazitäten, er hatte *überhaupt keine.*

Natürlich gab es Alternativen des Quereinstiegs. Die hatte er während eines inzwischen siebzehn Semester zurückliegenden Praktikums beim Bahnhofsimbiss kennengelernt, dessen Besitzer einen Doktorgrad in Phantastik besaß und großartige Vorträge über die »performativen Rahmenbedingungen mündlicher Epentradierung am Hof des Elfenkönigs Halfar III« halten konnte, während er Pommes frittierte und Buletten brutzelte.

Seit dieser Erfahrung war der Student zu jener Sache auf Distanz gegangen, die man *da draußen* die *wirkliche Welt* nannte. Er betrieb die Phantastik um der Phantastik willen. La phantastique pour la phantastique, sozusagen, ein finanziell nur mäßig rentables Geschäftsmodell.

Jetzt allerdings hatte die Wirklichkeit nicht bloß zaghaft, sondern lautstark mit der Faust bei ihm angeklopft, und zwar in Form eines Briefes, der bedrückend real auf dem Tisch in seiner kleinen Studentenbude lag.

Er hatte gleich ein schlechtes Gefühl gehabt, als er von der Vorlesung nach Hause gekommen war und den Brief in der Post gefunden hatte.

Er hätte ihn einfach ignorieren sollen.

War es dafür schon zu spät?

Theodor stellte sich vor, wie er den Brief zusammenfaltete und in dem Kuvert verstaute, es sorgfältig verklebte und wieder in den Briefkasten steckte, in seine Wohnung zurückkehrte, die Tür verschloss und sich in seine phantastische Bibliothek vertiefte. Er sah sich im Zeitraffer am Schreibtisch sitzen, sah seinen Bart und seine Haare wachsen und langsam grau werden, während die nächsten 45 Semester wie im Flug verstrichen und der Briefkasten mit den aktuellen Einkaufstipps überquoll, die tief unter sich den verhängnisvollen Brief begruben, wie drei Meter Erde einen geschwätzigen Zeugen, der zu viel wusste.

Eine verlockende (wenn auch etwas mafiöse) Vorstellung, die nur leider aller Voraussicht nach so nicht funktionieren würde.

Der Student seufzte.

Er las den Brief noch einmal (er kam vom Studiensekretariat):

»Sehr geehrte/r Frau/Herr (Unzutreffendes streichen), wir bedauern Ihnen mitteilen zu müssen, dass das von Ihnen belegte Studienfach an unserer Universität nicht länger angeboten werden kann. Wir wünschen Ihnen für Ihre Zukunft jedoch alles Gute und hoffen ...«

Theodor, Exstudent der Phantastik, ließ sich mutlos auf sein Sofa sinken und ächzte unter dem Gewicht der sogenannten *wirklichen Welt* (und seinem eigenen).

»Freut mich, Sie kennenzulernen«, sagte der Universitätsdirektor und reichte Professor Welk jovial die Hand, wobei er leicht in die Knie gehen musste.

Insgeheim dachte er: Meine Güte, er sieht fast selbst wie eine seiner Märchengestalten aus, mit seinem verhutzelten Gesicht und dem krausen Ziegenbärtchen, beinahe wie ein ... na ja wie ein, ähm, Gnom oder so.

Der Direktor der Universität war sehr erstaunt gewesen zu erfahren, dass es an seiner Hochschule allen Ernstes ein Institut für Phantastik gab. Er hatte das immer für einen Witz gehalten, eine Bezeichnung für Studiengänge, deren Absolventen später höchstens in ihrer Phantasie Geld verdienten, z. B. die Geisteswissenschaften.

Nicht weniger hatte es ihn überrascht, dass Professor Hieronymus C. Welk, die beliebte akademische Sagengestalt, offenbar tatsächlich existierte.

Schon zur Studienzeit des Direktors hatte man scherzhaft über Langzeitstudenten jenseits des 20. Semesters gesagt, sie/er *promoviere bei Professor Welk.*

»Ich habe noch eine Vorlesung bei Professor Welk« bedeutete dagegen soviel wie *Schwänzen.*

Wie alt mag er wohl sein?, dachte der Direktor, als er jetzt in das ausgesprochen gnomige und von Faltenschluchten zerfurchte Gesicht des Phantastikdozenten blickte, hundert Jahre, zweihundert?

Erst vor kurzem hatte der Direktor spaßeshalber auf einer Sitzung über den Haushalt des nächsten Quartals gesagt: »Zur Not können wir ja immer noch das Budget des phantastischen Instituts kürzen.«

Alle hatten herzlich gelacht, besonders die Betriebswirtschaftler.

Wenig später hatte er dann einen Brief aus dem Bildungsministerium bekommen, in dem die Auflösung des Instituts für Phantastik bekanntgegeben wurde, eine *bedauerliche, aber sparpolitisch alternativlose Maßnahme,* wie man sich vonseiten des Ministeriums ausdrückte.

Daraufhin hatte der Direktor ein wenig nachgeforscht und erfahren, dass das Institut für Phantastik 1807 unter der Leitung von Professor Dr. Johann Friedrich Wippel gegründet worden war und in diesem Gründungsjahr 5 Dozenten bei 89 ordnungsgemäß immatrikulierten Studenten beschäftigt hatte.

Die aktuellen Zahlen waren noch übersichtlicher: Es gab 1 Dozenten und 1 Studenten.

Und jetzt stand Professor Hieronymus C. Welk im geräumigen Büro des Direktors und warf ihm mit seinen kleinen, unruhig hin und her schweifenden Augen misstrauische Blicke zu.

Während er die Hand des Professors schüttelte, eine faltige, winzige Kinderhand, beschlich den Direktor ein merkwürdiges Gefühl.

Es ist ungefähr so, dachte er, als begegne man dem Osterhasen, lange Jahre, nachdem man es aufgegeben hat, an seine Existenz zu glauben. Und müsse ihm nun begreiflich machen, dass man zu dem Schluss gekommen sei, in Zukunft auf seine Dienste verzichten zu können.

Professor Welks Sprechzimmer befand sich wie Raum 043a im Universitätskeller und diente gleichzeitig als Rumpel- und Abstellkammer für den Hausmeister.

Der Hinweis an der Tür, demzufolge sich der Dozent dort *freitags von 16–18 Uhr* aufhielt, war eher als Bezugnahme auf ein rein fiktives Datum zu lesen. In Wirklichkeit war er dort so gut wie nie anwesend, jedenfalls nicht mehr, seit ihn dort immer häufiger (in den letzten fünfzehn Jahren genau drei Mal) schlecht beratene Studienanfänger aufgesucht und gefragt hatten, ob das Phantastikstudium auch die Auseinandersetzung mit ›Sachen wie Außerirdischen, Zombiefilmen oder *MMORPG's*‹ beinhalte.

Professor Welk hatte nicht die leiseste Ahnung, um was es sich bei einem *MMORPG* handelte, und das war seiner Ansicht nach auch gut so.

Nun räumte er sein Sprechzimmer aus.

So weit ist es also gekommen, dachte er. Wenn man meint, ohne mich auskommen zu können: Bitte. Ich dränge mich nicht auf.

Seiner Meinung nach war es nicht wichtig, vor wie vielen Studenten er las, es war nicht einmal notwendig, dass überhaupt jemand anwesend war (außer ihm selbst, natürlich), aber *dass* er las, dass überhaupt jemand *weitermachte*, darauf kam es an. Diese zugegebenermaßen etwas abstrakte Theorie einem praktisch denkenden Menschen wie dem Direktor nahebringen zu wollen, war natürlich ein völlig aussichtsloses Unterfangen gewesen.

»Ein kompetenter Wissenschaftler wie Sie findet doch jederzeit eine neue Stellung«, hatte der Direktor gesagt.

»Ja, ha«, hatte Professor Welk geantwortet, »ich habe gehört, der Imbiss am Bahnhof sucht noch eine Aushilfskraft.«

»Und wie ist es mit Pensionierung?«, hatte der Direktor gefragt. »Sie sind doch sicher alt genug, um in Rente gehen zu können.«

»Junger Mann«, hatte der Professor entgegnet (der Direktor war dreiundsechzig Jahre alt) und ihn durch seinen Kneifer angefunkelt, »es geht hier doch nicht um mich. Ich weiß nicht, ob Sie sich darüber im Klaren sind, dass das hiesige Institut für Phantastik das letzte seiner Art ist. Wenn es geschlossen wird, ist das das Ende der akademischen Phantastik. Können Sie sich vorstellen, was das bedeutet?«

Das konnte und wollte der Direktor offensichtlich nicht, der an diesem Tag auch noch einige andere wichtige (um nicht zu sagen: wichtigere) Termine hatte. Zum Abschied wünschte er dem Professor herzlich »Alles Gute für die Zukunft und einen glücklichen Einstieg in den neuen Lebensabschnitt«.

Neuer Lebensabschnitt!

Der Professor schnaubte unwillig.

Er blätterte flüchtig durch einige Ordner mit Vorlesungsunterlagen und anderen Dokumenten, die sich im Laufe seiner Lehrtätigkeit angesammelt hatten.

Ein einzelnes, loses Blatt fiel aus einem der Ordner. Professor Welk hob es auf und erkannte, dass es sich um eine Übersichtskarte der *Fernen Länder* handelte.

Als er genauer hinsah, stutzte er. Etwas war seltsam an dieser Karte. Auf den ersten Blick ähnelte sie genau derjenigen aus Adelbergs ›Atlas der Fernen Länder nebst einem Register‹, doch bei näherer Betrachtung …

Der Professor faltete die Karte zusammen und steckte sie in seine Hemdtasche, in der Absicht, der Sache zu Hause in Ruhe nachzugehen.

»So«, sagte er und sah sich ein letztes Mal in seinem ehemaligen Sprechzimmer um, »das war es dann wohl.«

Ein neuer Lebensabschnitt begann.

Es war Abend geworden. Theodor ging unruhig in seiner Wohnung auf und ab.

Was sollte er tun?

Sollte er etwas tun?

Konnte er etwas tun?

Täte er etwas können sollen?

Seine Gedanken verwirrten und verknoteten sich.

Er nahm Platz und versuchte ein wenig in Gremms ›Kompendium der Illusionsmagie‹ zu lesen, aber es hatte keinen Zweck.

Seit es das Institut für Phantastik nicht mehr gab, war die Zukunft zu einer Größe geworden, die ihn unmittelbar betraf.

Theodor ging ans Fenster und sah in die Dunkelheit hinaus. Schnee lag wie weißes, unbeschriebenes Papier auf den Straßen.

Das Telefon klingelte.

Professor Welk lauschte dem Klingelzeichen und trommelte mit den Fingern auf dem Telefontischchen.

Nach dem zwölften Mal legte er auf.

Offensichtlich war der junge Mann nicht zu Hause.

Der Professor kehrte in sein Arbeitszimmer zurück. Sein ganzer Körper vibrierte vor wissenschaftlicher Energie.

Höchst unerwartete Wendung des Schicksals, dachte er.

Ausgerechnet in dem Moment, in dem eine bedauerlich kurzsichtige Bildungspolitik der altehrwürdigen phantastischen Wissenschaft den finalen Stoß versetzt hatte, war er auf den entscheidenden Hinweis gestoßen, der ihn, Professor Hieronymus C. Welk, geradewegs zur größten Entdeckung in der Geschichte seines Faches geführt hatte.

Nein, korrigierte sich der Professor, keine falsche Bescheidenheit.

Was dort in seinem Arbeitszimmer auf dem Schreibtisch lag, umgeben von hohen Bücherstapeln, zwischen deren Seiten Hunderte von beschriebenen kleinen Notizzetteln hervorragten, war nicht nur die größte Entdeckung in der Geschichte phantastischer Forschung, es war darüber hinaus die größte Entdeckung in der Geschichte der Menschheit überhaupt. Da konnte es keine zwei Meinungen geben.

Und er war fast durch reinen Zufall darauf gestoßen.

Der erste Gedanke, der ihn auf die richtige Spur gebracht hatte, war ihm auf dem Nachhauseweg gekommen, als er die Straßennamen auf den Schildern gelesen hatte. Der Rest war wissenschaftliche Routinearbeit gewesen.

Er blätterte aufgeregt in Adelbergs ›Atlas der Fernen Länder nebst einem Register‹ (der Professor besaß selbstverständlich die Erstausgabe von 1814) und nahm vergleichend noch einmal die Karte zur Hand, die er in seinem Sprechzimmer gefunden hatte. Es passte alles zusammen, besonders, wenn man Adelbergs mysteriöses Verschwinden im Juli 1817 berücksichtigte.

Jetzt kam es nur noch darauf an, die Sache richtig anzugehen.

Eine Expedition musste ausgerüstet werden.

Die Finanzierung dürfte sich schwierig gestalten, mit großindustriellem Sponsoring war nicht zu rechnen. Allerdings hielt es der Professor ohnehin für angebracht, die Öffentlichkeit fürs Erste auszuschließen, was angesichts des totalen Desinteresses, das die breite Öffentlichkeit der Phantastik entgegenbrachte, auch nicht weiter problematisch sein sollte.

Also, hatte sich Professor Welk gesagt, wer kommt infrage?

Ich.

Das war schon mal einer.

Und sonst?

Da wurde es schon schwieriger.

Dann erinnerte er sich an etwas, das der Direktor gesagt hatte: *Einen* gab es also zumindest noch. Und er hatte ihn ja auch selbst in den Lehrveranstaltungen der letzten Jahre immer wieder gesehen.

Danach hatte der Professor telefoniert, was ein reichlich entnervendes Unterfangen gewesen war, denn die Universitätssekretärin am anderen Ende der Leitung hatte sich vehement geweigert, die Tatsache seiner Existenz anzuerkennen.

»Professor Welk?«, hatte sie sarkastisch gesagt. »Ja klar! Und hier ist die Feenkönigin!«

Schließlich hatte er die gewünschte Information aber doch bekommen.

Einen Namen und eine Telefonnummer.

Bei dem Namen hatte er gestutzt.

»Sind Sie sicher, dass das stimmt? Nein … ja … ja, ich finde auch, dass ich schon genug von Ihrer kostbaren Zeit mit meinen *Phantastereien* gestohlen habe. Ja, nein. Wiederhören.«

Die Sache mit dem Namen blieb merkwürdig. Aber es konnte auch ein Zufall sein.

Gegenwärtig war anderes wichtiger.

Professor Welk rieb sich die Hände und wandte sich wieder der Karte zu.

Theodor kaute am Ende des Bleistifts. Vor ihm lag sein *Curriculum vitae.*

Immerhin schien es ihm geraten, sich jetzt, zum Ende seines Phantastikstudiums, ein paar Gedanken um das beruflich Nächstliegende zu machen.

So wie es aussah, bestand das beruflich Nächstliegende in seinem Fall aus einer hohen Mauer und einem Schild mit der Aufschrift: Geschlossene Gesellschaft.

Lebenslauf

27 Semester Studium der Phantastik, ohne Abschluss
Praktikum beim Imbiss am Bahnhof

Theodor starrte auf das brutal leere Blatt hinab.

Nach einer Weile fügte er hinzu:

Siebter Platz beim Dosenwerfen auf dem Schulfest in der dritten Klasse.

Und noch etwas später:

Meine Lieblingsfarbe ist Blau.
Oder Grau.
Vielleicht eher Graublau.

Nun, das ging doch gar nicht so schlecht. Das Blatt füllte sich.

Das Telefon klingelte.

Theodor ließ es klingeln.

Professor Welk legte den Hörer auf. Der Student war wohl immer noch nicht zu Hause.

Der Professor machte sich wieder an die Expeditionsplanung.

Theodor starrte an die Decke.

Zum Glück war ihm doch noch die rettende Idee gekommen. Wenn er hier einfach ganz still liegen blieb und sich nicht rührte, würde ihn die Wirklichkeit früher oder später einfach vergessen und ihre penetranten Annäherungsversuche aufgeben.

Außerdem hatte es etwas Meditatives, das Klingeln des Telefons mitzuzählen, das eben schon wieder angefangen hatte.

Elf. Zwölf.

Der Student atmete tief durch.

Dreizehn. Vierzehn. Fünfzehn.

Er richtete sich auf.

Sechzehn.

Es schien sich doch um etwas Dringendes zu handeln.

Siebzehn.

Na gut, sagte sich Theodor. Vielleicht sollte ich rangehen. Wenn es was Unangenehmes ist, kann ich ja immer noch auflegen.

Er nahm den Hörer ab und meldete sich mit:

»Theodor Welk.«

Ein kurzes Schweigen am anderen Ende der Leitung folgte.

Dann sagte eine Theodor aus zahlreichen Vorlesungen wohlbekannte Stimme:

»Guten Abend, Herr … Welk. Hier spricht Professor Welk.«

Professor Welk legte auf. Es hatte ihn einige Mühe gekostet, den etwas nervösen Studenten davon zu überzeugen, dass es nicht um die überfällige Seminararbeit über Zauberringe aus dem vorletzten Semester ging. Glücklicherweise war auch das Thema der Namensverwandtschaft nicht berührt worden.

Insgesamt, fand Professor Welk, der lange nicht einen solchen organisatorischen Aufwand betrieben hatte, konnte er mit sich zufrieden sein.

Die fachliche Kompetenz des jungen Mannes war zweifellos fragwürdig, aber die eigentliche wissenschaftliche Arbeit würde ja auch der Professor selbst leisten.

Theodor stand vor der Wohnungstür und war bemüht sich durch das Ordnen seiner Kleidung und Glattstreichen seiner Haare in eine möglichst seriöse Erscheinung zu verwandeln. Darüber hinaus brauchte er einige Zeit, um nach dem anstrengenden Treppensteigen zu verschnaufen. Schließlich überwand er sich und drückte auf den Klingelknopf unter dem Schild: *Prof. Dr. phil. Dr. phant. H. C. Welk.* Als der Professor wenige Augenblicke später die Tür öffnete, dachte Theodor: Ich hab's bis heute nicht geglaubt, aber er ist tatsächlich so klein, wie er im Hörsaal immer ausgesehen hat, eher sogar noch kleiner.

Er ist tatsächlich so gewaltig, wie er aus der Entfernung ausgesehen hat, dachte der Professor und trat einen Schritt zurück, um das menschliche Gebirgsmassiv namens Theodor Welk in der Totalen erfassen zu können. Dann sagte er:

»Guten Abend, Herr ... Welk«, und sah auf seine Armbanduhr, »Sie sind ja sehr schnell gewesen.«

»Es sind auch nur drei Stockwerke«, antwortete der Student und fügte, als die verständnislose Miene des Professors eine genauere Erklärung forderte, hinzu: »Ich meine, ich wohne drei Stockwerke unter Ihnen.«

»So«, sagte Professor Welk. Und weil dieses eine Wort angesichts der jüngsten Enthüllung doch etwas wenig schien, fühlte er sich verpflichtet, darüber hinaus noch zu sagen: »Das ist ja sehr interessant.«

Damit war der Gesprächsstoff erst einmal erschöpft, und es folgten einige Momente verlegenen Schweigens, bis sich der Professor endlich besann und sagte: »Aber bitte, kommen Sie doch herein.«

Schon im Flur nahmen die Bücherregale ihren Anfang, und als sie zwischen ihnen hindurchschritten, war es Theodor, als sprächen die Abertausenden Bände zu ihm mit dem vielstimmigen Flüstern und Raunen eines tiefen Wissens.

»Gehen wir doch ins Arbeitszimmer«, schlug Professor Welk vor, öffnete eine Tür und bedeutete dem Studenten mit einer Geste einzutreten.

Zwanzig Minuten später stand Theodor wieder im Treppenflur und fragte sich, ob er alles richtig verstanden hatte.

Ganz allgemein schien es um die größte Entdeckung in der Geschichte der Phantastik zu gehen, um Ruhm, Erfolg und für ihn, Theodor, um die Möglichkeit, eine phänomenale Abschlussarbeit zu verfassen.

Desweiteren war von einer *Expedition* die Rede gewesen, die mit alldem in einem geheimnisvollen Zusammenhang stand. Neben dem Professor sollte auch Theodor daran teilnehmen. Über ihr Ziel hatte sich der Dozent in Schweigen gehüllt.

Und dann, nicht zu vergessen, die Liste. Professor Welk hatte ihm eine Liste mitgegeben, auf der eine Reihe von

Ausrüstungsgegenständen vermerkt war, die Theodor besorgen sollte. Der Student entfaltete den Zettel und las noch einmal:

Seil, ca 20 m
2 Taschenlampen
1 Fotoapparat und Filmmaterial
2 Schlafsäcke
1 Zelt für 3 Personen
(Ursprünglich hatte es geheißen: 1 Zelt für 2 Personen, aber der Professor hatte die Personenzahl nachträglich geändert. Der nachdenkliche Blick, mit dem er Theodor durch seine Brillengläser gemustert hatte, schien dahingehend zu deuten zu sein, dass er sich selbst als eine halbe und den Studenten als zweieinhalb Personen einschätzte.)
1 Brecheisen

Der letzte Eintrag beunruhigte Theodor ein wenig. Es war ihm nicht ganz ersichtlich, von welchem Nutzen ein Brecheisen bei phantastischen Forschungen sein könnte.

Doch obwohl dem Studenten die ganze Angelegenheit etwas suspekt war, musste er sich eingestehen, dass es seinem Leben derzeit an aussichtsreicheren Alternativen mangelte. Den Kopf gedankenumwölkt, stapfte er die Treppenstufen zu seiner Wohnung hinab.

Eine Woche später brachen sie auf.

Während der Student die Hauptlast des Gepäcks auf dem Rücken trug, begnügte sich Professor Welk mit einer kleinen schwarzen Ledertasche, in der sich Schreibutensilien nebst einigen unverzichtbaren Nachschlagewerken befanden.

Ein kalter Winterwind wehte. Der Professor sah auf seine Uhr. »Also los«, sagte er.

So begannen die Abenteuer von Dr. Dr. Hieronymus C. Welk,

Professor der Phantastik, und Theodor Welk, Student der Phantastik im 27. Semester, wie sie später im Lied besungen wurden.

»Wir sind da«, sagte Professor Welk.

»Das«, entgegnete Theodor, »ist die Universität.«

»Ja«, sagte der Professor.

Sie benutzten einen kleinen Seiteneingang, für den Professor Welk einen Schlüssel besaß und von dem aus eine Treppe geradewegs in den Keller führte.

Ihre Schritte hallten gespenstisch durch die labyrinthartigen, schwach beleuchteten Korridore.

Jahrelang – treffender konnte man sagen: jahrzehntelang – war der Student diesen Weg zu seinem Hörsaal gegangen. Aber heute schien alles anders, ungewisser, mythischer. Wenn hinter der nächsten Ecke urplötzlich ein echter Minotaurus hervorgetreten wäre, hätte das den Studenten kaum überrascht.

(Das heißt, wahrscheinlich hätte es ihn wohl doch einigermaßen schockiert.)

Raum 043a war nicht verschlossen. Er war nie verschlossen.

Wer es bis hierher schaffte, hatte entweder gute Gründe oder sich hoffnungslos verirrt.

Professor Welk schaltete das Licht an und rieb sich die Hände. »Schön«, sagte er, »fangen wir an.«

In seinen Augen funkelte phantastischer Forschergeist.

Anscheinend ist er verrückt geworden, dachte Theodor.

Er hatte dem kleinwüchsigen Dozenten jetzt eine ganze Weile dabei zugesehen, wie dieser mit einem Gesichtsausdruck, der höchste Konzentration verriet, die Wände abklopfte.

Der Student räusperte sich.

»Ähm, Professor?«

»Schh!«, machte Professor Welk. Er stand, das Ohr an die Wand gedrückt, angespannt lauschend da und pochte wiederholt leicht mit dem Fingerknöchel gegen die Holzvertäfelung. »Hier ist es«, sagte er. »Holen Sie jetzt bitte das Brecheisen aus dem Gepäck.«

Theodor kam der Aufforderung nach.

»Und nun?«, fragte er ratlos.

»Das versteht sich doch von selbst«, behauptete Professor Welk. »Die Vertäfelung muss weg.«

Der Student trat einen Schritt zurück.

Diese Expedition entwickelte sich in eine Richtung, die bemerkenswert wenig mit den *Methoden korrekten wissenschaftlichen Arbeitens* zu tun hatte, die er vor langen Jahren in der Zusatzübung »Grundlagen phantastischen Forschens« kennengelernt hatte. Von Brecheisen und politisch motiviertem Vandalismus war damals, soweit er sich erinnerte, nicht die Rede gewesen.

»Ich kann ja verstehen«, sagte er beschwichtigend, »dass Sie sich an der Universität rächen wollen, aber vielleicht sollten wir erst einmal ganz in Ruhe ...«

»Seien Sie nicht albern«, unterbrach der Professor. »Das hier geschieht rein im Dienste der Wissenschaft. Mit persönlichen Rachegelüsten hat es nicht das Geringste zu tun.«

Jedenfalls nicht über das Maß des Normalen und Erlaubten hinaus, ergänzte er in Gedanken.

»Ich weiß nicht ...«, sagte der Student.

»Junger Mann«, entgegnete Professor Welk, »wenn sich mir in Ihrem Alter eine solche Gelegenheit geboten hätte, wäre ich hocherfreut gewesen. Eine lobende Erwähnung im Vorwort meines zweifellos bahnbrechenden Forschungsberichtes ist Ihnen sicher.«

Fürs Erste würde es schon genügen, dachte der Student, wenn von meiner Erwähnung im Polizeiprotokoll abgesehen werden könnte.

Trotzdem machte er sich an die Arbeit.

Immerhin, musste er zugeben, wirkte sein Dozent von der Vernünftigkeit des Vorhabens sehr überzeugt.

Und abgesehen davon: Ein *bisschen* politisch motivierter Vandalismus konnte eigentlich nicht schaden …

Nicht weit entfernt wechselte der Hausmeister der Universität, noch späten Dienst in den Katakomben tuend, gerade eine Glühbirne aus.

Hätte er genauer hingehört, dann wären ihm möglicherweise die bedenklichen oder sogar alarmierenden Geräusche aufgefallen, die an diesem Abend aus Raum 043a kamen.

Er hörte aber nicht genauer hin.

Der Vorgang wiederholte sich mehrfach ohne nennenswerte Abweichungen. Professor Welk schritt die Wände ab, klopfte gegen die eine oder andere Stelle, um schließlich »Hier ist es!« auszurufen. Woraufhin Theodor den Teil der Vertäfelung entfernte, hinter dem sich nach felsenfester Überzeugung seines Dozenten jenes ominöse *es* befinden sollte.

Dann begann die Prozedur von Neuem, ohne dass sie etwas Außergewöhnliches oder Bemerkenswertes gefunden hätten.

Schließlich hatte Theodor die gesamte Vertäfelung von den Wänden entfernt.

Die Anzahl der dabei gewonnenen wissenschaftlichen Erkenntnisse stagnierte bei null, das Ausmaß der angerichteten Zerstörung war ganz respektabel.

»Gut«, sagte der Dozent, während er in der Mitte des Raums stand, die Arme in die Hüften stemmte und die Verheerung begutachtete. »Ich habe mich geirrt. Das kann vorkommen.«

Wenigstens sieht er es ein, dachte Theodor.

»Dann nehmen wir uns jetzt den Boden vor«, beschloss Professor Welk.

»Was?«, rief der Student. »Oh, nein, ich rühre keinen Finger mehr, bis Sie mir sagen, worum es hier geht!«

Der Professor schien einige Augenblicke mit sich zu ringen. »Na gut«, sagte er dann, nahm seine Tasche aus dem Haufen des übrigen Gepäcks und begann seine Erklärung.

»Ich nehme an, dass Sie mit der Bedeutung der *Fernen Länder* für die Phantastik hinreichend vertraut sind?«

»Natürlich«, antwortete Theodor. »Die *Fernen Länder*, das Reich der Märchen und Magie, der Feen, Drachen, Kobolde und Wichtel. Ich wäre ein schrecklicher Phantastiker, wenn ich nicht einmal das wüsste.«

»Dann wissen Sie sicherlich auch, dass es in der Geschichte unseres Faches immer wieder Spekulationen über die mögliche Existenz dieser magischen Welt gegeben hat.«

»Ja«, entgegnete der Student, »aber das sind nur haltlose Vermutungen. Sie selbst haben das oft genug in Ihren Vorlesungen betont. *Die* Fernen Länder sind ein Symbol, eine Metapher für die Phantasie, das Wunderbare.«

»Und wenn ich Ihnen nun sage, dass ich nicht nur weiß, dass es die Fernen Länder wirklich gibt, sondern auch, wo sich der Übergang zwischen ihnen und unserer Welt befindet?«

»Dann würde ich Ihnen antworten, dass …«, begann der Student und schwieg.

Eigentlich würde er antworten, dass sein Dozent sich die Auflösung des Instituts offensichtlich allzu sehr zu Herzen genommen und darüber den Verstand verloren hatte.

»Hören Sie zu«, sagte der Professor. »Ich werde versuchen, mich kurz zu fassen. Ich habe Nachforschungen angestellt. Wussten Sie, dass die ersten Vorlesungen über Phantastik in genau dem Raum gehalten worden sind, in dem wir uns gerade befinden?« Professor Welk sprach hastig und ging dabei unruhig auf und ab. »Ich wusste es bis vor Kurzem auch nicht, aber es ist so. Wippel hat hier gelesen, Maienkindt und auch Adelberg. *Jener* Adelberg, der im Juli 1817 unter rätselhaften Umständen urplötzlich verschwand. Nach seinem Verschwinden zog das Institut um, und dieser Raum blieb lange Zeit unbenutzt. Ich habe in den Quellen sehr aufschlussreiche Hinweise gefunden. Es hat den Anschein, als hätte man seinerzeit etwas vertuschen wollen. Und ahnen Sie, *was* vertuscht werden sollte?«

»Professor, das sind doch wilde Verschwörungstheorien«, gab Theodor zu bedenken.

»Ich sage es Ihnen: Adelberg hat einen Übergang gefunden«, fuhr der Professor unbeirrt fort. »Einen Übergang in die Fernen Länder! Und dieser Übergang befindet sich hier in diesem Raum. Ich weiß es, denn ich habe die Karte.«

Der Dozent griff in seine Tasche und holte die Karte hervor, die er in seinem Sprechzimmer entdeckt hatte.

»Diese Karte liefert den Beweis!«, rief er.

»Diese Karte …«, begann der Student.

»Diese Karte muss die Kopie einer viel älteren sein, die auf Adelberg selbst zurückgeht. Aber auch in dieser Version ist alles Entscheidende enthalten. Sehen Sie, was ich meine? Es ist unglaublich!«

»Wenn ich bitte auch etwas sagen dürfte …«

»Wie Sie leicht erkennen können, handelt es sich um eine Karte der Fernen Länder. Aber das ist noch nicht alles. Es ist wie bei einer fotografischen Doppelbelichtung. *Unter* der eigentlichen Karte liegt gewissermaßen, nur flüchtig angedeutet, noch eine zweite. Erraten Sie, was für eine Karte das ist? Es ist die der Altstadt, in der wir uns gerade aufhalten! Die Ebenen überschneiden sich. Ist das nicht genial? Das heißt, dass hier«, der Professor zeigte auf die Karte, »an diesem Punkt sowohl das Eherne Tor im Wolkengebirge der Fernen Länder als auch das Hauptgebäude der Universität in unserer Welt liegen! Verstehen Sie, worauf ich hinauswill? Oder lassen Sie es mich so erklären …«

»Professor!«, rief der Student. »Wenn ich jetzt bitte auch mal etwas sagen dürfte!«

Nach und nach war Professor Welk der Gegenwart entrückt worden. In Gedanken hatte er seinen Vortrag vor einer erlesenen Versammlung international anerkannter Gelehrter gehalten. Dieses schöne Traumbild zerrann jetzt, als er statt in einen vor Euphorie kochenden Hörsaal in das runde Gesicht des Studenten blickte.

»Ich raube Ihnen ungern Ihre Illusionen«, sagte der Student, »aber diese Karte beweist gar nichts.«

Der Professor blinzelte.

»Wie bitte?«

»So leid es mir tut, aber ...«

Theodor unterbrach sich.

Jemand pfiff eine Melodie. Sie standen und lauschten. Auf dem Korridor näherten sich Schritte, ein Schlüssel wurde ins Schloss geschoben, zweimal umgedreht und wieder abgezogen. Die Schritte, zusammen mit der gepfiffenen Melodie, entfernten sich wieder.

»Was war das denn?«, fragte der Student.

Professor Welk zuckte mit den Schultern. »Der Hausmeister, nehme ich an. Er scheint die Tür abgeschlossen zu haben.«

»Ach so. Na ja, da wir ebenfalls einen Schlüssel haben, muss uns das wohl nicht weiter beunruhigen. Aber um auf die Karte zurückzukommen: Sie ist nicht echt.«

»Nicht echt?« Der Professor runzelte die Stirn. »Und wie kommen Sie zu dieser Ansicht?«

»Ganz einfach«, sagte Theodor.

Er nahm dem Professor die Karte aus den Händen und drehte sie um.

»Da«, sagte er. »Lesen Sie.«

Professor Welk rückte seine Brille zurecht. Dann stutzte er.

»Oh.«

Auf der Rückseite der Karte stand in kleinen, nicht besonders selbstbewusst wirkenden Buchstaben:

Schriftliche Zusatzleistung zum Seminar:
Kartografie der Fernen Länder (Professor Dr. Welk)
von Theodor Welk

Professor Welk sah den Studenten an.

»Dann haben Sie ...«, begann er. »Das heißt ... Die Karte ist nicht ...«

Er verstummte.

»Das dürfte jetzt drei«, der Student zählte mit den Fingern, »nein, vier Semester her sein. Sie sagten damals so etwas wie: ›Legen Sie es mir einfach in mein Fach, ich sehe es mir später an.‹ Was Sie dann ja auch getan haben, wenn auch mit zwei Jahren Verspätung.«

»Aber wozu haben Sie diese Anspielung auf den Stadtplan eingebaut?«, fragte der Dozent hilflos.

»Es gibt keine Anspielung, Professor«, erklärte Theodor möglichst schonend. »Was immer Sie in dieser Karte gesehen haben: Das *wollten* Sie sehen. Sie haben es *hineininterpretiert.*«

»Hineininterpretiert?«

In einem plötzlichen Schwächeanfall musste sich der Professor an der Wand abstützen. War er tatsächlich schon so senil? War es bereits so weit mit ihm gekommen, dass er Dinge in die Wirklichkeit *hineininterpretierte*?

»Ich kann Sie gut verstehen«, sagte der Student sanft. »Nachdem das Institut aufgelöst worden war, sind Sie in ein tiefes Loch gefallen. Da kam Ihnen die größte Entdeckung in der Geschichte der Phantastik gerade recht. Aber das war Wunschdenken.«

Theodor berührte den Dozenten leicht am Arm.

»Kommen Sie. Wir sollten das hier vergessen und nach Hause gehen. Wenn wir der Universität alles vernünftig erklären, kommen wir vielleicht sogar ohne Strafanzeige davon.«

Er schulterte den Rucksack und ging zur Tür.

»Professor?«

»Hm?« Der Dozent blickte auf.

»Wenn Sie dann schon mal die Tür aufschließen könnten ...«

Es war eine erstaunlich massive Stahltür, wie dem Studenten jetzt zum ersten Mal auffiel. Viel eher geeignet für ein Gefängnis als für einen Hörsaal, dachte er.

Ein abscheulicher Gedanke kam ihm.

»Sie haben doch den Schlüssel?«

»Was?«, fragte der Professor, sich für einen Moment aus den Niederungen der Selbstzerknirschung erhebend, »Ach so, ja.«

Theodor atmete auf.

»Aber er nützt uns natürlich nichts«, fügte der Professor hinzu.

Der Student erstarrte. »Wie meinen Sie das: ›Er nützt uns natürlich nichts‹?«

»Vielleicht wissen Sie, dass dieser Raum während des Ersten Weltkrieges kurzfristig als Gefängnis für politisch verdächtige Dozenten benutzt wurde. Offensichtlich hat man es seit damals nicht für nötig befunden, die Tür durch ein passenderes Modell zu ersetzen.«

»Das bedeutet für uns …«, begann Theodor und bemerkte im selben Augenblick, was der Professor meinte.

»Oh nein«, sagte er.

»So ist es«, bestätigte Professor Welk.

Die Tür hatte auf dieser Seite kein Schloss.

Es kam noch schlimmer.

Das Licht ging aus.

»Was ist jetzt passiert?«, fragte der Professor.

»Das Licht ist ausgegangen«, antwortete der Student tatsachengemäß.

Er tastete in der Dunkelheit des fensterlosen Hörsaals die Wände ab, fand den Schalter und betätigte ihn. Die Dunkelheit blieb.

In einem anderen Raum schloss der Hausmeister den Schaltkasten, nachdem er den Strom für Raum 043a abgestellt hatte. Es war schließlich nicht ersichtlich, wozu man Strom in einem Hörsaal benötigte, in dem keine Vorlesungen mehr gehalten wurden.

Einige Tage und Nächte darauf, in der vollständigen Finsternis war es unmöglich zu sagen, wie viele genau, seufzte der Student resigniert:

»Es hat keinen Zweck. So kommen wir hier nicht raus.«

Er warf das Brecheisen auf den Boden, wo es klirrend liegen blieb. Stundenlang hatte er versucht, damit ein Loch in die Wand zu meißeln, ohne jeden Erfolg.

Müde und entkräftet setzte er sich mit dem Rücken an die Mauer und vergrub sein Gesicht in den Händen.

Sein Magen knurrte, die Zunge klebte ihm trocken am Gaumen.

Warum hatte eigentlich keiner von ihnen daran gedacht, Proviant mitzunehmen?

In der Dunkelheit hörte Theodor die Stimme des Professors murmeln: »… zu einem solchen Fehlurteil verleiten lassen, wo doch nach dem Stand der bisherigen Forschung … und auch in einem Beitrag im halbjährlich erscheinenden ›Phantasticus‹, Fachblatt für Phantastiker (in der Ausgabe vom Juni 1963, wenn ich nicht irre), kommen Zinngruber/Schnakenbruch zu dem eindeutigen Schluss, dass der physische Übergang *de facto* unmöglich …«

Offenbar hatte Professor Welk sein wissenschaftliches Versagen noch immer nicht verwunden.

»Professor«, warf Theodor ein, »Sie sind sich schon darüber im Klaren, dass wir hier unten verhungern werden, oder?«

Er schluckte trocken und korrigierte sich: »Das heißt, eigentlich verdursten wir natürlich vorher.«

Der Professor unterbrach seinen Monolog.

»Was sagten Sie?«

»Ver-durs-ten«, erklärte der Student geduldig. »Wie Sie vielleicht wissen, sollten Menschen regelmäßig Flüssigkeit zu sich nehmen. Andernfalls gibt es da diese unangenehme Sache namens *Tod*. T-o-d«, buchstabierte er zur Sicherheit.

Nach einer kurzen Pause antwortete Professor Welks Stimme aus der Finsternis:

»Ach so, ja.«

Er sagte das im Tonfall von jemandem, der eine Nebensächlichkeit zur Kenntnis nimmt, während er gerade mit Wichtigerem beschäftigt ist.

Stille folgte.

Dann fing der Professor wieder an zu murmeln:

»… und in ihrer Habilitationsschrift aus dem Jahr 1927 schreibt Jorgensdotter über das Problem transuniversaler Korrelation …«

Theodor stand auf.

Plötzlich war der wütende Entschluss in ihm aufgeflammt, sich nicht in sein sinnloses Schicksal zu ergeben, solange noch ein Funken Leben in ihm war.

Er tastete in der Dunkelheit nach dem Brecheisen, fand es und hämmerte verbissen damit auf die Wand ein.

Noch später, lange nachdem der Student jede Hoffnung aufgegeben hatte, Raum 043a lebend zu verlassen, stellte er eine Frage, die sein weitgehend eingetrocknetes Gehirn in den letzten Stunden beschäftigt hatte.

Er sagte mit heiserer Stimme in die Richtung, aus der das leise Atmen des Professors kam:

»Ist Ihnen eigentlich auch aufgefallen, dass wir denselben Nachnamen haben?«

In der folgenden Stille glaubte Theodor hören zu können, wie sich die Atemfrequenz des Professors kurz veränderte.

»Ja«, kam schließlich die Antwort aus der Finsternis. »Es ist mir auch aufgefallen.«

Der Student schwieg nachdenklich und sagte dann:

»Vielleicht sollten wir uns duzen. Ich meine, jetzt wo wir gerade zusammen diese … Extremsituation erleben und so …«

»Finden Sie?«, antwortete der Professor.

Nach Theodors missglückten Versuchen, sich selbst einen Weg in die Freiheit zu bahnen, hatten sie sich darauf verlegt, um Hilfe zu rufen, hatten gegen die Tür und gegen die Heizungsrohre gehämmert, in der Hoffnung, dass sie jemand hörte.

Alles ohne den geringsten Erfolg.

Mittlerweile hatten sie sich in ihr Schicksal ergeben. Immerhin konnten sie, dank der Schlafsäcke, die sie für die Expedition dabeihatten, einigermaßen bequem schlafen. Zu mehr als Schlafen reichten ihre Kräfte auch kaum noch aus.

Um zu vermeiden, an sein Leben zurückdenken zu müssen, das jetzt offenbar ein angemessen sinnloses Ende nehmen sollte, hatte Theodor irgendwann damit begonnen, leise die siebenhundertsiebzehn elfischen Bezeichnungen für Licht aufzusagen, zumindest diejenigen, an die er sich erinnerte. Ab und zu ergänzte Professor Welk, wenn der Student nicht weiterkam.

»Lyvanaié«, murmelte Theodor in der Finsternis von Raum 043a: Mondlicht, das wie silberner Tau der Nacht auf Blütenblättern liegt.

»Anewaín«, sagte Professor Welk: Licht, das wie das Blut des Rubins aus dem Herzen der untergehenden Sonne fließt.

»Telo«, sagte der Student und schloss die Augen, ohne dass sich dadurch die Sichtverhältnisse geändert hätten: Licht, das wir nur in unserem Innern sehen.

In dieser Nacht geschah das Wunder.

Professor Welk glaubte zuerst, er träume oder beginne zu halluzinieren.

Ihm war es, als beuge sich ein Gesicht zu ihm herab, ein Frauengesicht, dessen Schönheit weit jenseits des Beschreibbaren lag. Er fühlte die zarte Berührung von Lippen auf seiner Stirn, den lindernden Hauch eines kühlen Atems, und alle Schwere, die bis dahin auf ihm gelegen hatte, war von ihm genommen.

Der Professor, wie erwachend, richtete sich auf und gewahrte wenige Schritte von sich entfernt eine schlanke, von silbernem Licht umflossene Frauengestalt, die auf die Wand zuschritt.

Warte!, wollte er rufen, aber die Erscheinung war bereits verschwunden, war wie durch einen Nebel durch die Wand geschritten. Jetzt erinnerte sich der Professor, dass die Gestalt Flügel gehabt hatte, große weiße Schwanenflügel – und als promovierter Phantastiker sagte er konsequenterweise nicht ›Ein Engel!‹, sondern: »Eine Lichtelfe!«

»Sie haben sie auch gesehen?«, fragte der Student, der sich ebenfalls in seinem Schlafsack aufgesetzt hatte, wie der Professor in dem matten Schimmern erkannte, das im Raum zurückgeblieben war.

»Sie etwa auch?«, antwortete der Professor, »ich dachte …«

Wie auf Verabredung erhoben sie sich gleichzeitig und eilten, ohne sich weiter über die ihnen plötzlich wiedergegebenen Kräfte zu wundern, zur Wand hinüber.

Professor Welk streckte die Hand nach der Mauer aus, und es war, als griffe er in substanzlose Nebelschleier. Der Student starrte den Dozenten an, dessen Arm bis über den Ellenbogen in der Wand versank.

»Gehen wir?«, fragte der Professor.

Zwergengold

Hinter dem Durchlass in der Mauer begann ein leicht absteigender, ziemlich breiter und hoher, in rotes Gestein gehauener Gang.

Nach einigen Schritten bemerkte Theodor Verzierungen, die, vielfach ineinander verschlungen, als wären sie wie Pflanzen aus dem Stein herausgewachsen, die gesamte Höhe der Wände auf beiden Seiten des Ganges bedeckten.

Als er genauer hinsah, erkannte er, dass die Verzierungen Figuren darstellten, die sich in dem geisterhaften Licht, das in dem Gang herrschte, leicht zu bewegen schienen, als wären sie lebendig.

»Es sind Teile der Geschichte der Fernen Länder«, sagte der Professor. »Oder, wie es aussieht«, fügte er hinzu und ließ den Blick über die unzähligen Reliefs schweifen, »scheint es sogar die vollständige Geschichte zu sein. Sehen Sie.«

Der Professor zeigte auf eine Figurengruppe. »Das ist die Krönung Firflins IX., König der vier freien Völker der Gnome. Sie können leicht die Reichsinsignien erkennen, die Vierfache Krone und das Gewundene Zepter. Und diese beiden Figuren hier neben dem Thron, die miteinander zu flüstern scheinen, dürften Prinz Turflin und der Kanzler sein, die den Umsturz planen. Die Regierungszeit König Firflins dauerte wie lange?«

»Vom Dienstag der dritten Woche des achten Monats des Jahres 1465 nach Gnomischer Zeitrechnung bis zum folgenden Donnerstag«, antwortete Theodor mechanisch.

Er hatte seinerzeit intensiv für die Gnomenhistorie II – Klausur gelernt.

»Sehr richtig. Und hier«, der Professor wies auf eine andere Darstellung, »können Sie mir sagen, was dieses Relief zeigt?«

»Ähm«, begann der Student, »das ist … das müsste … war das nicht irgendetwas aus den … Elfenchroniken?«

»Ich bitte Sie. Es ist doch mehr als offensichtlich: Königin Hymnia blickt in den Sternenbrunnen. Das ist Prüfungsstoff«, fügte Professor Welk etwas vorwurfsvoll hinzu.

»Ich hatte mir grad letzten Monat vorgenommen, es noch einmal durchzuarbeiten«, murmelte der Student schuldbewusst.

Ein kühler Luftzug kam ihnen jetzt entgegen. Der Gang endete, und sie traten in einen weiten Höhlenraum, dessen Boden mit weißem Sand bedeckt war. Hoch über ihren Köpfen glitzerten Quarzadern in der Höhlendecke. Nach einigen Metern fiel der Boden sanft zum Ufer eines unterirdischen, bläulich leuchtenden Sees ab.

»Und jetzt?«, fragte der Student. »Hier kommen wir nicht weiter, es sei denn, wir schwimmen.« Er tauchte eine Hand in das Wasser. Es war eiskalt.

»Seien Sie mal still.« Professor Welk lauschte angespannt. »Hören Sie nichts?« Theodor nahm es jetzt auch wahr. Ein leises, sich rhythmisch wiederholendes Plätschern, das langsam näher kam. Schließlich bog um die Höhlenwand, die den hinteren Teil des Sees verdeckte, ein kleiner Kahn, in dem aufrecht eine einzelne Gestalt stand, die das Boot mit den Stößen einer langen Stange vorantrieb.

»Was oder wer ist das?«, fragte Theodor.

»Ich denke, das werden wir gleich herausfinden«, antwortete der Professor, »es scheint in unsere Richtung zu kommen.«

Wirklich steuerte der Kahn das diesseitige Ufer an. Als er nahe genug herangekommen war, sah der Student zu seinem Erstaunen, dass dem Bootsführer zwei große gewundene Hörner aus der Stirn wuchsen.

Das Gesicht des Wesens erinnerte an das eines Ziegenbocks, und seine mit struppigen Haaren bewachsenen Beine endeten in Hufen.

»Seid gegrüßt, ihr Reisenden zwischen den Welten«, rief es mit meckernder Stimme.

»Ähm, entschuldige, wenn ich so direkt frage«, erwiderte der Student, der sich plötzlich an eine bestimmte Symboltradition erinnerte, »aber: Bist du der Tod?«

Das Wesen lachte krächzend, und das Geräusch echote geisterhaft durch die Höhle.

»Tod«, lachte es, »Tod ist nur ein flüchtiges Wort für das Jenseits der Sprache.

Jagst du nach schwindenden Schatten
Im dunkel strömenden Fluss:
Was bangend du begreifst
Ist dein und ist nicht dein.«

Der Student kniff kritisch ein Auge zu. Diese Antwort schien ihm bemerkenswert wenig zu erklären.

»Also, bist du jetzt der Tod, oder nicht?«, fragte er misstrauisch.

»Bin ich's, bin ich's nicht?«, meckerte das Ziegenwesen. »Ich bin der Fährmann. Das ist alles, was es zu sagen gibt.«

»Und was genau ist Ihre, ähm, Funktion?«, fragte Professor Welk. Er hätte ebenfalls eindeutig auf *Tod* spekuliert.

»Meine Funktion?«, lachte das Ziegenwesen. »Sagte ich das nicht gerade? Ich bin der Fährmann. Wer auf die andere Seite zu gelangen wünscht, der steige in mein Boot.«

»Und was, o Fährmann«, sagte der Professor, »erwartet uns auf der anderen Seite?«

»Das herauszufinden liegt bei euch. Auf diese Frage zu antworten ist nicht mein Teil. Ich bin nur der Fährmann.«

Professor Welk überlegte einen Augenblick.

»Ich denke, wir nehmen Ihr Angebot an«, sagte er schließlich. »Bringen Sie uns auf die andere Seite.«

»Dann steigt in das Boot, Reisende.«

Theodor stand bereits mit einem Bein im Boot, als ihm plötzlich etwas einfiel.

»Moment mal«, sagte er, »und was genau ist der Preis, den wir für die Überfahrt zu entrichten haben?«

»Dies ist die Stunde nicht und nicht der Ort, den Preis zu zahlen noch den Lohn zu empfangen für die Entscheidung, die ihr trefft.«

»Aha«, sagte Theodor und wandte sich flüsternd an den Professor: »Ich kann mir nicht helfen, aber mein Vertrauen in dieses Angebot ist einigermaßen begrenzt.«

»Was schlagen Sie vor?«, antwortete der Professor. »Zurück in den Hörsaal?«

Der Kahn glitt sanft schaukelnd durch das Wasser, vorangetrieben durch die gleichmäßigen Ruderstöße des Fährmanns. Über ihnen spielten die bläulich schimmernden Spiegelungen der Wellen an der Höhlendecke.

»Verlangen oft Reisende, über den See gesetzt zu werden?«, fragte Professor Welk.

»Nein«, meckerte der Fährmann. »Ihr seid die Einzigen seit Anbeginn der Zeiten und werdet die Einzigen gewesen sein am Ende aller Zeiten.«

»Ah«, sagte der Professor, und der Student dachte: Ein einträgliches Geschäft, ganz offensichtlich. Vielleicht sollte er noch jemanden einstellen, um den Touristenandrang bewältigen zu können.

»Der Übergänge sind unzählbar viele«, sagte der Fährmann, »einsam sind die Wege. Dies ist der eure. Ich habe auf euch gewartet.«

»Und was ist, wenn ...«, begann der Student. »Was ich sagen wollte, ist Folgendes: O Fährmann, wenn uns danach verlangt zurückzukehren, wirst du da sein?«

Der Fährmann schwieg, als hätte er die Frage nicht gehört, und Theodor wagte es nicht, sie ein zweites Mal zu stellen.

Hinter der Biegung verengte sich die Höhle zu einem schmalen Tunnel. Das Licht wurde schwächer. Nach einer Weile sagte Theodor: »Ziemlich dunkel hier.«

Er winkte mit der Hand vor seinen Augen, ohne das Geringste zu sehen. »Wie wäre es, o Fährmann«, sagte er, »könntest du nicht eine Laterne anzünden?«

»Ich bedarf nicht des Lichtes, den Weg zu finden«, entgegnete der Fährmann.

Seltsamerweise waren die Geräusche des Wassers, das leichte Schlagen der Wellen an den Bootsrand, das gurgelnde Eintauchen des Ruders, nicht mehr zu hören. Es schien Theodor, als glitte der Kahn jetzt lautlos auf nichts als der Finsternis dahin.

»Wir sind am Ziel«, sagte schließlich der Fährmann.

Theodor versuchte vergeblich, irgendwelche Formen in der Schwärze zu erkennen.

»Hier steige ich nicht aus«, sagte er. »Ich kann nicht das kleinste bisschen sehen.«

Das Boot schaukelte kurz, dann hörte Theodor die Stimme des Professors aus der Finsternis sagen: »Kommen Sie ruhig, es ist ganz ungefährlich.«

Der Student erhob sich seufzend in dem schmalen Kahn. Mit der sicheren Erwartung, in eiskaltes tiefes Wasser oder ins Nichts zu stürzen, ließ er sich in das Dunkel fallen.

Zu seiner Erleichterung endete sein Sturz ins Ungewisse bereits nach wenigen Zentimetern auf einem Steinboden. Vorsichtig machte er einige tastende Schritte vorwärts, begleitet von der ständigen Furcht, jeden Augenblick auf einen klaffenden Abgrund zu stoßen, der sich plötzlich vor seinen Füßen auftun und ihn verschlingen würde.

Jetzt erst fiel ihm ein, dass sie das Gepäck im Hörsaal liegen gelassen hatten, das Gepäck, in dem sich unter anderem auch zwei Taschenlampen befanden.

»Das hat so keinen Zweck«, sagte er. »Wer weiß, was in dieser Dunkelheit auf uns lauert. He, Fährmann, wie geht es jetzt weiter?«

Aus dem Dunkel kam keine Antwort.

»Fährmann?«, wiederholte der Student, »Hallo?«

»Er wird wohl zurückgefahren sein«, sagte Professor Welk ganz in der Nähe.

»Großartig«, sagte Theodor, »und nun?«

»Ich bin mir nicht sicher.« Die Stimme des Professors klang nachdenklich. »Ich glaube, ich werde mal etwas versuchen.«

Plötzlich flammte weißes Licht auf, und Theodor schloss geblendet die Augen.

»Was war das denn?«, rief er, taumelte benommen einige Schritte rückwärts und – verlor den Boden unter den Füßen.

Professor Welk blickte erschrocken auf seine Hände.

Es war kaum zu glauben: Grumins *Einfacher Lichtzauber des Ersten Grades* – er funktionierte!

Eigentlich war es nur eine Art Experiment gewesen, eine eher verwegene Idee. Ohne lange zu überlegen, hatte der Professor leise das geheime Wort gesprochen und die Geste vollführt, wie sie in Grumins »Schule der Magie für Anfänger und Fortgeschrittene in 12 Lektionen« beschrieben stand: Und wirklich wurde es Licht.

Der Professor tastete nach seiner Hemdtasche, in der sich stets ein Notizbuch und ein Stift befanden. Nun musste er feststellen, dass er Kleider trug, die angezogen zu haben er sich nicht erinnern konnte. Es war eine Robe aus dunkelblauem, mit magischen Symbolen besticktem Stoff. Ein ungewohntes Gefühl bewog Professor Welk, seinen Kopf zu betasten. Er trug jetzt einen ebenfalls blauen, spitz zulaufenden breitkrempigen Hut. In einer Hand hielt er einen langen, korkenzieherartig geschlängelten Holzstab.

Theodor machte einige Klimmzüge und beobachtete interessiert das Spiel seiner Muskeln. Es waren enorme Muskeln, geradezu *Muskelberge*, und der Student hatte nicht den Hauch einer Ahnung, wie er auf einmal zu ihnen gekommen war.

Dann erinnerte er sich daran, in welcher Lage er sich befand, und zog sich vollkommen mühelos an der Felswand nach oben.

Als er die kleine Gestalt auf dem Felsvorsprung bemerkte, sagte er: »Meine Güte. Ein Gnomenzauberer.«

Und der Gnomenzauberer sagte: »Bemerkenswert, wirklich bemerkenswert. Trollus petrus. Ein echter Steintroll.«

Theodor, der Steintroll, sah in die Finsternis hinaus, die sich jenseits der kleinen Felsplattform erstreckte, auf der der Fährmann sie ausgesetzt hatte.

»Er hätte uns wenigstens auf den Abgrund aufmerksam machen können«, sagte der Student. Auf allen Seiten der Plattform verloren sich senkrechte Felswände nach wenigen Metern in der Dunkelheit. Theodor erschauerte vor der Kälte, die aus den unermesslichen leeren Räumen nach ihm zu greifen schien.

»Er ist wohl davon ausgegangen, dass wir es selbst herausfinden«, antwortete Professor Welk, der Gnomenzauberer.

»Das war sehr liberal von ihm gedacht«, meinte Theodor. »Haben Sie eigentlich eine Erklärung für das, was mit uns … geschehen ist?«

»Spontane phantastische Transformation«, sagte der Professor. »Offenbar haben wir beim Überschreiten der Grenze eine den hiesigen Verhältnissen entsprechende Gestalt angenommen. So wurden Sie ein Steintroll und ich ein Gnomenzauberer.«

»Überschreiten welcher Grenze?«, fragte der Student. »Und was für *hiesige Verhältnisse*?«

Der Professor drehte sich um.

Ein in den Stein gehauenes Tor führte von der Plattform in die Felswand hinein. Der Professor deutete auf eine Inschrift, die oberhalb des Tores eingemeißelt war.

»Können Sie das übersetzen?«, fragte er.

Theodor kniff die Augen zusammen.

»Es sind Zwergenrunen des ... zweiten Zeitalters. Glaube ich jedenfalls ...«

»Ganz genau«, unterstützte der Professor, »mitteltiefzwergisch, also.«

»Und sie sagen: ›Hier beginnt das König ...‹«

»Königreich.«

»›Hier beginnt das Königreich unter ... dem Berg Zeherkzal.‹ Aber das heißt ja ...«

»In der Tat«, nickte der Professor. »Es gibt nur eine mögliche Schlussfolgerung.«

»Wir sind in den Fernen Ländern!«, rief der Student.

So gelangten Theodor und der Professor in das Zwergenreich Zeherkzal.

Eine Viertelstunde später sagte der Student: »Mein Rücken tut weh.«

Zwerge pflegen ihre unterirdischen Gänge nicht derart anzulegen, dass sie den Ansprüchen von Personen genügen, die größer als einsfünfundvierzig sind.

»Reißen Sie sich zusammen«, sagte Professor Welk, der keine derartigen Probleme hatte, »früher oder später müssen wir in die Wohnbereiche kommen. Und Sie haben sicher von den prächtigen Hallen von Zeherkzal gelesen.«

»Solange sie nur hoch genug sind, müssen sie meinetwegen nicht unbedingt auch noch prächtig sein«, sagte Theodor, richtete sich in Erwartung der prächtigen hohen Hallen von Zeherkzal auf und stieß mit dem Kopf gegen die Decke des Ganges.

Kleine Gesteinsbrocken rieselten herab – die Schädel von Steintrollen sind erwartungsgemäß ziemlich hart.

Bald gewann der Gang sowohl an Breite als auch an Höhe, was es dem Studenten nach und nach erlaubte, eine bequemere Haltung einzunehmen.

Sie mussten sich jetzt den bewohnten Gebieten von Zeherkzal nähern, denn der Weg verzweigte sich immer häufiger oder wurde von anderen Seitengängen gekreuzt.

Professor Welk schien sich hier unten bestens auszukennen. Ab und zu blieb er kurz an einer Kreuzung stehen, murmelte Unverständliches in seinen Gnomenbart und schritt dann forsch in einen neuen Gang voran, als gehe er diesen Weg bereits zum hundertsten Mal.

Endlich traten sie in eine große Halle und schritten zwischen mächtigen Säulen einher.

Theodor hielt ehrfürchtig den Atem an.

Wie viele Jahre, Jahrzehnte oder Jahrhunderte emsiger Zwergenarbeit mochten nötig gewesen sein, diesen gewaltigen Raum zu schaffen?

In der Wand auf der anderen Seite befand sich ein Tor, vor dem zwei kleine Gestalten Wache hielten. Näher betrachtet, handelte sich bei ihnen natürlich um Zwerge, echte Zwerge, die bei der Ankunft der beiden Fremden ihre beeindruckenden Streitäxte präsentierten.

Einer von ihnen trat vor, verneigte sich leicht und sagte etwas, das Theodor nicht verstand. Zwar konnte der Student einigermaßen Zwergisch lesen, hatte bisher aber nachvollziehbarerweise kaum Gelegenheit gehabt, es gesprochen aus dem Mund eines richtigen Zwergs zu vernehmen.

Professor Welk erwiderte die Verbeugung des Zwergs. Auch wenn ihm äußerlich nichts anzumerken war, bebte er doch im Innersten vor Aufregung. Es wäre kaum übertrieben zu sagen, dass er sein ganzes Leben auf einen Moment wie diesen gewartet hatte.

»Gruß mit euch, die ihr Zwerge seid«, sagte er in perfektem Zwergisch, »möge der Berg euch seine Schätze nicht verwehren und mögen eure Stollen tief reichen und allzeit drachenfrei sein. Wir, die wir Fremde sind, bitten um die Gewährung des Gastrechts im Königreich Zeherkzal.«

Das ernste Gesicht des vorderen Zwergs verzog sich zu einem Lächeln, und er klopfte dem Professor anerkennend auf die Schulter. Jemand, der ein so einwandfreies Zwergisch sprach und die feinen Sitten so gut zu beachten wusste, konnte kein schlechter Mensch bzw. Gnom sein.

Man gab ihnen zu Ehren ein Empfangsbankett in der Festhalle von Zeherkzal, das für zwergische Verhältnisse geradezu opulent ausfiel. (Denn Zwerge sind gemeinhin weniger für üppige Gastfreundschaft als für ihre Sparsamkeit, um nicht zu sagen: ihren sprichwörtlichen *Geiz*, bekannt.)

Während Theodor mit einem persönlichen Forschungsprojekt beschäftigt war – seine wissenschaftlich anspruchsvolle Fragestellung lautete ungefähr: Wie viele gegrillte Hühnchen passen in den Magen eines ausgehungerten Steintrolls? –, unterhielt sich Professor Welk mit dem König von Zeherkzal, einem freundlichen alten Zwerg. Er sah jedenfalls alt aus – das Lebensalter ist eine schwer zu bestimmende Größe bei einem Volk, das ausnahmslos lange graue Bärte trägt. Mangels Sprachkenntnissen vermochte der Student der offenbar sehr angeregten Diskussion nicht zu folgen. Manchmal nickte ihm der König aufmunternd zu oder wies ihn auf eine Speise hin, die er noch nicht probiert hatte. Einmal, nach einer offenbar erheiternden Bemerkung des Professors, sah der Zwerg Theodor lachend vom anderen Ende der Tafel her an, ballte eine Hand zur Faust, umfasste seinen Bizeps und zeigte dann anerkennend auf Theodor, eine Geste, die anscheinend auf die Kraft des ehemaligen Studenten, jetzt Trolls, anspielte. Theodor lächelte freundlich zurück und erhöhte die Antwort auf obige Frage vorläufig auf dreieinhalb.

Steintrolle, so lautete ein weiteres, ihm zu diesem Zeitpunkt allerdings noch nicht bekanntes Ergebnis seines Forschungsprojekts, zeigen während der Nahrungsaufnahme nur eine sehr geringe Neigung zu Misstrauen.

Später, nachdem sie sich in ihr Gästequartier zurückgezogen hatten, klärte ihn der Professor darüber auf, wovon das Gespräch mit dem König gehandelt hatte.

»Auf keinen Fall!«, rief der Student entsetzt.

»Denken Sie an die Möglichkeiten, die sich uns dabei erschließen!«, schwärmte der Professor.

»Das tue ich!«, entgegnete der Student. »Und Sie sind alle grauenhaft!«

»Eine einmalige Gelegenheit!«

»Das ist der Tod immer!«

»Werden Sie nicht pathetisch. Wo ist Ihr Forschergeist?«

»Suizid ist kein Phänomen, dem ich mich durch Selbstversuche anzunähern wünsche.«

»Sie müssen ja nicht gegen ihn kämpfen.«

»Wenn Sie dem Drachen das Gleiche in Bezug auf mich erklären könnten …«

Der Professor schwieg. Plötzlich flackerte es listig in seinen Augen.

»Haben Sie eigentlich alle ihre Scheine zusammen?«

»Was? Was hat denn das hier jetzt damit …«

Ein qualifizierter Teilnahmenachweis!, dachte Theodor, während sie in Begleitung einer Gruppe von Zwergen unter Anführung des Königs durch die Gänge schritten, ich bekomme einen qualifizierten Teilnahmenachweis für die Teilnahme an meinem eigenen Tod.

Er betrachtete die schwere, an der Spitze wie eine Säge gezahnte Lanze, die sie ihm in einer feierlichen Zeremonie überreicht hatten – drei Zwerge waren nötig gewesen, um die Waffe überhaupt anheben zu können –, und fragte den König: »Es sind sicher schon viele Drachen erfolgreich mit dieser Lanze getötet worden?«

Professor Welk übersetzte, und der König antwortete auf Zwergisch.

Nachdem sie eine Zeit lang schweigend weitergegangen waren und der Professor nicht geneigt schien, die Übersetzung von sich aus zu liefern, fragte Theodor: »Und, was hat er gesagt?«

»Wenn es Sie wirklich so sehr interessiert – er sagte: ›Viele haben bei dem tapferen Versuch heldenmütig ihr Leben gelassen.‹«

»Sehr inspirierend«, bemerkte der Student.

Am oberen Ende der Großen Treppe verabschiedeten sie sich von ihren zwergischen Begleitern. Der König schüttelte Theodor die Hand mit einem warmen Lächeln, das zu besagen schien: Im Falle des sehr wahrscheinlichen Ablebens des Studenten wird sich das Königreich Zeherkzal der Witwe und der Waisen annehmen. Da weder Witwe noch Waisen tatsächlich vorhanden waren, war das Lächeln des Königs, eines ökonomisch denkenden Zwergs, ein umso wärmeres.

Es zeigte sich, dass die Große Treppe eine Wendeltreppe war. Nach der ungefähr fünfhundertsten Umdrehung machte Theodor Bekanntschaft mit einem Phänomen namens *Großes Unwohlsein*.

Er lehnte sich schnaufend gegen die Wand und kämpfte mit dem Schwindelgefühl.

»Kommen Sie«, sagte der Professor aufmunternd, »wir haben schon fast ein Viertel geschafft.« Sein wissenschaftlicher Eifer schien keine körperlichen Grenzen zu kennen.

Mit einem resignativen Seufzer folgte der Student seinem Dozenten, um dessen spitzen Hut die schimmernde Aura von Grumins *Einfachem Lichtzauber* tanzte.

»Worum ging es eigentlich bei der Zeremonie im Thronsaal?«

»Nur um das Übliche«, antwortete Professor Welk, »der Segen der Götter wurde herabbeschworen auf die tapferen Helden und so weiter. Der König hielt eine sehr bewegende Rede, die mit den Worten schloss: ›Ich hoffe, ihr macht kurzen Prozess mit dem verdammten Biest, das sich unsere Schätze gekrallt hat.‹«

»Aber«, warf der Student ein, »ich meine, wir werden doch nicht wirklich mit ihm kämpfen, oder?«

»Nein, natürlich nicht.«

Der Student atmete auf.

Der Professor fuhr fort: »Gegen einen Drachen kämpfen! Sie sind ohnehin selten genug in den Fernen Ländern. Wahre Wunder der Schöpfung! Wussten Sie, dass Kroumul, der *alte Wurm* siebzehn Städte einäscherte, bevor er von Ruk, dem Kurzsichtigen, unter fragwürdigen Umständen erlegt wurde? Faszinierende Geschöpfe, Drachen! Nein, kämpfen werden wir nur im äußersten Notfall.«

Theodor versuchte sich einen äußersten Notfall vorzustellen, der ihn dazu bewegen konnte, mit einem Drachen zu kämpfen. Vermutlich, wenn er vor die Alternative gestellt wäre, entweder von einem Drachen *gefressen* zu werden oder gegen ihn zu *kämpfen*, was aber im Endeffekt nur Umschreibungen ein und desselben Vorgangs waren. Der Unterschied war höchstens ein rein semantischer: »Theodor, der tollkühn im offenen Kampf einem Drachen unterlag« hörte sich geringfügig heldenhafter an als: »Theodor, der sich tapfer von einem Drachen fressen ließ«.

»Ich weise Sie sogar darauf hin«, mahnte Professor Welk, »dass wir – und das gilt für unseren gesamten Aufenthalt in den Fernen Ländern – jede aktive Einflussnahme auf das Kausalgefüge der Welt vermeiden sollten. Wir sind hier als Wissenschaftler – und das heißt, unser Auftrag lautet: Beobachtung aus der Distanz. Die Fernen Länder sind ein fragiles phantastisches System, dessen Gleichgewicht durch die geringste Fremdeinwirkung empfindlich gestört werden kann. Das gilt natürlich auch und insbesondere für das Töten von Drachen.«

Sie gingen weiter.

»Ich erhoffe mir vor allem ein anregendes Gespräch mit ihm«, sagte der Professor nach einer Weile.

»Mit wem?«, fragte Theodor gedankenverloren.

»Mit dem Drachen.«

Der Student blieb abrupt stehen.

»Entschuldigung, ich habe da bestimmt etwas falsch verstanden. Sagten Sie eben gerade, Sie beabsichtigen, mit dem Drachen zu *reden*?«

»In der Tat, das sagte ich.«

Theodor starrte seinen Dozenten an. Der alte Phantastiker hatte einen seltsamen Sinn für Humor, wenn *Humor* in diesem Fall überhaupt die passende Bezeichnung war.

In seinen Vorlesungen hatte er in regelmäßigen Abständen den immer gleichen Witz erzählt (es ging um einen Kobold, der Komponist am Elfenhof werden will), ohne dass sich dem Studenten durch die ständige Wiederholung das Spaßhafte des Ganzen irgendwie erschlossen hätte. Der Professor hingegen schien seinen Witz für den Höhepunkt der Komik schlechthin zu halten, und es vergingen immer einige ausgesprochen peinliche Momente der Stille, hin und wieder unterbrochen von einem unterdrückten Kichern, bis sich der Dozent so weit gefasst hatte, dass er mit seinen Ausführungen fortfahren konnte.

Theodor entschied sich dafür – alles andere war zu schrecklich, um wahr zu sein –, die letzte Bemerkung seines Dozenten ebenfalls unter der Kategorie *hoffnungslos verschrobener Professoren-Humor* einzuordnen.

»Oh. Ha, ha«, bemühte er sich, höflich zu lachen.

»Ich weiß nicht, was es da zu lachen gibt«, sagte Professor Welk.

Der Student erbleichte (sofern Steintrolle dazu fähig sind). »Sie meinen ... Sie haben das ernst gemeint?«

»Natürlich.«

»Aber … *warum*?«

»Weil, wie Sie wissen sollten, Drachen zu den intelligentesten Geschöpfen der Fernen Länder gehören. Sie sind nur durch ihre gewissermaßen kleptomanische Fixierung auf Zwergenschätze etwas in Verruf geraten.«

»Und wegen ihrer Angewohnheit, praktisch alles zu fressen, was sich bewegt. Oder es wenigstens einzuäschern.«

Der Professor überhörte den Kommentar. »Man wird nicht mehrere Hundert oder sogar tausend Jahre alt, ohne ein beträchtliches Maß an Wissen anzusammeln. Dieser Drache erinnert sich unter Umständen an wichtige historische Ereignisse der Fernen Länder. Weil er sie leibhaftig miterlebt hat!«

»Genau. Wahrscheinlich war er gerade zufällig anwesend, als ganze Königreiche in Flammen aufgingen und Tausende starben. Etwas in der Art.«

»Laukzur, die Furchtbare Geißel des Himmels, hat Gentlin, dem Weisen, seine Memoiren diktiert – eine der wertvollsten geschichtlichen Überlieferungen, die wir besitzen!«

»Das Biest hat ihn gefressen!«

»Aber erst nach dem 25. Kapitel.«

Ein aus der Tiefe kommendes Geräusch unterbrach das Gespräch. Es war ein lautes, *unangenehmes* Geräusch. Ein Grollen, das im Infraschallbereich begann, den Boden unter Theodors Füßen erbeben ließ und sich dann zu etwas aufschwang, das sich anhörte, als hätten ungefähr fünfhundert Löwen einen äußerst schlechten Tag erwischt.

»Wunderbar«, sagte der Professor und nahm gleich zwei Treppenstufen auf einmal, »er ist wach.«

Dies ist das Protokoll Theodors, das er über die Begegnung mit dem Drachen verfasste. Er bekam, obwohl es nicht ganz den Erwartungen seines Dozenten entsprach, dafür den Nachweis einer qualifizierten Teilnahme (woran auch immer).

Protokollant: Theodor Welk.
Seminar: Selbstmord für Anfänger. 1. Lektion: Drachen.
Seminarleiter: Prof. Dr. »Der Drachenflüsterer« Welk

(Die im Original reichlich vorhandenen roten Unterstreichungen sind nicht wiedergegeben.)

Wir stiegen weiter die Große Treppe hinab. Gelegentlich hörten wir das Brüllen des Drachen, das, wie Professor Welk sich nicht enthalten konnte anzumerken, »auf ein besonders prächtiges Exemplar« schließen ließ.
Am Fuß der Treppe gelangten wir in einen langen Korridor, an dessen fernem Ende ein rötliches Glühen zu sehen war. Ein seltsamer Geruch, der an eine Mischung aus Schwefel und Maschinenöl erinnerte, erfüllte den Gang. Je weiter wir uns dem Glühen näherten, desto stärker wurde auch der Gestank. Das Brüllen war jetzt ohrenbetäubend, dazu kam ein furchtbares Kreischen, das sich anhörte, als bewege sich eine riesige verrostete Maschine.
Ich fragte den Professor, ob er es für ein Zeichen höherer Intelligenz bei Drachen halte, wenn sie allein im Dunkeln sinnlos vor sich hinbrüllten, woraufhin er antwortete, er habe es jedenfalls stets als Zeichen höherer Intelligenz bei Studenten begrüßt, wenn sie schwiegen, falls sie nichts zu sagen hätten.
Ich merke an dieser Stelle an, dass ich recht behalten habe.
(Hier findet sich im Original der von Prof. Welk an den Rand geschriebene Kommentar: »Rechthaberei ist keine adäquate wissenschaftliche Methode!«)
Als der Gestank die Grenze des Ertragbaren erreicht hatte, gelangten wir an ein großes, offen stehendes Tor. Das Glühen kam aus dem dahinter liegenden Raum, ebenso das Brüllen sowie etwas, das sich wie der Atem eines riesigen Tieres anhörte.
Die Luft war heiß und trocken.

»Also gut«, sagte der Professor, nahm seinen Hut ab und wischte sich den Schweiß von der Stirn, »gehen wir hinein.«

»Von *wir* kann keine Rede sein«, stellte Theodor fest. »Sie können sich meinetwegen von so vielen Drachen umbringen lassen, wie Sie wollen. Ich ziehe es vor, dem Vorgang aus sicherer Entfernung beizuwohnen.«

»Sind Sie wirklich sicher? So eine Gelegenheit bietet sich kein zweites Mal.«

»Das will ich hoffen.«

»Nun gut.« Der Professor setzte seinen Hut wieder auf. »Aber schreiben Sie sorgfältig mit, was Sie hören.« Er trat durch das Tor.

Theodor lehnte sich rücklings gegen die Wand und holte die Schriftrolle und Feder hervor, die der König zur Verfügung gestellt hatte – obwohl dem Zwerg nicht ganz verständlich gewesen war, inwieweit diese Utensilien beim Kampf gegen einen Drachen von Nutzen sein sollten.

Der Student vermochte allerdings trotz allem seine Neugier nicht völlig zu bezähmen, also riskierte er es, vorsichtig durch das Tor zu spähen. Er sah Folgendes:

Eine Halle, deren Ausmaße mit dem Wort *titanisch* beschreiben zu wollen einer Verniedlichung gleichkäme. Unstetes rotes Dämmerlicht erfüllte den unfassbar großen Raum. Gewaltige Säulen verloren sich oben im Dunkel. Rauch hing in dichten grauen Schwaden in der Luft.

In der Mitte der Halle lag auf einem Berg von matt glänzenden Schätzen – Theodor hielt bei dem Anblick den Atem an: der Drache.

Eine winzige Gestalt, verloren inmitten monumentaler Größenordnungen, ging auf den Drachen zu: der Professor.

Auf der einen Seite etwa zweihundert Tonnen Lebendgewicht, Schuppen mit der Undurchdringbarkeit massiver Stahlplatten, eine Flügelspannweite von sechzig Metern, Reißzähne mit der Schärfe von Rasierklingen und nicht zuletzt ein Flammenatem, gegenüber dessen Temperatur die in

Hochöfen vorherrschenden Verhältnisse geradezu erfrischend kühl genannt werden dürfen.

Auf der anderen Seite achtzig Zentimeter Gnom, angetrieben von einer Geistesverfassung, die der Professor selbst mit dem Ausdruck *wissenschaftliche Begeisterungsfähigkeit* umschrieb, die jede halbwegs rational denkende Person hingegen als *nackter Wahnsinn im Endstadium* bezeichnen musste.

»Wetten können jetzt abgeschlossen werden‹, murmelte der Student, zog den Kopf zurück und drückte sich, Schlimmes erwartend, gegen die Wand.

Er hörte die Stimme des Professors sagen: »Seid gegrüßt, ehrwürdiger Wurm. Ich bin gekommen, um Euch demütig zu bitten, mich an Eurem tiefen Wissen teilhaben zu lassen.«

Wenn der Drache ihn gefressen hat, dachte Theodor, laufe ich los. Das ist nicht feige, sondern ein Gebot der Vernunft.

Die Worte des Professors verhallten in langen Echos.

Nervenzersetzende Stille folgte.

Jede Sekunde erwartete Theodor, das entsetzliche Fauchen des Drachenfeuers zu hören.

Dann sprach der Drache.

Protokoll des stud. phant. Theodor Welk, Fortsetzung.

Der Drache sagte (ich zitiere aus meinen Notizen): »Ich bin ein Drache! Ich kann Feuer speien! Ich werde euch alle vernichten!« Dann fügte er noch hinzu: »Har Har Har!« (Dies steht keineswegs für ein tatsächliches Lachen, er sagte wortwörtlich: »Har Har Har«.)

Die Stimme des Drachen klang seltsam blechern, als käme sie aus einem übersteuerten Lautsprecher.

Ich hörte, wie sich Prof. Welk räusperte. Er sagte: »Na ja … wie gesagt … ich kam in der Absicht, ein Gespräch mit Euch zu führen, o weiser Wurm. Mich würde – um einen Anfang zu machen – insbesondere interessieren …«

Der Professor kam nicht dazu, auszusprechen, was ihn insbe-

sondere interessierte, denn er wurde von dem Drachen unterbrochen, der da sagte:
»Ich bin ein Drache! Ich kann Feuer speien! Ich werde euch alle vernichten! Har Har Har!«
Er sagte dies mit exakt der selben Betonung wie beim ersten Mal. Worauf Prof. Welk nichts zu antworten wusste als: »Ja ... ähm ... so so.«
Was der Drache zum Anlass nahm, für den Fall, dass in dieser Hinsicht noch Klärungsbedarf bestünde, zu wiederholen: »Ich bin ein Drache! Ich kann Feuer speien!« Etc.
An diesem Punkt begann ich darüber nachzudenken, dass Drachentöter doch eigentlich ein schöner und sinnvoller Beruf sei.

Irgendetwas scheint mit seinem Gehirn nicht ganz in Ordnung zu sein, dachte Professor Welk. Das heißt, sofern er überhaupt eins hat.

Ein Dialog wollte nicht recht entstehen. Der Drache wiederholte unablässig seinen wie auswendig gelernt klingenden Spruch und rollte dabei in einer irrsinnigen Weise mit den Augen. Die Augen waren überhaupt furchtbar. Nicht *furchtbar* in dem Sinn, wie man es bei Drachen erwarten würde, sondern *furchtbar*, weil sie keinem lebenden Wesen zu gehören schienen. Professor Welk hatte mehrmals vergeblich versucht, Blickkontakt herzustellen. Das Problem war: Der Drache schien gar nicht zu *sehen*. Seine Augen waren wie zwei Fenster, durch die man von außen in kalte, finstere Leere blickte. Oder, fiel dem Professor ein ebenfalls passender Vergleich ein, sie waren wie die Plastikaugen von billig gemachten Spielzeugtieren, bei denen zwei sinnlos hinter durchsichtigem Kunststoff kullernde schwarze Plastikscheiben die Pupillen darstellen sollen.

Zwischendurch hatte der Drache seinen Text vorübergehend geändert und ein Rätsel gestellt: »Was ist groß, kann Feuer speien und hat Schuppen?«

Drachen hatten traditionell eine Vorliebe für Rätsel. Frolpar, das Große Ärgernis, hatte jahrhundertelang am *Pass des Erwarteten Todes* auf der Lauer gelegen und jeden Wanderer gefressen, der ein von ihm, Frolpar, gestelltes Rätsel nicht zu lösen vermochte. Meistens fraß er sie auch im gegenteiligen Fall, was das ZKPRFL (»Zentrales Komitee zur Pflege der Rätselkultur in den Fernen Ländern«) dazu veranlasste, den Drachen öffentlich wegen unsportlichen Verhaltens zu rügen. Die bedauernswerte Gesandtschaft, die vom ZKPRFL zum *Pass des Erwarteten Todes* geschickt wurde, um Frolpar diese Botschaft zu überbringen, wurde von ihm vor die nicht unlösbare Aufgabe gestellt, folgendes Rätsel zu knacken: ›Was ist reichlich unverschämt, schmeckt besonders knusprig gebraten und kommt gerade recht zur Mittagszeit?‹

»Was ist groß, kann Feuer speien und hat Schuppen?«, wiederholte der Professor und kratzte sich theatralisch am Kopf. »Hm, das ist eine harte Nuss. Was könnte damit nur gemeint sein? Ist es vielleicht – ein Zirkusartist mit pflegebedürftiger Kopfhaut, der in seiner Kindheit an einem Versuchsprogramm für Wachstumshormone teilgenommen hat?«

Auf diese sarkastische Antwort folgten einige Augenblicke der Stille. Es soll nicht unterstellt werden, dass der Drache *nachdachte*. Zumindest hörte das Augenrollen kurzfristig auf. Professor Welk hielt den Atem an. Der Drache klappte den Kiefer auf und zu, wobei ein surrendes Geräusch erklang.

Dann hielt er es für angebracht, seine Zuhörer davon in Kenntnis zu setzen, dass er 1.) ein Drache sei, 2.) Feuer speien könne und 3.) sie alle vernichten werde.

»Na schön«, sagte der Professor mit vor Zorn bebender Stimme und ballte seine Gnomenfäuste. »Ich habe es im Guten versucht. Herr ... Welk«, rief er, ohne den Blick von dem Drachen abzuwenden, »wären Sie so freundlich, herzukommen. Und bringen Sie die Lanze mit.«

Unerwartet schien sich ein Ereignis anzukündigen. Unter ohrenbetäubendem Lärm richtete sich der Drache auf. Seine gewaltigen, fledermausartigen Schwingen entfalteten sich quietschend, während er, auf den Hinterbeinen stehend, seinen Schlangenhals in die Finsternis unter der Hallendecke stieß.

Der Professor sah undeutlich, wie sich etwa zwanzig Meter über ihm riesige Kiefer wie in einem schlecht synchronisierten Film bewegten.

Der Drache brüllte:

»Sterbt, Sterbliche!«

Und er spie Feuer.

Theodor hörte das Fauchen aus der Halle und roch … brennende Autoreifen? Der Professor schrie etwas, das in dem Lärm unterging.

Der Student nahm allen verfügbaren Mut (eine recht übersichtliche Portion) zusammen und trat vor das Tor. In seinem späteren Leben bezog er sich auf die folgenden Ereignisse stets unter der Bezeichnung: *Diese traumatisierende Drachengeschichte*, gefolgt von einem tiefen leidenden Seufzer und der Weigerung, weiter darüber zu sprechen.

Ihm direkt gegenüber erhob sich der Drache. Seine Schwingen öffneten und schlossen sich wie in Krämpfen, sein langer Hals zuckte wild hin und her und – das war das Schlimmste – sein Kopf brannte und schien zu *schmelzen*. Zwischen den züngelnden Flammen glaubte der Student nackte, metallisch glänzende Schädelknochen zu erkennen.

Der Gestank von verbranntem Gummi hing ölig und beißend in der Luft. Dicker schwarzer Rauch trieb durch die Halle.

Theodors Blick wanderte nach unten und fiel auf seinen Dozenten, der wie gebannt vor dem schwankenden Ungetüm stand.

»Laufen Sie, Professor«, schrie der Student, »er fällt!«

Entsetzt beobachtete Theodor, wie der Professor plötzlich die Arme in die Höhe riss, dann wie von einer unsichtbaren Faust getroffen zu Boden stürzte und reglos liegen blieb.

»Stehen Sie auf! Der Drache zerquetscht Sie!«

Professor Welk stand nicht auf. Theodor verharrte wie gelähmt auf der Torschwelle und sah zu, wie sich das unabwendbare Schicksal vollzog.

Seine Finger krümmten sich um den metallenen Schaft der Zwergenlanze, und wie zufällig fiel sein Blick auf die Waffe. Im flackernden Licht der Flammen sah er die kunstvollen goldenen Einlegearbeiten, die den Schaft entlangliefen und Szenen aus der ruhmreichen Geschichte zwergischer Drachenbekämpfung zeigten. Bramor, der Tapfere, tritt ganz allein Hrunkamorul, dem Schröcklichen Lindwurm, entgegen. (Wobei *ganz allein* bedeutete, dass bei diesem Kampf die Verluste auf zwergischer Seite in Grenzen gehalten werden konnten. Es gab nur ein Opfer namens Bramor, der Tapfere.) Filfin, der Kleine Happen, fordert Grogolosch, den Schlinger, heraus …

Theodor sah zu der regungslos auf dem Hallenboden liegenden Gestalt seines Dozenten hinüber. Er blickte auf zu dem Drachen, dessen Hals wie eine brennende Fackel hin und her peitschte.

Dann traf er die mutigste Entscheidung seines Lebens.

Theodor Welk, Student der Phantastik im 27. Semester, holte tief Luft. Und dann rannte er in die Halle.

Beißender Rauch drang in seine Lungen ein und nahm ihm den Atem. Hustend lief er weiter auf den Professor zu und versuchte, möglichst wenig an die außer Kontrolle geratenen, fauchenden und tobenden zweihundert Tonnen Drache direkt vor ihm zu denken.

Als er bei der kleinen Gestalt angekommen war, kniete er neben ihr nieder.

»Professor«, keuchte er atemlos. »Sie müssen aufstehen.« Er schüttelte den leblosen Körper und drehte ihn auf den Rücken. Das Gesicht seines Dozenten war bleich, die Augen geschlossen.

Theodor hob den für seine muskulösen Trollarme federleichten Gnom auf die Schulter und rannte los.

Hinter ihm machte der Drache einen unsicheren Schritt vorwärts und stürzte.

Als Theodor das Tor erreichte, schlug der Drache auf dem Boden auf. Sein Sturz ließ die Erde erbeben. Wo sich vor höchstens drei Sekunden noch der um sein und seines Professors Leben rennende Student befunden hatte, lag jetzt der riesige von Flammen umzüngelte, ausdruckslos grinsende Schädel des Drachen.

Theodor wandte sich ab. Er legte den Professor vorsichtig auf den Boden.

»Professor? Alles in Ordnung?«

Ein Ächzen war die Antwort.

Dann öffnete der Professor, plötzlich hellwach, die Augen und sprang auf, vergeblich nach seiner Brusttasche tastend, in der er normalerweise (vor seiner Gnom-Werdung) das Notizbuch und einen Stift bereitzuhalten pflegte.

»Meine Güte«, rief er, »haben Sie das gesehen?«

»Ich wünschte, ich könnte diese Frage mit *Nein* beantworten«, seufzte Theodor, der ein dankbareres Publikum für seine Heldentat verdient zu haben glaubte.

»Haben Sie alles verfolgen können? Ich meine, alles, was sich während meines vorübergehenden Bewusstseinsverlustes ereignet hat?«

»Folgendes«, sagte der Student, »hat sich zugetragen: Ich lief – und zwar *unter Einsatz meines Lebens* – in die Halle, hob Sie auf und brachte Sie hierher.«

»Nein«, sagte der Professor und überhörte die subtilen Hinweise Theodors, »ich meine, was sich ereignet hat im Hinblick auf den Drachen.«

»Er fiel um«, sagte Theodor kurz. Er war ziemlich beleidigt.

»Das ist alles?«

»Ja. Nebenbei: Was war eigentlich mit Ihnen los?«

»Psychosomagischer Schock«, antwortete Professor Welk.

»Aha«, sagte der Student. »Ach so.«

»Sie *wissen*, was ein psychosomagischer Schock ist, oder?«

»Sicher.«

»Und?«

»Ein psychosomagischer Schock ist … ein Schock … eine spezielle Art von Schock, die …«

»Seien Sie froh, dass das hier keine Prüfung ist«, unterbrach der Professor den wenig erfolgversprechenden Erklärungsversuch.

Beim nächsten Mal rette ich ihn nicht, dachte Theodor, o nein, wenn er das nächste Mal auf die Idee kommt, unbedingt einen gnomenfressenden Barbaren-Oger zu interviewen, werde ich ganz weit weg sein, während das Schicksal seinen wohlgeordneten und gerechten Lauf nimmt.

»Also«, fuhr Professor Welk fort, »wie Sie wissen sollten, besteht alles Sein in den Fernen Ländern aus den Drei Elementaren Grundkomponenten …«

»Materie, Geist und Magie«, leierte Theodor Auswendiggelerntes herunter.

»Richtig. Das gilt gleichermaßen für Lebewesen wie Zwerge, Medusengreife oder Sumpfschrate als auch für unbelebte Objekte wie Felsen, Feenschlösser oder Verfluchte Dämonenschwerter, (obwohl letztere eigentlich ein Sonderfall sind).

Dabei stellt die *Materie* die physische Substanz dar, der *Geist* den ideellen Gehalt beziehungsweise die Form und die *Magie* liefert die Energie, die nötig ist, um zwischen den beiden erstgenannten zu vermitteln, das heißt, um die Materie in ihrer spezifischen Form zu erhalten.

Vielleicht lässt es sich mit einem einfachen Beispiel veranschaulichen. Nehmen wir ein Haus. Dann wäre die *Materie* gewissermaßen das Baumaterial (Stein, Holz, Glas und so weiter), der *Geist* hingegen der architektonische Bauplan und die *Magie* dasjenige, wodurch alles zusammengehalten wird (Mörtel, Kitt, Schrauben und Nägel). Unnötig, anzumerken, dass dies ein sehr vereinfachtes Beispiel ist.

Die *Drei Elementaren Grundkomponenten* bilden eine notwendige Einheit. Es ist unmöglich, auf eine von ihnen unabhängig von den beiden anderen einzuwirken.

Kommen wir nunmehr zum Phänomen der *Zauberei.*«

Theodor seufzte. Gerade erst war er beinahe von einem brennenden Drachen erschlagen worden, und nun hörte er sich einen philosophischen Vortrag über phantastische Metaphysik an.

»Beim Vorgang des Zauberns bedient sich der Zaubernde seiner eigenen Magie sowie der magischen Hintergundstrahlung, um gewisse Effekte in der Umwelt zu erzielen. Hierbei macht er sich die eben genannte dreifache Einheit zunutze. Er ruft Veränderungen physischer und ideeller Art hervor, indem er die magische Ebene beeinflusst.

Technisch gesehen ist daher der Begriff *Zauberei* letztlich irreführend, legt er doch nahe, dass es sich ausschließlich um magische Vorgänge handelt. Richtiger wäre es, stattdessen von psychischer Modifikation physischer Realität mittels mago-energetischer Einwirkung zu sprechen. Können Sie mir folgen?«

»Oh ja, ich hänge geradezu an Ihren Lippen«, bemerkte der Student ironisch. »›Psychische Modifikation physischer Realität mittels mago-energetischer Einwirkung‹. Dadurch würde in der Tat alles unkomplizierter und auch spannender. ›Jämmerliche Wichte‹, lachte der finstere Hexenmeister hämisch, ›jetzt zeige ich euch die Macht der psychischen Modifikation physischer Realität mittels mago-energetischer Einwirkung!‹ Da liest man doch gerne weiter.«

»Ihr Sarkasmus ist hier fehl am Platz. Um leichte Konsumierbarkeit kann und darf sich die Phantastik nicht bemühen. Sie ist keine *Populärwissenschaft.* Wenden wir uns wieder dem Thema zu. *Zauberei* – bleiben wir trotzdem bei diesem Ausdruck – ist ein zweischneidiges Schwert. Indem der Zaubernde sich mit einem großen Teil seiner magischen Essenz selbst in einen Zauberspruch investiert, lehnt er sich (um doch einmal populär zu sprechen) in dieser Hinsicht sozusagen sehr weit aus dem Fenster und setzt sich verschiedenen Gefahren aus. Eine dieser Gefahren ist der *psychosomagische Schock*. Ein *psychosomagischer Schock* ist das Resultat eines plötzlichen extremen Verlustes magischer Energie mit Rückwirkung auf die körperliche und geistige Konstitution.

Und genau dies ist auch mir zugestoßen.«

Der Professor verstummte.

In Gedanken kehrte er in die Halle zurück, wo er vor wenigen Minuten dem Drachen gegenübergestanden hatte. Noch einmal durchlebte er die letzten Augenblicke vor seiner Ohnmacht.

Das Ungetüm richtete sich zu seiner ganzen Größe auf und brüllte: »Sterbt, Sterbliche!«

Seine Nüstern blähten sich, als es fauchend Luft einsog.

Zu spät erkannte der Professor, was der Drache vorhatte. Schützend hob er die Hände vors Gesicht, eine lächerliche Reflexhandlung, die nichts daran ändern konnte, dass in ein paar Sekunden nur noch ein Häuflein Asche von ihm übrig sein würde.

Es gab eine Explosion, und etwas zischte, als wäre ein riesiger Gashahn aufgedreht worden.

Als der Professor die Augen wieder öffnete, war er zu seinem grenzenlosen Erstaunen noch am Leben. Er richtete seinen Blick in die Höhe und sah, dass der Kopf des Drachen in Brand geraten war.

Aus dem zuckenden Hals schoss eine lohende Flamme, wie bei einer brennenden Ölquelle. Pechschwarzer Rauch quoll aus dem Brand hervor.

Jeder andere wäre bei diesem Anblick wohl zu der Entscheidung gelangt, genug gesehen zu haben – doch nicht Professor Welk.

Fieberhaft ging er die Zaubersprüche durch, die für diese Situation infrage kamen und entschied sich für *Kwetzlins Visuellen Magiedetektor.*

Sofort veränderte sich seine Wahrnehmung. Die gewöhnlichen Farben verblassten, dafür sah er nun bläulich schimmernde Fäden, die den Raum durchzogen: die natürliche magische Hintergrundstrahlung. Ihn selbst umgab eine dunkelblaue pulsierende Aura: seine eigene Gnomenzauberer-Magie.

Der Drache hingegen verwandelte sich in einen riesigen Schatten, einen drachenförmigen Schattenriss in der Welt, dunkler als das tiefste mitternächtliche Schwarz.

Gebannt starrte der Professor das monströse Nicht-Wesen vor sich an.

»Meine Güte«, murmelte er. »Pure konzentrierte Antimagie.«

Und dann sah er, dass er einen Fehler gemacht hatte.

Magie und Antimagie ziehen einander an wie gegensätzliche Magnetpole, und hier waren unfassbare Mengen antimagischer Substanz versammelt.

Wie eine sternenhelle Galaxie um ein schwarzes Loch kreiste blaue Magie um den Schattendrachen und wurde unaufhaltsam von ihm absorbiert.

Als er den Zauber gewirkt hatte, war der Professor selbst auf magischer Ebene aus sich herausgetreten, und damit hatte er sich entschieden zu weit vorgewagt.

Der antimagische Sog erfasste auch ihn, sein magisches Selbst wurde förmlich aus ihm herausgerissen, und plötzlich gab es zwei Professoren: einen, der in dem erstarrten, vor Schreck gelähmten Körper zurückblieb, und einen anderen, der schneller und schneller um das schattenhafte Nichts herumgewirbelt wurde, das ihn jeden Augenblick verschlingen würde.

Über diesem beängstigend schizophrenen Erlebnis verlor der Dozent das Bewusstsein.*

---

* Infolge eines *psychosomagischen Schocks,* wie der wissbegierige Leser anhand der vorangegangenen Erläuterungen des Professors leicht nachvollziehen kann.

»Professor?«

Professor Welk blinzelte.

»Alles in Ordnung?«

Theodor winkte mit seiner Hand vor den Augen des Dozenten.

Der Professor räusperte sich.

»Wie bitte?«

»Ich fragte, ob mit Ihnen alles in Ordnung ist. Sie waren wieder kurz weggetreten.«

Langsam kehrte Professor Welk ins Hier und Jetzt zurück.

»Ja«, sagte er, »jaja. Alles in Ordnung.« Er straffte sich. »Also schön. Dann sehen wir uns den Drachen mal näher an.«

Der Drache lag der Länge nach hingestreckt auf dem Boden der Halle. Sein Kopf war bis auf die verkohlten Schädelknochen verbrannt.

Eine schwarze, dicke Flüssigkeit tropfte an zahlreichen Stellen aus dem Körper des Ungetüms.

»Mir fällt da gerade diese Sache mit dem unverwundbar machenden Bad im Drachenblut ein«, sagte Theodor. »Ich meine, es ist zwar ein wenig unhygienisch, aber …«

»In diesem Fall würde ich Ihnen nicht allein aus hygienischen Rücksichten dringend davon abraten«, entgegnete Professor Welk. »Sagt Ihnen der Name ›Harmir, der Einarmige‹ etwas?

»Sollte er?«

»Nun, wir haben es hier mit einem *Großen Gebirgslindwurm* zu tun, und Harmir beschreibt in seinen Tagebüchern das Blut dieser Drachenart als *›gar von wenig der Haut schmeychellnder Art, vielmehr der schröcklichen Seure gleychend‹*. Um diese nützliche Information niederschreiben zu können, musste er übrigens von Links- auf Rechtshänder umlernen.«

»Wups«, sagte Theodor und trat einen Schritt von dem Drachen zurück. »Gut zu wissen.«

»Da sehen Sie, dass mangelnde phantastische Bildung im Extremfall zum Verlust eines oder mehrerer Körperteile führen kann.«

»In Ihren Vorlesungen habe ich diese Behauptung immer für leicht übertrieben gehalten.«

Der Professor zwirbelte nachdenklich seinen Gnomenbart.

»Obwohl ich mir nicht sicher bin, ob wir uns hier noch auf genuin phantastischem Gebiet bewegen«, sagte er zweifelnd.

»Was meinen Sie?«

»Nun ja, auf den ersten Blick sieht der Drache wie ein Großer Gebirgslindwurm aus, aber einiges spricht auch gegen diese Einordnung.« Der Professor erschauerte, als er an das Schattenwesen aus seiner magischen Vision dachte. »Vielleicht ist es eine Mutation.«

»Eine Mutation, die bei dem Versuch, Feuer zu speien, den eigenen Kopf anzündet? Scheint kein besonders überlebensfähiges Konzept der Evolution zu sein.«

»Seine intellektuellen Defizite waren ebenfalls merkwürdig. Der Große Gebirgslindwurm gilt sonst als ausgesprochen intelligent.«

»Dann war das hier definitiv kein Großer Gebirgslindwurm. Vielleicht ist ja sein Gehirn explodiert, als er über Ihren Lösungsvorschlag für das Rätsel nachdachte. Ist Ihnen übrigens auch aufgefallen, dass es hier nach verbranntem Kunststoff riecht?«

»Hm.«

Der Professor fuhr mit der Hand über den schuppigen Leib des Drachen. »Fassen Sie ihn mal an.«

Theodor berührte vorsichtig die Drachenhaut.

»Gummi? Das Biest besteht wirklich aus Gummi?«

»Zumindest aus etwas sehr Ähnlichem.«

Der Professor ging um den Drachen herum und blieb vor dem verkohlten Schädel stehen. »Stahl«, sagte er, und deutete auf die entblößten Kiefer. »Das sind keine Knochen, sondern Stahlträger.«

Er bückte sich und tauchte die Fingerspitze in eine der schwarzen Lachen.

»Und wenn ich mich nicht sehr täusche, ist das hier kein Blut, sondern …«

Er roch prüfend an der dicken Flüssigkeit.

»Öl.«

Theodor blickte seinen Dozenten fasziniert an. Er konnte sich nicht ganz von der Vorstellung befreien, dass der Professor unmittelbar davor stand, sich für den Namen *Hieronymus Neunfinger* zu empfehlen.

»Dann war das … eine Maschine?«, fragte er ungläubig.

»So sieht es aus. Und ich weiß beim besten Willen nicht, wer in den Fernen Ländern etwas Derartiges konstruieren würde.«

In diesem Moment begann sich der Drache aufzulösen. Zuerst schmolz seine grüne, schuppige Haut und klatschte in zähen Klumpen auf den Boden. Auch sein Metallskelett verflüssigte sich.

»Was passiert jetzt?«, fragte der Student.

»Ich habe wirklich nicht die geringste Ahnung«, antwortete der Professor. »Das ist wieder etwas, das eigentlich nicht passieren sollte. Jedenfalls nicht bei gewöhnlichen Drachen.«

Die Drachensubstanz floss auf dem Boden zusammen und bildete große Lachen, die wie tiefschwarzes Quecksilber aussahen.

»Ist das Magie?«, fragte Theodor.

»Eher das Gegenteil. Kommen Sie dem Zeug nicht zu nahe.«

Die einzelnen Lachen flossen zu einer einzigen zusammen, die schnell kleiner wurde. Plötzlich bildeten sich Formen in der schwarzen Flüssigkeit, etwas erhob sich aus ihr, eine schattenhafte, menschenähnliche Gestalt. Das Wesen drehte seinen Kopf hin und her, als hielte es nach etwas Ausschau, und einen Moment lang glaubte Theodor, einen durchdringenden Blick zu spüren, obwohl an der Gestalt keine Augen zu erkennen waren. Kälte strömte von der Erscheinung aus.

Dann fiel das schattenhafte Nichtwesen in die Lache zurück, die innerhalb weniger Augenblicke ganz verschwand.

»Was war denn das?«, hauchte Theodor. Er bemerkte erst jetzt, dass eine seltsame Lähmung seinen ganzen Körper ergriffen hatte, die sich nur langsam wieder löste.

»Ich wiederhole mich ungern, aber: Ich weiß es nicht. Mein persönliches Gefühl sagt mir jedoch: Nichts Gutes. Gleiche Frage bei höchstwahrscheinlich gleicher Antwort: Was ist das?«

Professor Welk zeigte auf einen kleinen, rechteckigen Gegenstand, der auf dem Boden zurückgeblieben war.

Theodor hob das Objekt auf. Es war eine metallene Plakette mit eingestanztem Text.

Der Student las:

© FANTASTIK AG. PROD.NR.: DRC4 6984VR9

Der Zwergenkönig und sein Gefolge erwarteten sie am unteren Ende der Treppe.

Nachdem der Professor und Theodor aufgebrochen waren, hatten die Zwerge eine kleine vorgezogene Trauerzeremonie für die *tapfer gefallenen Helden* abgehalten. Ein Ausgang des Unternehmens, der ohne Heldentod auskam, war denkbar, aber realistisch gesehen eher unwahrscheinlich.

Der König hatte sogar bereits zwei Urnen anfertigen lassen, um darin symbolisch die beiden vom Drachen eingeäscherten Abenteurer zu bestatten.

»Seien wir ehrlich«, hatte er gesagt, »ihre tatsächlichen Chancen sind bemerkenswert gering. Außerdem haben sie nicht einmal wie echte Drachentöter ausgesehen. Besonders der Gnom machte auf mich den Eindruck, als sei er etwas, nun ja, verwirrt.«

Als das Wüten des Drachen nachgelassen hatte, waren die

Zwerge leise die Treppe hinabgestiegen, um vorsichtig die neue Situation zu begutachten.

Erfahrungsgemäß rechneten sie damit, dass die *neue Situation* sich folgendermaßen darstellen würde:

Drache: 17 (=15+2), Drachentöter: 0.

Mit umso größerem Erstaunen registrierten die Zwerge die zwei Gestalten – eine große und eine kleine –, die nun auf sie zukamen.

»Ihr seid nicht … ich meine … ihr lebt?«, staunte der König und bedeutete zweien seiner Begleiter unauffällig, die Urnen hinter dem Rücken zu verstecken.

Es waren schlichte, sehr preiswerte Urnen, und der König hatte geplant, sie später von der Steuer abzusetzen, als betriebliche Ausgaben im weitesten Sinne.

»Das heißt … der Drache ist tot?«, fragte er ungläubig.

»Sozusagen«, antwortete der Professor.

Als sie die Halle betraten, hielt der König inne und sah sich verwundert um.

»Müsste hier nicht etwas mehr Drache herumliegen?«, fragte er.

»Das ist es, was ich mit *sozusagen* meine«, erklärte Professor Welk. »Der Drache ist verschwunden. Er hat sich gewissermaßen aufgelöst.«

»Aufgelöst? Ah, ich verstehe. Magie.«

»Nicht direkt, nein. Euer Majestät, wenn Sie mir einige Fragen über den Drachen beantworten könnten, wäre das sehr hilfreich. Zum einen … Euer Majestät?«

Der Blick des Königs hatte sich plötzlich verklärt. Er und sein Gefolge bewegten sich, als würden sie an unsichtbaren Schnüren dorthin gezogen, auf den jetzt drachenfreien Berg von Schätzen zu, der in der Mitte der Halle angehäuft war.

»Den Göttern sei Dank«, rief der König mit vor Rührung fast versagender Stimme, »es ist noch alles da! Jedenfalls«, fügte er in sachlicherem Tonfall hinzu, »sieht es ganz so aus. Wir müssen sofort eine Inventarliste aufstellen.« Er erteilte seinen Begleitern einige diesbezügliche Befehle und wandte sich dann wieder den beiden vermeintlichen Drachentötern zu.

»Mir fehlen die Worte«, strahlte er und schüttelte Theodor und dem Professor überschwänglich die Hände. »Mir fehlen die Worte, um euch in angemessener Weise meinen Dank auszusprechen. Seid versichert, dass ihr auf ewige Zeiten einen Platz als Helden in der zwergischen Geschichtsschreibung einnehmen werdet. Und zur Belohnung für die bestandenen Gefahren dürft ihr euch jeweils einen Gegenstand aus dem Schatz aussuchen.«

Es war dem Gesichtsausdruck des Zwergs anzusehen, dass er dieses erschreckend großzügige Angebot bereits bereute, kaum dass er es in der ersten Euphorie ausgesprochen hatte.

Theodor sah den Professor fragend an, und nachdem dieser die Worte des Königs übersetzt hatte, eilte der Student auf den riesigen Berg einladend funkelnder Drachenbeute zu.

Endlich, jubilierte es in ihm, endlich zahlt es sich aus!

Wie hatten sie doch die Hände über dem Kopf zusammengeschlagen: Phantastik, um Himmels willen, brotlose Kunst, lern lieber was Anständiges, Junge!

Ha!

Jetzt würde er sie eines Besseren belehren.

Man studierte eben doch nicht jahrzehntelang Phantastik, ohne einen praktischen Nutzen davon zu haben.

Gegen diese Behauptung sprachen in Wahrheit eindeutige statistische Befunde, die besagten: Im Regelfall konnte man sogar Jahrhunderte lang Phantastik studieren, ohne auch nur im Entferntesten jemals Bekanntschaft mit einem Phänomen namens *praktischer Nutzen* (auch bekannt als *Geld*) zu machen.

Aber für solch nüchterne Betrachtungen war der Student jetzt nicht in der Stimmung.

Mit fast zwergischer Obsession schwelgte er in den unermesslichen Schätzen.

Zärtlich streichelte sein Blick glitzernde Geschmeide, liebkoste feurige Edelsteine und umschmeichelte goldene Kleinode.

Eine dieser Kostbarkeiten gehörte bereits ihm, und bis er sich für das Einzelne entschied, war er damit in gewisser Weise, einer ebenso eigenwilligen wie gierigen Logik zufolge, Besitzer des gesamten Berges. Er kostete diesen virtuellen Reichtum einige erhabene Momente lang aus.

Schade, dass sie auch den Fotoapparat vergessen hatten, das wäre ein einmaliges Motiv gewesen: Der Phantastikstudent und erfolgreiche Drachentöter Theodor Welk posiert vor der von ihm sichergestellten Drachenbeute.

Sein Blick fiel auf eine reich mit Edelsteinen verzierte Krone, die inmitten des Schatzes lag.

Oder wie wäre es damit, dachte er mit zwergenhaftem Größenwahn: Theodor Welk, König unter dem Berg, begutachtet den Inhalt seiner Schatzkammer …

Unterdessen wandte sich Professor Welk wieder an den echten Zwergenkönig: »Wenn wir noch einmal auf den Drachen zurückkommen könnten, wie lange, sagten Sie, hielt er sich bereits hier unten auf?«

»Das ist eine seltsame Angelegenheit«, antwortete der Zwerg und beobachtete den Studenten nervös aus dem Augenwinkel. »Einerseits wird der große Lindwurm von Zeherkzal bereits in unseren ältesten Liedern erwähnt, aber … es tut mir leid, aber das können Sie wirklich nicht behalten!«

Der König rannte auf seinen kurzen Beinen zu den Schätzen, wo Theodor gerade einen riesigen Diamanten prüfend in der Hand wog.

»Was sagt er?«, fragte der Student.

»Er sagt«, übersetzte der Professor, »dass er bedauert, Ihnen diesen Diamanten nicht überlassen zu können. Es ist Borvils *Stein des Verewigten Lichts*, zwergisches Kulturerbe sozusagen.«

»Oh«, sagte der Student enttäuscht und legte den Diamanten zurück zu den übrigen Schätzen.

»Sie sagten eben«, näherte sich der Professor wieder dem Drachenthema an, »der Drache würde einerseits schon in den ältesten Liedern erwähnt. Wie lautet das *Andererseits* dazu?«

»Das ist das Seltsame«, entgegnete der König, ängstlich nach dem Studenten schielend. »Natürlich ist der Drache schon seit unvordenklichen Zeiten hier, aber… ich bin untröstlich, auch das können wir Ihnen keineswegs geben!«

Theodor sah seinen Dozenten fragend an.

»Sie haben da«, führte der aus, »Prinzessin Bronas Brautschmuck. Es versteht sich, dass die Zwerge sich von dieser überaus kostbaren Sammlung erlesener Schmuckstücke unmöglich trennen können.«

»Ja, ja, es versteht sich«, sagte der Student ein wenig gereizt und gab die überaus kostbare Sammlung erlesener Schmuckstücke einem der Zwerge, der sie mit einem knappen Nicken entgegennahm und auf seiner Inventarliste vermerkte.

»Sie meinten gerade«, nahm der Professor das unterbrochene Gespräch wieder auf, »der Drache sei natürlich seit unvordenklichen Zeiten hier, aber…«

»Ja, das ist ausgesprochen verwirrend, wenn man mal genauer darüber nachdenkt. Seit Ewigkeiten, aber *irgendwie auch erst seit gestern Abend*. Ähm. Sozusagen.«

Zwerge, dachte Theodor, geizige kleine… Geizkragen!

Er hatte eine Schmuckschatulle ausgeleert und füllte sie nun mit den zu Tausenden einzeln herumliegenden Goldstücken. Als er sich umwandte, sah er das verlegene Lächeln des Königs. Der Zwerg sagte etwas.

»Der König meint…«, begann der Professor.

»Sagen Sie nichts! Er sagt, dass er, sosehr es ihn auch in der Seele schmerzt, mir diese Goldstücke nicht geben kann. Weil sie – *und zwar jedes einzelne von ihnen* – teure Erinnerungsstücke für das sonst beinahe bis zur Verschwendungssucht freigiebige Volk der Zwerge sind.«

»Ihr Zwergisch hat Fortschritte gemacht.«

»Es ist eine ziemlich leicht verständliche Sprache. Mit begrenzten Inhalten.«

Nach langen Beratungen einigten sich die Zwerge schließlich darauf, Theodor und dem Professor für die geleisteten Dienste zunächst und wiederholt im Namen aller Bewohner von Zeherkzal herzlich zu danken.

Aus unerklärlichen Gründen schien diese sparsame Lösung dem König dennoch nicht ganz ausreichend, und daher überreichte man den Helden zudem feierlich zwei fast ganz neue Rucksäcke, in denen sich allerlei Nützliches für ihre weitere Reise befand.

»Es ist nicht viel«, sagte der König, obwohl ihn der Verlust offenkundig schwer angriff, »aber angesichts unserer derzeit angespannten finanziellen Lage …«

Im Hintergrund sortierten Zwerge die unschätzbaren Reichtümer aus dem Drachenraub.

Man brachte die beiden Helden zum Ehernen Tor, das aus dem Königreich Zeherkzal ins Freie führte.

Während sechzehn Zwerge die schweren Winden bedienten, die nötig waren, um das riesige Tor zu öffnen, fragte Theodor den Professor: »Sagen Sie, was machen Zwerge eigentlich mit ihrem ganzen Gold?«

»Sie bewahren es tief unter der Erde auf.«

»Sie meinen: wie Drachen?«

Goldenes Licht flutete in den Gang, als das Tor langsam aufschwang.

Ein kleines Zwergenorchester spielte blechern die Zeherkzalische Hymne, während der König ihnen ein letztes Mal die Hände schüttelte.

»Ihr habt dem Volk der Zwerge einen großen Dienst geleistet«, sagte er, »und werdet in den Hallen von Zeherkzal stets willkommen sein.«

»Natürlich nur, solange sich die verursachten Unkosten in

einem gewissen Rahmen halten«, erwiderte der Student mit einem süßlichen Lächeln.

Dann traten er und der Professor ins Freie.

Hinter ihnen schloss sich das Eherne Tor.

Eralkes, der Unbesiegte

»Ah!«, rief der Professor, »atmen Sie die Luft! Sehen Sie sich um! Die Fernen Länder!«

Es war in der Tat ein ausgesprochen schöner Frühlingsvormittag in einer nicht minder attraktiven Landschaft. Vom Ehernen Tor aus erstreckten sich sanft abfallende, mit lichten Kiefernwäldern bewachsene Abhänge bis in ferne jenseitige Täler. Weit unten in der Ebene glitzerte ein breiter, sich durch ausgedehnte Wälder schlängelnder Fluss im Sonnenlicht, und als Theodor den Kopf wandte und nach oben blickte, sah er die schneebedeckten Gipfel des Wolkengebirges vor dem blauen Himmel aufragen.

Sie folgten einem schmalen Pfad, der neben einem murmelnden, kristallklaren Gebirgsbach herlief.

Gegen Mittag rasteten sie im Schatten einer hohen Kiefer. Während sich der Student mit dem Proviant beschäftigte, breitete Professor Welk eine Karte der Fernen Länder, die ihnen die Zwerge mitgegeben hatten, auf dem Boden aus.

»Es ist keine sehr genaue Karte«, sagte er, »überhaupt lässt sich die Kartografie in den Ländern keineswegs als sonderlich exakte Wissenschaft bezeichnen, aber wir müssten uns etwa hier befinden. Ich würde vorschlagen, dass wir uns auf den Weg zur Stadt Sternheim machen. Das sollte in etwa … drei Tagesmärschen zu schaffen sein. Was meinen Sie?«

Theodor hielt mit Kauen inne. »Hören Sie das?«, fragte er statt einer Antwort.

Professor Welk lauschte.

»Ein Pferd?«

Hufschlag war zu hören, und wenig später kam um die nächste Biegung des Pfades ein Pferd auf sie zu. Eine mit Seilen fest verschnürte Gestalt lag quer über dem Sattel und schaukelte auf mitleiderweckende Weise im Trabrhythmus.

Theodor und der Professor wechselten einen stirnrunzelnden Blick.

»Ich denke, wir sollten das Pferd anhalten«, sagte der Professor.

»Kennen Sie sich mit Pferden aus?«, fragte der Student.

»Nicht besonders. Aber da ich mich in Gesellschaft eines zwei Meter großen Steintrolls befinde, für den es sicher kein Problem darstellen sollte, auch ohne umfassende equinologische Kenntnisse ein trabendes Pferd anzuhalten, ist das auch nicht so wichtig.«

Theodor erhob sich seufzend und stellte sich in Position.

»Ho oder Brr, oder etwas in der Art«, rief er unsicher, in der Annahme, dies sei die vorgeschriebene Weise, mit Pferden zu kommunizieren. Als das Tier an ihm vorbeikam, griff er nach dem Zaumzeug. Zu seiner Überraschung blieb das Pferd tatsächlich stehen.

»Ähm, braves Tier«, glaubte er sagen zu müssen und tätschelte die Flanke desselben.

Es war ein recht kläglich und ausgehungert wirkender Gaul, einer von der Sorte, die man gewöhnlich als *Schindmähre* zu bezeichnen pflegt.

Jetzt meldete sich auch der Gefesselte zu Wort, allerdings war nicht eindeutig klar, worauf er hinauswollte, was vor allem daran lag, dass er mit einem schmutzigen Stofffetzen geknebelt war. Er wirkte aber sehr aufgeregt.

Theodor hob ihn vom Sattel und stellte ihn auf die Beine.

Kaum hatte er ihn von seinem Knebel befreit, da sagte der Gefangene: »Gruß, einfaches Volk. Habt Verständnis, dass ich euch nicht länger mit meiner Gesellschaft beehren kann, dieweilen ich in diesem Gebirg auf die Jagd nach diebischem Raubgesindel und anderem dergleichen Gelichter ausgehe.«

Darauf, insbesondere auf die Anrede *einfaches Volk* wusste der Student erst einmal nichts zu entgegnen.

Als er die Sprache schließlich wiedergefunden hatte, sagte er: »Äh, okay. Aber vielleicht sollten wir Sie trotzdem zuerst von den Fesseln befreien?«

Der Gefangene sah an sich herab, als fiele ihm jetzt erst auf, dass er von oben bis unten verschnürt war.

»Nun … wohlan«, sagte er bedächtig, und sein Gesicht büßte dabei nur für den Bruchteil einer Sekunde seinen Ausdruck würdevoller Überlegenheit ein, »eine kurze Rast zur rechten Zeit … So es ihm gefallen mag, indessen meine Fesseln zu lösen, will ich es ihn nicht hindern.«

»Zu gütig«, sagte der Student ironisch und ging zu den Rucksäcken, um ein Messer zu holen.

Dabei warf er dem Professor einen Blick zu, der besagte: Sicherlich kennen Sie Waltmeyers Dissertation mit dem Titel *›Meschuggene Hofnarren und umnachtete Dorftrottel – Irrsinn in den Fernen Ländern‹*?

Während Theodor die Fesseln durchschnitt, versuchte der Professor ein Gespräch anzuknüpfen.

»Dürfte ich mich nach Ihrem Namen erkundigen?«, fragte er höflich.

Der Gefangene maß ihn aristokratisch von oben herab und entgegnete: »Er darf. Wisset denn, dass ich Eralkes bin. Eralkes, der Unbesiegte Held.«

Der Student hielt inne.

»Entschuldigung, sagten Sie Eralkes, *der Unbesiegte Held?*«

Der Träger dieses offenbar in Zweifel gezogenen Namens funkelte ihn furchterregend an.

»In der Tat, das sagte ich. Eralkes, *der Unbesiegte Held.* Hat Er daran etwas auszusetzen?«

»Auszusetzen? Nein, natürlich nicht«, murmelte Theodor, »ich dachte nur …«

»Sie sind Eralkes, der Unbesiegte Held?«, fragte nun auch Professor Welk erstaunt. »*Der* Eralkes? Der Strahlende Ritter, der Erste unter Vielen aus König Urthars illustrer Runde nahezu gleichgestellter Vasallen? Der unbestritten größte Abenteurer der Fernen Länder? Jener Eralkes, der vier Mal den untoten Rieseneber in den Verdammten Wäldern besiegte?«

»Ist ihm noch ein anderer dieses Namens bekannt, der dies vollbracht hätte?«, fragte Eralkes stolz und warf die Fesseln, die der Student inzwischen durchschnitten hatte, nachlässig von sich.

Wie er jetzt dastand, aufrecht und edelmännisch, und seine langen goldenen Haare im Wind wehen ließ, wirkte er überaus heroisch und ritterlich.

Dieser Eindruck wäre möglicherweise noch großartiger gewesen, wenn Eralkes, der Unbesiegte Held, zu diesem Zeitpunkt mehr getragen hätte als alte, zerschlissene Ganzkörper-Wollunterwäsche.

»Ah, die Verdammten Wälder. Glorreiche Zeiten!«, rief er aus. »Dreimal streckte ich den wütenden Eber nieder, und dreimal erhob er sich aufs Neue, doch beim vierten Mal tat ich, wie mir der weise Zauberer Schelfur geheißen und ließ drei Tropfen Sonnentau aus der Phiole, welche er mir mitgegeben, auf die röchelnde Kreatur fallen, und das unheilige Leben wich aus dem Gebein.«

»Und was ist Ihnen eigentlich genau … zugestoßen?«, fragte der Student vorsichtig.

»Oh«, erwiderte der Unbesiegte Held, noch in vergangenem Ruhm schwelgend, »nachdem ich die untote Bestie erlegt hatte, kehrte ich im Triumphe zurück an König Urthars Hof und ehelichte dort die edle Prinzessin Dolcinea.«

»Worauf ich eigentlich hinauswollte … wer hat Sie so … zugerichtet?«

Ein Schatten legte sich flüchtig auf das Antlitz des Helden.

»Sagte ich's nicht bereits, dass ich auf der Jagd sei nach Wegelagerern und lichtscheuem Gesindel? Das heißt – ich war's: Bis ein tumber Troll und ein Gnomengreis mir in den Weg gerieten.«

»Sie sind also«, bohrte der Student weiter, den *tumben Troll* und ein empörendes Ausmaß an Undank ignorierend, »von Wegelagerern beziehungsweise lichtscheuem Gesindel überfallen worden?«

Jetzt blickte der Unbesiegte Held wirklich gequält.

»Nun«, begann er, »*Überfall* ist ein allzu großes Wort, mir schien es eher eine Art Hinterhalt zu sein …«

»Und die Räuber waren natürlich in der Überzahl?«

»Oh«, rief Eralkes, sich an diesem letzten ehrenrettenden Strohhalm festklammernd, »oh, natürlich waren sie in der Überzahl! Es waren ihrer zw…ei…«

Er blickte kurz zur Seite und fügte dann schnell hinzu:

»…undzwanzig.«

»Ein ungleicher Kampf«, kommentierte der Student.

»Ein höchst ungleicher Kampf!«, bestätigte der Held, froh, dass das Gespräch doch noch auf den richtigen Kurs gekommen war. »Man stelle sich vor: Eralkes, der Unbesiegte Held gegen siebenundzwanzig …«

»Zweiundzwanzig«, warf Theodor ein.

»… vierunddreißig simple Strauchdiebe! Eine Aventüre ohne jede Aussicht auf Ruhm und Ehre!«

»Wem sagen Sie das!«, meinte der Student.

»Keineswegs der Stoff, aus dem Heldenlieder gemacht sind!«

»Keineswegs.«

»Darum«, erklärte stolz Eralkes, der Unbesiegte Held, »habe ich sie auch gewinnen lassen.«

Nach einem längeren Stillschweigen räusperte sich der Professor und fragte: »Und welche Abenteuer, ich meine Aventüren, planen Sie in nächster Zeit sonst noch zu bestehen?«

»Er fragt zurecht«, entgegnete der Unbesiegte Held, »denn fürwahr habe ich Wichtigeres zu tun, als mich mit feigem Diebsgesindel abzugeben …«

»Zahlenmäßig überlegenem, feigem Diebsgesindel, vor dem Sie ehrenhaft kapitulieren«, bemerkte Theodor.

»… und so wisset denn«, fuhr Eralkes unbeirrt fort, »dass ich vor vielen Sonnenumläufen ausgezogen bin, den sagenhaften *Verlorenen Tempel* zu suchen und – so die Götter mir gnädig sind – auch zu finden.«

Professor Welk schnippte mit den Fingern.

»Natürlich!«, rief er, »der *Verlorene Tempel* von Smirfel, dem Halbblinden Gott des Traurigen Scherzes! So steht es in den Verschollenen Chroniken, S. 514 ff., wenn ich nicht irre!«

Eralkes sah ihn misstrauisch an.

»Er scheint mir erstaunlich gut informiert zu sein«, sagte er, »Er ist doch nicht am Ende ein verkappter Nigromant und Schwarzkünstler, ausgesandt, mich mit ruchloser Magie zu umgarnen?«

»Oh«, meinte der Professor, der nun merkte, dass er in der ersten Begeisterung wohl etwas zu viel gesagt hatte, »nein, nichts weniger als das. Ich bin nur … sagen wir, ich bin ein großer Bewunderer Ihrer Heldentaten.«

Eralkes richtete sich auf und präsentierte sich ritterlich in seiner praktischen, langen Wollunterwäsche.

»Das ist wahrlich ein würdiger Gegenstand der Bewunderung«, sagte er geschmeichelt.

»Aber genug geplaudert«, fügte er hinzu, »ich habe schon zu viel Zeit verloren. Noch vor dem nächsten Tagesanbruch will ich, wenn das Schicksal mir lächelt, den *Verlorenen Tempel finden.*«

»Na, dann viel Glück«, wünschte der Student. »Bei *Verlo-*

renen Tempeln weiß man ja nie so genau, wo man zuerst suchen soll. Meistens hilft es, wenn man sich ein, zwei Minuten hinsetzt und in aller Ruhe nachdenkt. Wann und wo habe ich ihn zuletzt gesehen? War er beim letzten Gottesdienst noch da? Ist er vielleicht in der anderen Hose? Und dann stellt sich heraus, dass man ihn die ganze Zeit auf der Nase gehabt hat.«

»Herr Welk«, sagte der Professor tadelnd, »wenn Sie in meiner Vorlesung über Unbekannte Schätze aufgepasst hätten, dann wüssten Sie, dass Eralkes eine Karte besitzt, die er zufällig in der Versunkenen Bibliothek in einer Erstausgabe der Memoiren Johelms, des Vergesslichen, entdeckt ...«

Er unterbrach sich.

»Jedenfalls kann ich mir gut vorstellen, dass es sich so, ähm, abgespielt haben könnte ...«, ergänzte er hastig.

Eralkes hob die Augenbrauen.

»Ist Er ganz sicher, dass Er nicht doch ein Hexenmeister und Geisterbeschwörer ist?«, fragte er. »Aber Er hat recht: Ich besitze eine Karte. Sie befindet sich hier in den Satteltaschen meines treuen Streitrosses.«

»Welche Satteltaschen?«, fragte der Student.

Sie wandten sich dem so genannten *treuen Streitross* zu, das an einem Grasbüschel kaute und dabei melancholisch vor sich hin sah.

»Ah ... ja«, sagte Eralkes langsam. »Das heißt, sie ist dann wohl in den Satteltaschen meines ... *anderen* treuen Streitrosses ...«

»Haha«, bemerkte Theodor lustig, »dann sind Sie jetzt also auf der Suche nach der Verlorenen Karte zum *Verlorenen Tempel*. Haha.«

Auf den Unbesiegten Helden wirkte diese Art von Humor keineswegs erheiternd. Sein Gesicht verfinsterte sich.

»Will Er sich etwa über mich lustig machen, Bube?«, brauste er auf und zog sein Schwert bzw. hätte es gezogen, wenn es ihm nicht ebenfalls abhandengekommen wäre.

»Er ist wohl kaum satisfaktionsfähig, aber eine tüchtige Tracht Prügel kann ich ihm allemal verabfolgen, Bauerntölpel!«

»Wie haben Sie mich gerade genannt?«

Theodor ballte seine Trollfäuste.

»Aber bitte«, beruhigte der Professor, »es gibt doch keinen Grund zu streiten. Bleiben wir friedlich. Herr Eralkes, es wäre uns eine Ehre, wenn wir Sie auf der Suche nach dem Tempel begleiten dürften.«

»Was?! Sie entschuldigen uns einen Augenblick.«

Der Student nickte Eralkes zu und zog Professor Welk zur Seite.

»Das meinen Sie doch wohl nicht ernst«, flüsterte er. »Ihnen kann unmöglich entgangen sein, dass er nicht mehr alle beieinander hat.«

»Aber er ist Eralkes, der Unbesiegte! Der größte Held der Fernen Länder! Wissen Sie, was das bedeutet?«

»Dass die meisten Heldenstorys heillos übertrieben sind?«

»Nun ja«, räumte der Professor ein, »ich muss zugeben, dass er ein wenig instabil wirkt ...«

»Ein wenig? Der Typ ist eine tickende mentale Zeitbombe! Und Sie glauben doch nicht im Ernst, dass er jemals wirklich diesen *Verlorenen Tempel* finden wird!«

»Oh, da irren Sie sich! Er wird ihn finden, und zwar noch heute, ganz zweifellos. Es steht alles in den Verschollenen Chroniken. Sie wissen, was die Verschollenen Chroniken sind?«, fragte er im Prüfungstonfall.

»Natürlich«, log der Student.

»Ich höre?«

»Die Verschollenen Chroniken«, begann Theodor, der plötzlich zu schwitzen anfing, »sind die ... berühmten Chroniken, die ...«

»Ja?«

»... verschollen ... sind.«

Professor Welk schüttelte den Kopf.

»Ich bin immer wieder entsetzt«, sagte er, »wie wenig Grundlagenwissen die jungen Leute heutzutage ins Studium mitbringen.«

Der Professor wandte sich dem Unbesiegten Helden zu, der mittlerweile auf sein Pferd gestiegen war.

»Wie steht es?«, fragte er. »Gestatten Sie uns, Sie zu begleiten?«

»Ich werde euch nicht davon abhalten, sofern ihr mir nicht zur Last fallt. Und wer weiß: Vielleicht wird es nicht von Übel sein, einen Gnomengelehrten und einen Pferdeknecht im Gefolge zu haben.«

»Ich schwör's«, murmelte Theodor, mit den Zähnen knirschend, »wenn er mich noch einmal Bube, Bauerntölpel oder Pferdeknecht nennt, dann hau ich ihm eins in die Schnauze.«

»Und so machte sich auf Eralkes, dem keyner je glich und gleychen wird an Armes Krafft noch Fortüne, und er zog ins Gebürg, zu finden den Tempel der verloren ward. Durch steinerne Wüsteneyn, unter der Berge dräuenden Häuptern ritt er hin auf seinem treuen Steitross Aspegos, dem Geflügelten, welcher wacker ihn getragen zu mancher Ruhmestat …«

(Die Verschollenen Chroniken, S. 563)

»›Der Geflügelte‹?«, fragte der Student. »Ist das irgendwie als Metapher gemeint? Ich kann jedenfalls keine Flügel an seinem Pferd erkennen.«

»Wenn Er es unbedingt wissen muss«, antwortete Eralkes entnervt, sich im Sattel umwendend, »Er hat recht gesehen. Aspegos ist es nicht, sondern … ein andres Pferd. Es ward … gegen jenen eingetauscht …«

»Ein geflügeltes Streitross gegen diesen Klepper?«, lachte der Student. »Das hört sich ja nach einem sehr vorteilhaften Tauschhandel an. Ich schätze, das feige, zahlenmäßig überlegene Diebsgesindel war an diesem Geschäft beteiligt?«

»Die hinterhältige Bande!«, knurrte Eralkes. Dann hellte sich sein Gesicht auf, als wäre ihm ein erleuchtender Gedanke gekommen.

»Doch blöde Toren waren es! Nicht wussten sie, welch edlen Rappen sie mir leichtfertig überließen!«

Eralkes tätschelte den Hals des angeblich edlen Rappens, der unbeeindruckt rheumatisch vor sich hintrottete.

»Denn sein Name ist ... Eisnorant, der ... Eilige. Ein tückischer Zauberer gab ihm diese klägliche Gestalt, doch er ist schneller als der Wind!«, behauptete der Held, strahlend über diesen großartigen Einfall.

Theodor maß Eisnorant, den Eiligen, mit einem kurzen Blick.

Seiner Ansicht nach gab es genau zwei Gelegenheiten, bei denen sich diese traurige Erscheinung zu Recht mit dem Prädikat *schneller als der Wind* schmücken durfte:

Entweder an einem sehr, sehr windstillen Tag oder im freien Fall von einer hohen Klippe.

Doch er hielt es für klüger, diesen Gedanken für sich zu behalten.

»... bis die Nacht, die Schattenbringende, anbrach, und als der Sonne rotes Aug am Himmelsrand verblassete, wandte sich der Held an seine Getreuen und sprach ...«

(Die Verschollenen Chroniken, S. 601)

Eralkes schwieg. Er sah aus, als formulierte sein Verstand Wörter, die seine Lippen unmöglich aussprechen konnten.

»Er hat sich verlaufen«, flüsterte der Student, »ich hab es doch gesagt: Er hat sich verlaufen.«

Der Unbesiegte Held blickte nach Westen, in die untergehende Sonne, er sah nach Osten, nach Norden, nach Süden. Er räusperte sich.

»Fürwahr«, begann er unsicher. »Wenn nicht meine Sinne umdunstet sind von böser Zaubermacht, so dünkt mich, in dieser Richtung ...«

»Oh nein«, sagte Theodor und setzte sich demonstrativ auf den Boden. »Ich gehe heute keinen Schritt mehr. Professor, es wird kalt. Wenn Sie so gut wären, ein Feuer anzuzünden, mit Prugars *Tollem Entflammer*. Oder so.«

Für einen Augenblick verfinsterte sich die Miene des Helden, und es schien, als stünde ein neuer hochpathetischer Wutanfall bevor. Dann aber seufzte er schwermütig und stieg müde aus dem Sattel.

»Vielleicht hat er recht«, sagte er. »Es ist nicht gut, in der Nacht zu wandern, wenn die Dunkelheit regiert und die Herzen verschließt mit dem Siegel der Sorge. Das Licht des neuen Tages wird auch neue Hoffnung bringen.«

Die Serie herber Rückschläge, die er in der letzten Zeit erlitten hatte, schien Eralkes ernsthaft zu deprimieren.

Schließlich gelang es Professor Welk, der sich offenbar bestens in der Lebensgeschichte des Helden auskannte, ihn in ein Gespräch über seine vergangenen ruhmreichen Taten zu verwickeln und so etwas aufzumuntern.

Zu dritt saßen sie um das prasselnde Lagerfeuer, während über ihnen am tiefblauen Abendhimmel die ersten Sterne zu funkeln begannen, und Eralkes erzählte: Wie er damals in der golossischen Wüste Gnobuir, den neunzehnarmigen Assassinenlurch niedergerungen, oder wie er das Reich der Kristallfeen vor dem Untergang bewahrt hatte. Er sang sogar mit angenehmer Singstimme die ersten paar Strophen eines 12 000versigen Heldenliedes, das der unsterbliche Dichter Wolfgram von Trobenstein auf ihn gedichtet hatte.

Endlich legten sie sich schlafen, zuversichtlich, dass sie am nächsten Tag das begonnene Abenteuer zu einem guten Abschluss bringen und den *Verlorenen Tempel* finden würden.

Theodor träumte von Bergen funkelnder und glitzernder Zwergenschätze, nach denen er nur die Hand ausstrecken musste, um sie zu besitzen, was ihm aber entnervenderweise nicht gelingen wollte, bis er gegen halb sechs Uhr morgens von einer leidenschaftlichen Ansprache geweckt wurde, die etwa so klang:

»Erwacht, treue Gefährten«, sagte Eralkes, »der Morgen zieht herauf, ein neuer Tag bricht an, ein Tag für große Taten, die über das Schicksal vieler …«

»Wgschtrl«, murmelte Theodor lautmalerisch, zog sich seinen Schlafsack über den Kopf und kehrte zu den Zwergenschätzen zurück.

Jetzt schob sich das lächelnde Gesicht des Zwergenkönigs von Zeherkzal vor die Schätze.

»Nach Abzug der Steuern (Lohnsteuer, Edelmetallsteuer, Realismussteuer etc.), Spesen, Versicherungskosten et cetera«, sagte der König, »bleibt Ihnen ein Anteil von …«

Dann sagte die Stimme des Professors: »Er ist weg.«

Theodor erwachte. Es war bereits heller Tag.

»Wer ist weg?«, fragte der Student und gähnte.

»Eralkes«, antwortete der Professor. »Sein Pferd ist auch nicht mehr da.«

»Ach ja«, sagte Theodor, »er ist irgendwann heute Morgen losgezogen. Hat was erzählt von großen Taten und so.«

»Und Sie haben ihn einfach gehen lassen? Ohne mich zu wecken?«

»Es war mitten in der Nacht. Meine Güte, ich bin Student. Vor zehn Uhr ist mit mir nicht viel anzufangen …«

»Hm«, machte der Professor. »Wir sollten ihn lieber suchen. Er könnte Hilfe gebrauchen.«

»Ich weiß nicht, ob wir für die Art von Hilfe qualifiziert sind, die er wirklich braucht …«

»… denn am Abend des ersten Tages stieg er hinab ins Tal und fand dort den Tempel …«

(Die Verschollenen Chroniken, S. 601)

»Moment mal«, sagte Theodor, »heute ist aber schon der zweite Tag.«

»Ja«, entgegnete der Professor. »Das bereitet mir auch Sorgen. Die Chronologie der Ereignisse stimmt nicht mehr. Und auch sonst scheint mir einiges durcheinandergeraten zu sein. Wenn man den zahllosen Quellen glauben darf, dann *ist* Eralkes wirklich der größte Held der Fernen Länder, und nicht etwa …«

»… jemand mit schweren psychischen Problemen?«, ergänzte der Student.

»Es ergibt keinen Sinn«, sagte der Professor. »Eralkes, der Unbesiegte, ausgeraubt von einfachen Wegelagerern? Diese Episode wird nirgends erwähnt …«

Professor Welk sah nachdenklich vor sich hin.

Dann schnallte er sich seinen Zwergenrucksack um.

»Also gut, gehen wir es an. Von hier bis zum Tempel sind es etwa vier Ferne-Länder-Meilen.«

Der Student starrte ihn an.

»Sie wissen, wo der Tempel ist? Und warum haben Sie uns dann gestern stundenlang in die Irre laufen lassen?«

»Denken Sie an das, was ich Ihnen bereits in Zehnerkzal gesagt habe: Wir sind hier als Wissenschaftler, nicht als aktiv Handelnde«, entgegnete der Professor. »Ich wollte nach Möglichkeit vermeiden, Eralkes in seinen Entscheidungen zu beeinflussen. Aber in einem Notfall wie diesem sehe ich mich gezwungen, meine Forscherneutralität temporär aufzugeben.«

Dank der fundierten Kenntnisse des Professors in phantastischer Geografie gelang es ihnen bald, den Eingang der Schlucht zu finden, die zum *Verlorenen Tempel* führte. (Tatsächlich wäre es Professor Welk um einiges leichter gefallen, das Verborgene Dorf der Unsichtbaren Wichtel im Wald der Irrwege zu lokalisieren, als jemandem in seiner irdischen Heimatstadt den Weg zur nächsten Tankstelle zu weisen.)

Vor der Schlucht fanden sie auch Eralkes' Pferd, das friedlich Gras weidete.

Und sie fanden das Schild.

ZUM VERLORENEN TEMPEL.
SOUVENIRSHOP.
IMBISS
NÄCHSTE AUSFAHRT.

»Ähm«, sagte der Student, »wird das hier auch in den Verschollenen Chroniken erwähnt?«

»Das scheint mir … bedenklich unauthentisch«, antwortete der Professor.

In diesem Augenblick war ein furchteinflößendes Brüllen aus der Schlucht zu hören, gefolgt vom Nachklang eines vielfachen Echos.

Theodor erbleichte. »Was war denn das?«

»Der Kampfschrei von cyclops brutalis specialis, des Ziemlich Brutalen Zyklopen«, erklärte der Professor. »Cyclops brutalis erreicht eine durchschnittliche Körpergröße von viereinhalb Metern. Seine Nahrung besteht vorwiegend aus größeren Säugetieren wie Schafen, Ziegen oder Kühen, die er in kleineren Herden auch selbst hält. Sofern er welche bekommen kann, verschmäht er allerdings auch Menschen oder Menschenähnliche keinesfalls.«

Mehrere Stimmen antworteten der ersten, tief und dröhnend wie die unheilverkündenden Posaunen in der Zyklopensymphonie des bekannten Tondichters Zarg von Bresgo.

»Trolle sind *menschenähnlich*, oder?«, fragte der Student, der sich langsam rückwärts gehend von der Schlucht entfernte.

»Natürlich.«

»Gut zu wissen.«

Der Student wandte sich um und begann zu laufen.

»Warten Sie.« Professor Welk hob die Hand.

In der Schlucht rief jemand:

»Aus dem Weg, vernunftlose Bestien, so ihr nicht von meiner Hand fallen wollt!«

Gegenüber dem Brüllen der Zyklopen wirkte die Stimme klein und unbedeutend, doch was ihr an Volumen fehlte, machte sie mit (je nach Standpunkt) heroischem Selbstbewusstsein oder selbstmörderischem Größenwahn mehr als wett.

Theodor blieb stehen.

»Ist das Eralkes?«, fragte er.

»Nun, wohlan«, rief die Stimme, »wenn mein Wort euch nicht zu belehren vermag, so muss es wohl mein Schwert!«

Und nach einer kurzen Pause fügte sie, nicht mehr ganz so selbstsicher, hinzu: »Da, ähm, meine treffliche Klinge … abhandenkam, muss wohl meines Armes Kraft genügen.«

Vielstimmiges, erderschütterndes Brüllen war die Antwort.

»Sieht aus, als wenn cyclops brutalis specialis heute noch jemand Menschenähnlichen auf dem Speiseplan stehen hat«, bemerkte der Student.

»Keineswegs«, sagte der Dozent. »Eralkes geht siegreich aus dem Kampf mit den Zyklopen in der Grausigen Schlucht hervor. So steht es in den Verschollenen Chroniken.«

»… und es stürzete der Unbesiegte Held, Günstling der Götter, wütig auf die Unholde sich, wie der grause Wolf auf die weißfelligen Lämmer …«

(Die Verschollenen Chroniken, S. 567)

In der Schlucht wurde es still. Theodor und der Professor warteten.

Dann durchbrach ein entsetzliches Heulen die gespannte Stille.

»Was war das jetzt?«, fragte Theodor. »Der Todesschrei des Ziemlich Brutalen Zyklopen?«

Diesmal erbleichte der Professor. »Das Siegesgeheul von brutalis specialis«, murmelte er. »Aber das kann nicht sein …«

»Was kann nicht sein? Dass ein unbewaffneter, nicht ganz normaler Typ in Ganzkörperwollunterwäsche gegen eine Horde durchschnittlich viereinhalb Meter großer menschenfressender Riesen den Kürzeren zieht? Es ist zwar unwahrscheinlich, liegt aber durchaus im Rahmen des Möglichen.«

Professor Welk starrte einige Sekunden nachdenklich vor sich hin. Dann traf er eine Entscheidung.

»Also gut«, sagte er. »Wir gehen rein.«

Wieder brüllten die Zyklopen.

»Viel Spaß«, sagte der Student. »Ich bleibe hier und warte auf den Todesschrei von professorus phantasticus, dem Außergewöhnlich Versponnenen Akademiker.«

»Ihnen bietet sich hier die Gelegenheit, dem größten Helden der Fernen Länder bei einer seiner Heldentaten zu … assistieren. Ich bin mir sicher, das macht sich später gut in Ihrem Lebenslauf, als … Praktikum oder wie man das nennt. Also überwinden Sie wenigstens einmal Ihre studentische Trägheit.«

»Und was ist mit Forscherobjektivität? Wissenschaftlicher Distanz? Stören wir nicht das ökologische Gleichgewicht der Grausigen Schlucht, wenn wir Einfluss auf die Fressgewohnheiten der Zyklopen nehmen?«

»Das ist ein Ausnahmefall. Hier steht die Geschichte der Fernen Länder auf dem Spiel. Außerdem habe ich bereits einen Plan.«

»Ach ja? Der worin besteht? ›Hallo, liebe Zyklopen, ihr habt euch da leider zufällig eine historisch unheimlich wichtige Person als Mittagessen ausgeguckt, wie wäre es stattdessen mit einem lecker zubereiteten, politisch entbehrlichen Phantastikstudenten?‹«

Der Professor lächelte.

»Etwas in der Art …«

In der Schlucht war es kühl. Rechts und links türmten sich Felsmassen, oben lief der blaue Himmel als schmales Band hin und sandte Tageslicht herab, das sich am Grund der Schlucht zu milder Dämmerung staute. Aus langen Moosbärten tropfte es feucht. Große Farne raschelten leise.

Stimmen flüsterten.

»Das mach ich auf keinen Fall«, sagte die eine.

»Sie müssen sich für eine der beiden Möglichkeiten entscheiden«, antwortete die andere.

»Ich gehe *nicht* in die Höhle«, stellte die erste nachdrücklich fest.

»Gut. Dann spielen Sie also den Köder.«

»Ich …« Die Stimme unterbrach sich. »Täusche ich mich, oder riecht es hier nach Grillparty?«

»Wir sollten uns beeilen«, sagte der Professor.

Nicht lange, und sie fanden die Höhle der Zyklopen. Nach einigen Hundert Metern erweiterte sich die Schlucht zu einem kleinen, sonnenlichtüberfluteten Talkessel, auf dessen sattgrünen Grasflächen eine Schafsherde weidete. In einer Felswand gähnte ein dunkler Höhleneingang, und davor hatten sich die Zyklopen versammelt.

Hinter einem Felsblock hervorspähend, beobachteten Theodor und der Professor die einäugigen Riesen, die allem Anschein nach mit den Vorbereitungen für ihr Mittagessen beschäftigt waren. Zwei von ihnen entfachten ein Feuer, ein anderer kam gerade mit einem langen Bratenspieß unter dem Arm aus der Höhle, ein vierter schärfte ein großes Messer. Insgesamt zählte der Student sieben Zyklopen (und das waren nach seiner Rechnung exakt sieben zu viel). Es waren grobe, ungeschlachte Kerle, die Westen aus Schafsfell trugen und sich mit einsilbigen, kehligen Lauten untereinander verständigten. Eralkes war nicht zu sehen, vermutlich befand er sich in der Höhle.

»Okay«, flüsterte der Student, »ich würde sagen, es ist ziemlich aussichtslos. Sieben gegen anderthalb. Aber immerhin: Ein tolles Erlebnis. Zyklopen in ihrem natürlichen Habitat. Oder wie das heißt. Unvergesslich. Also gut, gehen wir, Professor. Professor? Oh … nein!«

Nicht weit entfernt von Theodors Versteck stand die Gnomengestalt seines Dozenten im hellen Sonnenschein, unbekümmert den Zyklopen zuwinkend.

Professor Welk rief: »Agh Rugur Trok Nu Schrou!« (Was im nahezu akzentfrei gesprochenen Dialekt der Nördlichen Zyklopen so viel bedeutete wie: Kommt, holt euch die kleine Mahlzeit für zwischendurch!)

Dann beschleunigte der Professor – offensichtlich mit magischer Unterstützung – in Sekundenbruchteilen von null auf vierzig Stundenkilometer. Nach kurzer Zeit stoppte er und winkte den Zyklopen noch einmal aufmunternd zu.

Die sahen den Dozenten an. Sie sahen einander an. Sie griffen nach ihren Keulen und machten sich mit grausigem Gebrüll an die Verfolgung des Professors.

Theodor blieb allein zurück.

Er stand an einem Wendepunkt in seinem Leben, und wie an seiner bisherigen, durch ein hohes Maß an Phlegma ausgezeichneten Biografie nicht allzu schwer abzulesen ist, *hasste* er Wendepunkte.

Er zog es vor, die Ereignisse langsam auf sich zukommen zu lassen.

Und er wusste es sehr zu schätzen, wenn diese Ereignisse nicht in einer mit hundertachtzig Sachen heranrauschenden Riesenkeule bestanden, die von einem trollfressenden Zyklopen geschwungen wurde.

Denk nach, dachte er, an seinen Nägeln kauend, denk nach, Theodor.

Sollte er, wie es höher entwickelten Lebewesen mit mehr als dreieinhalb rudimentär vernetzten Synapsen und intaktem Selbsterhaltungstrieb geziemte, sich seines Verstandes bedienen und sich, wo ohnehin nichts auszurichten war, klug aus der Gefahrenzone zurückziehen? Oder sollte er sich wie ein kompletter Idiot verhalten und sehenden Auges geradewegs in seinen eigenen Tod und Untergang marschieren und den hoffnungslosen Versuch auf sich nehmen, den psychopathologischen Grenzfall, der sich Eralkes, der Unbesiegte nannte, zu retten?

Andererseits konnte man die Frage natürlich auch so formulieren: Sollte er sich feige davonstehlen und Eralkes kaltblütig seinem Schicksal überlassen, oder war es nicht geradezu seine Pflicht als empathiefähiges, moralisch handelndes Wesen, auch und gerade auf die Gefahr hin, tragisch-heroisch zu scheitern ...

Der Student stöhnte.

Entscheidungen...

»Phantastisch!«, dachte der Professor, »ich müsste mir Notizen machen.«

Fasziniert beobachtete er das Jagdverhalten der Zyklopen. Dass er selbst in diesem Fall der Gejagte war, gefährdete seine wissenschaftliche Unbefangenheit kaum. Korms Kleiner Geschwindigkeitsbonus, den der zaubermächtige Dozent gleich zu Beginn auf sich selbst angewandt hatte, wirkte hervorragend. Ab und zu ließ er die Zyklopen ganz nah an sich herankommen und vergrößerte den Abstand dann wieder nach Belieben.

Es war ein großer Tag für die Phantastische Forschung.

»Warum habe ich nicht Betriebswirtschaftslehre studiert«, dachte Theodor, »oder Jura, so wie es meine Mutter gewollt hat.«

Es hatte ihn einiges an Überwindung gekostet, sich in den unheilvoll und finster gähnenden Höhleneingang zu wagen. Jetzt schlich er geduckt durch düstere Gänge und fühlte sich unglücklicherweise überhaupt nicht heldenhaft, sondern eher wie jemand, der gerade etwas unsagbar Dämliches tut. Vielleicht, dachte er, ist das ja die Definition von Heldentum: gegen jede Vernunft unsagbar Dämliches zu tun. Auf Eralkes passte das jedenfalls genau. Heldenhaftes Verhalten schien eine alternative Protestveranstaltung gegen den gesunden Menschenverstand zu sein.

Es roch nach Ziege, Raubtier und Zyklopenschweiß. Theodor stolperte.

»... und als der Studiosus zur Erde schauete, zu sehen, was ihn straucheln gemacht, da war es ein großer Knochen, eines Menschen oder Trolles Schienbein, und Grausen packte den wackern Theodor, und er sprach... ›Oh, Mann ...‹«

(Die Andern Verschollenen Chroniken, S. 112)

Um die nächste Biegung des Ganges flackerte unstetes Licht. Bis aufs Äußerste gespannt und jederzeit bereit, lebensverlängernde Maßnahmen einzuleiten (d. h. panisch kreischend wie ein kleines Mädchen die Flucht zu ergreifen), schlich Theodor weiter.

Hinter der Biegung erweiterte sich die Höhle zu einem großen Raum. Im Licht mehrerer Fackeln lagen Berge zyklopischen Beuteguts. Kisten und Fässer in allen Größen und Formen, Waffen und Rüstungen, deren unglückliche Besitzer sich zum falschen Zeitpunkt am falschen Ort befunden oder heldenhaft verhalten hatten. Kostbare Geschmeide und Kleinodien funkelten verführerisch – und der Student begann, das alles doch für nicht ganz so sinnlos zu erachten.

Und auch Eralkes war da, allerdings war er auf den ersten Blick nicht ohne Weiteres zu erkennen, denn er hing kopfüber, geknebelt und gefesselt, von der Decke.

»Eralkes?«, flüsterte der Student. »Bist du das?«

»Mmnm mmmnnmm nnmmm nmnn mnm nnn mnn«, antwortete der Unbesiegte Held.

Entgegen der Interpretation des Studenten bedeutete dies nicht etwa: »Dem Himmel sei Dank, dass endlich jemand kommt, ich habe Todesängste ausgestanden«, sondern: »In der Tat, aber Er mag nun zu seinen eigenen Geschäften zurückkehren, Pferdeknecht, und den Fortgang meiner Aventüre nicht weiter behindern.«

Das Seil, an dem Eralkes hing, war an einem Eisenring in der Wand befestigt.

»Einen Moment«, sagte der Student, »ich mach dich los.«

Er sah sich suchend um, und sein Blick fiel auf einen großen Dolch, der zwischen dem übrigen Beutegut der Zyklopen lag.

»Keine Angst, ich hol dich in null Komma nichts da runter«, sagte Theodor (fühlte sich dabei sogar ein wenig heldenhaft) und machte sich daran, mit dem Dolch das Seil durchzuschneiden.

»Mmmn mmmnnmn nnmmnmnmmn mmn«, merkte Eralkes an, was so viel heißen sollte wie: »Kümmere Er sich gefälligst um seine Angelegenheiten und stör Er mich nicht weiter, ich bedarf seiner Hilfe nicht.«

Und der Student, der verstanden hatte: »Ich stehe auf ewig in deiner Schuld, weil du mein Leben gerettet hast«, antwortete großmütig und bescheiden: »Oh, keine Ursache.«

Professor Welk fand, dass es nun genug sei. Er hatte ausreichend Informationen über cyclops brutalis specialis gesammelt, um den Eintrag im ›Lexikon der Monstren und Ungeheuer‹ (zuletzt neu aufgelegt im Jahre 1921) einer gründlichen Überarbeitung unterziehen zu können.

Außerdem dürfte er dem jungen Mann (wie war noch gleich sein Name? Theo... Theophil?) genügend Zeit für die Rettungsaktion verschafft haben. Ganz in der Nähe befand sich, wenn er sich recht erinnerte, eine kleine Nebenschlucht, bestens geeignet, die Zyklopen abzuschütteln. Sie würden die Verfolgung bald aufgeben und zu ihrer Höhle zurückkehren.

Es blieb nur zu hoffen, dass Eralkes und der Student sich beeilten und klug genug waren, ihnen aus dem Weg zu gehen.

»Das ist doch lächerlich«, sagte Theodor.

»Er soll hier keine Meinungen äußern, sondern tun, was von ihm verlangt wird«, entgegnete Eralkes grob.

»Also schön«, schnaubte der Student. »Ich geh dann mal. Du kannst gern hierbleiben.«

Der Unbesiegte Held packte ihn am Arm. »Nötige Er mich nicht, ihn meinen gerechten Zorn spüren zu lassen, Pferdeknecht!«, drohte er.

»Hör auf, mich Pferdeknecht zu nennen! Ich bin Akademiker!«, rief der Student und riss sich wütend los.

»Ein Schelm ist er, ein Bube. Aber ich durchschaue ihn! In meinem Ruhm will er sich sonnen! Schon in meine Aventüre mit den Straßenräubern hat er sich heimlich eingeschlichen. Und dies sei ihm belassen. Eine flüchtige Erwähnung im Liede, vielleicht ein, vielleicht zwei Reimpaarverse, damit geb Er sich zufrieden. Er muss wissen, wo die Grenzen seines Standes sind. Er ist nicht der Held dieser Aventüre!«

Theodor sah verzweifelt an die Höhlendecke.

»Hör zu«, sagte er, mit den irrsinnig kreisenden Windmühlenflügeln unsagbar dämlichen Heldentums ringend, »niemand will dir was wegnehmen. Wir – der Professor und ich – dachten nur, dass du ein wenig Hilfe gebrauchen könntest …«

»Niemals bedurfte ich noch der Hilfe eines andern!«, verwahrte sich der Unbesiegte Held.

Unruhig beobachtete der Professor den Höhleneingang. Wo blieben sie denn? Sie hätten schon längst draußen sein müssen. Er horchte. Kamen da nicht Stimmen aus der Höhle? Streitende Stimmen?

»Okay«, sagte Theodor, »das hier wird mir einfach zu blöd. Ich hau jetzt ab.«

»Nicht, bevor Er mich wieder gebunden hat, wie ich es von ihm mit gutem Recht verlangt habe«, erwiderte der Unbesiegte Held.

Er hatte sich ein Schwert aus dem Beutegut der Zyklopen herausgesucht und fuchtelte dem Studenten damit vor der Nase herum.

»Du hast sie ja nicht alle.«

»Ich habe einen Ruf zu verlieren! Eralkes, der Unbesiegte, gerettet von eines Pferdeknechtes schnöder Hand. Wie sähe das aus im Heldenlied!«

»Jedenfalls immer noch besser als: Sie verspeisten ihn zum Mittagsmahl / mit einer Prise Thymian.«

»Spiel Er hier nicht den Hofnarren, sondern tu Er, wie ich ihn geheißen«, sagte Eralkes barsch. »Außerdem hat Er seine Verse schlecht gesetzt. Er hat den Trochäus mit dem Jambus vermengt und die Zahl der Hebungen nicht regelmäßig eingehalten.«

»Alter«, sagte der Student entnervt, »vielleicht hast du es nicht mitgekriegt, aber da sind diese Zyklopen, die ab und zu auch Menschen oder Menschenähnliche als kleinen Imbiss nicht verschmähen, und die können jeden Augenblick zurückkommen ...«

Sie kommen, dachte Professor Welk.

Ohne etwas unternehmen zu können, musste er dabei zusehen, wie die einäugigen Riesen zur Höhle zurückkehrten.

»Na schön. Wenn du unbedingt gefressen werden willst: Viel Spaß dabei! Ich jedenfalls verschwinde jetzt.«

Theodor drehte sich um – und sah in das zahnhygienisch bedenkliche Grinsen eines Zyklopen. Der Zyklop holte mit einer großen Keule aus.

Dann wurde es dunkel.

Als Theodor wieder zu sich kam, schien die Sonne. Der Himmel war blau, weiße Schäfchenwolken zogen gemächlich über ihn hin, als hätten sie noch ein langes unbeschwertes Leben vor sich. Vögel zwitscherten, und es roch anheimelnd nach Holzfeuer.

Das waren die positiven Aspekte.

Die nicht so positiven bestanden darin, dass Theodor am ganzen Körper gefesselt und von Zyklopen umgeben war, die mit den Vorbereitungen für ein Festmahl beschäftigt waren, dessen kulinarische Hauptattraktion mit niederschmetternder Gewissheit *Student gut durchgebraten* hieß.

Nicht weit entfernt saß Eralkes, ebenfalls gefesselt und geknebelt. Als er den Blick des Studenten bemerkte, nickte der Unbesiegte Held konspirativ mit dem Kopf und sagte etwas wie: »Mnnnnmm nnn mmmmmnnn mmnnnn nnmm.«

Theodor kannte ihn inzwischen gut genug, um zu wissen, dass das ungefähr heißen sollte: »Ich habe alles unter Kontrolle. Halt Er sich nur zurück, Pferdeknecht, und überlass Er mir das Kämpfen. Es sind ja nur sieben.«

Nun, das ist … problematisch, dachte Professor Welk.

Diese neue Entwicklung verkomplizierte die Situation ein wenig.

Der Professor beobachtete die rasch voranschreitenden Vorbereitungen der Zyklopen.

Einer von ihnen war gerade damit fertig geworden, einen zweiten Grillspieß über dem Feuer aufzubauen, ein anderer zerstampfte Kräuter in einem Mörser.

Daraus ließen sich wieder einige hochinteressante Schlüsse ziehen, etwa, dass die Zyklopen gegebenenfalls zubereitete Nahrung roher vorzogen und dass demnach ihre Esskultur weit höher entwickelt war, als manche Phantastiker glaubten, und eigentlich müsste sich der Professor dies alles notieren …

Obwohl es andererseits eventuell auch angebracht war, sich Gedanken darüber zu machen, wie er Eralkes und den jungen Mann aus ihrer misslichen Lage befreien konnte.

Mal sehen, überlegte Professor Welk, welche Möglichkeiten haben wir zur Verfügung?

Er tat, was er immer tat:

Er dachte nach.

Ein paar Meter vom Studenten entfernt saß ein abscheulich hässlicher Zyklop und schärfte ein großes Messer.

Kchk, kchk, machte die Klinge, als sie über den Schleifstein fuhr.

Warum habe ich auch nicht auf meine Eltern gehört?, dachte Theodor zerknirscht. »Als Betriebswirt hast du Aussicht auf ein gesichertes Einkommen« haben sie gesagt. »Phantastik – das sind Tagträume. So was führt nur dazu, dass man irgendwann auf dem Teller eines Zyklopen endet.«

Prophetische Worte. (Bis auf den Teller: Es sah nicht so aus, als wären diese Exemplare hier zivilisiert genug, um einen zu verwenden.)

Obwohl im Allgemeinen nicht den primären kulturschaffenden Spezies zugeordnet, ist cyclops brutalis durchaus zur Hervorbringung beachtenswerter Artefakte befähigt. Als prominentes Beispiel sei hier etwa die Halskette des Zyklopenhäuptlings Archtuul angeführt, die aus acht kunstvoll auf eine Schnur gefädelten Elfenschädeln besteht, oder die Beängstigende Keule von Gur, ein zweitausend Jahre altes Fundstück aus der Gur-Höhle, das zeigt, dass die zyklopische Zivilisation bereits zu diesem Zeitpunkt einen frühen Zenit erreicht hatte.

Ähm, dachte der Student verwirrt, habe ich das grad eben gedacht?

Und eine Stimme in seinem Kopf sagte:

Hallo Herr … Welk, hier spricht Professor Welk.

Na toll, dachte der Student. Ich werde nicht nur von Zyklopen gefressen, sondern auch noch wahnsinnig.

Ich spreche mit Ihnen mittels Quorms Hervorragendem Telekommunikator. Im Moment können nur Sie mich hören. Um die Kommunikation gegenseitig zu gestalten, was hilfreich wäre, benötige ich Ihre mentale Einverständniserklärung zur Nutzung Ihrer geistigen Daten. Eine kleine ethische Barriere, die der alte Quorm eingebaut hat. Also, sind Sie einverstanden?

Äh, in Ordnung, dachte Theodor. Wieso auch nicht?

Wenn er schon wahnsinnig wurde, warum dann nicht gleich richtig?

Hervorragend, sagte der Professor, *ich habe Bild und Ton. Denken Sie mal etwas.*

Das ist so typisch, dachte der Student. Als käme ich von alleine nicht auf die Idee zu denken.

Ausgezeichnet, das habe ich verstanden.

Was?

›Als käme ich von alleine nicht auf die Idee zu denken.‹ Der Empfang ist ausgezeichnet. Idealerweise könnten wir ein paar Experimente anstellen, aber die Zeit ist knapp. Hören Sie zu. Erinnern Sie sich an das Seminarmodul B3 »Rituale und Bräuche der Fernen Länder III«, aus dem vorvorletzten Semester?

Ähm, antwortete Theodor in Gedanken.

Der abscheulich hässliche Zyklop unterbrach seine Messerschleifarbeit und prüfte die Schärfe der Klinge mit dem Daumen. Dabei sah er hungrig in Theodors Richtung.

*Und erinnern Sie sich noch an den Aufsatz von Otho Käppen, den ich Ihnen zur Lektüre empfohlen habe (*Käppen, Otho: Elfensport und Zyklopenspiele. Notizen zur Spielkultur in den Fernen Ländern. In: Zeitschrift für Ethnologie der Fernen Länder, Jahrgang LXI, Band 3)*?*

Ähm, dachte der Student, lückenhaft …

Der abscheulich hässliche Zyklop, er schien eine Art Häuptling zu sein, stand auf. Die anderen Zyklopen erhoben sich ebenfalls erwartungsvoll.

Sie haben es nicht gelesen, oder?

Der Zyklopenhäuptling kam auf Theodor zu und baute sich in seiner ganzen Größe vor ihm auf.

Der Student schluckte.

Professor, dachte er, könnten Sie bitte berücksichtigen, dass ich im Begriff stehe, von einer Horde Zyklopen brutal massakriert und verspeist zu werden?

Natürlich, die klassische Zyklopenausrede. Und was ist mit der unerwartet verstorbenen Großtante? Die war zu meiner Zeit recht populär.

Professor, bitte ...

Der Häuptling ging in die Hocke und durchschnitt mit einer raschen Bewegung Theodors Knebel.

»Tuurrr nschruuk grooom«, knurrte er mundgeruchintensiv.

Er hat Sie dazu aufgefordert, Ihre letzten Worte zu sprechen, erklärte der Professor. *Sagen Sie nur eines. Sagen Sie Grschoutou.*

Und was heißt das?

Vertrauen Sie mir einfach. Sagen Sie es.

»Äh, Grschtou«, krächzte der Student mit ausgedörrter Kehle.

Plötzlich wurde es still. Die Miene des Häuptlings verfinsterte sich.

»Rrrggoo?«, grollte er drohend.

Nicht »Grschtou«, kommunizierte der Professor, *Grschoutou. Sie haben ihn gerade auf Zyklopisch einen alten Ziegenhintern genannt.*

»Äh, äh«, rief der Student panisch, »Grschoutou, Grschoutou!«

Wieder wandelte sich der Gesichtsausdruck des Zyklopen, diesmal von zornig zu erstaunt.

»Grschoutou?«, wiederholte er leise.

»Grschoutou?«, murmelten die anderen Zyklopen im Chor.

»Mnnnn nnn m nnnmmn mmmm«, machte Eralkes, eine qualifizierte Bemerkung, die insgesamt allerdings wenig Beachtung fand.

Die Zyklopen diskutierten aufgeregt miteinander.

Ganz in der Nähe der Höhle begann ein schmaler Pfad, der durch das Gras des Talkessels lief, bevor er sich in der Entfernung zwischen Felsmassen verlor.

Auf diesen Pfad deutete der Häuptling jetzt und sagte:

»Babo.«

Plötzliche Stille breitete sich aus. Theodor glaubte in den Gesichtern der Zyklopen etwas wie Furcht erkennen zu können.

»Babo«, wiederholte der Häuptling und nickte einem der Zyklopen zu.

Der Angeredete blickte sich überrascht um und deutete mit dem Finger auf sich selbst, eine Geste, die ohne Zweifel bedeuteten sollte: »Wer? Ich?«

»Rooogun«, bestätigte der Häuptling, und nach einem kurzen, aber vergeblichen Protest machte sich der Zyklop auf den Weg.

Würden Sie mir bitte erklären, was hier vor sich geht, dachte der Student.

Es ist bemerkenswert. Die mentale Stimme des Professors vibrierte vor intellektueller Begeisterung. *Wenn ich richtig verstanden habe, wollen sie die Babo holen. Die Babo, das Wort bedeutet in etwa Mutter des Schicksals, ist eine weise alte Zyklopin, die bei ihrem Stamm die Aufgaben einer Schamanin, Heilerin und Zauberin wahrnimmt. Ihre Autorität übersteigt nicht selten die des Häuptlings. Ich hätte niemals zu träumen gewagt, einer wirklichen Babo zu begegnen. Ich gestehe, einigermaßen aufgeregt zu sein.*

Ja, dachte der Student, ich bin ebenfalls ziemlich nervös. Wenn auch aus anderen Gründen.

Quälende Minuten bangen Wartens verstrichen.

Endlich erschienen dort, wo der Pfad das Felsendunkel verließ, zwei Gestalten und kamen langsam näher.

Die vordere, erkannte der Student, war kleiner als die übrigen Zyklopen und nur etwa halb so groß wie diese – womit ihre Körpergröße immer noch gute zwei Meter betrug. Sie stützte sich auf einen knorrigen Stab und ging in gebeugter Haltung dem Zyklopen voran, den der Häuptling entsandt hatte.

Als die Babo in den Kreis der Zyklopen trat, verstummten

sie und blickten scheu zu Boden. Selbst der Häuptling schien eingeschüchtert.

»Guur nann boron …«, begann er, aber die Babo schnitt ihm mit einer knappen Geste das Wort ab, ließ ihn stehen und schritt zielgerichtet auf den Studenten zu.

Sie kommt hierher, dachte Theodor, was soll ich tun?

Nichts, antwortete der Dozent. *Warten Sie einfach ab.*

Bei dem Studenten angekommen, ließ sich die Babo im Schneidersitz nieder. Dann holte sie eine hölzerne Pfeife und einen Tabaksbeutel aus der Ledertasche, die sie über ihrer Schulter trug, und begann sich in aller Ruhe eine Pfeife zu stopfen.

Auf ein Wort von ihr brachte der Häuptling einen glimmenden Ast, an dem sie die Pfeife anzündete. Sie machte ein paar Züge, blies einen großen Rauchring in die Luft und sah den Studenten an.

Die drei Minuten, die Theodor unter dem Blick der schweigenden Babo verbrachte, gehörten zu den merkwürdigsten seines ganzen Lebens.

Die Babo schien uralt zu sein. Ihre Haut hatte die Kontur des versteinerten Holzes urzeitlicher Wälder, ihr Haar war schneeweiß und verfilzt, aber ihr großes Zyklopenauge wirkte seltsam alterslos. Es war, als blicke es von jenseits der Zeit in die Welt der flüchtigen Erscheinungen und des scheinbaren Wandels. Es war ein Blick, vor dem man sich nur schwer behaupten konnte.

Theodor beschlich das Gefühl, einer Autorität gegenüberzusitzen, deren Entscheidungen, mochten sie auch hart ausfallen, nie das Angemessene verfehlen würden. Bemerkenswerterweise ging mit diesem Gefühl eine Art schicksalsergebener Sicherheit einher. Hier würde er mit Ausreden wie »Ähm, ich dachte mein Referat ist erst nächste Woche« nicht weit kommen. Sollte die Babo beschließen, ihn auf die heutige Speisekarte der Zyklopen zu setzen, dann hätte das fraglos seine Richtigkeit.

Die alte Zyklopin machte einen tiefen Zug und blies eine große Rauchwolke in Theodors Richtung, die nach verbranntem Ziegenhaar und Pech roch.

Der Student hustete.

Die Babo lachte und entblößte dabei die einsamen gelben Überreste ihres Gebisses.

»Nnuou Gdnaur Hoom, Schroamun Gna Umoonuar«, sagte sie, »Uumo Charku Rhaaromu Grauroub Brouza Zaurmunm Gna Umoonuar.«

Ihre Stimme knarrte wie altes Ziegenleder.

Der Professor lachte in Theodors Gedanken.

Sie hat gerade gesagt, Sie seien ein sympathischer junger Mann, und sie würde es bedauern, wenn Sie am Bratenspieß endeten. Andererseits sähen Sie auch wie ein schmackhafter junger Mann aus, und darum würde sie es ebenso bedauern, wenn Sie nicht *am Bratenspieß endeten. Sehr humorvoll.*

Haha, entgegnete der Student. Freut mich, dass Sie sich amüsieren.

Sprechen Sie mir nach: Rumoar nurm gooor uuloam nu schtaur.

»Rumoar nurm goor uloanu schtau«, wiederholte Theodor laut.

Die Babo musterte den Studenten aufmerksam.

»Nschou unnt Gna Umoonuar moaurn mamnu goooru ›uuloam nu schtaur‹ schouza nnzei ›uloanu schtau‹«, sagte sie mit einem rauen Lachen in der Kehle.

Sie sagt: Nicht nur ein sympathischer junger Mann, sondern auch einer mit guten Manieren. Das heißt, wenn Sie, wie sie annimmt, ›uuloam nu schtaur‹ *meinen, und nicht* ›uloanu schtau‹. *Ersteres nämlich ist Teil des traditionellen Zyklopengrußes: ›Möge dein Auge stets unversehrt bleiben‹, während Ihre Version lautete: ›Möge deine Nase verdorren.‹*

Die Babo zog einen Dolch aus ihrem Gürtel, eine Waffe, wie sie in finsteren Nächten an Orten mit unheilvollen Namen bei blutigen Opferritualen verwendet werden mochte, mit schwarzer Obsidianklinge und einem Griff, dessen Material hier wahrscheinlich nicht nur im übertragenen Sinn *Elfenbein* hieß.

Ähm, äh, quiekte Theodor gedanklich, wie sagt man ›Ich wollte Sie nicht beleidigen‹ auf Zyklopisch?

Beruhigen Sie sich, antwortete Professor Welk, *ich denke, sie beabsichtigt nur …*

Die Babo durchtrennte mit einigen kurzen Schnitten die Fesseln des Studenten.

Dann griff sie in ihre Ledertasche, holte einen Knochen daraus hervor und legte ihn zwischen sich und Theodor auf den Boden.

»Grschoutou«, sagte sie und entnahm der Tasche zwei weitere Knochen.

Sind das äh, Ziegenknochen?, dachte Theodor, sich die Handgelenke reibend.

Die Babo schüttete den Inhalt ihrer Tasche aus. Weitere Knochen fielen klappernd auf die Erde, darunter ein menschlicher (elfischer, um genau zu sein) Totenschädel, der kullernd einen kleinen Bogen beschrieb, bevor er vor Theodors Füßen liegen blieb, mit der überlegenen Ironie des Todes spöttisch grinsend.

Der Student schluckte.

Nein, das sind ganz offensichtlich keine *Ziegenknochen. Fragen Sie sie das: »Zuuoma urm na?«*

»Zuuoma urm na?«, fragte Theodor.

»Schoura nur Hogam na Rtummnao«, antwortete die Babo.

Hogam das Glückskind, einer der berüchtigsten Spieler der Länder. So ist er also gestorben.

Wie?

Er hat verloren.

Verloren? Was?

»Grschoutou«, sagte die Babo und hielt dem Studenten einen der Knochen hin.

Die anderen Zyklopen rückten erwartungsvoll näher.

Sie will, dass Sie anfangen.

Womit anfangen?

Werfen Sie den Knochen. Es ist eine Art Würfelspiel. Und ein traditioneller zyklopischer Ritus: Die letzte Hoffnung derjenigen, die in die Hände von Zyklopen gefallen sind. Wenn Sie gewinnen, dann sind Sie frei. Wenn Sie verlieren, dann … nicht.

Zögernd nahm der Student den Knochen und wog ihn in der Hand. Das also war das Gewicht des Schicksals. Rein materiell nicht so schwer, aber symbolisch gesehen geradezu erdrückend.

Er schloss die Augen und warf.

Die Zyklopen raunten.

Theodor öffnete die Augen und sah den Knochen vor sich im Staub liegen.

Kein sehr guter Anfang, kommentierte der Professor. *Sie haben einen* Rhun *geworfen. Den zweitniedrigsten Wert, den es gibt.*

Die Babo wählte einen Knochen und würfelte.

Die Zyklopen murmelten beifällig.

Ein Schtouar*, einer der höchsten Werte im Spiel.*

Und jetzt?, fragte Theodor. Habe ich verloren?

Noch nicht. Wir können noch ausgleichen. Grschoutou ist kein reines Glückspiel, sondern ein komplexes Strategiespiel, das über viele Runden geht. Es gibt nahezu endlose kombinatorische Möglichkeiten. Vielleicht erkläre ich Ihnen kurz die Grundlagen. Ziel des Spiels ist es, einen Grschoutou zu erreichen. Die Wege dorthin sind, wie gesagt, vielfältig. Es kommt dabei nicht nur auf die einzelnen Kombinationen an, sondern auch auf den spielkonstellativen …

Professor!, unterbrach der Student verzweifelt.

… Kontext. Zwei Maonu etwa schlagen gewöhnlich drei Lozu. Liegt aber noch ein Ruoama aus, eine an sich sehr niedrige Kombination …

Professor! Sagen Sie mir einfach, was ich tun soll.

Na gut. Nehmen Sie den Zomatul.

Äh?

Das ist der linke Unterschenkelknochen.

Der Student nahm einen Knochen.

Nicht den!, rief der Dozent. *Das ist der rechte Oberarmknochen! Meine Güte. Ihre Kenntnisse in Elfenanatomie gehören dringend aufgefrischt!*

Schon gut, sagte der Student, dann lege ich ihn eben zurück.

Tun Sie das nicht! Einen einmal gewählten Knochen müssen Sie auch werfen. Wenn Sie ihn zurücklegen, bedeutet das einen automatischen Grschoutou für Ihren Gegner.

Also soll ich ihn werfen?

Ja!

Der Student warf den Knochen.

Der Professor stöhnte telepathisch.

Ein Gnaur! Jetzt haben wir einen Rhun und einen Gnaur! Damit haben wir praktisch schon verloren.

»Schturn noo Gdnaur Hoom, Schroamun urmaol znur, uurloum guur«, sagte die Babo.

Sie fragt: Ob der sympathische junge Mann persönlich Thymian als Grillgewürz vorzieht oder Oregano, übersetzte der Professor.

Es lief nicht gut. Theodor hatte zwar keine Kenntnis auch nur der elementarsten Regeln des Grschoutou und konnte einen dreifachen *Grokuz* nicht von einem einfachen *Narou* unterscheiden, aber die bei mindestens jedem zweiten Wurf auf mentaler Wellenlänge gesendeten Klagelaute des Professors zeichneten einen deutlichen Trend in der Wertentwicklung der Aktie *Theodor Welks Zukunft*: fallend.

In dieser Situation war es durchaus von Vorteil, dass Theodor kein Zyklopisch verstand, denn so blieb es ihm erspart, die Gespräche der Zyklopen mitverfolgen zu müssen, die damit begonnen hatten, die besten Rezepte für die Zubereitung von Trollen auszutauschen.

Dann wendete sich plötzlich das Blatt.

Theodor hatte gerade einen *Auzom* geworfen, der, wie der Professor erklärte, das genaue Gegenteil von dem war, was sie im Moment brauchten.

Hätten Sie nicht einen Bunauz werfen können oder einen …

Der Professor unterbrach sich. Stille trat ein. Vor Theodors geistigem Auge erschien eine schwarze Fläche, über die aus irgendeinem technischen Grund seitenweise grün gefärbte Zahlenreihen und Buchstabenkombinationen liefen.

Professor Welk dachte.

Der Datenstrom verdichtete sich und kristallisierte schließlich zu einem definierten Endergebnis, dessen Erscheinen sich der Student nicht anders denken konnte als von einem metallisch ausschwingenden *Diinnng* begleitet.

Ich habe einen Plan, sagte der Professor.

Das habe ich gemerkt, antwortete Theodor. Ihm war ein wenig schwindelig.

Wenn Sie das nächste Mal dran sind, nehmen Sie den Gruorz. Das ist der Schädel.

Die Babo würfelte.

Sie hat jetzt einen dreifachen Aulou, in Kombination mit einem Zur. Aber das ändert nichts. Nehmen Sie den Grourz.

Theodor streckte die Hand nach dem Schädel aus.

»Taur nu schrul mouamar noz?«, fragte die Babo.

Theodor zog die Hand zurück.

Was hat sie gesagt?

Sie hat Sie gefragt, ob Sie wirklich schon aufgeben wollen. Aber lassen Sie sich nicht verunsichern. Nehmen Sie den Gruorz und würfeln Sie.

Theodor nahm den Schädel und hielt ihn zögernd in der Hand.

Worauf warten Sie?

Ist das hier so eine Alles-auf-eine-Karte-setzen-Nummer?

Nein, entgegnete der Professor. *Das hier ist, was übrig bleibt, wenn man alles auf eine Karte gesetzt und verloren hat. Aber es könnte funktionieren.*

Mit welcher Wahrscheinlichkeit?

Das wollen Sie nicht wirklich wissen. Würfeln Sie.

Die Zyklopen standen schweigend im Kreis um die beiden Spieler herum.

Am Himmel hatte die Sonne ihren Zenit erreicht und sandte drückende Hitze herab. Müde Luftwirbel taumelten benommen über den staubigen Platz vor der Zyklopenhöhle. Grillen zirpten ein dramatisches Crescendo.

»Mnnnnn nnn mnmn mmmnn nnnmnm«, sagte Eralkes, nur um auch etwas beizutragen.

Theodor warf den Schädel.

Die Zeit verlangsamte sich.

In Zeitlupe rollte der Grourz über den Sand und blieb, mit leise schleifendem Geräusch auf der Schädeldecke ausdrehend, zwischen den anderen Knochen liegen.

Die Babo sah auf das Spielfeld hinab.

Ihre Lippen bewegten sich stumm und die Ringe an ihrem Handgelenk klapperten, als sie nachdenklich mit gespreizten Fingern die Knochen abzählte.

Plötzlich hielt sie inne.

Ihr Mund verzog sich zu einem zufriedenen Lächeln. Sie nickte dem Studenten anerkennend zu.

»Grschoutou«, sagte sie.

»Grschoutou«, wiederholten die Zyklopen im Chor, »Grschoutou, Grschoutou.«

Dazu stampften sie mit ihren Füßen den Takt, dass die Erde bebte.

Was ist jetzt?, fragte Theodor. Haben wir gewonnen?

Ja. Der Professor atmete gedanklich auf. *Ich gestehe, ein wenig besorgt gewesen zu sein. Das war ziemlich riskant. Falls es Sie interessiert: Sie haben einen Uuschkal geworfen, eine Kombination, die ausgesprochen selten auftritt, es aber ermöglicht, ein schon verlorenes Spiel komplett zu drehen. Ein*

Glücksfall, dass ich mich im richtigen Moment an eine ähnlich verlaufene Partie erinnert habe, die ich vor langer Zeit mit Professor Hoffmann gespielt habe. Das war weit vor Ihrer Zeit, vor der neunzehnten Etatkürzung, als wir noch zwei Dozentenstellen am Institut hatten. Hoffmann und ich haben auf der Weihnachtsfeier immer endlose Grschoutou-Turniere gespielt.

Meine Güte, dachte der Student. Ein bedrückendes Szenario formte sich vor seinem inneren Auge: Raum 043a, versunken in der Dämmerung festtäglichen Kerzenscheins. Ein deprimierend kümmerliches Weinachtsbäumchen, an der Tafel steht in altertümlicher Frakturschrift: *Fröhliche Weihnachten 1923.*

Stille, nur hin und wieder unterbrochen von einem knöchernen Klappern.

An einem der Tische sitzen zwei einsame ältere Herren. Sie tragen spitze Partyhüte, nippen ab und zu an ihren Punschgläsern und spielen die ganze Nacht lang (das heißt, bis halb zehn) das allseits beliebte Zyklopenspiel *Grschoutou.*

Meine Güte, wiederholte der Student, hoffentlich haben sie wenigstens Plastikknochen benutzt und keine echten.

Das haben wir, sagte der Professor streng. *Und Sie sollten daran denken, dass ich Ihre Gedanken wahrnehmen kann. Weihnachten 1923!*

Schon gut, schon gut, murmelte der Student kleinlaut.

Auf ein Zeichen der Babo verstummten die Zyklopen.

Die alte Zyklopin grinste zahnarm und sagte: »Rschurz noaur Gna Umoonuar zu, namru alruoz gnur na Ourn anouz rschaunruz Grauroub gno brouza Zaurmunm schouamurho zuor Ranout.«

Sie sagt, sie würde jetzt gern mit der Geisterstimme sprechen, denn Sie seien zwar ein sympathischer junger Mann, aber Ihr Kopf sei innen bestimmt nicht so groß, wie er draußen aussieht. Eine wirklich beeindruckend kluge Person, fügte der Professor befriedigt hinzu.

Hinter einem Felsen, etwa hundert Meter von der Höhle entfernt, trat der Dozent jetzt hervor, winkend und rufend:

»Naur zu Ouragh!«

»Ah«, sagte die Babo, »na Ourn anouz«: die Geisterstimme.

»Mnnmmnm mnmm nnmnmnm«, machte Eralkes vorwurfsvoll. Er war in der allgemeinen Aufregung um die spektakulär verlaufene Grschoutou-Partie ganz vergessen worden und saß noch immer gefesselt und geknebelt am Grillplatz, während Theodor begeistert mit Zyklopen Brüderschaft trank, die ihn eben noch hatten fressen wollen.

Der schwere, würzige Zyklopenwein feierte gehirnaufschäumende Bacchanalien in seinen Blutbahnen.

»Ich also zu dem Drachen«, lallte er. »Was ist das eigentlich mit euch Drachen und Jungfrauen? Darauf er: Naja, wir ziehen einander einfach magisch an. Und ich wieder: Ich nehme mich da mal aus!«

Der Student brach in ein unmäßiges Gelächter aus. Die Zyklopen stimmten verlegen höflich ein.

Etwas abseits unterhielt sich Professor Welk mit der Babo.

Die Stunden vergingen. Träge, benommen von dörrender Hitze, zog der Nachmittag vorüber, glutrot ging die Sonne im Westen unter, Sterne traten funkelnd aus der Samtschwärze des Nachthimmels, und noch immer redeten die uralte Zyklopin und der (nach Theodors Schätzung) kaum weniger uralte Dozent, während der Widerschein des Feuers über ihre runzligen Gesichtszüge tanzte.

Zu dieser Zeit schlief der Student längst, ein weinseliges Lächeln auf den Lippen. Bilder von idyllischer Schlichtheit zogen durch seinen träumenden Geist: Er als Schäfer, hingelagert im Schatten eines Olivenbaumes, Panflöte spielend, sich nährend von Schafskäse und dunklem Zyklopenwein.

Dann plötzlich begann sich die Welt zu drehen und zu schwanken, aus der flachen Ebene wurde ein steiler Abhang, den der Student mit seiner Herde, hüpfenden, blökenden Wollkugeln, in immer rasenderem Tempo abwärtsrollte.

»Er ist schon wieder weg«, sagte jemand.

Theodor erwachte. Der Sturz hörte auf, das Schwindelgefühl blieb.

»Ööööuäah«, stöhnte der Student und blinzelte gequält ins grelle Morgenlicht.

»Er hat seine Fesseln am Feuer durchgesengt und ist dann allein aufgebrochen.«

Der Professor hielt die vom Feuer geschwärzten Seile in die Höhe.

»Pfffhhhh«, entgegnete Theodor verkatert und fuhr sich mit der Hand durch die strähnigen Haare.

»Zaumnu schru gna Umoonuar ba noumanuz zunn rhanuschu«, sagte die Babo, aus der Höhle kommend, und Professor Welk übersetzte: »Der sympathische junge Mann sieht aus, als hätte er in einem Weinfass übernachtet.«

»Uuuuunnnm«, entgegnete der Student in der Universalsprache reuiger Alkoholkonsumenten, die keiner Übersetzung bedarf.

Der Verlorene Tempel

Nachdem Theodors alkoholisches Unwohlsein mit einer so übel riechenden wie wirksamen Mixtur behandelt worden war, die die Babo nach einem Geheimrezept unter mysteriösen Beschwörungsformeln zubereitet hatte, und nach einem üppigen Frühstück (Fladenbrot, Schafskäse, Oliven, kaltes Hammelfleisch, Ziegenmilch) verabschiedeten sie sich von den Zyklopen.

»Ourtnaz schraun zouar gna Umoonuar nur amurs zounmal aschgou nal Ourn anouz«, sagte die Babo: »Möge das Schicksal den sympathischen jungen Mann und die Geisterstimme auf freundliche Wege führen.«

»Rumoar nurm goor uloanu schtau«, entgegnete Theodor mit einer höflichen Verbeugung.

»Hervorragend«, kommentierte Professor Welk kurz darauf. »Ihre neu erworbenen Sprachkenntnisse können Sie guten Gewissens unter der Rubrik *soft skills* – wie man das heutzutage wohl nennt – verbuchen. Sie sind in der Lage, jederzeit in relativ akzentfreiem Zyklopisch zu sagen: ›Möge deine Nase verdorren.‹«

»Was haben Sie eigentlich so lange mit der Babo besprochen?«, fragte der Student.

»Dies und jenes. Interkultureller Austausch auf hohem Niveau.«

Der Professor verstummte. »Uhan nau schuras«, murmelte er leise.

»Was?«, fragte Theodor.

»Das Land verändert sich«, übersetzte Professor Welk. »Das hat sie gesagt. Es wird *weniger.* Sie konnte es selbst nicht genau erklären. Die Dinge schwinden und nur ihre Schatten bleiben.«

»Aha«, sagte der Student, der nach der letzten Nacht noch nicht wieder in der geistigen Verfassung war, sich mit ominösen Andeutungen auseinanderzusetzen. »Und was machen wir jetzt?«

»Zunächst sollten wir uns um Eralkes kümmern. Inzwischen dürfte er die *Bedenkliche Treppe* erreicht haben.«

»Die *Bedenkliche Treppe*?«

»Sie ist Teil des Unbekannten Pilgerpfads, der zum *Verlorenen Tempel* führt. Es heißt, dass mancher Pilger auf der *Bedenklichen Treppe* Erleuchtung gefunden hat.«

»Unt es steiget aus der Schlucht die Bedenkliche Treppe zum Gypfel empor, höher und höher und höher und höher und ...«
(Die Verschollenen Chroniken, S. 576)

»Ich glaube, ich hatte gerade eine Erleuchtung«, sagte der Student. »Ich hätte Wirtschaftswissenschaften studieren sollen. Auf jeden Fall irgendwas, das nichts mit Wandern zu tun hat.«

Er saß auf dem verwitterten Treppengeländer und begutachtete seine geschundenen Füße.

Die *Bedenkliche Treppe* stieg in endlosen Windungen ins Gebirge empor, manchmal führte sie durch enge Felskamine, dann lief sie wieder an Schwindel erregenden Abgründen entlang, und sie schien kein Ende zu nehmen.

»Kommen Sie«, entgegnete der Professor. »Es sind höchstens noch acht oder neun Kilometer.«

»Höchstens!«, rief Theodor. »Wer baut denn so was Irrsinniges!«

»Ursprünglich wurde die *Bedenkliche Treppe* von den Zwergen unter Mogmur, dem Ambitionierten gebaut, um einen Handelsweg zwischen Zeherkzal und dem jenseits der Berge gelegenen Goldbronn zu schaffen.«

»Das ist schon die zweite absolut überdimensionierte Zwergentreppe, seit unserer Ankunft in den Fernen Ländern. Versuchen die kleinen Geizlinge mit solchen architektonischen Monumentalprojekten irgendwas zu kompensieren?«

»Zwergische Treppen-Baukunst ist ein überaus faszinierendes Thema«, schwärmte der Professor. »Wenn wir zurück in unserer Welt sind, kann ich Ihnen eine Liste empfehlenswerter Sekundärliteratur zusammenstellen.«

»Oh ja, unbedingt.« Theodor rollte mit den Augen. »Ich kann gar nicht genug kriegen von zwergischer Treppen-Baukunst.«

»Die *Bedenkliche Treppe* ist übrigens nie fertiggestellt worden. Die Zwerge kamen gut voran, bis Riesenprobleme den Fortgang der Bauarbeiten unterbrachen.«

»Riesenprobleme?«, fragte der Student.

»Der Gebirgsriese Asnabant und seine Sippe fingen an, das Projekt zu sabotieren, indem sie Materialtransporte überfielen und Arbeiter fraßen oder ins Tal hinabwarfen. Die *Bedenkliche Treppe* blieb unvollendet und wurde später wie gesagt Teil des Pilgerpfads zum *Verlorenen Tempel.*«

»Aber heutzutage sind Riesen ja bekannterweise längst ausgestorben, oder?«, fragte Theodor hoffnungsvoll und blickte sich zur Sicherheit um, nur für den Fall, dass sich trotzdem ein Riese unbemerkt angeschlichen haben sollte.

»Das sollten Sie eigentlich besser wissen!«, antwortete der Professor. »Natürlich sind Riesen *nicht* ausgestorben. Aber denken Sie daran: Wenn Sie sie in Ruhe lassen, dann tun sie Ihnen auch nichts.«

»Wirklich?«, fragte der Student ungläubig.

»Nein«, lachte der Professor. »Das war ein Witz. Wie Sie sehen, bin ich nicht so humorlos, wie Sie denken.«

»Ich merk's schon«, seufzte der Student und schnürte seine Schuhe. »Da ist dem Showbusiness ein großes Talent vorenthalten worden.«

Endlich hatten sie die letzte Stufe bewältigt.

Theodor ließ sich schwerfällig auf den Boden sinken.

»Ich hoffe, das war es erst mal mit Treppen«, sagte er.

»In der Hinsicht kann ich Sie beruhigen«, antwortete Professor Welk. »Ab jetzt geht es ohne Treppen weiter.«

»Ein Glück«, sagte der Student.

»Denn nach der Ermüdenden Treppe kommet die Sänkrechte Want des Todes ...«

(Die Verschollenen Chroniken, S. 578)

Theodor sah an der Felswand hinauf.

»Auf keinen Fall klettere ich da hoch«, stellte er mit Nachdruck fest.

»Von hier unten sieht es höher aus, als es tatsächlich ist«, behauptete der Professor. »Es sind nur knapp dreihundert Meter.«

»Ach so, *nur* dreihundert Meter!«, entgegnete der Student. »Und ich hab mir schon Sorgen gemacht.«

Er kniff die Augen zusammen.

»Da oben ist jemand«, sagte er.

Tatsächlich: Hoch oben hing eine winzige Gestalt in der Felswand, vor dem Hintergrund mächtiger Gesteinsmassen ins Mikroskopische geschrumpft, wie ein Insekt, das an der Mauer einer Kathedrale hinaufklettert.

»Das scheint Eralkes zu sein«, sagte der Professor.

»Und er hängt offenbar fest«, meinte Theodor. »Jedenfalls bewegt er sich nicht.«

Der Professor formte mit den Händen einen Trichter vor dem Mund und rief:

»Herr Eralkes! Ist alles in Ordnung?«

Der Ruf verhallte in zahllosen Echos.

Nach kurzer Zeit kam von oben eine Antwort, von der Entfernung ausgehöhlt und vom Wind davongetragen: »... aun ... ahr ... knecht ... ber ... heiten ... mern ... er ... türe ... ören ...«

»Ich habe kein Wort verstanden«, sagte Professor Welk.

»Ich schon. Er sagt traun, fürwahr, er käme bestens allein zurecht, der Pferdeknecht und der Dorfschreiber sollen sich um ihre eigenen Angelegenheiten kümmern und nicht seine Aventüre stören. Ich spreche mittlerweile fließend Heldisch.«

»Ich glaube«, sagte der Professor, die Augen mit der Hand beschattend, »wir sollten ihm trotzdem helfen. Sind Sie schon einmal geklettert?«

»Nein. Und ich versichere Ihnen feierlich, dass ich hier und jetzt auch nicht damit anfangen werde.«

»Hm«, machte der Professor, und in seinen Augen funkelte es plötzlich wieder listig, wie damals bei dem Drachen von Zeherkzal.

»Haben Sie eigentlich schon Ihre Zwischenprüfungsklausur geschrieben?«

»Professor«, sagte Theodor, »ich hasse Sie.«

»Hervorragend«, lobte Professor Welk, »Sie kommen gut voran. Nur nicht nach unten sehen.«

Der Dozent schwebte einige Meter vom Studenten entfernt in der Luft. Sein wurzelhölzerner Zauberstab glühte magisch.

»Könnten Sie bitte aufhören, das zu sagen«, schnaufte Theodor. »Ich versuche gerade zu vergessen, dass es überhaupt so etwas wie *unten* gibt.«

Er suchte mit den Fingern nach einem Ansatzpunkt in der Felswand und zog sich einen halben Meter aufwärts.

Eigentlich ging es gar nicht so schlecht, dachte er, jedenfalls bei Weitem besser, als er befürchtet hatte. Wenn nicht die große Höhe und die beständig drohende Gefahr des Absturzes gewesen wären, hätte es ihm vielleicht sogar Spaß gemacht.

Es lag an seinen Steintroll-Genen.

Steintrolle haben eine natürliche Affinität zu allen Arten von Gestein, Geröll und Mineralien, und manche von ihnen, besonders die tief unter den Gebirgen, an den steinernen Wurzeln der Welt lebende Sorte, bestehen auch selbst ganz oder zu großen Teilen aus Fels.

Seine natürlichen mineralischen Instinkte ließen Theodor vergleichsweise mühelos die optimale Kletterroute entlang der Wand finden.

Er hatte sogar das Gefühl, als würde ihm der Berg selbst an der einen oder anderen Stelle freundschaftlich unter die Arme greifen, was eine seltsame Erfahrung ist, wenn man sonst weniger soziale Beziehungen mit Abermillionen Tonnen von Gestein unterhält.

»*Okkos Angenehmer Aufstieg* wird seinem Namen wirklich gerecht«, sagte der Professor unbeschwert, langsam in die Höhe schwebend. »Ein sehr empfehlenswerter Levitationszauber. Bedauerlich, dass er nur bis zu einem Maximalgewicht von hundert Kilo funktioniert.«

»Ja, höchst bedauerlich«, sagte Theodor, der weit mehr als hundert Kilo schwere Steintroll.

»Nur Mut. Es sind höchstens noch hundertzwanzig Meter. Und was Santissimo, der Pilgernde Märtyrer geschafft hat, das schaffen Sie auch.«

»Der ›Pilgernde *Märtyrer*‹? Wie ist er zu diesem Beinamen gekommen?«

»Na gut«, gestand der Professor, »er hat es nicht bis *ganz* nach oben geschafft ...«

Schwieriger als das Erklimmen der Wand gestaltete sich die Rettung des Unbesiegten Helden.

Es ist ohnehin schon nicht leicht, jemanden auch auf dessen ausdrücklichen Wunsch hin freikletternd in dreihundert Metern Höhe vor dem Absturz zu bewahren. Wenn sich der betreffende Jemand aber auch noch nach Kräften gegen die Rettung zur Wehr setzt, wird die Sache richtig nervenaufreibend.

»Komm schon«, sagte der Student, die Hand nach dem Helden ausstreckend, »gib, ähm, dem Leben noch eine Chance ...«

»Führ Er ... keine ... Narrenspossen auf«, brachte der Held zwischen zusammengebissenen Zähnen hervor. »Ich bedarf ... keiner ... Hilfe ...«

Zum Beweis dieser Behauptung zog er sich drei Zentimeter weiter nach oben, verlor den Halt und stürzte ab.

Im letzten Augenblick erwischte ihn Theodor am Kragen seiner praktischen und – wie sich jetzt zeigte – ausgesprochen haltbaren langen Unterwäsche.

»Lass Er mich los, Pferdeknecht!«, schnaubte Eralkes, über dem Abgrund baumelnd.

»Oh ja, bitte, darf ich?«, fragte der Student, an den Dozenten gewandt.

Schließlich holte Professor Welk, der inzwischen oben angekommen war, den Helden mit *Okkos Angenehmem Aufstieg* nach.

Es war ein seltsamer Anblick, wie der Held vor Wut schäumend durch die Luft schwebte, wild um sich schlug und dabei über *Teuflische Hexenmeisterzaubernetze* und *Aventürendiebe* fluchte.

Abgesehen davon bewies er kurz darauf, nachdem sie sich auf der kleinen Felsterrasse oberhalb der Wand einigermaßen gesammelt hatten, außerordentliches Talent darin, nicht nur vollkommen an der Wirklichkeit vorbeizusehen, sondern diese sogar in ihrer genauen Umkehrung zu erleben, als er, gönnerisch, Theodor und dem Professor mitteilte, es sei ja eben schon das dritte Mal gewesen, dass er sie gerettet habe, zum ersten Mal vor den Straßenräubern, das zweite Mal vor den Zyklopen, und jetzt schon wieder in der *Senkrechten Wand des Todes*.

Theodor fehlte die Kraft, auf diesen Unsinn gebührend zu antworten. Er lag auf dem Rücken und sah in den blauen Himmel. Nach dem schwindelerregenden Aufstieg hatte er ein starkes Bedürfnis nach Bodennähe.

»Die Aussicht!«, rief der Professor begeistert, an der Kante der Terrasse stehend, »man kann bis zu den fernsten Ausläufern des Wolkengebirges sehen!«

»Im Moment habe ich kein Interesse an großen Entfernungen«, stellte Theodor fest. »Nicht an waagerechten und insbesondere nicht an senkrechten.«

»Dann dürfte die als Nächstes auf dem Programm stehende Aventüre genau das Richtige für Sie sein«, sagte Professor Welk. »Sie sind doch nicht klaustrophobisch veranlagt?«

Theodor richtete sich auf.

»Wieso?«, fragte er.

»... aber nach der Sänkrechten Want des Todes folgen die Alptraumhaften Tunnel des Wahnsinns. Oh unnennbares Grausen in ewig finsterer Nacht, oh schröckliches Bangen und Zähneklappern, Verzweyflen und Verzagen ...«

(Die Verschollenen Chroniken, S. 579)

Theodor starrte in das finstere Loch in der Bergwand.

»Sagen Sie, dass wir da nicht rein müssen«, sagte er.

Eine überaus unheilvolle Aura ging von der schwarzen Spalte aus, dazu ein Geruch, gegen den der Dunst der Zyklopenhöhle wie eine nasenschmeichelnde Aromatherapie wirkte.

»Walpurgisch Fratzengeisterspiel, unmündige Kinder und Toren zu schrecken«, verkündete Eralkes, stapfte in den dunklen Eingang und war nach wenigen Schritten in den Schatten verschwunden.

»Wussten Sie eigentlich«, dozierte Professor Welk, »dass der Name *Eralkes* bedeutet: ›Der sinnlos Wagende‹?«

»Ein passender Name«, nickte der Student, »ein überaus passender Name.«

»Es ist als Auszeichnung zu verstehen. Der Name zeigt an, dass sein Träger jenseits der trivialen Alltagswirklichkeit steht.«

Ein grauenvolles, Gehörgänge zersägendes, Gehirnwindungen verdrehendes Kreischen kam aus der finsteren Höhle.

»Vielleicht sollte jemand die triviale Alltagswirklichkeit auf seinen Sonderstatus hinweisen«, sagte Theodor.

»Und Theodor und der Professor traten aus dem Licht des Tags ins grause Dunkel, ins Dunkel der Albtraumhaften Tunnel des Wahnsinns. O forchtbar schlockerndes Gebein! O namenlos Entsetzen, unaussprechlich Schaudern! (usf.)«

(Die Andern Verschollenen Chroniken, S. 163)

»Das war das Grauenhafteste, das ich je erlebt habe«, sagte der Student, als sie auf der anderen Seite wieder in den hellen Sonnenschein traten. Er war totenbleich, seine Knie zitterten.

»Aber es war auch lehrreich«, behauptete Professor Welk. »Haben Sie gesehen, wie …«

»Bitte, ich möchte nicht darüber reden«, rief Theodor und hielt sich mit den Händen die Ohren zu.

»Es war jedenfalls sehr tapfer, wie Sie Eralkes im Kampf gegen den *Bestialischen Würgewurm* beigestanden haben.«

Der unsterbliche Held war inzwischen wieder vorausgeeilt. Er hatte sich mit den Worten verabschiedet, es sei zwar eines Helden Pflicht, sich der Schwachen anzunehmen, er könne aber seine Tage nicht damit verbringen, auf einen törichten Troll und einen greisen Gnom aufzupassen.

»Beigestanden? Das Vieh hatte ihn praktisch schon runtergeschluckt!«

»Und es war, wie gesagt, sehr mutig von Ihnen, dass Sie ihn aus dem Schlund gezogen haben. Ich könnte Ihnen dafür einen Leistungsnachweis für das Modul F III, Monstrositäten der Fernen Länder, ausstellen. Sagen wir … Zwei minus.«

»Zwei minus? Ich wäre fast dabei draufgegangen!«

»Für eine wirklich gute Note würde ich schon erwarten, dass Sie mir den korrekten wissenschaftlichen Namen und die genaue Klassifikation nennen können.«

»Als Sie mich danach gefragt haben, stand ich unter Schock, wir sind einen stockfinsteren Höhlengang entlanggerannt, hinter uns war der Würgewurm her und ich war von Kopf bis Fuß mit dem übel riechenden Schleim dieser *Kreischenden Schleimmotten* bedeckt!«

»Prüfungsangst ist nichts, wofür Sie sich schämen müssen«, meinte der Professor nachsichtig und fügte hinzu: »Jedenfalls wissen wir beim nächsten Mal, was uns erwartet.«

Theodor starrte ihn an.

»Welches nächste Mal?«, fragte er entsetzt.

»Na ja«, antwortete der Professor, »auf dem Rückweg.«

»Das ist der grauenhafteste Tag, den ich je erlebt habe«, stöhnte der Student.

Ein zweiter Besuch der *Albtraumhaften Tunnel des Wahnsinns* blieb ihm aber erspart, denn nachdem sie noch das *Unerfreuliche Dornendickicht* und die *Brücke der Angst* bewältigt hatten (wer sich für Details interessiert, sei an die *Verschollenen Chroniken* verwiesen, S. 583 ff.), stießen sie auf die *Neue Umgehungsroute*. Die *Neue Umgehungsroute* führte durch eine breite Schlucht, die an einigen Stellen so aussah, als wäre sie in das Gebirge hineingesprengt worden. Am Grund der Schlucht liefen Eisenbahnschienen entlang.

»Was ist das?«, fragte Theodor, auf die Schienen zeigend. »Die *Eisenbahnstrecke des Entsetzens*?«

»Das ... wird in den Verschollenen Chroniken nicht erwähnt«, antwortete der Professor. »Eigentlich sollte sich hier die *Schlucht der Grausamen Wächter* befinden.«

»Welch Verlust!«, sagte der Student bedauernd.

Sie folgten dem Fußweg, der neben den Schienen angelegt worden war, und nach einer Viertelstunde hörten sie hinter sich ein lautes Pfeifen.

»Da kommt eine Eisenbahn«, sagte Theodor.

Es war eine nostalgisch gebaute Dampflokomotive. Professor Welk und der Student blieben stehen und sahen zu, wie der Zug gemächlich an ihnen vorüberfuhr.

In den offenen Waggons saßen Gnome, Zwerge, Elfen und andere humanoide Bewohner der Fernen Länder. Die meisten von ihnen trugen bunte Freizeitkleidung und touristentypische Sonnenhüte. *Verlorener-Tempel-Express* stand auf einem der Wagen.

»Hier stimmt etwas ganz und gar nicht«, sagte der Professor, nachdem der Zug vorbeigefahren war.

»Das können Sie wohl sagen«, entgegnete der Student. »Warum ruiniere ich meine körperliche und geistige Gesundheit beim Klettern in *Wänden des Todes* und in *Albtraumhaften Tunneln des Wahnsinns*, wenn es einen *Verlorener-Tempel-Express* gibt?«

Kurz darauf fanden sie den *Verlorenen Tempel*.

Er stand am Grund eines großen Talkessels, gleich zwischen dem Hotel »Zum Verlorenen Tempel« (mit eigenem Minigolfplatz) und dem Bahnhof, aus dem gerade der *Verlorene-Tempel-Express* abfuhr.

Außerdem gab es noch einen Imbiss und ein kleines Café mit Blick auf den Tempel.

Vor dem Tempeleingang stand eine Karten- und Souvenirbude, an der man Smirfel*-Statuen, Smirfel-Schlüsselanhänger, Smirfel-Kaffeebecher, Smirfel-T-Shirts (mit dem Aufdruck »Ich habe den *Verlorenen Tempel* gefunden!«), Smirfel-Socken, Smirfel-Hosenträger und andere qualitativ hochwertige und autorisierte Originial-Smirfel-Produkte kaufen konnte.

Hinter dem Tresen der Bude stand ein Wichtel und hielt sich ein Taschentuch vor die Nase. Er hatte ein blaues Auge.

* Smirfel: Gott der Poesie, des vergeblichen Scherzes, des heiter melancholischen Liedes. Ihm ist der Verlorene Tempel geweiht.

»Der Eintritt kostet vier Fantastik-Dollar pro Person, die Hauptkammer ist gesperrt, wegen der Dreharbeiten«, näselte der Wichtel durch sein Taschentuch, als Professor Welk und Theodor sich der Treppe näherten, die zum Eingang des Tempels hinaufführte.

»Was ist mit Ihrem Gesicht passiert?«, fragte der Professor.

»Ah«, schniefte der Wichtel, »hier ist eben ein Irrer durchgekommen. Er ist komplett ausgeflippt, als ich das Eintrittsgeld von ihm haben wollte. Hat mich *Ausgeburt finsterer Kabalen* genannt und Sachen gesagt wie: ›Aber mein Aug täuscht ihr nicht mit euerm höllischen Blendwerk, düstere Nigromanten und Schwarzkünstler!‹ Dann ist er über mich hergefallen.«

»Hört sich nach Eralkes an«, sagte Theodor zum Professor und wandte sich an den Wichtel: »Wie sah er denn aus? Langes goldenes Haar? Wollunterwäsche? Psychisch labil?«

Die Augen des Wichtels weiteten sich.

»Ihr kennt den Typen?«, fragte er.

»Ich nehme an, er ist in den Tempel gegangen?«, fragte Professor Welk. »Wegen des Eintritts ... wir haben leider kein Geld ...«

»Der Eintritt ist für euch frei«, sagte der Wichtel hastig und ging hinter seiner Smirfel-Produktpalette in Deckung.

»Wir haben nämlich gerade die *Freunde-von-gemeingefährlichen-Psychopathen-sind-auch-meine-Freunde*-Aktionswochen«, fügte er hinzu, als Theodor und der Professor außer Hörweite waren.

In der Eingangskammer trafen sie Eralkes wieder. Er saß auf einer Steinbank an der Wand und starrte ausdruckslos vor sich hin.

»Eralkes«, sagte Theodor, »was machst du denn hier? Wie läuft das Tempel-Entdecker-Geschäft?«

»Gut«, antwortete Eralkes tonlos. Er wirkte seltsam abwesend.

»Hat Ihnen Smirfel bereits das Geheimnis des *Abgründigen Wortes* geoffenbart?«, fragte Professor Welk, der den korrekten Ablauf aus den Verschollenen Chroniken kannte.

»Nein«, sagte Eralkes. »Ich kämpfe gerade mit ihm in der großen Kammer.«

»Du kämpfst gerade mit ihm in der großen Kammer, während du hier auf der Bank sitzt?«, fragte Theodor. »Ist das so eine Art Psychoduell?«

Eralkes blickte auf. Sein linkes Auge zuckte nervös. »Es ist nicht so leicht zu verstehen«, meinte er schwach.

»Warum sollten Sie überhaupt mit ihm kämpfen?«, wandte der Professor ein. »Smirfel ist ein dreißig Zentimeter großer Feengott, der als Symbol einen regenbogenfarbenen Federkiel trägt.«

»Er hat eine große Keule«, murmelte der Held. »Und einen Gürtel mit Totenschädeln.«

»Was?«, fragte Professor Welk stirnrunzelnd.

»Sie haben gesagt, ein Regenbogenwichtel würde im Film nicht funktionieren«, sagte Eralkes.

»Was für ein Film?«

»Hat nicht der Wichtel am Eingang was von Dreharbeiten erzählt?«, bemerkte Theodor.

»Sie haben gesagt«, flüsterte Eralkes, »wenn der Film in die Kinos kommt, werde ich berühmt. Und ich habe mir ein Autogramm gegeben.«

»Du hast dir selbst ein Autogramm gegeben?«, fragte der Student.

»Ja.«

Eralkes hielt ihnen eine Visitenkarte hin. Professor Welk nahm sie und drehte sie hin und her. Auf der Vorderseite war der Aufdruck zu lesen: »Fantastic Film Productions, eine Tochtergesellschaft der Fantastik AG.« Auf der Rückseite stand ein Name, flüchtig hingeworfen, in großen, dynamisch geschwungenen Buchstaben: Max Danger.

»Das sind unmögliche Arbeitsbedingungen«, sagte Max Danger. Er saß vor einem Garderobenspiegel in seinem Trailer und sprach mehr oder weniger mit seinem eigenen Spiegelbild, während eine Elfe mit seiner Frisur beschäftigt war. »Absolut unprofessionell. Schlimmer als am Set von Die Vergeltung 3, und Die Vergeltung 3 war ein *Desaster*. Dass einfach jeder Vollidiot, der sich für Eralkes den Unbesiegten hält, mitten durch die Aufnahme spazieren kann, wie er grad lustig ist, so was hab ich noch nie erlebt, und ich hab einiges erlebt. Und *das da*«, er richtete einen anklagenden Zeigefinger auf eine Mineralwasserflasche, die auf dem Garderobentisch stand, »ist *kein* Novia Quellwasser! Ich habe mindestens zehnmal darauf hingewiesen, dass ich nichts anderes als Novia Quellwasser trinke. Sind die Leute denn alle schwer von Begriff? Ahh!«

Max Danger stieß einen Schmerzenslaut aus und riss der erschrockenen Elfe die Haarbürste aus der Hand.

»Willst du mich skalpieren?«, schrie er.

»Bist du so weit?«, fragte ein Wichtel, den Kopf durch die Tür steckend. »Wir wollen weiterdrehen.«

»Jaja«, entgegnete Max und kämmte sorgsam seine kostbaren goldenen Haare.

»Okay«, sagte der Regisseur, ein Zwerg, der zigarrerauchend neben einer ihn um einiges überragenden Kamera in der Hauptkammer des Tempels stand, »jetzt, wo alle Irren das Set verlassen haben, können wir ja weitermachen. Sind alle bereit?«

»Ähm«, meldete sich ein massiger Troll, der einen Gürtel mit Totenschädeln trug und einen monströsen Kopf – Teil seines Kostüms – unter den Arm geklemmt hatte, »wenn ich mit der Keule auf Eralkes, ich meine Max losgehe ... Im Drehbuch steht, Moment«, er blätterte im Drehbuch, »steht, ich brülle Wuuuoooooaaarrrr. Es fühlt sich für mich irgendwie organischer an, wenn ich das W weglasse und einfach Uuuoooooaaarrrr sage. Ist das in Ordnung?«

»Das ist mir so egal«, entgegnete der Regisseur und trat seine Zigarre mit dem Absatz aus. »Ist jeder auf seinem Posten? Ton?«

»Läuft«, meldete der Tonwichtel.

»Kamera?«

»Läuft«, sagte der Kameraelf.

»Eralkes – Strahlender Held, Szene 73, Take 3«, rief der Klappenzwerg.

»Moment«, unterbrach Max Danger.

Der Regisseur seufzte. Dieser Max Danger ging ihm gehörig auf die Nerven, mit seinen Starallüren und seinen dämlichen *Einfällen*, die er für *künstlerisch relevant* hielt, aber die Produktionsfirma hatte ihn ihm aufs Auge gedrückt, weil er angeblich *zog*, und der Regisseur war Zwerg genug, um in Fällen wie diesem dem bekannten zwergischen Gebot der obligatorischen Profitmaximierung zu folgen, das besagte: Wenn du die Wahl hast zwischen Gold und noch mehr Gold, dann entscheide dich auf jeden Fall für Letzteres.

»Ja, Max?«, fragte er bemüht freundlich.

Max Danger warf seine blonde Mähne zurück. »Ich bin mir noch nicht ganz sicher, was meine psychologische Motivation in dieser Szene angeht, ich meine, ich sehe da noch keine Plastizität …«

Mein Gott, dachte der Regisseur, ist das so schwer zu begreifen? Du fuchtelst ein bisschen mit dem Schwert rum und versuchst dabei möglichst hübsch auszusehen. Plastizität! So ein Schwachsinn.

»Ja«, sagte er laut, »du hast recht, das ist eine sehr komplexe Szene. Da wirken viele Faktoren zusammen.«

Das war die Sprache, die er sich im Umgang mit Schauspielern angewöhnt hatte, besonders mit solchen, die an dem bedauerlichen Gehirnfehler litten, sich für Künstler zu halten.

Er gab ihnen durch derartiges Nonsense-Geschwurbel den Eindruck eines auf hohem Niveau stattfindenden *künstleri-*

schen Gedankenaustauschs, ohne sie mit überflüssigen Details zu überfordern.

Auch auf Max Danger verfehlte diese Strategie nicht ihre Wirkung. Er nickte verstehend, als hätten sie gerade über tiefgründigste Weisheiten philosophiert.

»Okay«, sagte der Regisseur. »Ton?«

»Läuft.«

»Kamera?«

»Halt, mir fällt gerade noch was ein!«

Der Regisseur schaffte es durch überzwergische Anstrengung, nicht mit den Augen zu rollen.

»Max?«, fragte er.

»Wenn ich ihm den Gnadenstoß gebe«, begann Max, »könnte ich dabei wegen des größeren dramaturgischen Effektes was sagen, zum Beispiel: Fahr zur Hölle, du Monster!«

»Ja«, antwortete der Regisseur begeistert, »das ist ein guter Einfall. Das sollten wir unbedingt ausprobieren. Ich würde vorschlagen, wir drehen die Szene erst mal so, wie sie im Drehbuch steht, und danach dann noch mal mit dem neuen Text.« Bis dahin hätte der Trottel es sowieso vergessen. »Ich schreib es mir in mein Buch: Fahr zur Hölle, du Monster.« Und der Regisseur schrieb in sein Drehbuch mit großen Buchstaben: »Vollidiot«, wiederholte noch einmal in Max Dangers Richtung: »Ein guter Einfall«, und setzte einen dicken Strich unter das Wort »Vollidiot«.

»So«, sagte er. »Dann können wir ja jetzt. Ton?«

»Läuft.«

»Kamera?«

»Läuft.«

»Eralkes-Strahlender Held, Szene 73, Take 3.«

»Hervorragend.« Der Regisseur setzte sich seine Kopfhörer auf. »Und Action.«

»Entschuldigung.«

Eine kleine Gestalt erschien auf der Bildfläche, kletterte über Kabel und baute sich vor der Kamera auf.

»Entschuldigung, aber ich wüsste gern, was hier vor sich geht.«

Der Regisseur riss sich die Kopfhörer herunter und schleuderte sie wütend auf den Boden.

»Was hier vor sich geht?«, schrie er. »Ich sag Ihnen, was hier vor sich geht. Wir drehen hier einen Film, bei dem uns die Stunde Drehzeit 75 000 Fantastikdollar kostet! Das geht hier vor sich!«

Professor Welk zeigte sich nicht sonderlich beeindruckt.

»Ein Film?«, sagte er. »Hochinteressant. Worum geht es denn?«

Der Regisseur steckte sich eine neue Zigarre in den Mund und kaute wütend darauf herum. »Eralkes 3«, knurrte er. »Strahlender Held. Szene 73. Kampf mit dem Blut- und Todesgott Smirfel. Würden dann jetzt bitte alle Personen vom Set verschwinden, die hier nichts zu suchen haben? Vielen Dank.«

»Blut- und Todesgott?« Professor Welk runzelte die Stirn. »Das scheint mir mythologisch inakkurat. Die Verschollenen Chroniken bieten eigentlich wenig Ansatz für Fehlinterpretationen. Smirfel ist der schmetterlingsgeflügelte Gott des Feinen Spiels und des Ergebnislosen Gesangs. Er trägt als Attribut einen regenbogenfarbenen Federkiel und ist übrigens unsichtbar. Und er kämpft auch nicht mit Eralkes, sondern offenbart ihm das Geheimnis des abgründigen Wortes.«

»Aha«, knurrte der Regisseur. »Und wer sind Sie überhaupt, wenn ich fragen darf? Der offizielle Sprecher des schrulligen Erbsenzählerclubs *Freunde des langweiligen, aber faktisch akkuraten Films*?«

»Professor Dr. Hieronymus C. Welk von der Universität … von der Hohen Schule der Immateriellen Künste Quellburg.«

»Dann mache ich Ihnen jetzt einen Vorschlag, Hieronymus C. Welk von den Immateriellen Künsten: Sollten Sie gerade zufällig einhundertdreiundvierzig Millionen Fantastikdollar übrig haben, dann drehen Sie doch bitte unbedingt Ihren eigenen Film über den unsichtbaren Regenbogenwichtel. Ich bin sicher, das wird ein Riesenerfolg! Der Markt schreit geradezu nach unsichtbaren Regenbogenwichteln. Ansonsten kann ich Ihnen vorsorglich ein Buch empfehlen: ›Ich habe mein Geld in den Sand gesetzt. Achtzehn kreative Wege, Konkurs anzumelden.‹ Von Schöndumm Armimgeiste.«

»Ein unsichtbarer Regenbogenwichtel«, schnaubte der korpulente Troll, der neben Theodor stand. Er trug ein T-Shirt mit der Aufschrift ›Ich habe den *Verlorenen Tempel* gefunden!‹ und gehörte zu einer Reisegruppe, die das Geschehen am Set neugierig mitverfolgt hatte. »Was soll denn das für ein lahmer Versagergott sein?«

»Und auf welchem Weg sind Sie hier hergekommen?«, fragte Theodor.

»Auf welchem wohl? Es gibt ja nur einen.«

»Ich schätze, Ihnen sind keine *Kreischenden Schleimmotten* oder *Bestialischen Würgewürmer* begegnet?«

Der Troll starrte ihn an.

»Hä?«, machte er.

»Ich nehme an, Sie sind mit dem *Verlorener-Tempel-Express* gefahren?«, fragte der Student.

»Was denn sonst?«, entgegnete der Troll. »Etwa zu Fuß gehen, bei der brutalen Mordshitze? Ich bin doch nicht bekloppt! Die Zugfahrt war schon schlimm genug, zwanzig Minuten dieses Geruckel, und die Sitze waren kaum gepolstert!«

»Ich kann es mir vorstellen«, nickte der Student mitleidig. »Es muss die Hölle gewesen sein.«

»Aber hallo!«, schnaufte der Troll, der nach Aussage seines T-Shirts heroisch den Verlorenen Tempel entdeckt hatte.

In diesem Moment rief jemand: »Also, das ist ja wohl das Allerletzte! Das ist ja wohl der Gipfel der Bescheuertheit!«

Alle Köpfe drehten sich in die Richtung, aus der die Stimme kam.

Da stand Max Danger und fuchtelte mit seinem Filmschwert in der Luft herum.

»Was ist das hier?«, schrie er. »Ein Filmset oder ein Versammlungsort für entlaufene Irre?«

Oh nein, dachte der Regisseur. Nicht auch das noch. Es sah ganz danach aus, als stünde einer von Max Dangers cholerischen Ausrastern bevor. Die Anfälle des Schauspielers waren berüchtigt. Einmal hatte er einem gnomischen Beleuchter ein blaues Auge geschlagen, weil der angeblich, mit Dangers Worten, seine »Karriere ruinieren« wollte, der Gnom habe ihn wiederholt während einer schwierigen Szene »absichtlich komisch angesehen« und ihm so die Ausübung seiner »künstlerisch anspruchsvollen Arbeit« unmöglich gemacht. Persönlich habe er nichts gegen Gnome.

Die Sache hatte ein gerichtliches Verfahren nach sich gezogen, dem Beleuchtergnom eine astronomisch hohe Schmerzensgeldzahlung beschert und eine monumentale Imageaufbesserungskampagne erforderlich gemacht, bei der sich Max Danger hauptsächlich lächelnd in der Gesellschaft von gnomischen Waisenkindern fotografieren ließ, für die er sich, laut Pressetext, »aufopferungsvoll sozial engagierte«.

Seitdem versuchten Mitglieder von Filmteams immer wieder, Danger zu provozieren, um sich lukrativ von ihm verprügeln zu lassen. Außerdem war in allen Verträgen Max Dangers ein Passus enthalten, der forderte, dass dem Darsteller für die Dauer der Dreharbeiten ein Aggressionsbewältigungscoach zur Verfügung gestellt wurde. Gegenwärtig hatte diesen wenig attraktiven Job ein eingeschüchterter hypernervöser Wichtel, dessen Aufgabe hauptsächlich darin bestand, sich in den Drehpausen von Danger anschreien zu lassen und sich ansonsten irgendwo zu verstecken.

»Okay, Gnomen-Opa!« Danger baute sich vor Professor Welk auf. »Jetzt mal die Version für Verkalkte. Pass auf. Das da drüben, das nennt man Kamera, und …«

»Entschuldigung«, unterbrach der Professor, »ich weiß durchaus, was eine Kamera …«

»Nein«, schnitt ihm Danger das Wort ab, »ich möchte ganz sichergehen, dass wir uns hier richtig verstehen. Also, das ist eine Kamera, und damit dreht man Filme. Und wenn die Kamera läuft, dann müssen wir Schauspieler uns konzentrieren, damit wir eine künstlerisch hochklassige Leistung erbringen können …«

»Sie müssen mit mir nicht reden, als wäre ich …«, begann der Professor.

»Schnauze halten!«, schrie Max Danger, und die Umstehenden zuckten kollektiv zusammen. »Wo war ich? Ach ja. Wenn die Kamera läuft, müssen wir Schauspieler uns konzentrieren, und das gelingt uns nicht, wenn jeder …«, seine Stimme überschlug sich, »wenn jeder gehirnamputierte Totalausfall glaubt, durch mein Set marschieren zu dürfen wie ein …«

»Ich glaube, Sie steigern sich da in etwas …«

»Halt´s Maul«, keifte Danger, »ich hab es langsam satt, mir von euch Gnomen meine Karriere sabotieren zu lassen! Bei jedem verdammten Film hat es eine von euch hinterhältigen kleinen Giftnattern darauf abgesehen, meine Performance zu zerstören! Dahinter steckt eine internationale Verschwörung! Die Gnome sind schuld an allem Unheil dieser Welt!«

Die Umstehenden, unter denen sich auch einige Gnome befanden, schnappten nach Luft. Derartige rassistische Ausbrüche gehörten in den Fernen Ländern einer eigentlich glücklich überwundenen dunkleren Vergangenheit an. Missbilligende Falten zeigten sich auf der Stirn des Professors.

Theodor hatte seinen Dozenten selten so ungehaltenen erlebt, und jetzt erinnerte er sich an eine dieser Gelegenheiten. Es war vor langer Zeit gewesen, als sich hin und wieder noch einzelne andere Studenten in Raum 043a sehen ließen. Damals hatte einer von ihnen den Professor gefragt, ob er sein Referat über Grobel Stechs neuen Bestseller *Killflash* halten könne, in dem auch viele Phantasiewesen vorkämen, wie zum Beispiel zweiköpfige Zombies und mutierte Werwölfe. Professor Welk hatte ähnlich streng geblickt wie jetzt und gesagt: »Junger Mann, Sie sind ganz offensichtlich bei Ihrer Studienfachwahl schlecht beraten gewesen.«

Der Professor rückte an seiner Brille. »Junger Mann«, sagte er, »Sie haben sich entschieden in Ihrer Wortwahl vergriffen.«

Etwas später saßen sie zu dritt auf den Stufen, die zum Tempeleingang hinaufführten.

»Was ist nur aus dieser Welt geworden«, seufzte der Professor.

»Das haben Sie in der anderen auch immer gesagt«, meinte Theodor.

»Ach?«

»In Ihren Vorlesungen. Durchschnittlich alle fünfzehneinhalb Minuten. Ich habe statistische Berechnungen darüber angestellt.«

»Etwas Besseres hatten Sie nicht zu tun?«

Sie schwiegen.

Eralkes' Lippen bewegten sich stumm, als diskutiere er wichtige Angelegenheiten mit sich selbst.

»Was ist eigentlich mit dem Schauspieler passiert?«, fragte der Student nach einiger Zeit. »Er war plötzlich verschwunden.«

»*Trumins Situationsbeendender Teleporter*. Er nutzt die negativen Energien des Objekts, um es an einen seiner Gefühlslage angemessenen Ort zu versetzen.«

»Aha«, sagte der Student.

Und nach einer Weile fragte er: »An was für einen Ort wurde das Objekt denn genau versetzt?«

»An einen, an dem es nicht sein möchte«, sagte Professor Welk.

Es war dunkel und roch nach Ziege. Das waren die einzigen Koordinaten, die Max Danger für eine ungefähre Positionsbestimmung zur Verfügung standen. Eben hatte er noch diesen senilen Gnom zusammengefaltet, und jetzt war er hier, wo auch immer *hier* sein mochte. Max Danger war weniger überrascht als verärgert. Das entsprach der natürlichen Reihenfolge seiner Reaktionen auf neue unerwartete Erfahrungen: Phase 1: Wutanfall. Phase 2: Beruhigung (eventuell medikamentös beschleunigt). Phase 3: Besinnung, vor allem auf finanzielle Aspekte. Phase 4: Meeting mit dem PR-Stab. Phase 5: Überzeugend gespielte öffentliche Zerknirschung.

Im Moment befand er sich noch in Phase 1. Er brauchte jetzt unbedingt jemanden, den er anbrüllen konnte, dann würde alles besser werden. In der Dunkelheit tastete er sich langsam an etwas entlang, das die Wand einer natürlichen Höhle zu sein schien. Wo war jetzt sein Aggressionsbewältigungscoach?

Ah. Jetzt wurde es heller. Unstet flackernder Lichtschein näherte sich. Schwere Schritte erklangen. Eine riesige Gestalt kam um die nächste Biegung des Ganges, in der einen Hand eine Fackel, in der anderen eine schwere Keule.

Und Danger wusste plötzlich, wo er sich befand. Natürlich. Es war die Kulisse, in der sie die Zyklopenszene gedreht hatten.

»Florko«, sagte er, »bist du das?«

Die riesige Gestalt blieb stehen, grunzte überrascht und starrte ihn einäugig an.

»Hallo?«, sagte Danger ungeduldig, »besteht die Möglichkeit zur Kommunikation? Wieso trägst du überhaupt dieses bescheuerte Kostüm? Die Zyklopenszene ist doch längst abgedreht. Kleine ungesunde Überidentifikation mit der Rolle? Ich kann dir einen guten Therapeuten empfehlen.«

Florko (Danger war sich absolut sicher, dass es Florko war, Florko in seinem bescheuerten Kostüm) kam langsam auf ihn zu.

»Na gut«, sagte der Professor und erhob sich von den Treppenstufen. »Wir sollten von hier verschwinden. Für die Phantastik ist dieser Ort verloren.«

Theodor und Eralkes folgten ihm.

»Entschuldigung«, sagte der Wichtel vom Souvenirshop, als sie an ihm vorbeikamen. »Sie wirken ein wenig betrübt. Vielleicht kann ich Sie mit einem tollen Souvenir made by Fantastik AG aus unserem Sortiment aufmuntern. Ich habe hier z. B. eine hochwertig gearbeitete Figur von Smirfel, wie er einen Gürtel aus Schädeln trägt, und wenn Sie hier auf seinen Kopf drücken, schlägt er richtig mit seiner Keule zu.«

Neben Souvenirs verkaufte der Wichtel auch Eis, und das frostige Schweigen, das sich nun ausbreitete, veranlasste ihn unwillkürlich dazu, sich zu vergewissern, ob er die Tiefkühltruhe hinter sich geschlossen hatte.

Sie trennten sich an der Stelle, an der Eralkes sein Pferd zurückgelassen hatte – vom *Verlorenen Tempel* waren es bis dorthin nur dreißig Minuten, wenn man die *Neue Umgehungsroute* nahm.

Als sich zeigte, dass das Pferd und getreue Streitross Eisnorant, auch genannt *der Eilige*, inzwischen entweder gestohlen worden oder aus eigenem Entschluss davongeeilt war, nahm der unbesiegte Held diesen weiteren Schicksalsschlag mit müdem Fatalismus hin.

Er wolle »eine Zeit lang in Einsamkeit wandern, auf dass durch die Pilgerschaft vielleicht Erleuchtung komme über den tiefern Sinn des Daseins«, verkündete Eralkes schwermütig und machte sich auf den Weg.

Theodor und der Professor sahen ihm schweigend hinterher, wie er gebeugt auf dem Gebirgspfad hinschlich, neuen traurigen Abenteuern entgegen.

»Vielleicht überwindet er sein Formtief ja bald«, sagte der Student, gerührt von diesem Anblick. »Was steht denn als Nächstes auf seinem Heldenprogramm?«

»Von hier an sind sich die Quellen nicht einig«, antwortete der Professor. »Die einen sagen, die *Entdeckung des Borns Ewigen Glücks*, die anderen die *Schwere Prüfung im Sumpf des Unheils.*«

Undinen

Als der Abend kam und die ersten Sterne am Himmel erschienen, schlugen sie ihr Nachtlager am Ufer eines kleinen Sees auf, der geschützt inmitten eines Kiefernhaines lag.

Es war der angenehm friedfertige Ausklang eines Tages voller Aufregungen und Verwicklungen.

Das Uferschilf raschelte leise, Zikaden sangen, und auf der stillen Oberfläche des Sees spiegelte sich silbern der Mond.

Professor Welk saß neben einem kleinen prasselnden Feuer, das er mit *Zims Nützlichem Funkenschläger* entfacht hatte, und rauchte aus einer langen Pfeife, einem Geschenk der Zwerge.

»Wir hatten sicher nur einen schlechten Start«, sagte er und blies kunstfertig einen großen Rauchring, »wenn wir erst in Sternheim sind, können wir endlich mit unseren Forschungen beginnen. Mir schwebt eine umfassende demografische Analyse aller Bewohner …«

Theodor hörte nicht zu. Traumverloren blickte er auf das spiegelglatte Wasser des Sees.

Als der Student erwachte, war es Nacht. Er hatte von tiefem schwarzem Wasser geträumt, und für etwas, das zunächst nach Albtraum aussah, hatte es ihm überraschend gut gefallen.

Über ihm stand dunkel der Nachthimmel. Vollkommene Stille herrschte (bis auf das Schnarchen des Professors).

Ein leises Geräusch erklang vom See her. Wasser gluckste.

Theodor wandte den Kopf. Undeutlich glaubte er mehrere Gestalten im Uferschilf zu erkennen. »Hallo«, rief er, »ist jemand hier?«

Unterdrücktes Kichern antwortete ihm.

»Wer ist da?«, fragte Theodor.

»Wir«, antwortete lachend eine Mädchenstimme.

Einen Moment lang überlegte Theodor, ob er den Professor wecken sollte.

Da rief eine zweite Stimme, als hätte sie seine Gedanken gelesen:

»Lass den langweiligen alten Gnom ruhig schlafen.«

Und eine dritte: »Wir interessieren uns mehr für dich.«

Und alle zusammen, verführerisch: »Komm, komm her zu uns.«

Der Student zögerte.

»Du brauchst keine Angst vor uns zu haben«, rief die erste Stimme.

»Wir tun dir nichts«, die dritte.

Und lachend wieder die erste: »Nichts, was du nicht möchtest.«

Theodor stand auf. Natürlich hatte er keine Angst. Das war ja lächerlich. Er hatte keine Angst vor Frauen, jedenfalls nicht, solange zwischen ihm und ihnen ein gewisser Sicherheitsabstand gewahrt blieb. (Denn um Frauen handelte es sich hier fraglos, das war ihm intuitiv klar, obwohl er sich auf dem Gebiet nicht sonderlich gut auskannte.)

Nur ein bisschen weich in den Knien, ging er auf das Uferschilf zu, das sich sanft im Wind wiegte.

Stimmen tuschelten: »Ist er nicht süß?«, »Seht euch seine Muskeln an!«, »Ich hab ihn zuerst gesehen!«, »Sei nicht so egoistisch, er ist genug für uns alle!«

Bei dieser Unterhaltung schoss Theodor das Blut in den

Kopf. Offensichtlich war von ihm die Rede, aber auf eine Weise, die ihn hochgradig verwirrte. *Süß* war er wahrscheinlich zuletzt mit sieben Jahren genannt worden, und damals hatte auch schon niemand mehr davon gesprochen, dass *genug* von ihm vorhanden sei. Eher zu viel. Soweit er sich erinnerte, lautete das entsprechende Zitat: ›Er ist ja ganz *süß*, aber vielleicht sollte der Junge doch mal eine *Diät* machen …‹

»Wer seid ihr?«, fragte er atemlos.

»Wir sind die Töchter des Sees«, sagte die zweite Stimme.

»Wollt ihr nicht aus dem Schilf kommen? Ich kann euch so nicht sehen.«

»Aber wir können dich sehen«, kicherte die dritte Stimme, »du gefällst uns.«

»Was wollt ihr von mir?«

Rascheln. Dann trat eine junge Frau aus dem Schilf. Sie war nackt. Ihr ebenmäßiger Körper schimmerte weiß im Mondlicht. Der Student schluckte.

Unmöglich konnte es ein schöneres Wesen geben, dachte er.

Erneutes Rascheln.

Eine zweite Frau erschien. Sie war ebenfalls nackt.

Theodor starrte.

Es konnte unmöglich ein *noch* schöneres Wesen geben, dachte er.

Wie man sieht, hatte sich sein logisches Denkvermögen bereits in die Ferien verabschiedet.

Eine dritte Frau kam aus dem Schilf, auch sie war nackt und wunderschön.

Es ist absolut unmöglich, dass … dachte der Student, bevor mehrere Sicherungen in seinem Gehirn knisternd durchbrannten.

»Was wollt ihr von mir?«, hauchte er.

Die drei Frauen lächelten.

»Wir wollen mit dir spielen«, sagten sie.

Und in diesem Moment sah Theodors Verstand noch einmal auf seine Armbanduhr, ordnete ein paar Dokumente auf seinem Schreibtisch, packte seinen Aktenkoffer, zog sein Jackett an, schloss die Bürotür ab und sagte:

Ich mach dann mal Feierabend.

Die drei Frauen streckten ihre schlanken Arme nach dem Studenten aus.

»Komm mit uns«, sagten sie.

Professor Welk erwachte. Das Feuer war bis auf die glimmende Asche heruntergebrannt.

Als er sich umsah, bemerkte er, dass Theodor nicht mehr an seinem Platz lag.

»Herr … Welk?«, fragte er. Niemand antwortete.

Der Professor setzte seine Brille auf und schnippte mit den Fingern. Schimmerndes Licht breitete sich aus.

Bei Untersuchung der näheren Umgebung fand er frische Fußabdrücke im Schlamm des Ufers.

»So, so«, sagte er und zwirbelte sein Gnomenbärtchen, »hochinteressant. Mellusinen also.«

Der Professor blätterte kurz gedanklich in »Magister Orkhausens Grimoire der 888 brauchbaren Zaubereien« – es erwies sich als überaus nützlich, dass er dieses Werk als Student einmal auswendig gelernt hatte – und entschied sich dann für *Brofos Verbesserte Tauchkugel.*

Von einer glänzenden, durchsichtigen Sphäre umgeben, schritt er in den See hinaus und registrierte zufrieden, dass kein Wasser in die Kugel eindrang. Bald schloss sich die Oberfläche des Sees über seinem Kopf.

Im magischen Licht wanderte Professor Welk durch dunkelgrün wogende Wälder von Unterwasserpflanzen.

Er war nicht sehr überrascht, etwa in der Mitte des Sees, an der tiefsten Stelle, ein Gebäude in Gestalt eines großen Seeschneckenhauses vorzufinden.

»Wir möchten, dass du dich bei uns wohlfühlst«, sagte eine der Frauen und strich Theodor sanft durch die Haare.

Der Student lächelte glücklich. Oh ja, er fühlte sich wohl. Dies war der Augenblick, auf den er sein ganzes Leben lang gewartet hatte. Allein deswegen hatte er Phantastik studiert: wegen der Frauen.

Das war ein etwas unsinniger Gedanke, denn mit Frauen hatte die Phantastik, so wie der Student sie betrieben hatte, denkbar wenig zu tun. Für ihn war sie eine Art akademisches Dickicht gewesen, in dem er sich, bislang tragisch erfolgreich, vor dem weiblichen Prinzip verborgen hatte.

Aber *wegen der Frauen* war gegenwärtig die allumfassende und einzige Motivation, die Theodor allen seinen Handlungen von seiner Geburt an zugrunde legte.

Er war sich natürlich darüber im Klaren, dass dies alles nicht real sein konnte. Aber es war immerhin *real genug*. Und es schien alles so selbstverständlich! Zum Beispiel, dass er unter Wasser atmen konnte. Warum auch nicht? Und dass drei wunderschöne Frauen in einem Seeschneckenhaus auf dem Grund eines Sees wohnten und sich mit ihm amüsieren wollten: Was sprach dagegen?

Wie gesagt: Alles. Aber anders und richtiger gefragt: Wen interessierte das?

Theodor ließ sich mit einem verträumten Lächeln höchster Seligkeit in die weichen Daunen des Bettes – es war ebenfalls muschelförmig – zurücksinken.

»Liebster«, säuselte eine Tochter des Sees, »dies ist der Moment. Dies ist der Moment, an dem all deine Wünsche in Erfüllung gehen sollen …«

Und in diesem Moment, als Theodor Welk, Student der Phantastik im 27. Semester, kurz vor der Erfüllung all seiner Wünsche stand, sagte jemand: »Entschuldigen Sie, dass ich einfach so eintrete, aber ich interessiere mich ganz außerordentlich für alles, was mit subaquatischer Kultur zu tun hat!«

Es war Professor Welk.

Nach einigen Augenblicken überraschter Sprachlosigkeit besannen sich die Töchter des Sees. »Oh«, sagten sie, »noch ein Besucher! Mach es dir bequem bei uns, ehrenwerter Gnom!«

»Vielen Dank«, sagte Professor Welk und setzte sich auf einen Stuhl, der aus lebenden Korallen bestand. Er wirkte sehr zufrieden.

»Professor«, zischte Theodor vom Bett aus, »Sie stören!«

Der Dozent schien ihn aber nicht gehört zu haben, sondern sprang jetzt begeistert auf und eilte zu einer Kommode aus Perlmutt, auf der ein geflügelter Helm lag.

»Meine Güte!«, rief er, »ist das der Helm des Lyas?«

»Ja …«, sagte eine Tochter des Sees unsicher. Ihre Besucher interessierten sich normalerweise nicht besonders für Inneneinrichtung. Der überwiegenden Mehrheit fiel es schwer, sich auf etwas anderes als die Anwesenheit dreier nackter hübscher junger Frauen zu konzentrieren. Die meisten konzentrierten sich sogar so stark in diese Richtung, dass sie ohne die kühlende Wirkung des Seewassers wohl ein ähnliches Schicksal wie der Drache von Zeherkzal erlitten hätten.

»Phan-tastisch!«, sagte der Professor, den Helm betrachtend, »eine Arbeit des Schmiedegottes Horknir, wenn ich mich recht entsinne. Darf ich fragen, wie Sie dazu gekommen sind?«

»Unsere Schwester hat ihn … *gefunden*«, sagte eine der Frauen, und eine andere fügte erklärend hinzu: »Nachdem Lyas *zufällig* in ihrem See ertrunken war.«

»Nein!«, rief Professor Welk ungläubig, »dann ist Kalliena Ihre Schwester?«

»Professor!«, schnaubte Theodor. »Hauen Sie ab! Das hier ist meine Aventüre!«

»Sie ist die dreitausendvierhundertachtundsiebzigstjüngste von uns.«

»Und Sneifnifflur, der Umtriebige Flussgott, ist Ihr Vater?«, fragte der Professor mit wachsender Begeisterung.

»Ja«, bestätigte eine Tochter des Sees, »und meine Mutter ist Jalene, die Wassermüllerin.«

»Professor …«, sagte Theodor mit vor Wut zitternder Stimme. Aber niemand achtete auf ihn.

»Und meine Halmiona, die Quellkönigin«, sagte die zweite.

»Und meine Tira, die schöne Wäscherin. Sie und Vater haben sich unsterblich geliebt, ungefähr anderthalb Stunden lang.«

»Faszinierend!«, rief der Professor. »Ich müsste mir das aufschreiben!«

Theodor stöhnte.

Professor Welk hatte ein neues Feuer entfacht, an dem sich der durchnässte Student aufwärmte. Es war nicht eindeutig zu entscheiden, ob die von Theodor aufsteigenden Dampfwolken auf die Wärme des Feuers oder die Hitze der in ihm kochenden Wut zurückzuführen waren. Sein Gesichtsausdruck schien auf Letzteres hinzudeuten.

Der Professor hatte endlos mit den Töchtern des Sees über *subaquatische Kultur*, über *magische Algen, telepathische Korallen* und andere hochgradig spannende Themen konversiert, und nach anfänglicher Skepsis waren die drei Frauen begeistert auf das Gespräch eingegangen. Ihre Gäste redeten sonst nicht so viel, erklärten sie, es sei toll, sich mal ausführlich mit jemandem unterhalten zu können.

Sie hatten sogar Seegras-Tee gekocht und selbst gebackene Seerosenplätzchen serviert. Theodor, in finsteres Schweigen gehüllt, hatte aus Frust über diese ganz und gar nicht seinen Vorstellungen entsprechende Wendung der Ereignisse eine Ladung Gebäck nach der anderen in sich hineingestopft, obwohl es ihm überhaupt nicht schmeckte.

Dann waren ein Nöck, zwei Krötenmänner und ein grotesk aussehendes tintenfischähnliches Wesen zu der Gesellschaft gestoßen, das eine Zeit lang versucht hatte, ein Gespräch mit dem Studenten anzuknüpfen, indem es ihn mehrfach nach seinen Ansichten zur aktuellen Karpfenpolitik gefragt hatte, bis Theodor schließlich ziemlich grob antwortete, dass ihm Karpfen sehr sympathisch seien, weil sie vorwiegend die Klappe hielten.

Und endlich war auch noch Sneifnifflur mit seiner neuesten Flamme, einer fülligen Fischerin, die die ganze Zeit über kichernd auf seinem Schoß gesessen hatte, erschienen, und es zeigte sich, dass der Professor so ziemlich die gesamte Biografie des Umtriebigen Flussgottes auswendig kannte, weil er als Student mal eine Seminararbeit über ihn geschrieben hatte. Sneifnifflur ließ sich nicht lange bitten und erzählte noch Hunderte oder eher Tausende von Anekdoten aus seinem bewegten Leben, die den Geschichtsschreibern entgangen waren.

Alle hatten sich prächtig amüsiert. Alle bis auf Theodor.

Irgendwann hatte der Flussgott – eine imposante Erscheinung, muskulös, mit wallender Seetangmähne und ehrfurchtgebietenden, buschigen Augenbrauen – dem Studenten jovial auf die Schulter geklopft und gesagt: »Warum so schlecht gelaunt, junger Freund? Aber ich kenne das, die Jugend, ich war früher auch so: Immer nur im eigenen Sumpf rumhocken, dumpf grübeln, Unmut ausbrüten. Du musst mehr rumkommen, sonst versumpfst du, was von der Welt sehen, dann gibt sich das!«

Dabei hatte er die füllige Fischerin neckisch gekitzelt, worauf die wieder gekichert hatte.

Glücklicherweise war Theodor zu diesem Zeitpunkt schon so wütend gewesen, dass ihm keine passende Antwort eingefallen war, sonst hätte er sicher etwas sehr Unverschämtes gesagt – was im Umgang mit Göttern selten ratsam ist.

Ein großer Ast knackte im Feuer.

»Ich kann es immer noch kaum glauben«, schwärmte der Professor, »echte Undinen! Wunderbare Wesen, so natürlich und auf reizende Weise unschuldig.«

»Die ganze Situation war natürlich und auf reizende Weise

unschuldig«, knurrte der Student, »bis gewisse Personen aufgetaucht sind und mit ihrem auf provozierende Weise unnatürlichen Verhalten interveniert haben.«

»Junger Mann«, sagte tadelnd der Professor, »wir sind hier nicht zum Spaß. Dies ist eine seriöse Forschungsreise. Erstes methodisches Gebot der phantastischen Forschung ist sachliche Distanz zum Objekt.«

»Alter Mann«, entgegnete der Student, »ich bin sicher, Sie würden Spaß nicht mal erkennen, wenn er fünfhundert Meter hoch wäre, grellrot blinkte und Ihnen ins Gesicht spränge. Und was die sachliche Distanz zum Objekt angeht: Ich glaube, dahinter verbirgt sich einfach nur eine neurotische Angst vor der Realität. Vor der Realität und vor Frauen.«

»Angst vor Frauen? Das ist doch lächerlich. Ich habe eine große Monografie über Schwanenjungfern verfasst, die internationales Aufsehen erregt hat.«

Der Student schnaubte ironisch.

»Was?«, fragte der Professor.

»Nichts. Überhaupt nichts.«

»Finden Sie irgendetwas ungewöhnlich Amüsantes an Schwanenjungfern?«

»Nein. Gar nichts. Im Gegenteil.«

Sie schwiegen. Ein Waldkauz rief klagend.

»Sie wissen, was Undinen mit ihren Liebhabern machen, oder?«, fragte der Professor nach einer Weile.

»Ich habe eine ungefähre Vorstellung. Aber ich bin natürlich keineswegs so umfassend wie gewisse akademische Koryphäen darüber informiert, was Undinen *theoretisch* mit ihren Liebhabern machen *würden*.«

»Lassen Sie sich gesagt sein: Ich war auch einmal jung!«

»Ja«, schnaubte Theodor. »Das war so … 1811.«

Der Professor legte einen neuen Ast aufs Feuer.

»Ich will mich nicht mit Ihnen streiten«, sagte er. »Bedenken Sie doch – ein Meilenstein in der Geschichte phantastischer Forschung: echte Undinen, so wie sie Hummel in seinem Standardwerk ›Von den Bewohnern der Fernen Länder‹ beschreibt:

> Undine, auch Wasserfey oder Mellusine. Ein geyles Frauenzimmer, welches in Teichen und Seen hauset und unfürsichtige Mannsbilder ins Wasser locket, um mit ihnen der verderblüchen Wollust zu pflegen.
>
> (Von den Bewohnern der Fernen Länder.
> Dritte verbesserte Auflage mit einem Register).«

»Den Teil mit der verderblüchen Wollust muss ich verpasst haben, vielen herzlichen Dank auch«, grummelte der Student.

Seine Laune besserte sich auch am nächsten Tag nicht, trotz der idyllischen Gegend, durch die sie nun wanderten.

Am Fuß des Gebirges begann der *Zauberhafte Wald*, eine der landschaftlich attraktivsten Regionen der Fernen Länder wie der Professor erläuterte.

Sie schritten über einen weichen Moosteppich, dessen tiefes Grün mit vielfarbigen Blumen gesprenkelt war.

Sonnenstrahlen fielen golden durch das lichte Blätterdach. Zuweilen kamen sie an riesigen Pilzen mit weit ausladenden, schattenspendenden Hüten vorbei, oder sie durchquerten Wäldchen von mannshohen Farnen. Bäche murmelten. Die Vögel sangen. Schmetterlinge tanzten um sie her. Theodor verscheuchte wütend ein besonders anhängliches lilafarbenes Exemplar.

Sie sprachen wenig. Auf die gelegentlichen fachspezifischen Hinweise Professor Welks antwortete der Student nur einsilbig.

Später stießen sie auf eine breite Straße, auf der sich Spuren von Wagenrädern abzeichneten.

»Das muss die Straße nach Sternheim sein«, sagte der Professor.

»Aha«, sagte der Student, wenig gesprächsfreudig.

Homur, der Riese

Homur, Der Vormals Wirklich Sehr Große Riese, war am Tiefpunkt seiner Karriere angekommen. Der Tiefpunkt seiner Karriere befand sich in einer Höhe von einem Meter und fünfundzwanzig Zentimetern über dem Boden, und eigentlich sogar noch etwas tiefer, denn Homur, der Vormals Wirklich Sehr Große Riese, lag gegenwärtig mit dem Gesicht nach unten im Straßengraben und haderte mit seinem Schicksal.

Ein Meter fünfundzwanzig: Das war seine derzeitige Körpergröße.

Er hatte eine lange Nacht furchtbarster alkoholischer Ausschweifungen hinter sich, in der er vergeblich versucht hatte, diese niederschmetternde Tatsache in hochprozentigem Vergessen zu ertränken.

Nachdem er etwa drei Stunden lang den schlimmsten Fusel in sich hineingeschüttet hatte, hatte er sich immerhin groß genug gefühlt, um die anderen Kneipengäste lautstark als »mickriges Fliegengeschmeiß« zu bezeichnen und lallend zu verkünden, dass er es jederzeit »mit 500 von ihrer armseligen Sorte« aufnähme.

Er war auf einen Tisch gesprungen und hatte geschrien: »Seht euch doch an, erbärmliche Wanzen! Was seid ihr im Vergleich mit mir? Nichts seid ihr!«

Dieses »Nichts seid ihr!« hatte er so lange wiederholt, bis sie ihn schließlich packten, ihm eine Tracht Prügel verabreichten und ihn mit einem Fußtritt aus der Tür beförderten.

Auf diese Weise war er noch aus fünf weiteren Wirtshäusern geworfen worden.

Inzwischen hatte die Wirkung des Alkohols nachgelassen, und übrig blieb ein entsetzlich nüchterner kleinwüchsiger Riese, dessen Schädelvolumen für den darin wütenden, wahrhaft gigantischen Kopfschmerz entschieden zu gering war.

Theodor schwieg gerade auf besonders ausdrucksstarke Weise, als vor ihnen jemand mühsam aus dem Straßengraben kletterte.

Es war dem Anschein nach ein Gnom, ein Gnom in einem derart desolaten Zustand, dass sein Unwohlsein schon durch bloße Betrachtung ansteckend wirkte.

Er sah aus wie jemand, der im Delirium von einem betrunkenen Bierkutscher überfahren worden war und dringend eine neue Leber benötigte.

Der Gnom torkelte auf Theodor und den Professor zu, blieb schwankend vor ihnen stehen und sagte mit träger Zunge und einer Stimme, die nach rostigen Feilen klang:

»Aus dem Weg, jämmerliche Wichte, oder ich zerstampfe euch.«

Ein plötzlicher Brechreiz verzögerte das sofortige Wahrmachen dieser Drohung. Beide Hände vor den Mund haltend, eilte der Gnom zum Straßenrand und tat, was er tun musste.

Profesor Welk und Theodor wechselten einen kurzen Blick.

»Ähem«, räusperte sich der Professor, »ist alles in Ordnung mit Ihnen, werter … Gnom?«

»Was hast du gerade gesagt? Wie hast du mich genannt?«

Homur, der Vormals Wirklich Sehr Große Riese, stampfte wütend mit dem Fuß auf.

Zu seinen besseren Zeiten hätte er damit einen beachtlichen

Ausschlag auf der Richterskala verursacht, hätte Mauern ins Wanken und Türme zum Einstürzen gebracht.

»Ich weiß nicht«, sagte der Professor vorsichtig, »wie ... sollte ich Sie nennen?«

»Ich bin der Schrecken des Wolkengebirges, der Baumeslänge Messende Gefährliche Wanderer«, Homur versuchte vergeblich, sich zu strecken, »der Vollkommen Skrupellose Gewaltige Kerl, die Größte Anzunehmende Katastrophe! Ich bin Homur, der Riese!«

»Ich sage das nicht«, meinte Theodor vorsichtig, »um dich zu beleidigen, sondern teile nur eine allgemeine Hypothese mit, um sie zur Diskussion vorzuschlagen. Sind Riesen nicht normalerweise – ich meine, relativ gesehen ... groß?«

»Was willst du damit andeuten?«, schnappte der Gnom drohend.

»Nichts, ich sage nur, dass ich bisher *dachte,* dass Riesen größer wären ...«

»Größer als wer?«, schnaubte der Gnom.

»Na ja, ›Baumeslänge messend‹ – ich meine, es gibt auch kleine Bäume, Zierahorn oder Bonsai, oder ...«

»Ich bin siebzig Meter groß, du kümmerlicher Wurm!«

»Ähm, ja«, sagte der Student und sah auf Homur hinab, der sich vor ihm aufgebaut hatte und Alkohol ausdünstete. »Was ist mit den restlichen 68 3/4 Metern passiert?«

An dieser Stelle erlitt Homur, der Vormals Wirklich Sehr Große Riese einen Nervenzusammenbruch.

Als er sich wieder einigermaßen erholte hatte, erzählte er, gelegentlich von herzergreifenden Seufzern unterbrochen, die kurze Geschichte seines jähen gesellschaftlichen Abstiegs.

Er war vor ein paar Tagen aus dem Gebirge gekommen, in der Absicht, das eine oder andere Dorf zu plündern und ein bisschen Angst und Schrecken zu verbreiten (was seiner Vorstellung von kurzweiliger Belustigung entsprach), hatte sich in einem Wald zum Schlafen hingelegt und war als Gnom aufgewacht.

Zunächst hatte er noch geglaubt, dass nicht er kleiner, sondern die Welt an sich plötzlich größer geworden war.

Diese Theorie hatte er mit einem Bauern zu diskutieren versucht, der gerade mit seiner Kuhherde vorbeigekommen war, obwohl *diskutieren* in diesem Zusammenhang vielleicht nicht ganz das richtige Wort ist.

Der Bauer war sehr überrascht gewesen, als ihn plötzlich ein kleinwüchsiger cholerischer Gnom angefallen und beim Kragen gepackt, ihn durchgeschüttelt und dabei mit krächzender Stimme unablässig wiederholt hatte: »Jetzt gib schon zu, dass ich in Wirklichkeit größer bin als du, du geschrumpfte Plattwanze!«

Nachdem er sich mithilfe seines Knechts befreit hatte, hatte ihn der Bauer übellaunig gefragt, wer er überhaupt sei und was er von ihm wolle.

Was er wolle?, hatte Homur entgegnet, was er wolle? Er sei Homur, der Riese, und diese Tatsache solle die Welt verdammt noch mal zur Kenntnis nehmen.

Da hatte sich der Blick des Bauern plötzlich verändert.

»Moment mal«, hatte er gesagt, »hab ich dich nicht schon mal gesehen? Warst du etwa dieser Riese, der im letzten Winter unser Dorf verwüstet hat?«

»Ah!«, hatte Homur ausgerufen, »endlich begreift er es! Ja! Ich bin Homur, der Furchterregende Riese, der Ungeheure Verwüster von Dörfern, der …«

»Und hast du nicht auch«, unterbrach ihn der Bauer und umfasste den Knüppel, mit dem er die Kühe antrieb, fester, »das Dach meiner Scheune eingetreten und die Hälfte meines Viehs aufgefressen?«

»An solche Details erinnere ich mich zwar nicht, aber das hört sich ganz nach mir an«, antwortete Homur stolz.

Der Bauer nickte seinem Knecht zu, der sich, ebenfalls mit einem Knüppel bewaffnet, hinter Homur aufgebaut hatte.

»Was für ein glücklicher Zufall«, sagte er, »dass wir uns unter diesen Umständen wiedertreffen …«

Danach hatte Homur seine alkoholische Odyssee begonnen, die schließlich in dem bereits bekannten Straßengraben ihr Ende gefunden hatte.

»Ich würde gerne etwas ausprobieren«, sagte Professor Welk und vollführte eine seiner Zaubergesten. Magie knisterte.

Die Farbe seiner Augen veränderte sich. Es sah aus, als wären ihm zwei eisblaue Edelsteine in die Augenhöhlen gesetzt worden. Professor Welk musterte den ehemaligen Riesen eindringlich mit seinem magisch modifizierten Blick, dann trat er einige Schritte zurück und legte den Kopf in den Nacken, als betrachte er etwas sehr Großes und Hohes unmittelbar vor sich.

Er machte eine weitere Geste und seine Augen nahmen wieder ihre alte Farbe an.

»In der Tat, bemerkenswert«, murmelte er.

»Hm, hm«, fügte er hinzu, verschränkte die Arme auf dem Rücken und ging einige Male um den Gnom herum.

»Wie fühlen Sie sich?«

»Miserabel«, stellte Homur trocken und den Tatsachen entsprechend fest.

»Ich meine, haben Sie in letzter Zeit irgendwelche … besonderen Beschwerden?«

»Bevor ich betrunken bin und nachher. Währenddessen geht es.«

»Ich will offen zu Ihnen sein«, sagte Professor Welk, »Sie leiden an magisch-physiomorphem Vampirismus.«

»Aha«, sagte Homur, »gut zu wissen.«

»Er ist ein Vampir?«, fragte Theodor.

»Nein, umgekehrt. Er ist nicht der aktive, sondern der passive Teil einer vampirischen Beziehung.«

»Das heißt … seine Schrumpfung ist das Resultat vampirisch induzierten Essenzverlustes?«

»Sie überraschen mich, Herr Welk!«, lachte der Professor. »Offenbar sind meine Lehrveranstaltungen doch nicht ganz spurlos an Ihnen vorübergegangen.«

»Entschuldigung«, mischte sich Homur ein, »aber könntet ihr beiden Eierköpfe mir vielleicht erklären, wovon ihr da eigentlich redet?«

»Es ist folgendermaßen«, sagte der Student, der sich doch geschmeichelt fühlte, in einem Atemzug mit seinem Dozenten als *Eierkopf* bezeichnet zu werden, »Sie werden, gewissermaßen, *ausgesaugt.*«

»Vereinfacht gesprochen, ja«, nickte Professor Welk.

Der Gnom starrte sie an.

»Ausgesaugt?«, wiederholte er. »Von wem?«

»Es muss sich dabei nicht notwendig um eine Person handeln. Irgendetwas entzieht Ihnen auf magischer Ebene Essenz, was in einer Reduzierung Ihrer physischen Größe resultiert. Man kann Ihre alte Gestalt noch wie einen Schatten, wie eine Aura um Sie herum wahrnehmen. Die Form ist weiterhin vorhanden, nur fehlt ihr der Inhalt. Das ist natürlich alles sehr laienhaft ausgedrückt.«

»Wer ist es!«, schrie der Riese und packte den Professor am Kragen seiner Gnomenmagierrobe, »wer ist der verdammte Mistkerl, der mich aussaugt!«

Der Professor machte sich von ihm los.

»Es tut mir leid, aber darüber kann ich bei den derzeit verfügbaren Informationen keine verlässliche Aussage treffen. Ebenso wenig ist vorauszusehen, wie weit der Schrumpfungsprozess insgesamt voranschreiten wird. Schlimmstenfalls …«

»Ja? Was *schlimmstenfalls*?«

»Schlimmstenfalls werden Sie ganz verschwinden.«

In der Pause, die auf diese schwerwiegende Mitteilung folgte, hörten sie alle das gleichschrittgetaktete Geräusch marschierender Stiefel und das Klirren von Waffen und Rüstungen, das während des Gesprächs unbemerkt näher gekommen war. Etwas wie Motorenlärm war ebenfalls zu vernehmen.

Um die nächste Biegung der Straße kam ein seltsames Gefährt. Es sah aus wie die Urform eines Automobils, eher noch wie eine motorbetriebene Kutsche, und spie schwarzen Rauch aus einem kleinen Schornstein.

In diesem Gefährt saßen zwei uniformierte Gestalten, ein Fahrer und ein beleibter Passagier auf der Rückbank.

Ein Trupp kleinwüchsiger, schwarz Uniformierter folgte dem Automobil, im Gleichschritt marschierend, mit Musketen bewaffnet. Den Zug schloss ein weiteres motorisiertes Gefährt ab, größer als das erste und mit einem kastenförmigen Aufbau, in dem sich ein kleines Gitterfenster befand.

»Kobolde«, sagte der Professor, »ja, es sind ganz augenscheinlich Kobolde. Aber ich weiß beim besten Willen nicht, was sie in dieser Region …«

»Meinen Sie, wir sollten uns verstecken?«, fragte der Student.

»Dafür ist es wohl zu spät. Sie haben uns bereits gesehen.«

Wenige Meter vor ihnen kam der Trupp auf ein Kommando des beleibten, im vorderen Fahrzeug sitzenden Kobolds zum Stehen.

Der Fahrer stieg aus und öffnete dem Dicken ergeben die Autotür. Schnaufend erhob sich der Anführer, stieg aus und ging, sich mit einer Reitgerte gegen die Stiefel schlagend, auf die drei Wartenden zu.

»Soso«, bellte er, »kleiner Waldspaziergang, was?«

»Ja«, antwortete der Professor im höflichsten Tonfall (denn er wusste, dass es nicht ratsam war, Kobolde zu verärgern), »bei dem schönen Wetter haben wir uns gedacht …«

»Maul halten!«, schnitt ihm der Kobold keifend das Wort ab, »Papiere!«

»Papiere?« Der Professor suchte ratlos seine Taschen ab. »Ja, ich weiß nicht … Herr … Welk, haben Sie daran gedacht …?«

»Ich dachte, Sie hätten …«, meinte der Student.

Das bulldoggenartige Gesicht des Koboldgenerals verzog sich zu einem bösartigen Grinsen.

»Soso«, schnarrte er, »also keine Papiere. Und was haben wir hier?«

Er tippte mit der Reitgerte an den Zwergenrucksack des Professors.

»Oh«, sagte der Professor, »nur dies und das. Was man so auf einer Wandertour …«

»Schnauze!«, kläffte der Kobold. »Taschen ausleeren!«

Professor Welk und Theodor schnallten ihre Rucksäcke ab.

»Verdammtes Koboldgeschmeiß«, grollte Homur laut und deutlich in die entstehende Pause hinein.

Der General erstarrte. Eine Ader auf seiner runzligen Stirn schwoll bedenklich an.

»Was?«, quetschte er hervor. »Festnehmen! Sofort festnehmen!«

Bevor Theodor und der Professor etwas unternehmen konnten, hatten sich fünf Kobolde auf Homur gestürzt und schleppten den heftig protestierenden Riesen zu dem großen Transporter mit dem vergitterten Fenster.

Der General zeigte mit seiner Reitgerte auf die beiden Phantastiker.

»Zwei Mann!«, blaffte der Koboldgeneral, »Taschen durchsuchen!«

Zwei Kobolde eilten im Laufschritt herbei, entrissen ihnen die Rucksäcke und leerten sie auf dem Boden aus.

»Es liegt wirklich nicht in unserer Absicht …«, begann der Professor.

»Maul halten!«, kläffte der General. »Aufmüpfigkeit! Rebellion! Kriegsgericht!«

»General«, meldete sich einer der beiden Kobolde und reichte ihm die Karte, die der Professor von den Zwergen erhalten hatte, »sehen Sie, was wir gefunden haben.«

»Aha«, raunzte der General, befriedigt die Karte betrachtend, »Spionagematerial. Äußerst verdächtig. Konfiszieren!«

Plötzlich trat einer der Kobolde einen Schritt zurück und starrte entgeistert erst Theodor und dann den Professor an. »General, sehen Sie doch: Sie haben keinen Schatten!«

»Was? Das ist doch lächerlich«, begann Theodor, »natürlich haben wir ...« Er sah nach unten.

Genau vor ihnen stand die Sonne und sandte ihr nachmittägliches Licht herab. Was sich ihren Strahlen entgegenstellte, warf lange Schatten.

Allein Professor Welk und Theodor blieben von dieser Regel ausgenommen.

»Kein Schatten!«, geiferte der General und sein dunkelgrünes Gesicht verfärbte sich zu einem matschigen Braun – wohl infolge der Addition von Zornesröte – »Sofort verhaften, im Namen des Direktoriums!«

Sofort waren die drei von Koboldsoldaten umringt, die ihre trichterförmigen Musketenläufe auf sie richteten.

»Ähm«, sagte der Student.

»Genau das habe ich auch gerade gedacht«, entgegnete Professor Welk.

»Auh!«

Theodor lehnte mit dem Rücken an der Wand des kleinen stickigen Raums, in den Licht nur durch ein winziges vergittertes Fenster drang, und rieb sich den Hinterkopf.

Bei jedem Schlagloch zeigte sich schmerzhaft, dass der Transporter eindeutig nicht für Gefangene von Steintrollgröße gebaut worden war.

Wenigstens hatte Homur inzwischen damit aufgehört, wie ein Berserker mit den Fäusten gegen die Wände der Zelle zu trommeln und lauthals zu verkünden, er werde, sobald sich nur die Gelegenheit ergäbe, den ganzen Haufen da draußen »zu Koboldmus zerstampfen«.

Professor Welk war ins Grübeln verfallen.

»Komplette Abwesenheit des Schattens«, murmelte er. »Außerordentlich interessant.«

»Wenn ich ehrlich sein soll«, meinte Theodor, »interessiere ich mich augenblicklich eher für die Frage, was die Kobolde mit uns vorhaben. Ich hoffe, sie behandeln ihre Gefangenen im Allgemeinen menschlich.«

»Das kommt darauf an, was Sie unter *menschlich* verstehen. Wenn Sie sich für diese Materie interessieren, empfehle ich Ihnen die Gefängnistagebücher des Weltreisenden Gorgal von Finkenstein: ›Flucht in den Wahnsinn. Meine Zeit in den Verliesen von Huuul‹.«

Homur zog sich mit beiden Armen zu dem kleinen Gitterfenster hoch.

»Lasst mich raus hier, niederes Geschmeiß!«, schrie er. »Ich werde euch alle zermalmen!«

Hämisches Gelächter antwortete ihm.

»Haben Sie nicht irgendeinen Zauber auf Lager, der uns weiterhelfen könnte?«, fragte der Student.

»Keine Chance.« Der Professor klopfte mit dem Knöchel gegen die Wand des Gefängniswagens. »Massives Stupidium. Das antimagischste Metall der Welt, auch *Verhärtete Dummheit* genannt. Der Sage nach entstanden aus der Gehirnmasse von Hä, dem Gott der Blödheit*.«

Kurz darauf hörten sie die Stimme des Generals »Die ganze Kompanie Halt!« krächzen. Der Zug kam zum Stehen.

»Soso«, knurrte der General, »kleiner Ausritt, was? Frische Luft schnappen, was?«

Eine bekannte Stimme antwortete: »Mein Tun und Lassen sind deine Angelegenheit nicht, Krötengezücht.«

Theodor sah durch das Gitterfenster.

»Er ist es«, sagte er. »Er hat ein neues Pferd. Und er trägt etwas auf dem Kopf, das wie ein Kochtopf aussieht. Und er hat ein Schwert. Aus Holz.«

---

* Er starb an den Folgen geistiger Überanstrengung bei dem missglückten Versuch, ein zweisilbiges Wort zu lesen.

»Absteigen, sofort!«, keifte der General, »Papiere zeigen, auf der Stelle!«

Und Eralkes, der Unbesiegte, antwortete: »Von mir habt ihr nichts zu fordern. Vielmehr verlange ich, dass ihr eure Waffen niederlegt und die Gefangenen freilasst. Dann werde ich euer Leben schonen.«

»Wohl größenwahnsinnig!«, bellte der General.

»Das Gute und das Gerechte sind auf meiner Seite«, behauptete Eralkes. »Doch nicht begehre ich unrühmlichen Kampf. Weder seid ihr von ritterlichem Stand noch zahlenmäßig nennenswert überlegen. Zwar bin ich allein, doch ihr seid nur …«, eine kurze Pause entstand, »… grob überschlagen … ungefähr achtzig.«

»Festnehmen, sofort festnehmen!«, brüllte der General.

Kurz darauf wurden die Türen des Gefangenentransporters geöffnet, mehrere Kobolde hoben den arg zerschundenen Helden in den Wagen und warfen die Türen wieder zu.

»Eralkes«, sagte der Student, »alles in Ordnung?«

»Besiegt!«, murmelte Eralkes, »besiegt von nicht einmal hundert Kobolden. Oh Schmach!«

Dann verlor er das Bewusstsein.

Der Zug setzte sich wieder in Bewegung.

»Diese Kobolde verhalten sich eigentlich in keiner Weise artgerecht«, sagte der Professor nach einer Weile. »Normalerweise sind sie äußerst disziplinlos und kaum zu organisieren, es sei denn …« Er unterbrach sich, nachdenklich geworden.

»Aber um auf die fehlenden Schatten zurückzukommen«, fuhr er dann fort, »es wäre denkbar oder es ist vielmehr anzunehmen, dass es mit der Dreiheit von Körper, Geist und Magie zusammenhängt.

Gesetzt den Fall, dass beim Übergang von unsrer Welt in die Fernen Länder eines dieser Elemente … anders gesagt, dass Objekte, auch Personen, nur *partiell* zwischen den Systemen austauschbar sind … und da andererseits Sonnenlicht in den Fernen Ländern ein rein physikalisches Phänomen darstellt – im Gegensatz etwa zu magischen Lichtquellen –, ließe sich schlussfolgern … Um es kurz zu machen: Es läuft darauf hinaus, dass wir gewissermaßen keinen Körper haben.«

»Vielen Dank, edle Prinzessin«, murmelte Eralkes im Schlaf. »Seid versichert, dass meine Fähigkeiten nicht allein im Kampf mit dem Schwert …«

Ein traumseliges Lächeln lag auf seinen Lippen.

»Was?«, fragte Theodor, den Gesprächsbeitrag des Helden ignorierend. »Wenn wir keine Körper haben: Warum können wir dann nicht einfach durch die Wand verschwinden?«

Er klopfte gegen die Stupidiumwand des Transporters.

»Die Sache ist nicht so einfach«, sagte der Professor. »Keinen physischen Körper, aber sehr wohl einen gewissermaßen zweidimensionalen magischen und auch einen geistigen. Und Sie müssen bedenken, dass die Wand auf allen drei Ebenen existiert, nicht nur auf der physischen. Dasselbe gilt übrigens auch für die *Zeit*, bevor Sie anfangen, von der Ewigkeit zu träumen. Andernfalls würde Magie nicht funktionieren.

Bestimmte Arten von Licht hingegen – und dazu zählt auch das gewöhnliche Tageslicht – sind monosphärisch, das heißt auf eine Ebene beschränkt. Ich bin mir sicher, dass wir bei magischem Licht durchaus Schatten werfen würden. Leider hindert mich das aggressiv antimagische Stupidium daran, auch nur den einfachsten Lichtzauber zu wirken, um diese Theorie zu überprüfen.«

Erneut hielt der Wagen an. Theodor sah durch das Fenster.

»Da ist ein Drahtzaun«, sagte er, »bestimmt sechs Meter hoch. Die Straße führt durch ein Tor, mit hohen Wachtürmen an beiden Seiten.«

Nach einer kurzen Unterhaltung zwischen dem General und dem Kommandanten der Wachmannschaft des Tores, und nachdem verschiedene Papiere vorgezeigt und überprüft worden waren, wurde das Tor geöffnet und der Trupp setzte sich wieder in Bewegung.

»Am Zaun hängt ein Schild«, sagte der Student. »›Firmengelände der Fantastik AG, Bezirk Sternheim. Unbefugtes Betreten wird strafrechtlich verfolgt.‹«

»Ergib dich, Otterngewürm!«, forderte Eralkes in seinen Heldenträumen.

So kamen sie nach Sternheim.

»Sternheim«, dozierte der Professor, während Theodor durch das Gitterfenster beobachtete, wie ihnen die Stadt am Horizont langsam entgegenwuchs, »Sternheim ist nach Goldburg und Felfenbrück die drittgrößte Metropole des Kontinents. Spätestens seit der Amtszeit König Gomfurs gilt Sternheim als das kulturelle Zentrum der Fernen Länder. König Gomfur, den man zunächst den Wohlgesonnenen, dann den Sensiblen, später den Verwirrten, dann den Spinner und zuletzt den durch Mehrheitsbeschluss Abgewählten nannte, war ein vielseitig interessierter Kenner und Mäzen der Künste. Aus allen Regionen der Fernen Länder holte er Künstler an seinen Hof, wie etwa den Architekten Rhun-ben-Rhun, der den Faszinierenden Musenhain und die unter strengem Denkmalschutz stehende Gewagte Brücke konzipierte, nicht zu vergessen den Imaginären Palast, das majestätische, wenn auch unsichtbare Wahrzeichen der Stadt.

Auch Mogmar van Huul, den Begründer der Abstrusen Malerei, unterstützte der König großzügig aus der Stadtkasse, was ihm nicht nur Sympathien unter den Bürgern eintrug. Uneingeschränkte Publikumserfolge bei allen Teilen der Gesellschaft waren dagegen die sogenannten *Finanziellen Massenhappenings* des bekannten Eventkünstlers Holg, bei denen eimerweise Geld in die Menge geworfen wurde.

Als König Gomfur später Holgs radikalem Stilwechsel, der sogenannten *Ökonomischen Kehre*, folgte und riesige Mengen von Steuergeldern wortwörtlich verbrannt wurden, um zu erschaffen, was der Künstler als *Pekuniäre Rauchskulptur* bezeichnete, begann die Stimmung umzuschlagen. Und als endlich während der sogenannten *Barbarenkrise* König Gomfur, der gerade die damals hochaktuelle Destruktionskunst für sich entdeckt hatte, dem überraschten Barbarenhäuptling und seiner Belagerungsarmee vorschlug, gemeinsam mit ihnen die Stadt zu plündern und zu brandschatzen, was seiner Ansicht nach »das größte Kunstwerk aller Zeiten« hervorbringen würde, legte man ihm nahe, von den Regierungsgeschäften zurückzutreten, damit er sich ganz seinen künstlerischen Interessen widmen könnte. Aber auch unter den folgenden Herrschern wurde, trotz eines etwas pragmatischeren Regierungsstils, die Kultur keineswegs vernachlässigt. Sternheim ist berühmt für seine Halle der Nutzlosen Kunstgegenstände, für den Großen Elfenbeinturm, die Metaphorische Kathedrale und viele andere bedeutende Kulturschätze. Gamfur, der Enthusiast, beschrieb die Stadt in einem seiner wunderbar ambivalenten Gedichte einmal folgendermaßen:

›Sternheim, Schimmriges,
dich,
vielfenstrig blinzelndes
Steingesicht,
fand ich
in der
Zeit.‹«

Theodor sah durch das Gitter der langsam näher kommenden Skyline von Sternheim entgegen.

»Was sehen Sie?«, fragte der Professor aufgeregt.

»Ähm«, sagte der Student. »Ist Sternheim auch für seine Luftverschmutzung und industriellen Anlagen berühmt?«

»Was? Helfen Sie mir mal zu dem Fenster rauf.«

Theodor hob seinen Dozenten an das Gitter hoch (wobei er sich ein wenig seltsam vorkam).

Der Professor starrte.

»Heilige Hymnia«, sagte er.

Neu-Sternheim

Riesige Schlote ragten vor ihnen auf und spien schwarzen Rauch himmelwärts. Selbst in der Entfernung war der Lärm stampfender, hämmernder, kreischender Maschinen noch zu hören.

Als sie näher kamen, sahen sie die Scharen von Arbeitern, die um die großen Werkshallen wimmelten, Elfen, Trolle, Gnome, Zwerge, Wichtel, alle in die gleichen grau-blauen Overalls gekleidet.

Trupps von bewaffneten Kobolden patrouillierten dazwischen, manche führten große wolfsähnliche Hunde mit sich.

»Irgendetwas«, sagte der Professor, »stimmt hier ganz und gar nicht.«

»Das erwähnten Sie bereits«, entgegnete der Student. »Mehrfach sogar.«

Der Trupp hielt an. Die Türen des Gefängniswagens wurden von außen geöffnet, Tageslicht blendete. Eine Koboldstimme blaffte: »Aussteigen!« Müde kamen sie der Aufforderung nach. Eralkes war inzwischen wieder zu sich gekommen, obwohl er seinem verträumt-entzückten Gesichtsausdruck nach geistig noch immer in einer fernen und besseren Dimension weilte.

Vor dem Wagen erwartete sie eine Abordnung Koboldwachen. Außerdem ein Elf, der erschreckend frohsinnig grinste und einen schwarzen Anzug trug.

»Willkommen!«, rief er mit vor Enthusiasmus überschnappender Stimme. »Willkommen, liebe Freunde! Ich hoffe, ihr hattet eine angenehme Reise! Ich bin Fechus, euer Ansprechpartner! Der Aufsichtsrat hat mich in seiner unendlichen Gnade zum Niederen Organisator in Sternheim ernannt!«

»Was ist mit deinen Ohren passiert?«, fragte Homur.

Fechus tastete nach seinen Ohren, die mit weißen Verbänden umwickelt waren.

»Plastische Chirurgie!«, verkündete er. »Spitze Ohren sind heutzutage unmöglich!«

Es war unwahrscheinlich, dass er jemals einen Satz aussprechen würde, der ohne ein Ausrufezeichen auskäme.

»Sie haben sich Ihre Elfenohren umoperieren lassen?«, fragte der Professor entsetzt.

»Nicht nur aus ästhetischen Gründen, auch um des Firmenklimas willen! Bei der Fantastik AG ziehen wir alle an einem Strang, auch mit den Ohren!«

Vermutlich auch des Öfteren mit dem Hals, dachte Theodor, wenn dieser Ohrmuschelkastrat hier die Personifikation des sogenannten *Firmenklimas* ist.

Der Niedere Organisator klatschte in die Hände.

»Aber so gern ich dieses anregende Gespräch fortsetzen würde! Zeit ist Fantastikdollar!«, rief er. »Wir haben heute noch so viel zu erledigen! Folgt mir!«

Für den Fall, dass Fechus' Ansprache noch nicht Motivation genug war, drohte einer der Kobolde mit seiner Muskete und knurrte: »Vorwärts, faules Pack!«

Es war nicht leicht, mit dem Elf Schritt zu halten, der gemäß der Parole *Zeit ist Fantastikdollar!* im Höchsttempo auf ein Hochhaus zustrebte, das betongrau und irgendwie bedrohlich vor ihnen aufragte.

FANTASTIK AG STERNHEIM
ZENTRALE VERWALTUNG

stand in großen Buchstaben über dem Eingang des Gebäudes.

Professor Welk schloss atemlos zu Fechus auf.

»Ich hätte ein paar Fragen«, schnaufte er, »wer oder was ist die Fantastik AG? Und sind wir Gefangene dieser Organisation?«

Fechus blieb stehen.

Seine ohnehin schon entgleiste Mimik vollbrachte die akrobatische Höchstleistung, sein Grinsen sogar noch breiter werden zu lassen, was bedeutete, dass seine Mundwinkel jetzt fast seine Ohren berührten. Theodor glaubte das Geräusch von quietschendem Gummi zu hören.

»Wir von der Fantastik AG mögen das Wort *Gefangene* nicht!«, strahlte Fechus. »Wir bevorzugen: Zu günstigen Konditionen beschäftigte freiwillig Angestellte!«

»Günstige Konditionen für wen?«, fragte der Professor.

»Wer stellt sie freiwillig ein?«, fragte Theodor.

In diesem Augenblick verkündete eine heiterkeitstriefende Stimme aus den überall aufgestellten Lautsprechern:

»Liebe Angestellte der Fantastik AG! Freuet euch! Fantastik Radio spielt nun eine Stunde lang zu eurer Erbauung schöne Musik!«

Peinlich Seichtes plätscherte aus den Lautsprechern.

Ein öliger Zwergenbass sang schmachtend von Liebe und Herzensschmerz.

Theodor blickte sich um, wie diese Einlage wohl auf die Angestellten wirken mochte.

»Großer Gott, Professor«, flüsterte er. »Sehen Sie!«

Es war wirklich beängstigend.

Trolle, Elfen, Gnome und Wichtel, Zwerge, Waldschrate, Puckelmännlein und Feen schunkelten sacht im Takt der Musik.

Und sie grinsten.

Alle.

Im untersten Stockwerk des Hochhauses herrschte dichtes Gedränge. Die großen Drehtüren am Eingang waren ständig in Bewegung, Niedere Organisatoren eilten mit Gruppen von Angestellten hin und her, Verwaltungswichtel bahnten sich mit Aktenbündeln unter dem Arm ihren Weg durch die Menge.

Fechus führte sie zu einem der vielen Schalter, vor denen sich lange Schlangen bildeten.

»Hier werdet ihr registriert!«, sagte er.

Nachdem sie eine halbe Stunde in der Schlange gewartet hatten, traten sie vor den Schalter.

»Name, Alter, vorheriger Beruf«, forderte der hinter der Glasscheibe Sitzende mit Grabesstimme.

Es war ein Elf, der seine besten Tage augenscheinlich schon hinter sich hatte. Dazu zählte wohl auch der Tag seiner Beerdigung. Seine Haut war schimmelgrün und wirkte brüchig wie altes Pergament. Auf seinem ansonsten kahlen Schädel standen, wie vertrocknete Sträucher in einer Wüste, noch ein paar Haarbüschel. Insgesamt sah er aus wie jemand, der, sollte er sich an der Nasenspitze kratzen, nicht nur den Juckreiz, sondern auch große Teile seines eigenen Gesichts gleich mit beseitigen würde.

»Meine Güte, ein Zombie?«, fragte Professor Welk bestürzt.

»Ja!«, bestätigte Fechus. »Der Aufsichtsrat hat genialerweise erkannt, dass sich Untote hervorragend für die Ausübung von bürokratischen Tätigkeiten eignen! Wir mussten ihnen nur ein paar typische Unarten abgewöhnen beziehungsweise sie sublimieren!«

Das heißt wohl, dachte der Student, dass sie im Prinzip immer noch Gehirne fraßen. Bloß waren ihre Methoden etwas subtiler und ihre Tischmanieren ein wenig gesitteter geworden.

»Name, Alter, vorheriger Beruf«, wiederholte der Zombie tonlos.

»Welk, Dr. Hieronymus C.«, sagte der Professor, »ungefähr 175 Jahre, Professor für, ähm, Magiekunde.«

»Welk, Theodor, äh, sagen wir umgerechnet 325*, Student der Magiekunde.«

»Eralkes, der Unbesiegte Held, 32, Bezwinger der 17-beinigen Riesenspinne von Akhg, Mehrfacher Gewinner des großen Turniers zum Geburtstag von König Hechtul, Befreier von Rutanien, Herrscher von Rutanien, Erster Lebender Durchquerer des Gräulichen Labyrinths von Huul, Besieger des Vollkommen Wahnsinnigen Zauberers Garbel und seiner Brut, Helfer der Schwachen, Großzügiger Spender, Verteidiger der Unterdrückten, Beliebt bei Jung und Alt.«

»Homur, der Gewaltige Zerschmetterer, 2734, der, dessen Zorn die Festen der Erde erschüttert, Zertrümmerer der Stadt Freudenhain, Schleifer der Burg Uneinnehmbar, Verwüster der Provinz Kurland, der Nicht So Gern Gesehene Gast, der Bäume knickt wie Grashalme, der alle Hoffnung zunichtemacht, Riesiger Räuber aus den Bergen, manchmal, wenn es sonst nichts gibt, Menschenfresser.«

»Nächster Schalter, Kleidungsausgabe«, sagte der Bürokratenzombie unbeeindruckt.

Am nächsten Schalter bekamen sie die Arbeitskleidung, wie von der Firmenordnung vorgeschrieben:

1 Overall, grau-blau, 1 Overall, grau-blau (Ersatz).

»Größe«, forderte der dortige Verwaltungszombie.

»XXS«, sagte Professor Welk.

»XXL«, sagte Theodor.

»Wahre Heldengröße«, sagte Eralkes.

»XXXXXXXXXXXXXXXXXXXXXXXXXXXXXXXXXXL«, sagte Homur.

* Steintrolle werden sehr alt (mineralisch alt, sozusagen). Auf Ferne-Länder-Zeit übertragen, bedeutete das für Theodor, dass er seit ungefähr 527 Semestern Student war, und so fühlte es sich manchmal auch an.

»Und jetzt«, lächelte der Niedere Organisator, »müsst ihr nur noch hier, hier und hier unterschreiben! Und natürlich auch hier, hier, hier, und hier! Und hier! Und hier!«

Theodor blätterte kritisch in dem ausufernden Vertragswerk, das ihm der Elf vorgelegt hatte.

»Vorher würde ich gern noch ein paar Einzelheiten klären«, sagte er. »Zum Beispiel §1183: ›Die Fantastik AG behält sich jederzeit vor, zur Steigerung der Arbeitsfähigkeit ihrer Angestellten motivationsfördernde Maßnahmen zu ergreifen.‹ Was genau sind *motivationsfördernde Maßnahmen*?«

»Oh«, grinste Fechus, »wenn ihr juristische Fragen diskutieren wollt, steht euch dafür Oberst Kniescheibenbohrer von der Koboldpolizei hier zur Verfügung!«

Theodor folgte dem Blick des Organisators.

Oberst Kniescheibenbohrer stand zusammen mit einigen Koboldpolizisten nicht weit entfernt an einer Wand und zündete sich soeben mit einem Elektroschocker eine Zigarre an.

»Ähm«, sagte der Student, »ich glaube, die Frage hat sich gerade von selbst geklärt …«

Nachdem sie unterschrieben hatten, führte sie Fechus zu ihrer neuen Wohnung.

»Ist es nicht phantastisch!« Die Stimme des Elfs schlug einen dreifachen Salto der Freude.

»Es ist grau«, meinte der Student.

Das war tatsächlich das Nächstliegende, was sich über den Wohnblocks sagen ließ. Der verantwortliche Architekt schien den schlichten Betonquader für die vollkommenste Form aller Bauwerke gehalten zu haben. Hätte er noch mehr künstlerische Freiheit genossen, er hätte wahrscheinlich die Fenster als überflüssige Verzierungen weggelassen.

»Hier werdet ihr nun wohnen! Ihr bekommt eigene Zimmer mit einer topaktuellen multimedialen Anlage, bestehend aus Spitzenkomponenten, hergestellt von der Fantastik AG! Hier sind die Schlüssel!«

Der Niedere Organisator gab jedem von ihnen einen Schlüssel.

»Sie sperren uns nicht ein?«, fragte Theodor erstaunt.

»Ich weiß wirklich nicht, was ihr für Vorstellungen von der Fantastik AG habt!« Der Elf schüttelte verständnislos den Kopf. »Natürlich werdet ihr *nicht* eingesperrt! Ihr seid vollkommen frei, zu tun und zu lassen, was ihr wollt! Solange ihr euch an die Verbindlichen Richtlinien haltet!«

Aus den Vorschriften der Fantastik AG. (sog. Verbindliche Richtlinien)

§1: Das Verlassen des Firmengeländes ohne Genehmigung der Firmenleitung ist strengstens untersagt.
§2: Die Anwendung von Magie ist verboten und wird strafrechtlich verfolgt.
§3: Der Besitz von nicht durch die Fantastik AG oder deren Tochterfirmen hergestellten Produkten ist verboten.
§4: Der Aufsichtsrat hat immer recht.

»So!«, jubilierte Fechus. »Ich lasse euch dann erst mal allein! Morgen beginnt der dreitägige Crashkurs, den die Fantastik AG allen ihren neuen Mitarbeitern kostenlos anbietet!«

Und mit einem letzten enthusiastischen »Es lebe der Aufsichtsrat!« verabschiedete sich der Niedere Organisator.

Theodor erkundete seine Wohnung.

Die Einrichtung war sparsam und funktional. Nur zwei Dinge fielen besonders auf: die in Wände und Decke eingelassenen Lautsprecher, die in jeden Raum nervtötend beruhigendes Gedudel spien, und der große Spiegel im Wohnzimmer, der mit seinem üppigen, fast barocken Goldrahmen absolut nicht zum übrigen Mobiliar passte.

Verträumt näherte sich der Student dem Spiegel.

Drei Stunden später registrierte er, dass er auf der Wohnzimmercouch saß und in den Spiegel starrte. Was war passiert? Er hatte Bilder gesehen, wunderbare, faszinierende, unbeschreibliche Bilder. Jetzt blickte ihn sein eigenes Gesicht aus dem Spiegel an. Es sah müde aus. Müde und ein wenig älter, als er es in Erinnerung hatte.

Es klopfte an der Tür, dann trat der Professor ein.

»Aha«, sagte er, als er Theodor vor dem Spiegel sitzen sah. »Sie hat es also auch erwischt.«

»Erwischt?«, fragte der Student.

Bunte, halluzinatorische Phantasmen tanzten vor seinem inneren Auge.

»Habe ich das geträumt? Ich war auf dem Grund des Meeres, aber es war nicht dunkel, sondern alles glänzte und strahlte in goldenem Licht. Und dann gab es diese Stadt, aus Korallen und Riesenmuscheln, und da waren die siebzehntausend Töchter Sneifnifflurs – und jetzt hätte ich gern ein eisgekühltes Horugelbräu, Das Beste Bier, Das Es Überhaupt Gibt™ …«

Er unterbrach sich.

»Was habe ich da gerade gesagt?«

Der Professor lachte.

»Lesen Sie das«, sagte er und reichte Theodor einige Zettel.

»Was ist das?«

»Die erste Fassung eines kleinen Essays, den ich über den Wunderspiegel™ geschrieben habe.«

Theodor las.

Über den Wunderspiegel™, Essay von Professor Hieronymus Welk

Der sogenannte Wunderspiegel™ (vgl. auch Wunschmaschine) ist ein von der Fantastik AG hergestelltes Artefakt, in das ein Untoter ersten Grades, ein Gewöhnlicher Substanzloser Spuk gebannt wurde.

Theodor sah auf.

»Sie meinen, das Ding ist *besessen*?«, fragte er.

»Lesen Sie weiter«, sagte der Professor.

Der Gewöhnliche Substanzlose Spuk ist animovor, das heißt, er ernährt sich von Ideen. Da er selbst als Untoter nur auf der Ebene des Todes existiert, vermag er auch nur tote Ideen zu sich zu nehmen. Man findet ihn daher vornehmlich an besonders geistlosen Orten.

Um sich zu tarnen, bedient sich der Substanzlose Spuk der Mimikry – es ist ein weit verbreiteter Irrtum, dass der Spuk unsichtbar ist. Er verschmilzt im Bedarfsfall nur so vollkommen mit seiner Umgebung, dass er mit bloßem Auge nicht mehr zu erkennen ist.

Der Wunderspiegel™ nutzt diese Eigenart des Untoten auf eine zwar perfide, aber zugegeben diabolisch geniale Art und Weise, um eine gewissermaßen symbiotische Beziehung zwischen sich und dem ahnungslosen Zuschauer herzustellen.

Sobald sich der Betrachter dem Spiegel zuwendet, beginnt der Substanzlose Spuk, dessen Gedanken zu analysieren.

Hierbei interessiert er sich ausschließlich für die jeweils dümmstmöglichen, schwächsten, »totesten« Geistesaktivitäten des Betreffenden (vgl. Gehirntod).

Wenn er ausreichend lebloses Ideenmaterial gesammelt hat, führt der Substanzlose Spuk dieses dem Zuschauer audiovisuell wieder zu, indem er es mimetisch (nachahmend) im Spiegel reflektiert.

Hierdurch entsteht eine Rückkopplungsschleife, die letztlich dazu führt, dass das im Spiegel aufgeführte Spektakel mit fortschreitender Zeit immer stumpfsinniger wird, da der Zuschauer, ununterbrochen seiner eigenen Dummheit ausgesetzt, geistig zusehends verarmt und dem Spuk so laufend neues, stufenweise noch verblödeteres und verblödenderes Material liefert, welches dieser wieder zurückspiegelt und so weiter.

Merkwürdigerweise, wie ich am eigenen Gehirn nachvollziehen konnte, wird der beschriebene Prozess durchaus als angenehmes Erlebnis wahrgenommen, vergleichbar etwa dem bei einer rasanten, immer schnelleren Talfahrt empfundenen, stimulierenden Kitzel (siehe auch: Weg des geringsten Widerstands sowie Freier Fall).
Vermittels des beschriebenen Rückkopplungseffektes scheint das geistige Vermögen (I wie Intelligenz) in Korrelation zur Zeit (t) in der Tat exponentiell zu schrumpfen, sodass sich folgende Kurve ergibt:

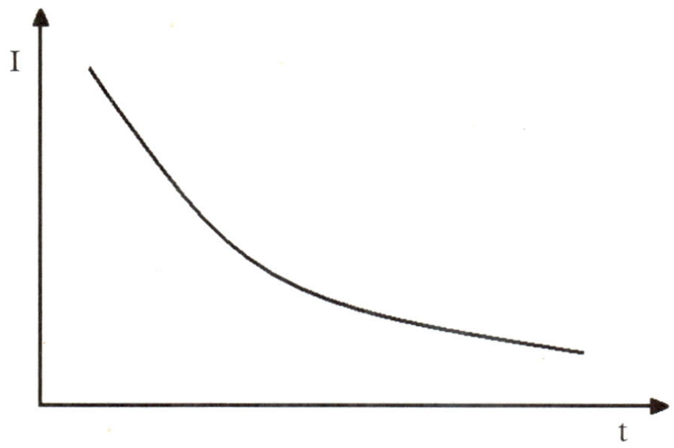

Durch die Degeneration der Intelligenz werden jedoch nicht nur zunehmend dümmere Ideen produziert, es werden im selben Ausmaß auch fruchtbare und kreative Denkpotentiale vernichtet, wodurch die an diese gebundene magische Energie freigesetzt wird (vgl. Zerstreuungstheorie).
Diese Energie scheint weder im Wunderspiegel™ zu verbleiben noch vom Spuk konsumiert, sondern an einen anderen Ort weitergeleitet zu werden – zu welchem Zweck ist gegenwärtig noch unklar.
Zudem beschränkt sich der Spiegel offenbar nicht ausschließlich darauf, die Dummheit des Betrachters zu reflektieren, sondern durchsetzt diese hin und wieder mit mehr oder

weniger unterschwelligen Botschaften (vgl. Mediale Kuckuckseitheorie), die wohl als eine verschleierte Art von Propaganda zu betrachten sind.

»Sie meinen, wie diese Horugel-Bräu-Sache?«, fragte der Student.

»Ganz genau«, bestätigte der Professor.

Angesichts der intimen Beziehung, die zwischen dem Zuschauer und dem untoten Substanzlosen Spuk aufgebaut wird, scheint mir eine spätere Untersuchung des Wunderspiegels™ auch aus psychonekromantischer Sicht (vgl. Todestrieb) empfehlenswert.

»Das hört sich ja alles furchtbar an«, sagte Theodor. »Dieses Ding verwandelt unser Gehirn in einen Zombiefriedhof, saugt uns die Magie ab und erklärt uns dann, welches Haarshampoo wir benutzen sollen?«

»So kann man es auch formulieren.«

»Und haben Sie ebenfalls in den Spiegel geblickt?«

»Ja.« Die Miene des Professors verklärte sich. »Ich habe eine spannende und aufwändig produzierte Dokumentation über den Vierzehnten Felfenkrieg gesehen, Infotainment erster Güte, mit grandiosen Spezialeffekten, presented by Lugu Hirnlöfel, dem seriösen Wissenschaftsstar, bekannt aus …«

Der Professor räusperte sich.

»Es war natürlich alles vollkommen reißerisch aufgemacht«, beeilte er sich verlegen hinzuzufügen, »grob vereinfachend bis zur Geschichtsverzerrung …«

Lautes Schreien und Poltern kam aus der Nachbarwohnung, die sich Homur und Eralkes teilten. (Der Student nannte es die *WG des Fusionierten Größenwahns.*)

»Winzlurch!«, hörten sie Homur brüllen.

»Unhold!«, entgegnete Eralkes.

»Grottenassel!«

»Finsterling!«

Dann polterte es wieder.

Theodor und der Professor eilten nach nebenan, wo sie die beiden im Wohnzimmer fanden.

Sie wälzten sich ineinander verstrickt auf dem Boden und deckten sich gegenseitig mit Schlägen, Tritten und wüsten Beschimpfungen ein.

Dem Studenten fiel es mit seinen Steintrollkräften nicht schwer, die beiden voneinander zu trennen.

»Was ist hier los?«, fragte der Professor.

»Er hat angefangen!«, behauptete Eralkes und zeigte mit dem Finger auf Homur.

»Stimmt überhaupt nicht!«, rief der ehemalige Riese.

»Stimmt wohl!«

»Stimmt nicht!«

Theodor rollte mit den Augen. Er entsann sich einer tausendversigen Passage aus »Des Sängers Sagentruhe«, in der die legendäre Begegnung zwischen dem Helden und dem Riesen in den Gewitterbergen und der sich anschließende drei Tage und drei Nächte tobende Kampf mit epischem Pathos geschildert wurde. In Anbetracht der aktuellen Vorkommnisse schien es ihm, als hätte sich der unbekannte Verfasser der »Sagentruhe« bei seiner dramatischen Ausgestaltung einiges an dichterischer Freiheit herausgenommen.

»Worum geht es denn eigentlich?«, wollte Professor Welk wissen.

»Er lässt mich nicht in Ruhe Wunderspiegel™ sehen!«, beklagte sich Eralkes.

»Er hat schon die ganze Zeit gekuckt!«, rief der Riese. »Jetzt bin ich dran!«

»Was haben Sie denn gesehen?«, fragte der Professor.

In den Augen des Vormals Wirklich Sehr Großen Riesen leuchtete es.

»Zerstörung!«, sagte er, »Interaktive Brutalität. Blut, Verwüstung, Tod, Krieg und Horror! Einstürzende Gebäude. Brennende Städte. Untergehende Zivilisationen!«

»Aber jetzt läuft gerade eine 12-teilige Dokumentation über mich!«, rief der Held. »Eralkes: Sein Leben. Seine Erfolge. Mit Max Danger als Eralkes!«

»Ich würde Ihnen beiden raten«, sagte der Professor, »sich von dem Spiegel fernzuhalten. Er ist nicht so harmlos, wie es Ihnen scheinen mag.«

»Aber das Programm ist ausgezeichnet«, meinte Homur.

»Nach meiner Prognose dürfte es sich negativ auf Ihr Wachstum auswirken.«

»Was?« Homur runzelte die Stirn.

»Was ich sagen will ist: Andauernder Wunderspiegelkonsum kann zu massivem Größenverlust führen.«

»Entschuldigung«, warf Eralkes ein. Er hatte es sich auf der Couch bequem gemacht und sah nicht so aus, als beabsichtige er seinen Platz in den nächsten acht Stunden zu verlassen. »Entschuldigung. Könntet ihr euch bitte woanders unterhalten. Einige Leute wollen hier wunderspiegelsehen™.«

»Die Fantastik AG wünscht allen ihren Angestellten und Kunden eine angenehme Nachtruhe«, säuselte die Stimme aus verborgenen Lautsprechern, untermalt von ätherischem Geplätscher. Inzwischen war es Nacht geworden. »Der Aufsichtsrat ist der Freund aller Zwerge und Elfen und Trolle und Wichtel und Gnome und Feen«, flüsterte die Stimme freundlich.

Theodor wälzte sich ruhelos im Bett herum.

»Der Aufsichtsrat liebt von ganzem Herzen alle Zwerge und Elfen und Trolle und Wichtel und Gnome und Feen …«

»Vor allem kann mich der Aufsichtsrat mal«, knurrte Theodor und zog sich das Kopfkissen über die Ohren. Als er endlich einschlief, von der suggestiv säuselnden Stimme nervlich zermürbt, träumte er von einem dicken, freundlich lächelnden

Mann, der einen Zylinder trug, eine Zigarre rauchte und Zwerge und Elfen und Trolle, Wichtel, Gnome und Feen umarmte.

Am nächsten Tag begann der von Fechus angekündigte Crashkurs, gehalten vom Niederen Organisator selbst.

»Die Drei Goldenen Säulen des Phantastischen Erfolgs«, lächelte der Elf belehrend, »sind: Effektivität, Rentabilität und Rationalität!«

Sie saßen in einem Klassenzimmer im Ausbildungszentrum für zukünftige Mitarbeiter der Fantastik AG und absolvierten den Schnellkurs ›Progressive Denkimpulse wirtschaftlich sinnvollen Handelns‹.

Ein Blumenelf, der in der Reihe vor Theodor und den anderen saß, hob die Hand.

»Ja, Herr Sommerblüte?«, fragte der Niedere Organisator. »Du möchtest etwas sagen?«

Herr Sommerblüte ließ den Arm sinken. »Und was ist«, fragte er mit melodischer Blumenelfenstimme, »mit Veilchen, Anemonen und Lilien?«

Das war eine vollkommen berechtigte Frage, für einen Blumenelf.

»Gut, dass du fragst!«, antwortete Fechus. »Denn Veilchen und Anemonen und Lilien haben sehr, sehr viel, ja, sogar ausgesprochen viel mit der Fantastik AG zu tun! *Wenn*«, der Elf hob den Zeigefinger, »*wenn* sie sich *gewinnbringend verkaufen* lassen!«

»Aber«, wandte der Blumenelf unsicher ein. »Veilchen und Anemonen und Lilien um der Freude willen?«

»Ja«, sagte Fechus, »ein guter Einwand! Grundsätzlich natürlich um der Freude willen! *Wenn* es sich bei den Veilchen und Anemonen und Lilien um von der Fantastik AG oder deren Tochterfirmen hergestellte und/oder lizenzierte Produkte handelt!«

»Und was ist, wenn …«, begann Herr Sommerblüte von Neuem.

»Wie ich sehe, hast du noch viele Fragen, Herr Sommerblüte! Deswegen werden Herr Knirscher hier und seine Männer«, der Niedere Organisator nickte lächelnd einem Koboldoffizier zu, der mit einigen Soldaten im hinteren Teil des Klassenzimmers wartete, »dich jetzt mitnehmen und an einen Ort bringen, an dem du alles Wissenswerte über Veilchen und Anemonen und Lilien erfahren wirst!«

Zwei Koboldsoldaten packten den Blumenelf und schleppten ihn aus dem Raum. Nachdem die Tür hinter ihnen zugefallen war, hörte man noch Herrn Sommerblütes hohe Stimme verzweifelt rufen: »Aber die Buschwindröschen ...«, und den Koboldoffizier blaffen: »Schnauze! Du wirst dir noch wünschen, nie etwas von Buschwindröschen gewusst zu haben!«

Fechus lächelte.

»Möchte noch jemand über Veilchen und Anemonen und Lilien reden?«, fragte er.

Die Klasse schwieg betroffen. Einige duckten sich, um weniger aufzufallen.

»Gut!«, sagte der Niedere Organisator, »dann können wir ja mit dem Unterricht fortfahren! Herr Adamant, was waren noch gleich die Drei Goldenen Säulen des Phantastischen Erfolgs?«

Der angesprochene Zwerg sprang panisch auf und rief:

»Sir! Effektivität! Rentabilität! Und Rationalität! Sir!«

»Ausgezeichnet!«, lobte Fechus. »Du kannst dich wieder setzen, Herr Adamant! Und du brauchst nicht zu salutieren! Wir sind hier ja nicht beim Militär!«

So ging es drei Tage lang. Dann wurde die Abschlussarbeit geschrieben.

»Herr ... Welk«, flüsterte der Professor, »was haben Sie bei Frage drei?«

»Nicht abschreiben«, flüsterte der Student und schirmte sein Heft mit dem Arm ab.

Wenn man das Grundkonzept verstanden hatte, war es

allerdings eine relativ einfache Klausur gewesen. Die universelle Antwort auf alle Fragen lautete: Die Fantastik-AG.

Als die Ergebnisse mitgeteilt wurden, stellte sich heraus, dass Eralkes am besten abgeschnitten hatte.

Er hatte bei jeder Antwort zusätzlich geschrieben: »… und deren Tochterfirmen.«

Fechus lobte den Unbesiegten Helden als »großartiges Beispiel eines zukünftigen engagierten Mitarbeiters.«

Eralkes lächelte glücklich.

»Ich glaube, am *Verlorenen Tempel* ist er zerbrochen«, sagte Theodor leise zu Professor Welk. »Und der Wunderspiegel™ hat ihm den Rest gegeben.«

Schließlich gab Fechus bekannt, welche Arbeit sie für die Fantastik AG verrichten würden.

»Dir, Herr Dr. Welk«, wandte sich der Elf an den Professor, »wurde große Ehre zuteil, denn du wirst im Kraftwerk arbeiten, dem energetischen Zentrum von Neu-Sternheim! Und du, Herr Welk«, Fechus lächelte den Studenten an, »bist durch deine Körperkraft prädestiniert für den Steinbruch!«

»Na toll«, seufzte Theodor.

»Du, Herr Eralkes, bekommst einen Posten in einer der Spielzeugfabriken. Und du, lieber Homur«, frohlockte er und stellte damit unwissentlich einen Rekord auf – als derjenige mit der bislang längsten Lebenserwartung ab dem Zeitpunkt gerechnet, an dem er den Riesen mit *du, lieber Homur* angesprochen hatte (die bisherige Bestmarke lag bei 35 Sekunden) – »du, lieber Homur, qualifizierst dich durch deine Körpergröße für einen der vielbegehrten Arbeitsplätze im Stupidium-Bergwerk!«

Der Vormals Wirklich Sehr Große Riese knurrte etwas von »Zerstampfen« und »Elfenbrei« in seinen struppigen Bart.

»Die Bezahlung erfolgt monatlich und wird jeweils am Ersten auf ein Konto überwiesen, das ihr mit Abschluss des Arbeitsvertrages automatisch bei der Fantastik-Bank eröffnet habt!«

»Bezahlung?«, fragte der Student. »Soll das heißen, wir werden für die Arbeit hier bezahlt?«

Fechus strahlte befremdet. »Aber natürlich!«, antwortete er. »Was dachtet ihr denn! Die Fantastik AG ist ein seriöses Unternehmen!«

Begeistert fuhr er fort, als verkünde er allen Anwesenden die vollkommene Glückseligkeit auf Erden:

»Ihr könnt euch von eurem Geld – die Währung ist übrigens der äußerst stabile Fantastik Dollar! – kaufen, was immer euer Herz begehrt! Das heißt natürlich, solange es sich um Produkte der Fantastik AG oder deren Tochterfirmen handelt!«

Das breite Grinsen des Niederen Organisators wies hysterisch darauf hin, dass diese Produktpalette die Befriedigung sämtlicher Wünsche und Sehnsüchte garantierte. Was nicht von der Fantastik AG (oder deren Tochterfirmen) hergestellt wurde, konnte unmöglich wünschenswert sein.

Auszug aus den Tagebüchern Professor Hieronymus C. Welks
14. Auflage, verlegt bei Bromil & Bilmor, Neu-Sternheim, 1807 (Ferne-Länder-Zeitrechnung)

*Mundus Malus!**

So sind wir also nach Sternheim gekommen (ironischerweise wohnen wir in Block 043a), das jetzt Neu-Sternheim heißt – »Neu«, im Sinne des hier allgegenwärtig wütenden Innovationswahns mit seiner singulär-monotonen Botschaft, in nihilistischer Endlosschleife stets mit größerem Pathos proklamiert, um das als Lüge entlarvte wortgleich vorhergegangene Versprechen ins Vergessen zu brüllen: »Jetzt noch besser!«
Ich bin nicht »altmodisch«.
Ich bin für Fortschritt, Bildung, geistige Vervollkommnung.

---

* »O schlimme Welt!« – Das Motto des Professors

Nicht für die Korruption dieser Ideale im Dienste zweifelhafter Interessen.
Wo früher die Halle der Ungewohnten Gedanken stand, befindet sich jetzt die »Fantastik-AG-Arena«. An der Stelle des Unangenehmen Theaters steht jetzt das »Phantastische Kaufhaus«. Der Rätselhafte und Irgendwie Abstrakte Brunnen ist dem »Haus der Fantastischen Parkgelegenheit« gewichen. Diese ›phantastische‹ Namensgebung ist eindeutiger Beleg für die rapide Erosion sprachlicher Kreativität in Neu-Sternheim.
Notiz an mich: Ich darf mich nicht so aufregen!
Besonders augenfällig ist die ideologische Abschaffung der feinen Unterschiede zugunsten eines mehr als grobschlächtig polarisierten Denkens, das oberflächlich nur noch das billige (und wahrscheinlich optimal vermarktbare) Extrem kennt.

Professor Welk war erstaunt, als er erfuhr, dass es auf dem Firmengelände eine Leihbibliothek für die Angestellten gab. Sie war in einem schlichten Betonbau untergebracht und entsprach nicht unbedingt dem, was der Professor als *wohl sortiert* bezeichnete.

Nachdem er eine Viertelstunde lang vergeblich die Karteikästen und Regale durchsucht hatte, ging er zum Empfang und überreichte der dort sitzenden Bibliothekarin (einer bebrillten Trollfrau) einen Zettel.

»Ich suche diese Bücher«, sagte er.

Die Bibliothekarin las:

»›Der Gnom ohne Eigenschaften‹, ›Sternheim Eralkesplatz‹, ›Geschichten aus dem Zauberwald‹, ›Gnomo Faber‹, ›Des Wichtels Wunderhorn. Gedichtsammlung.‹« Sie sah auf. »Ich glaube, *solche* Bücher haben wir nicht, ich meine: z. B. Gedichte.«

»Aha«, sagte der Professor. »Was für Bücher *haben* Sie denn?«

»Also«, belehrte ihn die Bibliothekarin. »Wir haben drei Sorten von Büchern: spannende, schöne und lehrreiche.«

»Aha. Und was wäre zum Beispiel ein spannendes oder schönes oder lehrreiches Buch?«

»Warten Sie«, sagte die Bibliothekarin, erhob sich schnaufend von ihrem Sessel und kam nach einiger Zeit mit drei Büchern zurück.

»Dies hier ist ein sehr spannendes und auch beliebtes Buch«, erklärte sie.

Professor Welk las: ›Die ultrabrutale Todesmaschine im schrecklichen Tal des Blutes. – Ein Agent-Eisen-Roman. Von Grobel R. Stech.‹

Auf dem Cover war ein muskulöser Troll dargestellt, der mit zwei riesigen Pistolen gleichzeitig auf nicht abgebildete Gegenstände oder Personen feuerte. Im Hintergrund explodierte Verschiedenes, außerdem war eine spärlich bekleidete Elfe zu sehen, die den Troll für seine Maskulinität bewunderte.

»Und das ist ein superschönes Buch. Ich hab beim Lesen geweint.«

Der Roman hieß: »Heiße Tränen am Südseestrand« von Rosel G. Drüse. Das Cover zeigte Südseestrand, Palmen, Vollmond und eine hübsche Elfe, der schon mal eine der im Titel versprochenen Tränen die Wange hinabkullerte. Etwas entfernt von ihr stand ein attraktiver Troll, der dem auf dem Cover des vorherigen Buches abgebildeten verdächtig ähnelte, hier aber nicht mit Pistolen herumballerte, sondern die hübsche Elfe schmachtend ansah.

»Hm«, sagte der Professor, der noch nie beim Lesen eines Buches geweint hatte und auch nicht wusste, wozu das gut sein sollte.

»Und wenn Sie mehr praktisch denken, kann ich Ihnen dieses nützliche Buch empfehlen.«

Das nützliche Buch hieß: »Effektivität, Rentabilität und Rationalität – Die Drei Goldenen Säulen des Phantastischen Erfolgs.«

Auf dem Cover war Fechus, der Niedere Organisator abgebildet. Er grinste. Was sollte er auch sonst tun.

Es ist natürlich ohne Weiteres zu durchschauen, dass in Wahrheit die Unterscheidungen nur scheinbare sind, lassen sie sich doch alle der einen großen Superkategorie subsumieren: Der des sogenannten Nützlichen.
Bleibt die Frage: Wem nützt es?
Der Antwort kam ich an meinem ersten Arbeitstag im Dienst der Fantastik AG einen, wenn auch nur kleinen, Schritt näher.
An unserem ersten Arbeitstag wurden wir morgens von einem Trupp bewaffneter Kobolde abgeholt, deren Offizier uns mit den freundlichen Worten ansprach: »Bisschen Tempo, faules Ungeziefer!« Dann brachte man uns einzeln zu den uns jeweils zugeteilten Arbeitsstätten.
Von außen betrachtet unterschied sich das Kraftwerk kaum von einem gewöhnlichen irdischen Kernkraftwerk. Große Dampfschwaden stiegen aus dem zentralen Schlot auf.
Vor dem Eingang patrouillierte eine starke Wachmannschaft von Kobolden. Ich wies meine Identifikationskarte vor und wurde in das Werk eingelassen.
In der Eingangshalle begrüßte mich ein Dr. Kirrus, Leiter des Kraftwerks und, wie er mir erzählte, ehemaliger Dozent für Magische Energien an der Großen Arkanen Schule Sternheims. Sein breites Lächeln schien direkt vom Cover des Bestsellers »Die Drei Goldenen Säulen des Phantastischen Erfolgs« importiert zu sein.
»Professor Welk«, begrüßte er mich jovial, »sehr erfreut, Ihre Bekanntschaft zu machen. Und? Bereit, ins Energiebusiness einzusteigen?«
»Habe ich eine Wahl?«, fragte ich.
Er lachte warmherzig.
»Nein, natürlich nicht.« Dann wurde er verschwörerisch.
»Aber glauben Sie mir: Sie werden es nicht bereuen. Wir vollbringen hier Dinge … großartige Dinge, von denen Sie nicht zu träumen wagten. Kommen Sie«, lud er mich ein.
»Eine kleine Führung durch das Kraftwerk. Das wird Sie restlos für unsere Sache gewinnen. Versprochen.«

Ich folgte ihm.
»Das Kraftwerk ist sozusagen das Herz des Ganzen«, erklärte er, während wir durch lange Korridore gingen. Mitarbeiter in weißen Kitteln überholten uns oder kamen uns entgegen.
»Und das Kraftwerk versorgt ganz Sternheim mit Energie?«, fragte ich.
Kirrus lachte.
»Andersherum ist es richtig«, sagte er.
»Andersherum? Wie meinen Sie das?«
Dr. Kirrus trat an ein Fenster.
»Was sehen Sie da draußen?«
»Sternheim«, sagte ich. »Ich meine: Neu-Sternheim.«
»Richtig. Und sonst noch etwas? Zum Beispiel: Leitungen?«
Ich hatte sie natürlich schon vorher bemerkt, aber ihnen keine große Aufmerksamkeit geschenkt. Es waren wirklich erstaunlich viele, Hunderte, Tausende von silbern in der Sonne glänzenden Hochspannungsleitungen, die sich wie ein gewaltiges Spinnennetz über ganz Neu-Sternheim ausbreiteten. Ein gewaltiges Spinnennetz, in dessen Zentrum sich das Kraftwerk befand.
»Die, die Sie da sehen, sind bei Weitem noch nicht alle«, sagte Dr. Kirrus. »Ein großer Teil verläuft unterirdisch. Und all diese Leitungen verbinden die einzelnen Haushalte mit dem Kraftwerk. Haushalte, in denen es einen Wunderspiegel™ gibt.«
Ich ignorierte sein ominöses Lächeln und fragte:
»Und was für ein Material haben Sie für die Leitungen verwendet? Sie scheinen mir nicht aus Metall zu bestehen.«
»Ah!« In den Augen des Doktors leuchtete es. »Das wird Sie begeistern! Kommen Sie!«
Wir betraten einen Fahrstuhl, in dem der Doktor das unterste Stockwerk wählte.
»Wir haben lange nach einem Material gesucht, das günstig zu produzieren und zugleich äußerst reißfest ist«, erklärte er, während wir nach unten fuhren. »Außerdem sollte es magi-

sche Energien möglichst verlustfrei über weite Strecken leiten können. Und wir haben die perfekte Lösung gefunden.«

Die Fahrstuhltür öffnete sich.

Ich folgte dem Doktor zu einer massiven Stahltür, auf der die Worte »Gefahr! Zutritt nur für befugtes Personal!« zu lesen waren. Dr. Kirrus legte seine Hand auf ein Kontrollfeld und eine Lautsprecherstimme erklärte blechern: »Identität verifiziert. Zutritt gewährt.«

Die Tür glitt zischend auf und mir stockte der Atem.

Vor uns lag eine riesige Halle. Lange Reihen von Käfigen durchzogen den Raum, dazwischen eilten in rastloser Betriebsamkeit Arbeiter hin und her.

In den Käfigen –

»Da staunen Sie, was, Professor?«

»Araneus giganticus vulgaris!«

»Exakt«, bestätigte der Doktor mit infamer Selbstgefälligkeit. »Ordinäre Riesenspinne!« Er wandte sich an einen Zwerg, der gerade mit einem Klemmbrett von Käfig zu Käfig ging.

»Und, Borgesohn, wie läuft es?«

»Hervorragend«, entgegnete der Zwerg. »Wir konnten die Produktion in der letzten Woche erneut um 5% steigern.«

»Aber … es müssen Hunderte sein!«, rief ich.

»Ja. Ist es nicht großartig? Wir züchten sie hier unten.«

»Moment«, unterbrach Theodor den Bericht des Professors. Sie saßen in der Wohnung des Studenten, wo sie sich am Abend des ersten Arbeitstages getroffen hatten. »Moment. Das heißt, dass hier mitten in Sternheim in einem Keller Hunderte Riesenspinnen, jede von der Größe eines Kalbes, gehalten werden? Das ist ja …«

»Skandalös!«, beendete der Professor den Satz.

»Beängstigend!«, meinte der Student.

»Unverantwortlich!«

»Gruselig!«

»In der Tat«, bestätigte Professor Welk. »Die reine Tierquälerei. Die Käfige sind alles andere als artgerecht dimensioniert. Die armen Tiere sind regelrecht eingepfercht. Das müsste der Liga zum Schutz Unbeliebter Arten gemeldet werden!«

»Ähm, ja«, sagte der Student, der sich eigentlich weniger Sorgen um die Spinnen gemacht hatte, »aber davon abgesehen: Warum züchtet jemand überhaupt Hunderte von Riesenspinnen?«

»Ihr Faden. Die Leitungen, die Sie draußen gesehen haben, sind aus dem Faden der Ordinären Riesenspinne gewickelt. Wir haben herausgefunden, dass er geradezu ideal für unsere Zwecke geeignet ist«, sagte Dr. Kirrus. »Er ist extrem haltbar, lässt sich problemlos über weite Strecken spannen und leitet ausgesprochen gut. Außerdem verwenden wir die Spinnen hin und wieder bei Filmen, sehr erfolgreich etwa zuletzt im Fantastic Dreams Blockbuster ›Tödliche Riesenspinnen wollen die Weltherrschaft, Teil I-VII.‹«

»Und wie produziert das Kraftwerk die Energie?«, fragte ich, den Blick nicht von den Käfigen wendend.

»Ah«, sagte Dr. Kirrus, »gut, dass Sie fragen. Kommen Sie mit zum Reaktor. Ich erkläre es Ihnen auf dem Weg.«

Erneut betraten wir den Fahrstuhl.

»Erinnern Sie sich, dass ich vorhin andeutete, dass nicht das Kraftwerk die Stadt versorge, sondern umgekehrt?«, fragte Kirrus, während wir nach oben fuhren. »Genau so funktioniert es. Eine geniale Methode. Kommen Sie.«

Wir verließen den Fahrstuhl, gingen durch weitere Korridore, passierten mehrere Hochsicherheitstüren und betraten schließlich den Reaktorkontrollraum.

Überall in dem großen Raum standen Angestellte vor Kontrolltafeln mit blinkenden Lämpchen, legten Schalter um und drückten auf Knöpfe. Durch ein großes Glasfenster konnte man in den Reaktorkern blicken.

»Spiegel?«, fragte ich.

Hinter dem Glas befand sich ein runder Raum, dessen Wände

vollständig mit Spiegeln verkleidet waren. In der Mitte des Raumes, wo sich die Blicke aller Spiegel zentral kreuzten, schwebte eine gleißende Lichtkugel. Meine Gnomenzaubererinstinkte sagten mir, dass hier unvorstellbare Mengen magischer Energie gebündelt wurden.
»Ja«, sagte Kirrus, »hier kommt alles zusammen. Die Energie aus den Wunderspiegeln wird hier konzentriert und weitergeleitet.«
»Die Energie aus den Wunderspiegeln?«, fragte ich. Dann begriff ich endlich.
»Sie saugen Sie methodisch aus!«, rief ich. »Die Wunderspiegel entziehen ihren Zuschauern magische Energie und Sie leiten sie hierher!«
»Ja!«, bestätigte Dr. Kirrus. »Ist das nicht genial?«
»Aber das ist furchtbar!«
»Ganz und gar nicht!«, entgegnete der Doktor. »Das ist angewandte Energetik!«
»Aber die gesundheitlichen Folgen …«
Dr. Kirrus machte eine wegwerfende Handbewegung.
»Kein Problem«, sagte er. »Wir haben Studien durchgeführt, die bestätigten, dass der Entzug der magischen Aura vollkommen unschädlich ist. Im Gegenteil. Neun von zehn Versuchspersonen sprechen sogar von einem gesteigerten Wohlbefinden.«
»Aber wozu das alles?«, fragte ich. »Was machen Sie mit der gewonnenen Energie?«
Kirrus wurde wieder verschwörerisch.
»Streng geheim«, sagte er mit erhobenem Zeigefinger. »Ich sage nur so viel: Das Große Projekt.«

»Das Große Projekt?«, unterbrach der Student.

»Ja«, nickte der Professor. »Wieso? Wissen Sie etwas darüber?«

»Nein. Aber die anderen Trolle im Steinbruch haben ebenfalls davon gesprochen. Angeblich werden die Steine, die wir abbauen, für irgendetwas verwendet, das mit dem *Gro-*

ßen Projekt zusammenhängt. Aber Genaueres weiß niemand darüber. Auch nicht über den *Aufsichtsrat*. Noch so ein ominöses Mysterium. Ansonsten ist die allgemeine Stimmungslage vorwiegend *toll*. Irgendwie finden hier alle alles und insbesondere die Fantastik AG und ihre Tochterfirmen grundsätzlich *toll*. Wahrscheinlich auch schwer bewaffnete übel gelaunte Kobolde, die einem in regelmäßigen Zeitabständen mit ihren Gewehren vor dem Gesicht herumwedeln, um freundlich daran zu erinnern, dass man *nicht zum Spaß* hier ist. Trotzdem scheinen sich alle wahnsinnig zu amüsieren.«

»Das liegt an den Wunderspiegeln«, sagte der Professor.

»Aber ich dachte, sie entziehen Energie. Müsste es den Leuten dann nicht eher schlecht gehen?«

»Erinnern Sie sich an diesen Spruch aus der anderen Welt? Dass für einen unwirschen Gesichtsausdruck mehr Muskeln nötig sind als für ein Lächeln? Denken Sie da mal drüber nach.«

Homur betrat die Wohnung, warf sich missgelaunt in einen der *Original-Feierabend-Entspannungssessel*, starrte zornig vor sich hin und grollte unidentifizierbare Flüche in seinen Bart.

»Und wie war Ihr Arbeitstag?«, fragte der Professor.

»Mein Arbeitstag?«, brauste Homur auf, »mein Arbeitstag? Ich hab acht Stunden mit idiotisch grinsenden Gnomen und Wichteln in einem nicht mal anderthalb Meter hohen Stollen verbracht, ein Kobold hat mich *aufmüpfiger Mistkäfer* genannt und *hat es überlebt*, und außerdem«, er ließ sich apathisch in den Sessel zurücksinken, »macht einen dieses Stupidium ganz blöde.«

»Sie erlauben, wenn ich kurz etwas überprüfe«, sagte der Professor, machte eine Zaubergeste und hielt seine Hand in geringem Abstand über den Kopf des ehemaligen Riesen.

Lautes, geigerzählerartiges Knacken war zu hören.

»Mein Gott, hat ihn das Stupidium so verstrahlt?«, fragte

der Student entsetzt und trat einen Schritt von dem vermeintlichen Strahlenherd zurück.

»Nein«, beruhigte Professor Welk, »das ist *Grammos Verlässlicher Gedankenzähler*. Er misst die geistige Aktivität. Es scheint soweit alles in Ordnung zu sein.«

»Vielleicht solltet ihr das mal bei unserem Superhelden vom andern Stern ausprobieren«, schlug der Riese vor. »Er sitzt drüben vor dem Wunderspiegel.«

»Ich glaube, eben hab ich etwas gehört«, sagte der Student.

»Pst«, machte der Professor. Er hielt seine mit *Grammos Verlässlichem Gedankenzähler* geladene Hand über den Kopf des Unbesiegten Helden.

Es blieb gespenstisch still.

»Und, hatten Sie einen angenehmen Arbeitstag?«, fragte der Professor im Plauderton.

»Einen supertollen Arbeitstag«, sagte Eralkes abwesend.

»Aha. Und was machen Sie so in der Spielzeugfabrik?«

»Tolle Sachen«, sagte Eralkes, in den Wunderspiegel starrend, »wir machen tolle Sachen und hören dabei tolle Musik. Supertolle Musik.«

»Es hat ihn ziemlich übel erwischt, oder?«, fragte Theodor.

Plötzlich begann eine Alarmsirene zu heulen.

»Was ist jetzt los?«, fragte der Student.

»Vielleicht eine Alarmübung?«, vermutete der Professor.

Theodor trat ans Fenster und sah hinaus.

»Nichts zu sehen«, sagte er, »halt, doch. Da kommt ein Wagen der Koboldpolizei.«

Der Student sah, wie der Lastwagen fünfzig Meter weiter unten auf der Straße mit quietschenden Reifen vor dem Wohnblock anhielt. Von der hinteren Ladefläche sprang ein Dutzend bewaffneter Kobolde. Sie trugen Masken und schwere gepanzerte Westen und stürmten in das Haus.

»Sie kommen hierher«, sagte Theodor.

»In dieses Haus?«, fragte der Professor. »Was mag da passiert sein?«

»Verschwörung gegen den Aufsichtsrat?«, mutmaßte Theodor. »Rebellion gegen das Wunderspiegelprogramm? Aufführung nicht-schmalziger Musik?«

Von draußen näherte sich ein rasch lauter werdendes rhythmisches Dröhnen.

»Ist das … ein Hubschrauber?«, fragte Professor Welk.

»Meine Güte«, entgegnete der Student, »das scheint ja eine Riesengeschichte zu sein. Vielleicht soll ein ganzer Ring aufständischer Agitatoren ausgehoben werden.«

Auf dem Flur bellte eine Koboldstimme:

»Gefreiter Nierenklopfer, Zahnreißer und Nasenkneifer, ihr nehmt die linke Seite. Rippenpreller, Augendrücker und Knöcheldreher, ihr die rechte.«

»Jawohl, Herr Hauptmann«, antwortete zackig ein Stimmenchor.

»Das war in diesem Stockwerk«, sagte Homur.

»Oh, oh«, meinte der Student, »sieht so aus, als hätten unsere Nachbarn einen Riesenhaufen Probleme. Vorhin bin ich einem von ihnen auf dem Flur begegnet …«

»Auf mein Zeichen«, blaffte draußen der Koboldhauptmann.

»… ein äußerst verdächtiger Elf«, fuhr Theodor flüsternd fort. »Er hatte noch seine echten Spitzohren und sein Grinsen war, glaub ich, nur gespielt. Wahrscheinlich …«.

Er kam nicht dazu, weiterzusprechen, denn in diesem Augenblick flog die Tür mit einem lauten Krach aus den Angeln. Maskierte, schwer bewaffnete Kobolde stürmten in die Wohnung.

Gleichzeitig zersplitterten auf der anderen Seite die Fenster, als sich eine weitere Schwadron Kobolde von dort an Seilen hereinschwang.

Innerhalb kürzester Zeit war jeder strategische Winkel besetzt.

Theodor, Homur und der Professor hoben zögernd die Hände.

»Zielgebiet gesichert«, erstattete einer der Kobolde Meldung, »vier Verdächtige …« Er warf einen kurzen Blick auf Eralkes, der weiterhin glücklich und vom aktuellen Geschehen ungerührt in den Wunderspiegel starrte. »Ich korrigiere: drei Verdächtige gestellt.«

Durch den zerstörten Rahmen der Wohnungstür trat der Hauptmann, sich zufrieden die Hände reibend.

»Soso«, schnarrte er, »die Schattenlosen und der Möchtegernriese. Natürlich!«

»Da liegt ein Irrtum vor«, begann Theodor, »wir haben nichts …«

»Klappe halten, Zivilistenabschaum!«, kläffte der Hauptmann. »Wir haben Meldung unerlaubter Magieanwendung erhalten!«

»Oh, natürlich, jetzt verstehe ich!«, rief Professor Welk. »Die Verbindlichen Richtlinien. Aber es war nur ein ganz harmloser, ungefährlicher Zauber. Ich kann es Ihnen gern vorführen. Sehen Sie.«

Der Professor senkte seine Hand, die unter dem Einfluss von *Grammos Verlässlichem Gedankenzähler* schwach zu leuchten anfing.

Mit einem hastig gebellten Warnruf hechtete der Koboldhauptmann hinter das Sofa in Deckung. Als entgegen seiner Befürchtungen doch kein magisches Inferno über sie hereinbrach, wagte er sich zögernd wieder vor.

Die anderen Kobolde blickten an die Decke oder hantierten an ihren Waffen und gaben sich alle Mühe, so zu tun, als hätten sie die peinliche Einlage ihres Vorgesetzten nicht gesehen.

Einer reichte dem Hauptmann wortlos einen Orden, der sich bei dem akrobatischen Manöver von dessen Uniform gelöst hatte.

Der Hauptmann heftete sich die Auszeichnung an die Brust

und setzte sich seine Mütze wieder auf. Dann stampfte er wutschnaubend auf den Professor zu.

»Wohl völlig übergeschnappt«, schrie er außer sich. »Wohl den Verstand verloren, aufruhrstiftendes Pack!«

»Entschuldigung«, sagte Professor Welk, »ich dachte ...«

»Schnauze!«, brüllte der Hauptmann. »Hier wird nicht gedacht! Denken ist der erste Schritt zum zivilen Ungehorsam! Festnehmen!«, befahl er, »alle!«

»Ihn auch?«, fragte einer der Kobolde und zeigte auf Eralkes.

Der Offizier musterte den Unbesiegten Helden, der zufrieden auf seiner Couch saß. Er hatte sich die ganze Zeit über nicht gerührt, nur einmal war er aufgestanden, um die Lautstärke des Wunderspiegels aufzudrehen.

»Nein, ihn nicht!«, kommandierte der Hauptmann. »Beispiel für vorbildliches Verhalten! Guter Mann! Weitermachen!« Er nickte dem Helden billigend zu. Dann befahl er: »Abführen!«

Als die drei Gefangenen mit den Kobolden die Wohnung verließen, rief ihnen Eralkes hinterher: »Wenn ihr grad rausgeht, könnt ihr mir auf dem Rückweg eine Packung Schokoriegel mitbringen? Und eine Tüte Fruchtgummis!«

Im Treppenhaus eilte ihnen Fechus entgegen.

»Meine Freunde!«, rief er atemlos. »Ich bin so schnell hergekommen, wie ich konnte! Was muss ich hören! Ihr habt euch in große Schwierigkeiten gebracht!«

»Wir wussten nicht ...«, begann Theodor.

»Maul halten!«, bellte der Hauptmann. Er schien es sich zur Lebensaufgabe gemacht zu haben, andere Leute nicht ausreden zu lassen. »Gehorsamsverweigerung! Schon noch Disziplin beibringen!«

»Auf ein Wort, Hauptmann«, sagte der Organisator. Er winkte dem Kobold, ihm zu folgen, und unterhielt sich flüsternd in einer Ecke mit ihm.

Theodor glaubte, die Wörter *Zivilistenbagage, Disziplinarverfahren,* und einmal sogar *Exekutionskommando* unterscheiden zu können.

Nach kurzer Zeit war die Diskussion beendet. Der Hauptmann warf ihnen einen vernichtenden Blick zu, der zu besagen schien: »Wenn es nach mir ginge, Pazifistengeschmeiß …«, und zog mit seiner Truppe ab.

Der Elf kehrte zu Theodor und den anderen zurück.

»Ihr habt ausgesprochenes Glück, Freunde!«, sagte er. »Ich konnte den Hauptmann davon überzeugen, dass ihr mit den Regeln der Fantastik AG noch nicht hinreichend vertraut seid und dass es sich um ein zwar bedauerliches, aber *einmaliges* Vorkommnis handelt! Sollte es sich dennoch wiederholen – rechnet nicht damit, dass er sich ein zweites Mal beschwichtigen lässt!«

Sein nach wie vor herzensgutes Lächeln überstrahlte diese subtile Drohung wie Sonnenlicht, das auf einem gezückten Dolch blitzt.

Professor Welk sah den Kobolden hinterher.

»Die Exekutive operiert ziemlich schnell in dieser Gegend«, sagte er.

»Oh ja!«, bestätigte Fechus. »Das ist auch absolut notwendig! Eine straffe Organisation der Befehlskette ist zeitökonomisch unverzichtbar! Und Zeit ist, wie wir alle wissen, Fantastikdollar! Effektivität ist gleich Rentabilität ist gleich Rationalität! Und umgekehrt! Denkt daran, wie es hier vorher ausgesehen hat! Chaos! Freie Magie!« Der Elf schauderte. »Anarchische Zustände! Das gehört, der Fantastik AG sei Dank, der Vergangenheit an! Ein neues Zeitalter ist angebrochen! Ich schicke jemanden vorbei, der sich um die Tür kümmert! Und jetzt entschuldigt mich!«

Mit jedem Schritt zwei Stufen auf einmal nehmend, eilte der Niedere Organisator die Treppe hinunter. »Und schönen Feierabend noch!«, hallte seine Stimme süßlich von unten herauf, als er längst verschwunden war.

»Ich muss sagen«, bemerkte Theodor, »eigentlich sind mir die Kobolde fast sympathischer. Sie haben einen so liebenswert ehrlichen Charakter. Im Vergleich zu unserem Sängerknaben mit den verschnittenen Ohren, meine ich.«

In dieser Nacht hatte Professor Welk einen überaus seltsamen und beunruhigenden Traum.

Professor Welks merkwürdiger Traum

Eines wunderschönen Morgens, die Sonne schien, der Himmel war blau, erwachte der Professor und stellte fest, dass er sich phantastisch fühlte.

Das war überraschend, denn soweit er sich erinnern konnte, hatte er sich bislang eigentlich immer phantastisch gefühlt.

Soweit er sich erinnern konnte, hatte er sich sonst auch an mehr erinnert.

Als er sich vor dem Spiegel die Haare kämmte, beschlich ihn plötzlich das Gefühl, als wären die Seiten irgendwie vertauscht, als stehe sein Spiegelbild vor dem Glas und er selbst als Reflexion darin.

Wenn man das mal genauer erwog, bekam man Knoten im Gehirn.

Am besten ist es, dachte der Professor, die Dinge nicht komplizierter zu machen, als sie in Wahrheit sind.

Um anzudeuten, dass er mit dieser Einstellung auf dem richtigen Weg war, lächelte sein Spiegelbild ihm wohlwollend zu (oder er seinem Spiegelbild).

Dann überzog es (oder er) sich plötzlich mit tiefstem Schwarz, als wäre er (oder es) mit schwarzer Tinte übergossen worden.

Richtig, fiel es dem Professor ein, er hatte ja mal einen Schatten gehabt.

(Bedeutete das nicht noch etwas anderes: einen Schatten haben?)

Jedenfalls war es gut, dass sein Schatten jetzt allein zurechtkam und er sich keine Gedanken mehr um ihn machen musste.

Der Schatten (oder das andere, wie sagt man noch … Ich?) drehte sich um und verschwand in den Tiefen des Spiegels.

Jetzt war es an der Zeit, zur Arbeit ins Kraftwerk zu fahren.

An der Bushaltestelle, während er auf die Linie 043a wartete, betrachtete Professor Welk interessiert ein Plakat, das für ein Double-Filmfeature warb.

Auf dem Plakat waren Riesenspinnen abgebildet, die panisch flüchtende Passanten terrorisierten.

In grünlich zerfließenden radioaktiven Schleimbuchstaben stand geschrieben:

Invasion der Monsterspinnen

Teil 7: Taranteln des Todes & Teil 8: Die Rückkehr der Taranteln des Todes

Der Professor fand, dass er mal wieder ins Kino gehen könnte.

Der Bus kam, er stieg ein.

Im Kontrollraum des Kraftwerks begegnete er seinem alten Kommilitonen Dr. Kirrus (der Professor war sich ziemlich sicher, dass sie zusammen studiert hatten, er konnte sich nur nicht genau entsinnen, was – war es Fantastik gewesen?), der ihm mitteilte, dass sie die Produktion um weitere 15 % gesteigert hatten.

Ausgezeichnet, sagte der Professor, denn Produktionssteigerung bedeutet Wachstum und Wachstum bedeutet Rentabilität und Rentabilität bedeutet Effektivität bedeutet Stabilität und Effektivität, Rentabilität und Stabilität bedeuten zusammen Fantastikdollar und Fantastikdollar ist Zeit und Zeit Fantastikdollar, und Zeit, Fantastikdollar, Wachstum und alternativlose ökonomische Vernunft sind eingetragene und geschützte Warenzeichen der Fantastik AG.

Im Namen des Aufsichtsrates, Amen, antwortete Dr. Kirrus.

Ein Wichtel kam in den Kontrollraum.

Er sah gehetzt und verschwitzt aus und war offenbar schnell gerannt, was lobenswert war, denn es zeigte, dass er sich tüchtig für die Fantastik AG ins Zeug legte.

Die Riesenspinnen … brachte der Wichtel keuchend hervor.

Die lieben Tierchen!, sagte der Professor.

Die wunderbaren Wesen!, sagte Dr. Kirrus.

Die Spinnen … sie sind …, schnaufte der Wichtel.

Kuschelweiche Wonneproppen!, säuselte Dr. Kirrus.

Knuffige oktopode Schnuckelchen!, gurrte der Professor.

Sie sind … sie sind …, ächzte der Wichtel.

Ein bedeutender Wirtschaftsfaktor!, befand der Professor.

Eine systemrelevante Brückentechnologie!, erklärte Dr. Kirrus.

Sie sind …, krächzte der Wichtel und weiter kam er nicht, denn in diesem Augenblick sprang ihn von hinten etwas Großes, Haariges und Achtbeiniges an, riss ihn zu Boden und malträtierte ihn mit insektoiden Beißwerkzeugen.

Es war ein ebenso unerwarteter wie unerfreulicher Anblick.

Das hätte so nicht passieren dürfen!, stellte Dr. Kirrus fest.

Nein, überhaupt nicht! bestätigte der Professor. Da muss sich ein Systemfehler eingeschlichen haben!

Hilf … arrrg!, schrie der Wichtel.

Wichtelhaftes Versagen!, vermutete Dr. Kirrus.

Trollische Inkompetenz!, schlug der Professor vor.

Ob nun wichtelhaftes Versagen oder trollische Inkompetenz oder keines von beidem dahinter steckte, jetzt strömte immer mehr Spinnenbrut in den Kontrollraum, eine ganze Armee borstiger, fettig-aufgedunsener, giftig zischender Taranteln des Todes, die sich gierig auf die hysterisch kreischenden Angestellten stürzten.

Ich weiß nicht, sagte der Professor, inmitten des Chaos und Gemeuchels stehend, irgendwie bin ich nach wie vor der Meinung, dass sich das nicht zu hundert Prozent mit den Geschäftsplänen der Fantastik AG für das laufende Quartal deckt, was meinst du, Archibald?

Archibald hieß nämlich sein guter alter Studienkumpan, Dr. Archibald Kirrus.

Der Professor drehte sich um, aber da war kein Archibald mehr.

Statt dem Gesicht seines geschätzten Freundes und Kollegen begegnete Professor Welk dem vieläugigen Blick einer Riesenspinne, die ihn fresslüstern ansah.

Grüner Geifer troff von den Beißwerkzeugen des Monstrums.

Also, ich muss schon sagen, begann der Professor und wurde dadurch unterbrochen, dass der Kopf der Spinne explodierte.

Hinter dieser neuen Entwicklung steckte die Koboldwerkspolizei, die inzwischen das Feuer auf die Riesenspinnen und zum Teil auch auf die Angestellten eröffnet hatte – schließlich war Zielen in diesem Durcheinander keine ganz so leichte Angelegenheit.

Die Spinne machte kopflos einen Satz auf den Professor zu, bevor ihre Beine unter ihrem fetten Leib einknickten und sie in einer schnell größer werdenden Pfütze aus Schleim auf dem Boden liegen blieb.

Und jetzt kehrte auch plötzlich der Verstand des Professors zurück.

Ich bin Hieronymus C. Welk, dachte er, Professor für Phantastik mit den Spezialgebieten Alternative-Weltentheorie, Magische Energetik und Unvernünftige Erzählstrategien.

Großer Gott, ich muss hier raus.

Geduckt, zwischen wild umherpfeifenden Kugeln, geifernden Riesenspinnen und schreienden Arbeitern hindurch, rannte der Professor aus dem Kontrollraum.

Auch auf dem Gang war das Chaos ausgebrochen.

Spinnen hatten zwischen den Wänden dichte Netze gewebt, in manchen hingen mumienartig eingewickelte, zum Teil noch zappelnde Angestellte, Kobolde gingen mit Kettensägen und Flammenwerfern gegen die klebrigen Fäden und die aggressiven Achtbeiner vor.

Mit einem Hechtsprung entging der Professor im letzten Augenblick einem fauchenden Feuerstoß, der eine feiste Riesenspinne in Brand setzte. Das Tier heulte entsetzlich auf und lief mit zuckenden Gliedern in ein Netz, das sofort in Flammen aufging.

»Ich liebe den Geruch von brutzelndem Spinnenhaar am Morgen!«, rief ein Koboldleutnant neben dem Professor, zog mit den Zähnen den Stift einer Granate heraus und warf sie in einen Haufen von Spinnen, die gerade damit beschäftigt waren, ein paar Kraftwerkstechniker einzuwickeln.

Die Explosion betäubte das Gehör des Professors, ein hoher, durchdringender Sinuston vibrierte in seinem Schädel, dumpfe Detonationen brandeten von außen heran, Leute rissen lautlos schreiend die Münder auf. Wie in Zeitlupe wurde der Koboldleutnant von Spinnen überwältigt und niedergeworfen, gierig fiel die Brut über ihn her, ein Ingenieur, dessen weißer Kittel mit grünlichem Spinnenschleim und rostfarbenem Blut befleckt war, suchte auf dem Boden zwischen Patronenhülsen nach seiner Brille, ein Koboldsoldat, der von den Riesenspinnen in eine Ecke gedrängt worden war, verteidigte sich irrsinnig lachend mit einer Schrotflinte gegen die herandrängenden Monster, mit unnatürlicher Deutlichkeit erkannte Professor Welk die Goldplomben in den Zähnen des Kobolds.

Die Geräusche und die Zeit kehrten in einer großen Woge zurück, die über den Professor hinwegrollte. Auf ihrem Wellenkamm ritten die Klänge des Koboldgaragenrock-Hits *Srufni Drib*, der quäkend aus einem Radio in der Nähe schallte:

Drib, Drib, Drib, D-drib's eth wrod,
Drib, Drib, Drib, D-drib's eth wrod.

Urk chraa honchru wraan lok rnar?
Gnar chraa dracib rnar wraan lok!

Drib, Drib, Drib, D-drib's eth wrod,
*Drib, Drib, Drib, D-drib's eth wrod.**

(usf.)

Neue Koboldtruppen eilten im Laufschritt heran und deckten die Riesenspinnen mit vollautomatischem Gewehrfeuer ein, und Professor Welk fand, dass es nun höchste Zeit sei zu verschwinden.

Vor dem Kraftwerk hatten sich Hunderte Schaulustiger versammelt, die von Koboldpolizisten hinter einer Absperrung in Schach gehalten wurden.

Die Polizisten waren mit gepanzerten Schutzanzügen und großen Antidemonstranten-Schilden ausgerüstet.

Der Professor bahnte sich einen Weg durch die Menge – wie er dem tobenden Spinneninferno und Kugelhagel hatte entkommen können, war ihm selbst ein Rätsel, ein Rätsel oder ein massives Plot Hole in einem nicht sehr plausiblen Monsterfilm.

Als er zurückblickte, sah er, dass Teile des Kraftwerks in Brand geraten waren.

Dichter schwarzer Qualm stieg in den schönen blauen Sommerhimmel auf.

---

* Tod, Tod, Tod, Tod lautet die Parole,
Tod, Tod, Tod, Tod lautet die Parole.
Hast du es etwa immer noch nicht gerafft?
Mittlerweile solltest selbst du es geschnallt haben!
Tod, Tod, Tod, Tod lautet die Parole…

Und dann bebte plötzlich die Erde.

Vor dem Kraftwerk, dort wo sich die unterirdischen Züchtungslabors befanden, riss die Straße auf.

Die Menge schrie entsetzt.

Ein riesiges, mit Borsten wie Eisendornen besetztes Spinnenbein tastete sich aus dem Spalt hervor, dann wuchtete sich ein gewaltiger Spinnenleib aus der Tiefe, hundert Mal größer und abscheulicher als der schlimmstmögliche halluzinogene Horrortrip jedes paranoiden Arachnophobikers.

Zahlreiche der nicht mehr ganz so Schaulustigen fielen in Ohnmacht.

Eine Spinnenmutter!, keuchte Professor Welk, zu der albtraumhaften Monstrosität aufblickend, diese Wahnsinnigen hatten tatsächlich eine Spinnenmutter mitten in Sternheim gehalten!

Große Brocken von Asphalt und Beton glitten von dem aufgedunsenen Leib des Ungetüms und fielen unter die panische Menge. Ätzend grüner Schleim troff von seinen Beißzangen und bildete brodelnde Pfützen auf der Straße.

Das ist einerseits hochgradig … faszinierend, dachte der Professor. Eine Spinnenmutter in mehr oder weniger freier Wildbahn!

Die Spinnenmutter versetzte einem Bus voller schreiender Passagiere mit einem ihrer Beine einen Schnips, das Fahrzeug überschlug sich mehrmals und explodierte in einem Feuerball an einer Häuserwand.

Andererseits, fand der Professor, hatte Überlebensinstinkt in Ausnahmesituationen vielleicht doch Vorrang vor wissenschaftlicher Begeisterung …

Außerdem kam ihm die ganze Szene plötzlich merkwürdig bekannt vor: War das nicht aus *Die Rache der Megaspinne Teil V*?

Ein Militärjeep rauschte heran und hielt wenige Meter vom Professor entfernt mit quietschenden Reifen. Koboldelitetruppen sprangen aus dem Fahrzeug, Befehle wurden gebellt, Kisten mit Militärequipment abgeladen.

Mit geübten Handgriffen bauten die Kobolde ein Maschinengewehr und mehrere Mörsergeschütze zusammen und eröffneten das Feuer auf die Monsterspinne.

Die Geschosse prallten wirkungslos an dem Panzer des Untiers ab. Die Spinne drehte den Kopf und nahm die Angreifer ins Visier.

Ein dunkelrot-pulsierendes Glühen erfüllte ihre großen Traubenaugen, aus denen plötzlich feurige Strahlenbündel schossen.

Zwei Elitekobolde, die zu elitär waren, um vernünftigerweise die Flucht zu ergreifen, wurden in Sekundenbruchteilen zu Asche verbrannt. Als die Strahlen eine Munitionskiste mit Granaten erreichten, gab es eine Explosion, die einen Krater in die Straße riss.

Nun, dachte der Professor, das scheint mir … etwas übertrieben.

Aus phantastobiologischer Perspektive sprach eigentlich nichts dafür, dass Spinnenmütter in der Lage wären, Todesstrahlen aus ihren Augen zu verschießen, sie waren auch so schon tödlich genug.

Ein Regen aus Asphaltsplittern ging herab, und als sich die Staubwolke lichtete, sah Professor Welk, dass der Militärjeep die Explosion wie durch ein Wunder (oder eine weitere Inkonsequenz im Traumscript) unbeschädigt überstanden hatte.

Der Professor schwang sich hinter das Steuer und drehte den Zündschlüssel um.

Der Motor sprang an.

Seine letzte Fahrt in einem Auto lag schon eine ganze Weile zurück – der Student hätte an dieser Stelle sicher einen Witz über Modell und Baujahr gemacht –, aber es blieb keine Zeit, sich über fehlende Fahrpraxis Gedanken zu machen.

Der Professor drückte das Gaspedal durch, der Wagen fuhr mit durchdrehenden Rädern an.

Im Rückspiegel sah er, wie die Spinnenmutter die Verfolgung aufnahm.

Daran hätte er denken sollen: Spinnenmütter jagen mit Vorliebe solche Beute, die Fluchtreflexe zeigt.

Der Professor schaltete einen Gang höher.

»Verdammt«, fluchte er, wie der Actionheld Joe Blayne (gespielt von Max Danger) in einer ganz ähnlichen Szene aus *Die Rache der Megaspinne Teil V.*

Unaufhaltsam stelzte die Spinnenmutter auf ihren langen Beinen hinter ihm her, Hindernisse wie Passanten, Koboldmilitärpanzer oder Mauern gleichgültig hinwegfegend.

Ihre Todesstrahlen ließen Autos und Häuser in Flammen aufgehen, nur den Professor (wie den Actionhelden Joe Blayne …) verfehlten sie immer wieder um Haaresbreite.

Professor Welk trat auf die Bremse und bog, auf zwei Reifen schliddernd, in eine Querstraße ein.

Ein Lastwagen kam ihm hupend entgegen, er riss im letzten Moment das Steuer herum und geriet auf den Bürgersteig, Fußgänger sprangen panisch zur Seite.

Der Professor fand auf die Straße zurück und gab Gas.

Hinter ihm tauchte die Spinne auf, ihr fetter Riesenleib schob sich bedrohlich zwischen den Hochhäusern hindurch.

Die Autobahn, dachte der Professor, ich muss irgendwie auf die Autobahn kommen. (So jedenfalls verlangte es das Drehbuch von *Die Rache der Megaspinne V.)*

Er folgte den Verkehrsschildern in Richtung Ausfahrt Sternheim/Nord, die Spinnenmutter kam näher und näher, ihre Todesstrahlen sengten brodelnde Löcher in den Straßenbelag.

Endlich kam die Ausfahrt, der Professor bog auf sie ab, es ging steil aufwärts zur Autobahn, die hoch über Sternheim hinwegführte, plötzlich war da ein Schild mitten auf der Straße: *Hier baut die Fantastik AG für Sie. Diese Ausfahrt wird in Kürze …*

Das Schild prallte gegen den Kühler und flog über den Wagen hinweg, dann hörte die Straße auf, der Professor wurde aus dem Jeep geschleudert, er sah, wie das Auto unter ihm in die Tiefe stürzte und obligatorisch explodierte, er selbst wirbelte weiter durch die Luft, durchschlug ein Fenster und landete erstaunlich weich auf einem Sofa.

»Hallo«, sagte jemand unbeeindruckt neben ihm.

Es war Eralkes, der Unbesiegte, der eine große Schüssel Popcorn auf dem Schoß hatte und in den Wunderspiegel starrte.

Professor Welk sprang auf.

Zu seiner Überraschung stellte er fest, dass er vollkommen unverletzt geblieben war.

»Wo sind die anderen?«, fragte er atemlos.

Eralkes stopfte sich eine Handvoll Popcorn in den Mund.

»Sie wurden von Joe Blayne getrennt, als die Spinnen ausgebrochen sind«, erklärte er, ohne den Blick vom Wunderspiegel abzuwenden. »Joe hat sich einen Jeep geschnappt, dann gab es eine Verfolgungsjagd mit dieser Megaspinne, er wurde aus dem Wagen geschleudert und ist durch ein Fenster in eine Wohnung katapultiert worden, in der irgend so ein dicker Typ vor dem Wunderspiegel sitzt und Popcorn isst. Dieser Joe Blayne ist echt der Hammer! Max Danger spielt den.«

»Sie verstehen das nicht!«, erwiderte Professor Welk. »Das passiert gerade wirk… bei allen Phantastischen Axiomen!«

Im Fenster tauchte der riesige Kopf der Spinnenmutter auf.

Ihre Augen glühten rot.

Eralkes wandte den Kopf und verschluckte sich an seinem Popcorn.

»Absolut spitzenklassenmäßige 3D-Spezialeffekte!«, hustete er hingerissen.

Glücklicherweise endete die ganze unangenehme Situation in diesem Augenblick.

Unglücklicherweise war dies darauf zurückzuführen, dass das Kraftwerk explodierte, was bedeutete, dass sämtliches Leben in einem Umkreis von zehn Kilometern ausgelöscht wurde, darunter auch Professor Welk alias *Joe Blayne* und Eralkes, der Unbesiegte, alias *Dicker Typ der Popcorn isst.*

Dann geschah etwas Unerwartetes.

Der Professor, wissend, dass er eigentlich durch die unkontrollierte, negativ geladene magische Energie hätte pulverisiert werden müssen, öffnete die Augen.

Jedenfalls vorsichtig zuerst deren eines.

Eine Art Tisch. Etwas lag darauf. Professor Welk öffnete auch das andere Auge und spähte unter den halb geschlossenen Lidern hervor. Mehrere Bücher, eine Mappe. Er öffnete die Augen weiter. Auf dem obersten Blatt der aufgeschlagenen Mappe hatte sich jemand Notizen gemacht, der Handschrift nach zu urteilen augenscheinlich er selbst. *›Die Lyrik der Wichtel‹* stand ganz oben auf dem Zettel.

Der Professor blickte auf.

Er stand hinter dem Rednerpult des Raumes 043a.

Hatte er das alles nur geträumt? War er eingeschlafen, in seiner eigenen Vorlesung, im Stehen? Wie unsagbar peinlich.

»Ahem.«

Er räusperte sich, was in dem großen leeren Raum gespenstisch klang.

Tatsächlich waren die Stuhlreihen vollkommen unbesetzt. Herr Welk schwänzte also, stellte der Professor verärgert fest.

Na gut, wo waren wir? Professor Welk blätterte in seinen Notizen und begann aufs Geratewohl: »Ich komme nunmehr zu einem der herausragenden Vertreter der wichtelischen Naturlyrik, Kert von Minkelstadt«, sagte er, und schrieb zur Bekräftigung an die Tafel: ›Kert von Minkelstadt 1567–1809.‹

Das Kreischen der über die Tafel kratzenden Kreide zerriss die Stille von Raum 043a.

Ein unbehagliches Gefühl beschlich den Professor, während er mit dem Rücken zum nicht anwesenden Publikum stand.

Als er sich wieder umwandte, sah er ganz oben, auf dem äußersten Platz der letzten Reihe, einen Schatten sitzen, einen Schatten ohne dazugehörige Person.

Er schien mitzuschreiben, und zwar auf einer Schreibmaschine.

Der Professor verlor den Faden. »Ähm, äh«, sagte er und

blätterte in seinen Notizen. Das Klackern der Schreibmaschinentasten setzte aus.

»Hm. Ja. Kert von Minkelstadt war Mitglied des Freundschaftsbundes ›Überschwängliche Verehrer der Bäume, Blumen und landschaftlich attraktiven sowie idyllischen Örtlichkeiten in Wald und Flur, auch der murmelnden Bäche und säuselnden Haine‹, zu dem u. a. Persönlichkeiten wie Umk, der Frohlocker oder Polmine, die Entzückte ...«

Ein weiterer Schatten betrat den Raum, nahm in einer der mittleren Sitzreihen Platz und begann, auf die Tasten seiner Schreibmaschine einzuhämmern.

»Ja ... Polmine, die Entzückte. Ähm. Zum umfangreichen Oeuvre Kert von Minkelstadts gehören neben vielen anderen die frühen Wiesenthaler Liedchen ...«.

Noch ein Schatten. Und ein weiterer.

»... die Wiesenthaler Liedchen, die große dramatische Versdichtung ›Des Wichteldichters Apotheose‹ ...«

Eine Gruppe von Schatten kam in den Raum und setzte sich.

»... und vor allem der Sonettkranz ›Lob der Schöpfung‹, der aus hundertsechsundneuzig Einzelsonetten besteht und in vierzehn Unterzyklen unterteilt ist, deren jeder aus vierzehn Sonetten besteht und jeweils einer der vierzehn wichtelischen Hauptnaturgottheiten gewidmet ist!«

Der Professor musste schreien, um den Lärm der Schreibmaschinen zu übertönen. Unablässig kamen weitere Schatten herein.

»In den Zyklen werden die der entsprechenden Gottheit zugeordneten Bereiche der Schöpfung gepriesen, wobei die Sonette jeweils Bezug auf einen einzelnen Gegenstand nehmen, der als Lyrisches Du erscheint. So wird etwa in Sonett IV des XI Zyklus die Schimmerlilie adressiert: ›Dich, Schimmerlilie, singe ich nun an‹!«

Die Tastenanschläge der Schatten waren absolut taktsynchron, es hörte sich an wie das Stampfen einer großen, unaufhaltsam laufenden Maschine. Am Ende jeder Zeile gaben sämtliche Schreibmaschinen einen hellen Klingelton von sich, der durch die Gleichzeitigkeit einen schon gesundheitsschädlichen Pegel erreichte.

Der Professor brach ab und blickte nervös in sein unangenehm zahlreich erschienenes Auditorium. Inzwischen waren die Sitzreihen vollständig mit Schatten besetzt.

Mit dem Redefluss des Professors hörte auch das Hämmern der Schreibmaschinen auf.

Totenstille breitete sich aus.

Aus der Menge der Schatten, die zu einer einzigen schwarzen Mauer verschmolzen, starrten ihn Hunderte grell-weiß blendende Augenpaare an.

Der Professor holte tief Luft. »Möchte vielleicht jemand von Ihnen ein anderes Thema vorschlagen?«

Die Schreibmaschinen ratterten wieder.

»Ich meine …«

Tack Tack Tack Tack Tack Tack Tack Tack.

»Sind …«

Tack Tack Tack Tack.

»Sie …«

Tack Tack Tack.

»Ä.«

Tack.

Dann ging das Licht aus. Einen kurzen Moment lang stand der Professor im Mittelpunkt der sich kreuzenden, gleißenden Lichtstrahlen, die sich mit den Blicken der Schatten auf ihn richteten. Nach und nach erloschen die blendenden Augenpaare, bis völlige Dunkelheit herrschte.

Nun begann ein anderes Licht zu leuchten, ein warmer goldener Glanz, aus dem eine Gestalt anmutig auf den Professor zuschritt. Es war eine überirdisch schöne Elfenfrau, deren große Schwanenflügel im Takt ihres grazilen Ganges leicht auf und zu schwangen. Sie trug eine schmale silberne Krone, die mit einem einzelnen großen Rubin verziert war.

Außerdem sagte sie:

»Professor, Sie müssen die Welt retten.«

Professor Welk erwachte.

Er setzte sich die Brille auf, sprang aus dem Bett und lief ans Fenster.

Es war ein schöner, sonniger Tag.

Von Riesenspinneninvasionen und anderen apokalyptischen Vorgängen war fürs Erste nichts zu sehen.

»Meine Güte«, sagte der Professor, seinen Gnomenbart zwirbelnd. »Königin Hymnia!«

König Gomfurs Labyrinth

Das Wochenende sowie andere freie Tage nutze der Angestellte ganz zu seiner Entspannung und seelischen Erbauung. Er kann hierzu auf das reichhaltig durch die Fantastik AG und ihre Tochterfirmen zur Verfügung gestellte Unterhaltungsprogramm zurückgreifen.

(Aus den Richtlinien der Fantastik AG.)

Der nächste Tag war ein Samstag und daher frei.

»Ich möchte die hier zurückgeben«, sagte Professor Welk und schob die Bücher über den Tresen. Er hatte sie zu sozioethnologischen Studienzwecken ausgeliehen, dann aber nach knapp fünf Minuten Lektüre entschieden, dass er, aus welcher wissenschaftlichen Abstraktionshöhe auch immer, nichts Begeisterndes an »Tod im Sumpf des Todes« oder »Gerührte heiße Herzen« finden konnte.

»Und wie haben sie Ihnen gefallen?«, fragte die Troll-Bibliothekarin.

»Ähm, so, hm«, sagte der Professor unbestimmt und wurde dankbarerweise von einer Lautsprecherdurchsage unterbrochen.

»Liebe Mitarbeiter!«, quäkte es, »die Firmenleitung wünscht

euch allen ein schönes Wochenende! Außerdem wird daran erinnert, dass heute der neue Fantastic Dreams Film in den Kinos anläuft! Das gigantische Monumentalereignis des Jahres! Wer das verpasst, ist so gut wie tot!«

»Ich nehme an«, sagte der Professor, »dass das kein Werbeslogan, sondern eine kaum verhohlene Drohung ist.«

»Na ja«, sagte die Bibliothekarin, »wer sich so etwas entgehen lässt, ist schließlich selber schuld! Es kommt auch nicht oft vor. Obwohl ...« Verschwörerisch senkte sie die Stimme: »Grad letzten Monat noch hat es einige Verhaftungen geben müssen!«

Der Professor begegnete den anderen in einer langen Schlange vor dem Kino ihres Bezirkes.

»Ah«, sagte er, »Sie sind auch hier.«

»Nach der aggressiven Werbung hielten wir es für ratsam, ja.« Theodor sprach im Flüsterton weiter und zeigte unauffällig auf Eralkes, der nervös von einem Bein auf das andere trat. »Ich mache mir ernsthaft Sorgen um ihn. Er wollte *wirklich* herkommen. Er kann es kaum erwarten, dass der Film anfängt.«

»Was wird denn überhaupt gezeigt?«

»Keine Ahnung. Irgendein Epos von titanischen Dimensionen, wenn ich die Ankündigungen richtig verstanden habe.«

Wenig später saßen sie im dunklen Kinosaal.

Der Vorhang wurde zurückgezogen. Sattgrüne Wiesen erschienen auf der Leinwand, gesprenkelt mit bunten Blumen. Dann ein lichter Birkenhain. Vögel zwitscherten. Jemand spazierte entspannt schlendernd durch den Wald, pflückte ein Blümchen, roch verträumt daran.

Eralkes stand auf.

»Das ist Max Danger!«, rief er.

Der Student zog ihn zurück auf den Sitz.

»Setz dich hin«, zischte er, »die Leute sehen schon her.«

»Früher«, kam Max Dangers Stimme sonor über das Surround-System, »früher fiel es mir manchmal schwer, in gewissen Situationen die Ruhe zu bewahren. Doch heute, heute habe ich meinen inneren Mittelpunkt gefunden. Dank – Calmirex™! «

Zum Beweis dieser Aussage lächelte Danger besonders warmherzig in die Kamera. »Nur eine Tablette« – er hielt eine solche zwischen Daumen und Zeigefinger, »versöhnt Sie wirkungsvoll mit Ihren inneren Dämonen und Mitwesen! Ja – Dank Calmirex™ kann ich heute sogar entspannt Gnomen die Hand geben! «

Ein Gnom erschien im Bild und sie schüttelten einander herzlich die Hand. Aufmerksame Beobachter hätten bemerken können, wie Dangers Lächeln kurz erstarrte.

Aus dem Off verkündete eine seriös wirkende Stimme über dieses rührende Bild der Versöhnung: »Calmirex™ – Frieden mit sich selbst.«

Dann folgte eine Tafel mit dem schriftlichen Hinweis:

»Sich beim Arzt oder Apotheker nach den Nebenwirkungen von Calmirex™ zu erkundigen, kann den angestrebten sedierenden Effekt negativ beeinträchtigen.«

Eralkes applaudierte.

Die Leinwand wurde schwarz.

Eine ins Öl des Pathos eingelegte Stimme verkündete, vor einem Hintergrund aus düsteren Chören und hallenden Trommeln:

»In dunklen Zeiten ...«

Dunkle Zeiten wurden auf der Leinwand dargestellt, Abfolgen bedrückender Bilder von verödeten Landschaften, in denen es vor allem dunkel war. Zwerge, Menschen, Gnome und Elfen mit verhärmten Gesichtern blickten gequält in die Kamera.

»... als böse Zauberer finstere Intrigen schmiedeten ...«

Böse hässliche Zauberer waren zu sehen, die finstere Intrigen schmiedeten.

»… sandten die Mächte des Lichts einen Helden …«

In atemberaubender Gebirgspanoramalandschaft steht auf dem höchsten Gipfel ein Held. Sein blondes Haar weht im Wind. Die Hubschrauberkamera kreist um ihn herum und zoomt in schnell gestaffelten Schnitten auf sein Gesicht. Max Danger blickt heldenhaft. Er zieht – zinnng – sein Schwert, das in der Sonne aufblitzt. Er springt. Fschhhh. Das Bild friert ein.

Die Trommeln und Chöre erreichen einen dramatischen Höhepunkt.

»Einen Helden …«

Der Held stürzt an imposanten Felswänden entlang in die Tiefe.

»… der größer ist als …«

Dunkel.

»… der Tod.«

Die Chöre verstummen.

Plötzlicher Schnitt auf ein grauenhaftes trollähnliches Monster. Es schwingt eine gewaltige eiserne Keule und trägt einen Gürtel aus Totenschädeln.

Es brüllt:

»Wuuuoooooaaarrrr!«

Schnitt auf Max Danger mit gezücktem Schwert.

Schnitt auf das Monster. Es rennt los. Unter seinen mächtigen Schritten bebt die Erde.

Schnitt auf Danger. Auch er rennt. Leichtfüßig.

Monster.

Danger.

Monster. Es holt mit seiner Keule aus.

Danger. Er springt.

Keule und Schwert treffen aufeinander. Funken sprühen.

Dunkel.

Flammende Schrift erscheint auf der Leinwand.

FANTASTIC DREAMS PRÄSENTIERT.
EINE KÄUFLICHES-VERGNÜGEN-PRODUKTION.
ERALKES – STRAHLENDER HELD

Eralkes (der echte) weinte vor Glück.

»Habt ihr das gesehen?«, schluchzte er. »Habt ihr das gesehen?«

»Ja, haben wir«, entgegnete der Student, »und danke, dass du mir vor Begeisterung nur drei Viertel deines Extra-Großen –Super-Klebrigen-Schokoladenshakes über die Hose gekippt hast. Vielen lieben Dank.«

Der Professor wand sich leidend auf seinem Sitz.

»Halten Sie durch«, sprach ihm der Student Mut zu. »Es ist ja bald vorbei.«

Professor Welk stöhnte.

»Es ist grauenhaft! Ich habe seit der Lektüre von Dr. Stodlers ›Gründlichen Anmerkungen zur Begriffsgeschichte des Wortes *Und*‹ nicht mehr so gelitten. Haben Sie die Zentauren gesehen? Sie hatten *drei* Köpfe *und* sie haben Säure gespien. Und sie haben die Überflüssige Schlacht am Trägen Pass dreihundertsiebenundvierzig Jahre später stattfinden lassen, bloß damit es in die unsinnige Dramaturgie passt und …«

»Entschuldigung«, meldete sich ein Wichtel aus der Reihe hinter dem Professor. »Entschuldigung. Könnten Sie bitte leiser sein. Einige Leute hier möchten den Film sehen.«

Das Martyrium des Professors dauerte an.

Irgendwann wurde Max Danger von einem greisen und leicht senil wirkenden König auf die Suche nach einem geheimnisvollen Amulett geschickt, was den losen Erzählzusammenhang für die anschließenden, rasant geschnittenen Szenen lieferte, in denen sich Danger mit diversen Bösewichten herumschlug. Als seinem Schwert auch ein Riese zum Opfer fiel, riss es Homur aus seinem Sitz.

»Lügen!«, schrie er. »Alles verdammte Lügen!«

Nur mit Mühe gelang es Theodor, ihn zu beruhigen, bevor die Kobolde, die die Ausgänge bewachten, den Ruhestörer im Publikum ausfindig machen konnten.

Kurz darauf wurde Professor Welk von einem Snack-Verkäufer überfallen.

Hätte er nicht im letzten Moment mit einer lebensrettenden Reflexhandlung den Kopf zurückgezogen, der Professor wäre höchstwahrscheinlich von dem Bauchladen des Verkäufers, einem riesigen Kobold, erschlagen worden, als dieser sich vor ihm aufbaute und in einem Tonfall, der normalerweise für bewaffnete Raubüberfälle ab drei Todesopfern aufwärts reserviert war, knurrte: »Snacks, Erfrischungen, warme Würstchen.«

Der Professor versuchte freundlich zu lächeln (er war auch aufrichtig erleichtert, ohne Gehirnerschütterung davongekommen zu sein) und sagte: »Nein danke.«

Diese Entgegnung schien nicht auf der Liste möglicher Antworten zu stehen, denn der Verkäufer wiederholte – und es gelang ihm sogar, dabei noch ein wenig drohender zu klingen: »Snacks, Erfrischungen, warme Würstchen.«

Professor Welk versuchte es mit Diplomatie und sagte: »Nein danke, im Moment nicht, vielleicht später.«

Der Kobold zeigte sich wenig empfänglich für derartige rhetorische Strategien. »Nicht gut genug, was?«, schnarrte er. »Bist dir zu fein, was? Findest den Film auch langweilig, hä?«

»Nein, nein«, beeilte sich Professor Welk zu beteuern, »es ist ein … ein unheimlich toller Film. Spannend und so.«

»Soso. Vielleicht möchtest du das dem Institut für Marktforschung mitteilen? Sind sehr interessiert da, an persönlichen Meinungen! Und wenn es nicht persönliche Meinungen sind, haben sie Wege, das rauszufinden!«

Die akut lebensbedrohliche Situation wurde durch eine Stimme entschärft, die aus der Reihe hinter Professor Welk kam und sagte: »Verkäufer! Drei warme Würstchen, vier Super-Giftgrüne-Fruchtersatz-Milchshakes – und für den Herrn eine Megaportion Popcorn.«

Der Kobold zögerte, dann nahm er einen riesigen Pappeimer voll Popcorn, schien kurz zu überlegen, ob er ihn dem Professor in die Hand geben oder über dem Kopf ausleeren sollte, entschied sich schließlich für Ersteres und knurrte: »Das nächste Mal kommst nicht so davon! Ich merk mir dein Gesicht, Gnomen-Opa!«

Als der Verkäufer verschwunden war, drehte sich der Professor um, konnte aber in der Dunkelheit nichts erkennen. Nur eine Stimme raunte: »Warten Sie nach der Vorstellung links neben dem Haupteingang.«

Nachher wälzten sie sich mit der Menge der übrigen Zuschauer zum Ausgang.

»Max Danger!«, schwärmte Eralkes. »Max Danger!«

»Jaja«, sagte der Student. »Du sagtest es bereits.«

Während der Unbesiegte Held und Homur den nächsten Bus nach Hause nahmen, warteten der Professor und Theodor neben dem Eingang auf den mysteriösen Unbekannten.

Es war eine Gnomin, etwa in Professor Welks Alter.

»Und«, lächelte sie, »hat Sie der Film auch so begeistert?«

Der Professor hob die Augenbrauen.

»Begeistert?«

Die Gnomin nickte unauffällig in Richtung einer vorbeimarschierenden Koboldtruppe.

»Ach so, ja«, beeilte sich der Professor zu bestätigen. »Ja, doch. Ganz toll.«

»Kommen Sie«, sagte die Gnomin. »Gehen wir ein Stückchen. Ich würde Sie gern einigen Freunden vorstellen.«

»Ich bin Dr. Vendel«, sagte sie, nachdem sie in eine Seitenstraße eingebogen waren. »Von der Erstaunlichen Akademie Sternheim.«

»Vendel?« Der Professor überlegte. »Dr. Vendel, die Verfasserin des ausgezeichneten Aufsatzes ›Subversion als Selbstbehauptung‹? In: Halbjährliche Zeitschrift für Abwegiges Denken, Sternheim 1802 … nein, 03?«

Dr. Vendel errötete leicht. »Sie haben ihn gelesen?«

»Mit Begeisterung!«, rief der Professor. »Erlauben Sie, dass ich mich meinerseits vorstelle: Professor Dr. Hieronymus C. Welk, Dozent für Phan… Magiekritik an der Universität … von Drachingen.«

»Professor Welk?«, überlegte die Gnomin. »Ich kann mich nicht erinnern, eine Ihrer Schriften gelesen zu haben. Aber ich bin davon überzeugt, dass sie erstklassig sind!«

Jetzt errötete der Professor.

»Nun ja«, sagte er verlegen. »Es wäre mir jedenfalls eine Freude, sie einmal mit einem verstehenden Geist zu diskutieren.«

»Das haben Sie schön gesagt: verstehender Geist!«, lächelte Dr. Vendel verträumt.

Wie romantisch, dachte der Student. Zusammen sind sie ungefähr dreihundertfünfzig Jahre alt.

»Und wer ist der junge Troll in Ihrer Begleitung?«, fragte Dr. Vendel, plötzlich Theodors Anwesenheit bemerkend.

»Das ist Herr … Welk«, sagte der Professor und beeilte sich anzumerken: »Die Namensgleichheit ist rein zufällig. Er ist einer meiner Studenten.«

»Ein magiebegabter Troll?«, fragte die Gnomin. »Das ist selten!«

»Er ist … eine Art Experiment«, erklärte der Professor und ignorierte den überaus vorwurfsvollen Blick des sogenannten Experiments.

»Jedenfalls«, sagte Dr. Vendel, »habe ich bemerkt, dass Sie diesen *grauenhaften* Film ebenfalls nicht sehr wohlwollend verfolgt haben.«

»Es war entsetzlich!«, rief der Professor.

»Unbeschreiblich!«

»Furchtbar!«

»Entschuldigung«, mischte sich der Student ein, »ich begreife nicht, wie Sie sich so darüber aufregen können, ich meine … es war schließlich *nur ein Film.* Ich fand ihn ganz spannend.«

»Nur ein Film!«, schnaubte Professor Welk.

»Nur ein Film!«, schnaubte Dr. Vendel.

»Nur ein Film!«, wiederholte der Professor noch einmal. »Das ist so, als würden Sie sagen, ein … eine … eine Atombombe sei nur eine Atombombe!«

»Der Vergleich leuchtet mir nicht ganz ein …«, erwiderte der Student.

»Was ist eine Atombombe?«, fragte Dr. Vendel.

»Ähm, es ist ein … Wortspiel«, sagte der Professor. »Um … seine Denkfähigkeit anzuregen. Es ist Teil des Experiments.«

»Oh«, sagte Dr. Vendel. »Sehr interessant.«

Theodor blieb stehen.

Okay, dachte er. Das war's. Ab jetzt gehen wir getrennte Wege.

»Was ist?«, fragte der Professor. »Kommen Sie?«

Der Student setzte sich in Bewegung.

»Ja, ja«, seufzte er. »Schon gut.«

»Hier ist es«, sagte Dr. Vendel.

Sie zeigte auf ein Hochhaus vor ihnen, das sich äußerlich nicht von den anderen Gebäuden Neu-Sternheims unterschied.

»Hier befand sich früher das *Kabinett der Verwunderung,* das König Gomfur in seiner Dritten Irritierten Amtszeit errichten ließ«, sagte die Gnomin.

»Es ist ebenfalls abgerissen worden?«, fragte der Professor. »Oh, mundus malus!«

»Aber nur der oberirdische Teil«, sagte die Gnomin.

»Das heißt … das Labyrinth existiert noch?«

Die Gnomin nickte.

Sie folgten ihr in den Keller des Hauses, wo die Doktorin gegen eine Eisentür klopfte.

Ein kleines Fenster in der Tür wurde von innen aufgeschoben und ein misstrauisches Augenpaar erschien in dem schmalen Spalt.

»Was wollen die Spione hier?«, fragte eine hohe Stimme.

»Es sind keine Spione, Zirkel«, sagte Dr. Vendel. »Es sind Gleichgesinnte.«

»Spione sind auch gleichgesinnt. Mit anderen Spionen.«

»In diesem Fall sind sie gleichgesinnt mit *uns*.«

»Ich sehe doch, dass einer von ihnen einen falschen Bart trägt. Und der andere ... hat sich als Troll verkleidet.«

Der angeblich verkleidete Troll schnaufte.

»Zirkel«, begann die Gnomin, »du weißt, was wir bezüglich *übertriebener* Vorsicht besprochen haben ...«

»Gut, gut«, antwortete die Stimme auf der anderen Seite, »aber behauptet später nicht, ich hätte euch nicht oft genug gewarnt. Sag deinen spionierenden Freunden, sie sollen zurücktreten und sich die Ohren zuhalten, während du mir das Passwort sagst.«

»Ach, komm schon«, rief Dr. Vendel, »du weißt, dass ich das Passwort kenne! Erinnerst du dich? Ich bin Dr. Vendel. Wir haben zusammen an der Erstaunlichen Akademie unterrichtet!«

»Dass du so *aussiehst* wie Dr. Vendel, beweist gar nichts. Du könntest – Sie könnten – das als Tarnung benutzen.«

»Dann wüsste ich aber nicht, dass das Passwort *Blütenstaub* heißt!«, sagte die Gnomin, langsam ein wenig verärgert.

»Großartig! Sie haben es gehört! Jetzt müssen wir sie töten!«

»Was?«, fragte der Student.

»Zirkel, hör endlich auf mit dem Unsinn und lass uns rein!«, sagte Dr. Vendel ungehalten.

»Schön. Wunderbar. Lass ich sie eben rein. Wir haben ja heute auch den großen Tag-der-offenen-Tür-für-Spione-und-Doppelagenten. Nur hereinspaziert. Sehen Sie sich um. Spähen Sie alles aus. Und kommen Sie doch gerne jederzeit wieder, um uns im Schlaf umzubringen. Das Passwort kennen Sie jetzt ja! Ich zweifle auch nicht daran, dass die gute Doktorin Sie bereits in unsere geheimsten Pläne eingeweiht hat!«

Der Student konnte sich nicht länger zurückhalten.

»Sie haben recht«, sagte er, »Sie haben mich enttarnt. Ich bin tatsächlich ein Spion. Eigentlich bin ich ein winziger Kobold, der im Kopf dieses vollautomatischen Roboter-Trollkostüms sitzt. Und wenn ich hier die Schädeldecke abschraube …«, er tat, als versuchte er es vergeblich, »oh, sie scheint wohl festgerostet zu sein, Herr Professor, ich meine, als Professor getarnter Spion, wären Sie so gütig, mir die Schraubzwinge zu reichen?«

Das Fenster wurde energisch geschlossen.

»Das war nicht sehr diplomatisch, Herr Welk«, tadelte der Professor. »Mit Ihren Scherzen haben Sie die Situation nur …«

Auf der anderen Seite der Tür wurden mehrere schwere Gegenstände verschoben. Theodor zählte insgesamt achtzehn Riegel, die nacheinander zurückgezogen wurden. Dann drehte sich ein Schlüssel im Schloss und die Tür öffnete sich.

Ein Wichtel trat ihnen entgegen. Er trug einen mit Alufolie verkleideten Helm und verkündete mürrisch: »Ich muss euch erst scannen.«

Mit einem kleinen Apparat fuhr er entlang des Körpers der Doktorin und wiederholte die Prozedur danach bei Professor Welk und Theodor.

»In Ordnung«, sagte er schließlich, »ihr könnt reinkommen.«

Hinter der Tür stieg eine Treppe ins Dunkel hinab.

»Keine Magie«, sagte der Wichtel. »Ihre Sensoren sind stark genug, um selbst hier unten die schwächsten magischen Aktivitäten zu registrieren. Also nicht einmal der kleinste Lichtzauber, verstanden? Benutzt stattdessen die hier.« Er gab jedem von ihnen eine Laterne, in der es gelblich glühte.

»Phosphoreszierende Pilze«, erklärte er.

Die Treppe war nicht besonders lang, und an ihrem Ende begann ein schmaler, niedriger Korridor. Wände, Boden und Decke bestanden aus glatt poliertem Marmor.

Das Labyrinth war ein weiteres steuergeldverschlingendes Kulturprojekt König Gomfurs gewesen und einer der letzten Sargnägel für die öffentliche Reputation des Monarchen.

Auf die vernünftige Frage seines Kanzlers, ob denn ein unterirdisches Labyrinth wirklich das sei, was man gegenwärtig brauche, vor allem, da schon die Rätselhafte Goldene Riesenstatue Einer Frohlockenden Bisamratte ein sehr unpopuläres Loch in den Staatshaushalt gerissen habe und auch angesichts der Tatsache, dass aus dem Norden ein plünderndes und brandschatzendes Barbarenheer anrücke, weswegen man vielleicht eher erwägen solle, das Militärbudget aufzustocken, hatte der König geantwortet: »Es ist ein unterirdisches Labyrinth. Ich will es. Jetzt.«

Die Diskussion hatte schließlich mit dem berühmt gewordenen Ausspruch des Kanzlers geendet: »Euer Majestät, Ihr seid nicht ganz dicht!«

Dieses Zitat war später, wie von ihm selbst testamentarisch verfügt, als Epitaph in den Grabstein des Königs graviert worden.

Niemand wusste, wie groß das Labyrinth wirklich war. Noch zu Lebzeiten König Gomfurs war es ständig erweitert und ausgebaut worden. Manche sagten, es hätte niemals aufgehört zu wachsen, und sie begründeten diese Behauptung mit einer zweiten, noch gewagteren, die besagte, dass Archo von Borgu, der Architekt des Labyrinths, noch während der Bauphase starb und wahnsinnig wurde (eventuell auch in umgekehrter Reihenfolge), und seitdem als Untoter zusammen mit seinen ebenfalls untoten Arbeitern bis in alle Ewigkeit an dem Werk weiterbaue, das er zu Lebzeiten nicht hatte vollenden können.

Ob diese Theorie nun zutraf oder nicht, fest stand jedenfalls, dass das Labyrinth riesig war. Folgur von Greifsheim, der berühmte Weltreisende, hätte das bestätigen können, wenn er bei seiner Expedition den Rückweg gefunden hätte.

Vor einigen Semestern hatte Theodor eine Klausur über König Gomfurs Labyrinth geschrieben und war dabei wieder einmal zu dem Schluss gelangt, dass sein Studiengang doch ein wenig an der Realität des modernen Arbeitsmarktes vorbeiging.

Wozu sollte es gut sein, hatte er sich gefragt, wenn man wusste, wo sich der *Verborgene Schalter* für die *Geheime Brücke* über den *Unendlich Tiefen Abgrund* im Labyrinth von Sternheim befindet?

Wenn ihm damals gesagt worden wäre, dass der Besitz dieser Information in der Tat lebensrettend sein konnte, hätte er sicher ungläubig gelacht.

Zwei Kobolde kamen ihnen entgegen, deren Gesichter unter schwarzem Bartdickicht verschwanden. Zwischen sich trugen sie eine Holzkiste, auf der *Vorsicht! Hochexplosiv!* geschrieben stand.

»Kobolde?«, fragte der Professor.

»Leutnant Daumenschraubes Männer«, erklärte Zirkel. »Sie gehören zu uns.«

»Aha«, sagte der Student. »Und wer sind *wir*?«

»Rebellen«, sagte Zirkel kurz.

»Ah«, entgegnete Theodor.

Sie gingen weiter.

»Mir ist aufgefallen«, begann der Student nach einer Weile, »dass du einen Helm aus Alufolie trägst …«

»Strahlenschutz«, entgegnete Zirkel. »Ihr solltet auch einen tragen. Sie manipulieren die Gedanken. So. Hier ist es.«

Sie hielten vor einer weiteren Stahltür. Auf ein Klopfzeichen von Doktor Vendel öffnete ihnen ein wohlbeleibter, bärtiger Mann die Tür. Er trug die in Neu-Sternheim übliche Standardarbeitsbekleidung und einen seltsam dazu passenden, spitzen Hut.

»Ah, da seid ihr«, sagte er. »Wir haben schon auf euch gewartet.« Er bemerkte den Professor und Theodor und fragte: »Wer sind die Neuen?«

»Du hast uns nicht nach dem Kennwort gefragt«, tadelte Zirkel. »Wir könnten Spione sein. Ihr könntet tot sein. Jetzt und in diesem Augenblick.«

»Ich sehe das so«, lachte der Mann. »Wir sind nicht tot. Jetzt und in diesem Augenblick. Aber kommt doch rein. Wir wollten gerade mit der großen Beratung beginnen.«

Sie folgten ihm in einen Raum, der von mehreren Laternen schummrig erleuchtet wurde. An einem großen Tisch saßen zahlreiche Personen. Stimmengewirr erfüllte den Raum. In einer Ecke stand eine Gruppe verwegen aussehender Kobolde, die sich auf ihre Musketen stützten, dicke Zigarren rauchten und wild wuchernde Bärte trugen.

»Setzt euch«, sagte der Mann. »Da drüben sind noch ein paar Plätze frei. Ich bin übrigens Tinorius. Magier mit dem Spezialgebiet magische Energien, jetzt menschlicher Anrufbeantworter der Fantastik AG in der Abteilung Kundenbetrug.«

Sie nahmen am Tisch Platz und Theodor bekam Gelegenheit, einige der Anwesenden genauer ins Auge zu fassen.

Neben ihm waren zwei Zwerge in ein angeregtes Gespräch über Stollenbau vertieft, einer von ihnen trug eine massive Goldkette um den Hals und der andere hatte mehr Ringe als Finger an seinen Händen. Ein paar Plätze weiter saß ein hochgewachsener knochiger Elf, der vor sich auf dem Tisch eine Geige liegen hatte und ironisch abwesend lächelte. Dem Studenten gegenüber saß eine Koboldin, die in die übliche Uniform der Wache von Neu-Sternheim gekleidet war. Sie hatte feuerrotes Haar und rauchte wie die anderen Kobolde eine dicke Zigarre – und aus einem geheimnisvollen Grund konnte der Student seinen Blick kaum von ihr abwenden. Sie war nicht unbedingt als hübsch zu bezeichnen – Koboldinnen sind im Allgemeinen eher sogenannte *herbe Schönheiten* – aber

Theodor überraschte sich gerade selbst mit der gedanklichen Feststellung, dass er rote Haare ziemlich attraktiv fand.

Er bemerkte erst, wie lange er die Koboldin angestarrt hatte, als sie sich ihm zuwandte und mit rauer, aber durchaus angenehmer Stimme sagte: »Was ist, Großer? Habt ihr bei euch zu Hause keinen Wunderspiegel?«

Der Student wurde rot und sah verlegen zur Seite.

Hätte er durch die dichte Wolke Zigarrenrauchs blicken können, die die Rothaarige jetzt vor sich in die Luft blies, dann hätte er bemerkt, dass sie dahinter durchaus wohlwollend lächelte.

»Freunde!«, Tinorius erhob sich. Die Gespräche verstummten. »Freunde, Rebellen, Mitverschwörer.« Er lachte. »Wir sind heute zusammengekommen, um einige Angelegenheiten von großer Wichtigkeit zu besprechen. Wie wir wissen, ist es in nahezu allen Regionen der Fernen Länder innerhalb kürzester Zeit zu massiven Veränderungen und Umwälzungen auf politischer, gesellschaftlicher und möglicherweise auch magischer Ebene gekommen, zu Veränderungen, die ausnahmslos mit einem uns inzwischen nur allzu bekannten Phänomen namens Fantastik AG zusammenhängen. Eine der dringlichsten Fragen, die hier zu erwägen sein werden, lautet: Wer oder was ist die Fantastik AG und vor allem: Was sind ihre Ziele? Ich selbst habe ausgehend von dieser Frage meine eigene Theorie entwickelt, die ich später vorstellen werde. Aber zunächst, bevor ich es vergesse: Es sind zwei Neue unter uns. Ihre Namen sind, glaube ich, noch nicht genannt worden.«

Tinorius lächelte in Richtung Theodors und des Professors.

»Welk, Theodor Welk«, sagte der Student und versuchte möglichst klein zu wirken, was ihm neben den beiden Zwergen auf der einen Seite und dem Professor auf der anderen nicht gerade leichtfiel. Hoffentlich würde man nicht von ihm verlangen, eine Rede zu halten. Er fühlte sich eher unwohl, wenn er vor größeren Mengen sprechen musste, das war schon bei seinen Referaten an der Universität so gewesen (obwohl im Studiengang Phantastik *größere Mengen* eigentlich nicht das Problem waren).

»Hieronymus Welk«, sagte der Professor und fügte hinzu: »Nicht verwandt oder verschwägert.«

»Gut«, sagte Tinorius und setzte sich. »Möchte jemand die Diskussion eröffnen?«

Der Zwerg mit der schweren Goldkette stand auf.

»Ich würde gern etwas sagen.« Er verneigte sich. »Gilgasch, Bredogar Gilgasch, für diejenigen, die mich noch nicht kennen. Ich war Vorsitzender der Innung der zwergischen Geschmeideschmiede Silberkuppe.« Gilgasch räusperte sich. »Es ist noch nicht lange her, da erschien vor dem Großen Tor des Königreiches Silberkuppe ein Bote auf einem schwarzen Pferd. Er wolle den König sprechen, sagte er. Er hätte ihm ein sensationelles Angebot zu machen. Der König hörte sich sein sensationelles Angebot an. Der Aufsichtsrat, in dessen Namen er spräche, so der Bote, hätte ein phantastisches Geschäftsmodell entwickelt, das allen Beteiligten exorbitante Gewinne garantiere. Was damit genau gemeint sei, fragte der König. Der Aufsichtsrat, erklärte der Bote, sei daran interessiert, in Kooperation mit dem Königreich Silberkuppe eine einzigartige neue Geschmeide-Kollektion unter dem lizensierten Label ›made by Fantastic Inc.©‹ auf den Markt zu bringen. Er habe die Verträge schon fertig zum Unterschreiben dabei.

Der König entgegnete, er sei an einer Kooperation nicht interessiert, und erklärte das Gespräch für beendet. Der Bote sagte, er wolle mit Gold zurückkommen.

Er kam mit Gold zurück. Und der König unterschrieb. Was hätte er tun sollen? Er war schließlich ein Zwerg.

Zunächst schien alles so weiterzulaufen wie bisher. Dann erschien eines Tages wieder der Bote mit einer Anordnung von Anwälten der Fantastik AG vor dem Tor und verlas eine Unterlassungsklage, die dem Königreich Silberkuppe, das ab jetzt Das Phantastische Gebirge™ heiße, bei Strafe verbot, Plagiate von rechtlich geschützten Markenartikeln der Fantastik AG oder deren Tochterfirmen herzustellen. Außerdem seien alle Zwerge des ehemaligen Königreiches Silberkuppe aufgefordert, unverzüglich das Firmengelände der Fantastik AG zu verlassen, sofern sie sich nicht bereit erklärten, mit dem Unternehmen in ein Angestelltenverhältnis zu treten.

Der König entgegnete, das könne ja wohl nicht ernst gemeint sein. Der Bote antwortete, es sei sogar ausgesprochen ernst gemeint, der König könne alles im Vertrag nachlesen. Dann rückte ein Heer von Kobolden an und die Evakuierung von Silberkuppe begann. Jetzt arbeiten die meisten unserer früheren Kunstschmiede für die Fantastik AG und fertigen am Fließband billige Imitate traditionellen Zwergenschmucks an.«

Der Zwerg setzte sich.

»Vielleicht sollte ich jetzt mal schildern, wie wir Kobolde in die Sache reingezogen worden sind«, sagte die rothaarige Koboldin.

»Bitte, Leutnant Daumenschraube«, sagte Tinorius.

Leutnant Daumenschraube, dachte Theodor abwesend, was für ein schöner Name.

»Wie den meisten hier bekannt sein dürfte«, begann Leutnant Daumenschraube, »sind wir Kobolde ein normalerweise eher unorganisiertes Volk. Wir leben in zahlreichen Stammesverbänden, die untereinander durch ein kompliziertes und sorgfältig gepflegtes System von Blutfehden und Erbstreitigkeiten vernetzt sind. Alle paar Jahre treffen sich die Stammeshäuptlinge zu einer großen Beratung, um sich rituell darauf zu einigen, dass es auch zukünftig keine Einigung geben kann. Bei dieser Zeremonie verabreichen sie einander Ohrfeigen und werfen sich Schimpfwörter an die Köpfe, es ist ein Riesenspaß, alle betrinken sich ganz ungeheuer und streiten sich drei Tage und drei Nächte lang. Bei der letzten dieser Zusammenkünfte erschien ein Bote auf einem schwarzen Pferd und sagte, der Aufsichtsrat schicke ihn, und er hätte den

Häuptlingen ein einmaliges Angebot zu unterbreiten. Die Häuptlinge entgegneten, sie würden ihm ebenfalls ein einmaliges Angebot machen, er solle seine Taschen ausleeren, ihnen das Pferd überlassen und sich, zu Fuß – aber immerhin lebendig – verpissen. Tschuldigung für mein Koboldisch. Der Bote antwortete, der Aufsichtsrat sei der Meinung, dass das Zeitalter der Kobolde gekommen sei. Die Stämme sollten sich unter einem obersten Befehlshaber vereinen. Die Fantastik AG sichere ihnen *Macht in bislang nicht gekanntem Ausmaß* zu.

Da verstummten die Häuptlinge. Sie berieten miteinander, und dann unterschrieben sie den Vertrag, den der Bote mitgebracht hatte. Was hätten sie auch sonst tun sollen? Schließlich waren sie Kobolde. Und wenig später wurde das größte Koboldheer mobilisiert, das es seit den Zeiten Tchrruks, des Großen Machers, gegeben hat, und Herr Welk hat entweder eine Frage oder noch immer keinen Wunderspiegel zu Hause.«

Alle Blicke richteten sich auf den Studenten, der jetzt bemerkte, dass er die Koboldin schon wieder die ganze Zeit angestarrt und dabei den Großteil ihrer Rede verträumt überhört hatte. Sein sonst sandsteinfarbenes Steintrollgesicht nahm die Tönung dunkelroten Porphyrs an.

»Ähm«, sagte er, »hm, ja … ich«, eine Frage, dachte er, denk dir irgendeine Frage aus, sag einfach irgendwas, »… wusste gar nicht … dass Kobolde …« Ja, was? Was war mit Kobolden? »Dass Kobolde … auch rote Haare haben«, beendete er den Satz.

Die folgenden gefühlten hundert Jahre Stille hatten sich ihren Platz in den Top Ten der peinlichsten Momente im Leben Theodor Welks redlich verdient.

»Ja«, sagte die Koboldin schließlich, »das ist ein wichtiger Gesprächsbeitrag. Kobolde und rote Haare. Selten, aber es kommt vor. Wir sollten das bei der weiteren Diskussion unbedingt berücksichtigen.«

Tinorius meldete sich zu Wort, lenkte die allgemeine Aufmerksamkeit auf sich und erlöste damit den Studenten aus seiner peinlichen Lage.

»Wenn Sie gestatten, würde ich Ihnen jetzt gerne meine Theorie vorstellen«, sagte Tinorius. »Ich nenne sie die *Große Apokalyptische Verschwörungstheorie Die Eigentlich Nicht Wahr Sein Darf.*«

Er stand auf, ging zu einer Tafel an der Wand und zeichnete etwas, das Theodor als vereinfachte Karte der Fernen Länder zu erkennen glaubte.

»Das«, erklärte Tinorius, »ist eine vereinfachte Karte der Fernen Länder. Sternheim liegt ungefähr hier. Und hier«, er zeichnete ein symbolisches Gebirge in die Mitte der Karte, »ist das Kristallgebirge, und hier, auf dem höchsten Gipfel, steht die Burg des Lichts, in der Königin Hymnia residiert.«

Der Student horchte auf.

Königin Hymnia, wusste er aus seinem Studium, war eine geflügelte Lichtelfe (sowohl Licht- als auch geflügelte Elfen waren ausgesprochen selten, was entsprechend auf geflügelte Lichtelfen noch mehr zutraf). Sie residierte mit ihrem Hofstaat in der Burg des Lichts auf dem höchsten Gipfel des Kristallgebirges und galt in gewisser Weise als das Oberhaupt der Fernen Länder, *in gewisser Weise,* weil sie ihre von den meisten Staaten und Freien Städten anerkannte Autorität so gut wie nie benutzte, um aktiv in die Geschicke der Länder einzugreifen.

Niemand wusste, wie alt Königin Hymnia wirklich war, aber sie wurde bereits in den frühesten schriftlichen Zeugnissen erwähnt, und ihre Existenz schien tief in der der Länder verwurzelt zu sein – und umgekehrt.

»Sie alle haben bestimmt auf die eine oder andere Art vom geheimnisvollen *Großen Projekt* gehört«, setzte Tinorius seinen Vortrag fort. »Es ist so gut wie nichts darüber bekannt, außer, dass es der Fantastik AG ganz besonders am Herzen zu liegen scheint. Worum genau handelt es sich nun bei diesem Großen Projekt? Wie wir wissen, werden im Kraftwerk – auf gelinde gesagt kriminelle Weise – gewaltige Mengen magischer Energie erzeugt. Wir wissen außerdem, dass diese Energie in Sternheim nicht verbraucht wird. Wozu wird sie also produziert? Vielleicht haben Sie die große Hochspannungsleitung bemerkt, die Sternheim im Nordwesten verlässt. Ich behaupte: Über diese Leitung wird die Energie nach draußen geleitet, und zwar – einiges spricht für diese Annahme – in das Kristallgebirge, wo sie gesammelt und gespeichert wird.«

Tinorius zog auf der Tafel eine gerade Linie von Sternheim zum Kristallgebirge und zeichnete an ihrem Ende ein X.

»Wozu benötigt jemand gigantische Mengen magischer Energie, werden Sie nun fragen. Genau diese Frage habe ich mir auch gestellt. Und ich habe folgende Antwort gefunden.«

Er zeichnete eine horizontale Linie an die Tafel.

»Das wird jetzt ein bisschen magoenergietheoretisch, aber ich werde versuchen, mich möglichst einfach auszudrücken. Uns allen ist bekannt, dass die Welt aus drei Ebenen besteht: der körperlichen, der geistigen und der magischen Ebene. Dies«, er zeigte auf die waagerechte Linie, »ist die magische Ebene. Stellen Sie sie sich als elastische Fläche vor, wenn wir jetzt über magische Gravitationseffekte sprechen. Denken Sie sich Folgendes. Ich konzentriere hier«, Tinorius zeichnete ein großes X auf die Linie, »eine riesige Menge magischer Energie. Können Sie sich vorstellen, welchen Effekt das haben wird? Ja, Herr Welk?«

In der Hoffnung, die Peinlichkeit von vorhin wieder wettmachen zu können, hatte sich Theodor gemeldet.

»Die Ebene wird sich unter dem energetischen Gewicht durchbiegen«, vermutete er.

»Ausgezeichnet«, lobte Tinorius. »Genau das wird passieren.«

Er wischte die Linie weg und zeichnete an ihre Stelle eine Parabel, die sich deutlich nach unten durchbog.

»Wenn ich jetzt noch mehr Energie in die Senkung leite, wird sie sich immer weiter vertiefen.«

Er zeichnete eine wesentlich steilere Version der Parabel.

»Bis schließlich ...«

»Meine Güte, ja!«, rief der Professor plötzlich. »Ich glaube, Sie haben recht! Die Energie wird ein Loch in die Ebene reißen! So etwas hat seit Rorgur, dem Irren niemand mehr versucht! Sie wollen einen Durchbruch schaffen, ein Tor zwischen den Welten! Das ist das *Große Projekt*!«

»Genau«, nickte Tinorius. »Darum, denke ich, haben sie auch das Kristallgebirge gewählt. Dort sind die Grenzen zwischen den Sphären dünner als anderswo.«

»Aber wieso sollten sie das tun? Und ein Tor zwischen welchen Welten?«, fragte Dr. Vendel.

»Auf die erste Frage habe ich keine Antwort«, sagte Tinorius, »denn das Vorhaben scheint mir vollkommen irrsinnig zu sein, vor allem angesichts der offensichtlichen Folgen. Die zweite Frage ist dagegen leichter zu beantworten. Ein Tor zwischen unserer Welt und jener anderen sagenumwobenen Sphäre, die man *die Wirklichkeit* nennt.«

Betroffenes Schweigen breitete sich aus.

»Wir sind verloren!«, sagte Gilgasch. »Die Wirklichkeit! Heimat finsterer Dämonen und namenloser Gräuel!«

Professor Welk und der Student tauschten einen kurzen bedeutsamen Blick.

»Oh, Dämonen sind nicht das Problem, ganz abgesehen davon, dass ich die meisten Geschichten über die Wirklichkeit für Aberglauben halte. Das Problem ist folgendes: Stellen Sie sich vor, Sie ziehen in der Badewanne den Stöpsel. Was passiert?«

Theodor meldete sich. Er brauchte das Selbstvertrauen und war dankbar für jede noch so bescheidene Gelegenheit, es zu ernten.

»Das Wasser fließt ab«, sagte er stolz.

»Hervorragend«, lobte der Professor leise ironisch. »Das war eine sehr qualifizierte Feststellung.«

»Genau«, bestätigte Tinorius. »Und wenn das Weltentor erst einmal geöffnet ist, werden wir es mit einem sehr ähnlichen Szenario zu tun bekommen. Es ist, als wenn der Stöpsel gezogen würde. Die magische Energie wird einfach abfließen. *Die gesamte Magie der Fernen Länder.*«

»Aber ...«, sagte Dr. Vendel, »das bedeutet ja ...«

»Genau.« Tinorius nickte. »Das Ende der Welt.«

In diesem Augenblick polterte es gegen die Tür und eine Stimme zischte: »Aufmachen, im Namen des Aufsichtsrates!«

Es war die mit Abstand unangenehmste Stimme, die Theodor jemals gehört hatte. Sie vermittelte in etwa das Gefühl, das sich einstellen müsste, wenn man gleichzeitig tiefgefroren und zur mikroskopischen Untersuchung von einem Laserstrahl in kleine Scheiben zerschnitten würde.

Panik breitete sich aus.

»Sie haben uns gefunden!«, rief Dr. Vendel.

»Was habe ich gesagt?«, rief Zirkel mit einem Hauch von defätistischer Befriedigung.

»Wir sind verloren!«, rief Herr Gilgasch.

»Zu den Waffen!«, rief Leutnant Daumenschraube.

»Wir müssen verschwinden!«, rief Tinorius.

»Der andere Ausgang!«, rief Dr. Vendel.

Der letzte Ausruf wurde von allen wiederholt. Gilgasch eilte zu einem schweren Bücherschrank an der Wand und bedeutete Theodor: »Fassen Sie mit an!«

Gemeinsam schoben sie das schwere Möbelstück zur Seite. Dahinter kam eine Tür zum Vorschein.

»Schnell!«, rief Tinorius.

Schwere Schläge ließen die Tür auf der anderen Seite erbeben. Ein letzter mächtiger Hieb riss sie aus den Angeln und warf sie nach innen auf.

In den kleinen Raum stürmten schattenhafte Gestalten. Sie waren vage menschenähnlich, ihre Körper tiefschwarz, wie Schatten in der Mittagssonne. Das Einzige nicht vollständig schwarze an ihnen waren ihre Augen: Sie verstrahlten ein blendendes, fast weißes Licht, so wie starke Scheinwerfer.

»Diese Versammlung ist aufgelöst!«, zischten die Schatten mit eisigen Stimmen im Chor. »Alle Anwesenden sind verhaftet!«

Tinorius riss die andere Tür auf und rief: »Lauft!«

Theodor war der Erste, der durch die Tür in den dahinter liegenden Gang stürmte, beschleunigt von blankem Entsetzen. Obwohl er so schnell rannte, wie er nur konnte (sogar noch ein wenig schneller), kam er sich furchtbar langsam vor, wie eine Fliege, die in Zeitlupe über klebriges Fliegenpapier kroch.

Ohne sich umzusehen, ohne zu denken, lief er vorwärts. Der Gang vor ihm war allein von dem kleinen, unstet über Wände und Decken schweifenden Lichtkegel der Pilzlaterne erhellt, die er sich geistesgegenwärtig bei der Flucht gegriffen hatte.

Wenn sich die Gänge verzweigten, ließ er den Zufall entscheiden.

Als er das Gefühl hatte, dass jeder weitere Schritt die Explosion seines Herzens oder das Zerreißen seiner Lunge nach sich ziehen würde, blieb er stehen und rang keuchend nach Luft.

Er hatte jegliche Orientierung verloren.

Immer noch schnaufend, blickte er zurück. Nichts war zu sehen. Dann wurden schnell näher kommende Schritte hörbar. Das Licht einer Laterne – oder der Blick der Schattenwesen – erhellte den Gang.

Der Student verbarg sich in einem Seitengang und spähte vorsichtig um die Ecke.

Zwei Gestalten kamen den Gang herauf. Eine war groß, schlank und hatte eine Geige in der Hand, die andere war klein, trug eine Laterne und … hatte rote Haare. Es waren Leutnant Daumenschraube und der Elf aus der Versammlung, der sich als Filurion, Interpret Zweckloser Musik vorgestellt hatte.

Theodor verließ sein Versteck und trat in den Gang. »Ich bin es!«, flüsterte er. »Wo sind die anderen?«

»Wir haben nicht die geringste Ahnung«, sagte der Elf. »Die ganze Flucht lief bedauerlicherweise ein wenig unorganisiert ab, trotz der regelmäßig von Zirkel inszenierten *Übungen für den Notfall.*«

»Und was machen wir jetzt?«, fragte der Student.

»Jetzt«, meinte Leutnant Daumenschraube, »sollten wir von hier verschwinden, bevor uns die Überwacher erwischen.«

»Überwacher?«, fragte Theodor. »Waren das diese Schattenwesen?«

»Ja. Weiß jemand, wie wir zum nächsten Ausgang kommen?«

»Lassen Sie mich überlegen«, sagte Filurion. »Wenn ich mich nicht irre, müssten wir ganz in der Nähe des Unendlich Tiefen Abgrunds sein. Von da aus …«

Plötzliches Licht erfüllte den Gang. Unzählige Überwacher drängten geisterhaft geräuschlos in den Korridor.

»Was machen wir jetzt?«, fragte Theodor verzweifelnd.

Der Elf hob seine Geige ans Kinn.

»Laufen Sie«, sagte er leise. »Ich halte sie auf.«

»Aber …«, sagte der Student.

»Hören Sie«, flüsterte der Elf. »Wir können uns entweder jetzt auf der Stelle alle drei gefangen nehmen lassen, oder die winzige Chance nutzen, dass zwei von uns entkommen.«

Er schlug prüfend die Saiten seiner Geige an und drehte an den Stimmmechaniken.

Der Student und die Koboldin blieben gebannt stehen und sahen zu, wie der Elf den schattenhaften Gestalten entgegenschritt, den Bogen hob und zu spielen begann. Seine langen schlanken Finger tanzten über das Griffbrett und entlockten dem Instrument schillernde Kaskaden von virtuosen Läufen und gebrochenen Akkorden.

Die Überwacher krümmten sich und hoben ihre Schattenarme an die Köpfe. Das Licht ihrer Augen erlosch und flackerte nur noch schwach.

»Verschwinden Sie endlich!«, rief Filurion. »Ich werde sie nicht lange aufhalten können.«

Die Überwacher kamen langsam näher und umschlossen den Musiker von allen Seiten, taumelnd in einem ohnmächtigen Tanz.

»Er hat recht«, sagte die Koboldin. »Komm.«

Sie zog den langsam aus seiner Starre erwachten Studenten mit sich.

Als sie um die nächste Ecke rannten, hörten sie Filurion hinter sich rufen:

»Nehmen Sie hinter dem Abgrund den … Gang!«

»Welchen Gang?«, schnaufte Theodor. Das entscheidende Wort war in einem lauten, entsetzlichen Fauchen untergegangen.

»Keine Ahnung«, sagte Daumenschraube. »Sehen wir dann.«

Plötzlich waren rechts und links die Wände verschwunden. Im letzten Augenblick erkannte der Student, dass nach wenigen Metern auch der Boden aufhörte. Der Strahl seiner Laterne fiel ins Nichts.

Schwer atmend stand er am Rand der pechschwarzen Tiefe.

»Was jetzt?«, fragte Leutnant Daumenschraube. »Hier geht es nicht weiter.«

»Doch. Hier müsste irgendwo …«

Theodor suchte den großen dunklen Raum mit der Laterne ab.

Tatsächlich: Da war sie, so wie der Student es im ›Lehrbuch der Phantastik, (neueste Auflage)‹ gelesen hatte:

»Am Ohnendlichen Abgrund aber stehet das Bildnis der Mondgöttin Namiel mit ihrem Himmelswagen, welchen die acht Nachtfalter ziehen.«

Hätte Theodor nicht so unter Stress gestanden, er hätte sich vielleicht etwas mehr Zeit genommen, das Standbild andächtig zu betrachten. Das Licht seiner Laterne glitt über feinsten weißen Marmor. Die Nachtfalter waren so detailliert gearbeitet, dass es den Anschein hatte, als wären sie lebendig. Fast schien es Theodor, als bewegten sich ihre Flügel, die so dünn waren, wie es gewöhnlicher Marmor eigentlich nicht erlauben sollte, leicht im schwachen Luftzug, der aus den Tiefen des Unendlichen Abgrundes wehte.

Auf dem Himmelswagen stand Namiel, die Mondgöttin, den Blick stolz nach oben gerichtet. Ein silbernes Diadem mit einem großen milchig weißen Edelstein prangte auf ihrer Stirn.

»Also«, murmelte Theodor, sich nachdenklich das Kinn reibend, »wie war es noch:

›Willst du das tiefe Dunkel überwinden
Musst Verborgenes du zuerst finden …‹«

Dies war der Beginn eines Merksatzes, den Theodor für die Klausur über das Labyrinth hatte auswendig lernen müssen – richtiger gesagt, hätte auswendig lernen sollen.

Er wiederholte mehrmals die ersten beiden Zeilen des Gedichtes, in der vergeblichen Hoffnung, dass sich dadurch der Rest vielleicht automatisch einstellte:

»Willst du das tiefe Dunkel überwinden/ Musst Verborgenes du zuerst finden … Willst du das tiefe Dunkel überwinden/ Musst Verborgenes du zuerst finden …«

Pure didaktische Ironie bewirkte, dass er sich in diesem Moment fotografisch genau an den von Professor Welk korrigierten Prüfungsbogen der Klausur erinnerte:

Schreiben Sie den Merksatz für die geheime Brücke über den Unendlich Tiefen Abgrund auf.

Darunter las er in seiner eigenen, kleinen und krakeligen Schrift:

~~Möchtest du~~ ~~Willst du die tiefe Schlucht~~
Willst du das tiefe Dunkel überwinden,
Musst ~~Geheimes~~ Verborgenes du zuerst finden,

Er erinnerte sich sogar exakt an den am Rand stehenden Kommentar des Professors:

›Unvollständig 2/8 P.‹

»Ich will dich ja nicht hetzen«, sagte Daumenschraube, »und Lyrik ist auch eine schöne Sache, aber …«

Es muss irgendwo an der Statue sein, dachte der Student. Aber wo?

Den Gang herauf kam das Licht der Überwacher.

Panisch suchte Theodor das Standbild ab.

An den Nachtfaltern? Die Flügel? Die Fühler? Offensichtlich nicht.

An der Statue der Mondgöttin? Vielleicht ließen sich ihre Arme bewegen? Nein. Ihre Finger? Ebenfalls nein.

Ah natürlich! Das Diadem!

Der Student kletterte auf den Wagen und tastete das Diadem ab. Nichts.

Die Lichter kamen näher.

Also am Wagen. An den Rädern? Nein.

»Lass dir ruhig Zeit …«, meinte Daumenschraube.

Und jetzt sah Theodor es: eine kleine silberne Scheibe, den Vollmond darstellend, die vorn am Wagen angebracht war.

Er streckte eine zitternde Hand nach der Scheibe aus. Wenn das hier nicht funktionierte …

Aber es funktionierte. Der Mond ließ sich eindrücken. Etwas klickte.

Ein breiter, matt silberner Lichtstrahl ging von dem Edelstein im Diadem der Göttin aus, in gerader Linie auf den Abgrund zu. Und da war die Brücke aus Mondlicht. Aus Myriaden silberner Lichtfäden gewebt, ragte sie bogenförmig ins Dunkel.

»Na endlich«, sagte die Koboldin und sprang auf die Brücke. Als sie sie zur Hälfte überquerte hatte, drehte sie sich um. »Was ist?«

Theodor stand am Abgrund und betrachtete zweifelnd das feine, silbern leuchtende Gewebe.

»Ich meine …«, sagte er, »sie ist … nur aus Licht …«

»Und?«, fragte die Koboldin. »Wenn sie mich trägt, trägt sie dich auch.«

»Ja, aber du bist wesentlich leichter …«

Daumenschraube stampfte demonstrativ mit dem Fuß auf die Brücke.

»Siehst du? Sie hält …«

»Ich weiß nicht …«

»Rekrut Welk!«, donnerte Leutnant Daumenschraube in zwingendstem Militärkoboldisch, »schwing jetzt endlich verdammt noch mal deinen Trollhintern über die verdammte Brücke, aber ein bisschen plötzlich!«

Theodor nahm Haltung an. Nicht viel hätte gefehlt, und er hätte salutiert: Sir, jawohl, Sir. Bevor er einen bewussten Gedanken fassen konnte, hatte er die Brücke überquert.

»Na also, Rekrut«, sagte Leutnant Daumenschraube, »war doch gar nicht so schwer.«

Theodor sah zurück. Durch das Tor auf der anderen Seite drängten Überwacher in die große Halle. Als der vorderste von ihnen die Brücke erreichte, hielt er an. In dem silbernen Licht, das von der Brücke ausging, verblasste seine schwarze Gestalt zu einem schwachen Grau. Er versuchte, einen Fuß auf die Brücke zu setzen, zog ihn aber im selben Augenblick laut aufkreischend zurück, als hätte er sich verbrannt.

»Sie kommen nicht herüber!«, triumphierte der Student.

»Keine Zeit, sich darüber zu freuen«, sagte die Koboldin. »Sie werden einen anderen Weg suchen. Und finden. Wir müssen von hier verschwinden.«

In der Wand vor ihnen gab es drei Eingänge.

»Von welchem Gang war noch mal die Rede?«, fragte Leutnant Daumenschraube.

»Vom … Gang«, antwortete der Student.

Sie standen vor den drei Eingängen.

»Was soll's«, meinte die Koboldin. »Nehmen wir den …«

»Linken!«, sagte Theodor.

»Rechten!«, fand Leutnant Daumenschraube.

Sie sahen einander an.

»Den Mittleren!«, riefen sie gleichzeitig.

Es hätte sie beide sicher sehr interessiert, dass *sowohl der linke als auch der rechte* Tunnel bereits nach wenigen Metern ins Freie führten.

Sie liefen durch schmale, labyrinthene Gänge und wählten nach dem Zufallsprinzip, wenn Abzweigungen eine Entscheidung verlangten.

Schließlich kamen sie an ein kleines Tor, auf dem eine goldene Harfe abgebildet war.

Neben dem Tor stand die Statue eines streng blickenden Mannes mit eindrucksvoller Künstlermähne, der in der einen Hand einen Taktstock hielt und mit der anderen erhobenen Zeigefingers Aufmerksamkeit verlangte.

»Oh nein!«, stöhnte der Student. Er wusste jetzt, wo sie waren.

»Was ist?«, fragte die Koboldin.

»Ich kenne diese Stelle.«

»Warst du schon mal hier unten? Ich meine, das mit der Brücke …«

»Nein, das war … praktisch angewandtes theoretisches Wissen …«

»Aha. Und was empfiehlt uns die Theorie jetzt zu unternehmen?«

»Wir könnten umkehren«, schlug der Student vor.

»Um den Überwachern in die Arme zu laufen? Vergiss es.«

»Na schön. Spielst du ein Musikinstrument?«

»Was? Nein.«

»Ich ein bisschen«, sagte Theodor. »Ich hatte ein Jahr Blockflötenunterricht in der Grundschule.«

Die Statue stellte Sybras dar, den genialen Avantgardekomponisten und Schöpfer monumentaler Symphonien, Opern und Cembalosonaten.

Weil *Musiker* zu seiner Zeit (oder eigentlich zu allen Zeiten) nicht als richtiger Beruf galt, war Sybras gezwungen gewesen, sich seinen Lebensunterhalt zu verdienen, indem er den Sprösslingen wohlhabender Adelsfamilien Instrumentalunterricht erteilte.

Der Dichter Nepomurk Dunstheim hat ein Stück über das Leben des Komponisten verfasst, in dem folgende Szene enthalten ist:

Eine Taverne in der Stadt Wolkenburg. Der jugendliche Sybras sitzt mit einem Becher Wein an der Theke, neben ihm eine hübsche Elfe.

DIE HÜBSCHE ELFE. Und was machst du so?

SYBRAS. Ich? Ich komponiere gerade eine Symphonie, die unsere Auffassung von Musik fundamental verändern wird, die den Formgedanken revolutionär neu erfindet und trotzdem reichhaltige Beziehungen unterhält mit den Traditionen vergangener Jahrhunderte und den Werken der alten Meister, eine Symphonie, angelegt als universeller Dialog mit der Geschichte der Tonkunst, mit der Geschichte der Fernen Länder, der Schöpfung, als Dialog mit uns und über uns, als Synthese von Transzendenz und Immanenz, Versöhnung von Ideal und Wirk…

DIE HÜBSCHE ELFE. Nein, ich meine *beruflich*.

Derartige Erfahrungen hatten dazu beigetragen, aus Sybras mit den Jahren einen Zyniker zu machen, der seinen hochwohlgeborenen Schülern vor allem beibrachte, dass Musik etwas war, das man zutiefst fürchten sollte.

Der Herzog von Silberburg etwa, der in seiner Jugend bei Sybras Unterrichtsstunden genommen hatte, soll später zeit seines Lebens in Panik ausgebrochen und schreiend davongelaufen sein, wenn er ein Klavier sah.

Schließlich hatte König Gomfur den Komponisten an seinen Hof geholt, ihm großzügige finanzielle Unterstützung zuteilwerden lassen und ihm einen eigenen Bereich in dem damals gerade neu erbauten Labyrinth gewidmet.

Die Sybras-Statue richtete einen erstaunlich lebendig wirkenden Blick auf den Studenten.

»Wähle dein Instrument«, sagte sie.

»Ähm, wie bitte?«, fragte Theodor.

»Wähle dein Instrument«, wiederholte die Statue.

»Ähm …«

Die Statue hob eine ihrer steinernen Augenbrauen.

»Sollten inzwischen Entwicklungen auf dem Gebiet des Instrumentenbaus stattgefunden haben, von denen ich nichts weiß? Zu meiner Zeit bezeichnete *Ähm* einen Mangel an sprachlicher Ausdrucksfähigkeit und keineswegs ein Musikinstrument.«

»Ähm.« Theodor biss sich auf die Lippen. Die Statue schüttelte den Kopf.

»Wenn ich kurz unsere Situation erklären dürfte«, sagte der Student hastig. »Wir sind ein wenig in Eile, weil diese grauenhaften Schatten hinter uns her sind, und deshalb wäre es wirklich *unheimlich nett,* wenn Sie uns das Tor öffnen könnten …«

»Das ist ja eine hochinteressante Geschichte«, sagte die Statue. »Aber ich bin erstens nicht *unheimlich nett* und zweitens ist das Tor durch einen Zauber verschlossen, der dafür sorgt, dass es sich nur demjenigen öffnet, der wenigstens ein Minimum an musikalischem Talent unter Beweis stellt. Ich kann da leider gar nichts für euch tun.«

»Minimum hört sich doch ganz gut an«, sagte der Student, Hoffnung schöpfend.

»Das hat Zanzini, der Teufelsbratschist auch gesagt, bevor er die Bratsche an den Nagel gehängt hat, in die Große Wüste gezogen und nie wieder gesehen worden ist. Also: Wähle dein Instrument.«

»Sagtest du nicht, du könntest Blockflöte spielen?«, fragte Leutnant Daumenschraube.

»Na ja, *spielen können* …«, sagte Theodor verlegen.

»Blockflöte?«, wiederholte die Statue. »Eine interessante Wahl.«

Eine durchsichtige Blockflöte erschien in den Händen des Studenten. Sie sah aus, als bestünde sie aus Glas.

»Und was möchtest du spielen?«, fragte Sybras.

»Ähm«, sagte der Student.

»Also ein Stück mit dem Titel *Ähm*. Eine Eigenkomposition, nehme ich an? Das Wort scheint dir zu gefallen.«

Theodor sortierte seine Trollfinger auf den Löchern der Blockflöte.

Das einzige Lied, das er kannte, war ein sehr schlichtes namens ›Der Regenwurm ist an beiden Enden dünn und in der Mitte auch‹, das er in der zweiten Klasse im Musikunterricht gelernt hatte.

Zugegeben war es einigermaßen bedrückend, dieses nicht sehr anspruchsvolle Werk unter dem strengen Blick des wahrscheinlich größten Komponisten der Fernen Länder zum Besten zu geben.

Theodor holte Luft und setzte die Flöte an die Lippen.

Nun, dachte er, als der letzte Ton verklungen war, das ging doch gar nicht so schlecht. Dafür, dass ich ungefähr siebenundzwanzig Jahre lang nicht geübt habe …

»Das war ja furchtbar«, sagte Leutnant Daumenschraube.

»Ich fand es nicht ohne Reiz«, urteilte Sybras.

»Oh, danke«, sagte Theodor überrascht.

»Ich habe Ähnliches in meiner ›Dramatischen Dichtung für Orchester‹ komponiert. Die Szene, in der der taube lungenkranke Grobschmied, der sich als Flötist ausgibt, betrunken einen Abhang hinabrollt, nachdem er zuvor von einer Horde Oger verprügelt worden ist.«

»Oh.« Der Student kniff gekränkt die Lippen zusammen. »Und die, ähm ... Tür?«

»Die Ähm-Tür?«, echote die Statue. »Was soll sein mit der Ähm-Tür?«

»Ich dachte ... dass sie sich vielleicht ... öffnen würde?«

Sybras drehte sich um und tat so, als beobachte er eindringlich das Tor.

»Es hat nicht den Anschein, oder?«, stellte er fest.

»Nein«, sagte Theodor resigniert. »Tatsächlich nicht. Vielleicht könnte ich es noch mal versuchen?«

»Warum nicht? Schlimmer kann es ja nicht werden.«

Zum zweiten Mal erklang die unsterbliche Melodie von ›Der Regenwurm ist an beiden Enden dünn und in der Mitte auch‹ – oder das, was Theodor davon übrig ließ.

»Faszinierend«, bemerkte Sybras. »Sagte ich eben: Schlimmer kann es ja nicht werden? Ich nehme diese Behauptung zurück.«

»Entschuldigung«, sagte Theodor beleidigt. »Ich bin eben nicht sonderlich musikalisch begabt.«

»Niemand ist vollkommen unmusikalisch«, behauptete Sybras.

»Im Ernst?«

»Ja. Die meisten Leute haben nur einfach keine Ahnung von Musik und nicht das kleinste bisschen Talent.«

»Wir bekommen Gesellschaft«, warf die Koboldin ein. Sie zeigte den Gang hinunter, an dessen Ende umherschweifende Lichter erschienen.

»Oh nein.«

Theodor hob die Flöte und fing verzweifelt an zu spielen.

»Takt!«, kommandierte Sybras. »Ein wenigstens rudimentäres Gespür für Rhythmus ist doch nicht zu viel verlangt!«

»Entschuldigung«, sagte Theodor. »Ich stehe derzeit ein wenig unter Stress.«

»Ha!«, entgegnete Sybras. »Wie oft ich das schon von schlecht vorbereiteten Musikern zu hören bekommen habe!«

Vielen Dank, musikalische Früherziehung, dachte der Student. Jetzt werde ich sterben, weil ich nicht in der Lage bin, das berühmte Lied ›Der Regenwurm ist an beiden Enden dünn …‹ korrekt zu spielen.

Von allen sinnlosen Todesarten schien dies die mit Abstand sinnloseste zu sein.

»Und was ein *cis* in C-Dur zu suchen hat«, unterbrach die Statue seinen nächsten verunglückten Versuch, »ist erklärungsbedürftig. Enharmonisch als *des* gedeutet, würde ich es zur Not noch als tiefalterierte Sexte eines Capriolanischen Sextakkords gelten lassen. Vor allem in so einem hochdramatischen Kinderliedchen«, fügte er mit beißendem Musikersarkasmus hinzu.

»Sie kommen!«, rief Leutnant Daumenschraube.

Mehrere Überwacher glitten gespenstisch wie schwarze Nebelfetzen in den Gang. Sie waren noch weit entfernt, aber Theodor spürte bereits die Eiseskälte, die sie verströmten.

Vom Entsetzen beflügelt unternahm er einen weiteren Versuch.

»Ja, jetzt hast du es fast«, meinte Sybras.

»Wirklich?«, fragte Theodor.

»Ja«, bestätigte Sybras. »Das eben war eine nahezu naturgetreue Wiedergabe des Todesröchelns der Akustischen Katastrophenechse.«

»Tut mir leid«, knurrte der Student. »Aber das … liegt auch am Instrument.«

»Am Instrument? Ich bitte dich. Das ist doch wohl die billigste Ausrede von allen.«

»Nein, wirklich.«

Theodor beäugte die Flöte kritisch.

»Irgendwie stimmt da was nicht mit der Dingens ... der ... na, der ... Intonation.«

»Jetzt wird es langsam lächerlich.«

»Überprüfen Sie es doch selbst«, sagte Theodor und reichte Sybras die Flöte.

Der versteinerte Komponist maß ihn mit einem nachdenklichen Blick, dann nahm er das Instrument würdevoll entgegen.

»Nun denn. Hören wir uns die Intonation einmal an«, sagte er und setzte die Flöte an die Lippen.

Sogar die Überwacher blieben wie angewurzelt stehen, als er zu spielen begann.

Es war eine ironische Variation über ›Der Regenwurm ist an beiden Enden dünn ...‹, aber auf eine so raffinierte Weise neu arrangiert, dass das unscheinbare Kinderlied kaum noch zu erkennen war.

Gebannt lauschten alle der meisterhaften Darbietung.

Rastlos huschten die steinernen Finger des Komponisten über die Flöte, nahmen die Melodie auseinander und setzten sie zu einem Opus von monumentaler Magnifizenz wieder zusammen, verwandelten den Regenwurm, der bekanntermaßen an beiden Enden dünn ist, in einen mächtigen geflügelten Drachen, auf dessen silbernem Schuppenpanzer das Sonnenlicht glänzte, als er pfeilschnell die Lüfte durchschnitt.

Sybras endete mit einem Triller auf der höchsten Note, der in einem rasanten chromatischen Lauf zum tiefsten Ton hinabstieg.

Ehrfürchtige Stille folgte.

»Ich denke, das beweist hinreichend, dass mit dem Instrument soweit alles in Ordnung ist«, sagte Sybras. Er hielt dem Studenten die Flöte hin. »Wenn du dich berufen fühlst, es noch mal zu versuchen ...«

Theodor grinste.

»Danke, aber das wird nicht nötig sein«, entgegnete er und zeigte auf etwas, das sich hinter der Statue befand.

Sybras drehte sich um – das Tor stand offen. Es hatte sich langsam geöffnet, während der Komponist seine geniale Neuinterpretation von ›Der Regenwurm ...‹ erklingen ließ.

»Schon mal was von ›Hänsel und Gretel‹ gehört?«, fragte der Student triumphierend.

Er nahm Leutnant Daumenschraubes Hand – die Koboldin war von der wundersamen Musik noch ganz gebannt – und eilte mit ihr durch das Tor, das schallend hinter ihnen zufiel.

»Angewandtes Wissen!«, lobte Theodor sich selbst. »Wenn der Professor das hätte sehen können!«

»Ja, das war gar nicht so dumm.« Leutnant Daumenschraube lächelte anerkennend. »Wie war noch gleich dein Vorname?«

»Theodor«, sagte Theodor. »Und deiner?«

»Mercedes«, sagte die Koboldin (sie sprach es spanisch aus, das c als th). »Ist es in Ordnung, wenn ich dich der Kürze halber Theo nenne?«

»Geht in Ordnung«, antwortete der Student errötend und dachte: ›Mercedes Daumenschraube. Was für ein schöner Name.‹

Nun, dachte Sybras, gönnen wir dem jungen Mann den Triumph.

Selbstverständlich hatte der Komponist den mehr als plumpen Trick sofort durchschaut, aber er hatte nach dem grässlichen Gepfusche des Studenten unbedingt etwas echte Musik gebraucht, und außerdem waren ihm die beiden nicht unsympathisch gewesen.

Sympathischer jedenfalls als die Schattengestalten, die sich jetzt seinem Tor näherten.

»Wählt eure Instrumente!«, befahl er gebieterisch.

Der vorderste Überwacher blieb stehen.

»Ähm«, hauchte er unsicher.

»Jetzt mal im Ernst«, sagte Sybras. »Proben hier unten zufällig gerade die Sternheimer Ähm-Symphoniker? Die Aufführung des Ähmten Konzertes für Solo-Ähm und Orchester des großen Komponisten Lodevig van Ähm?«

Sybras Labyrinth war eine visionäre kompositorische Fusion von Architektur und Musik (was schwer zu beschreiben ist: man müsste es erleben). Weitere musikalische Prüfungsaufgaben standen, sehr zur Erleichterung des Studenten, nicht an.

Probleme ergaben sich erst, als sie an ein weiteres Tor gelangten.

Um genau zu sein, war das eigentliche Problem nicht das Tor selbst (es stand offen), sondern der drei Meter große, offenbar aus massiver Bronze bestehende Minotaurus davor.

Er trat ihnen mit tonnenschweren Schritten entgegen, schwang eindrucksvoll seine gewaltige Streitaxt und verkündete mit dröhnendem Bass:

»Halt! Hier beginnt das Labyrinth Laurentius des Klassischen. So ihr Eintritt begehrt, müsst ihr zuerst den Hüter des Tores im Kampfe überwinden! Das bin übrigens ich.«

Theodor erwog die Chancenverteilung. Dann sagte er:

»Bist du in irgendeiner Form bestechlich?«

»Tut mir leid«, grollte der Minotaurus. »Nichts zu machen.«

»Schade. Und … gibt es vielleicht noch andere Möglichkeiten, die Sache zu regeln? Zum Beispiel ein Rätselwettstreit?«

»Du meinst so was wie:
Zwei Hörner hat er am Kopf,
Fleuch schnell, du armer Tropf,
sonst packt er dich sogleich,
und haut dich windelweich?«

»Ist die Lösung ›ein Minotaurus‹?«

»Ja«, sagte der Minotaurus.

»Ich seh schon, Rätsel sind nicht so dein Ding, oder?«

»Nein«, sagte der Minotaurus.

»Kannst du wenigstens eine Strategie für den Kampf empfehlen?«

»Abgesehen von: Wegrennen, solange du noch zwei Beine hast?«

»Oder hast du irgendwelche verborgenen Schwächen?«

»Ich mag es, Leute mit meiner Axt zu hauen. Da kann ich kaum widerstehen.«

»Besonders verwundbare Stellen?«

»Wie dir vielleicht schon aufgefallen ist, bestehe ich aus massiver Bronze.«

»Ein geheimes Wort?«

»›Gnade, ich bin zu jung zum Sterben?‹«

»Allergien gegen magische Metalle?«

»Nicht dass ich wüsste.«

»Zwergen-Krypto-Silber?«

»Ich denke, nein.«

»Drachenium-Erz?«

»Nö.«

»Angereichertes Mago-Platonium M 233?«

»Habt ihr welches dabei?«

Mercedes, die diesen Dialog schweigend mit angehört hatte, zog die beiden Pistolen aus ihrem Gürtel und reichte sie Theodor.

»Halt das mal«, sagte sie.

»Was hast du vor?«, fragte der Student erstaunt.

»Was wohl. Ich erledige kurz diese Sache hier.« Sie schnallte ihre Patronengürtel ab und gab sie dem perplexen Studenten.

»Aber, ähm … sollte nicht lieber ich … ich meine … er ist ziemlich groß, und … du bist eher …«

»Je größer sie sind …«, sagte Mercedes und ließ ihre Fingerknöchel knacken. »Du solltest vielleicht ein bisschen zurücktreten, Theo. Das hier könnte gefährlich werden.«

Sie ging in Kampfstellung.

»Also gut, Stierchen. Dann zeig mal, was du draufhast.«

Die Kinnlade des Studenten war noch immer nicht wieder in ihrer Normalposition angekommen.

»Das war …«, begann er, »das war … ich meine … WIE HAST DU DAS GEMACHT?«

»Der Trick besteht darin, das Gewicht des Gegners gegen ihn zu verwenden«, erklärte Leutnant Daumenschraube, als wären die Ereignisse der letzten Minuten eine vollkommen alltägliche Angelegenheit gewesen.

»Aber er hat mindestens DREI TONNEN! gewogen!«

»Desto mehr Gewicht gab es, das ich gegen ihn verwenden konnte.«

Sie durchquerten das Labyrinth Laurentius' des Klassischen, das lehrreich, aber auch ein wenig altbacken war.

Dann folgten Prinzessin Floras Erfreulicher Irrgarten Schöner Blumen (entspannend und auch ein bisschen romantisch) und Jarumels des Meschuggenen Gehege Lebensgefährlicher Tiere (weniger entspannend, nämlich für die lebensgefährlichen Tiere, die Bekanntschaft mit einer hundertzwanzig Zentimeter großen Urgewalt namens Mercedes Daumenschraube machten).

In Arcinus des Selbstverliebten Kabinett der Spiegel liefen sie in eine Sackgasse, was an sich noch kein Verzweiflungsgrund gewesen wäre, hätten nicht in diesem Moment sämtliche Spiegel das grelle Licht der plötzlich hinter ihnen auftauchenden Überwacher zurückgeworfen.

Sie sahen sich nach einem Ausweg um. Es gab keinen. Sie saßen endgültig in der Falle.

»Tja«, sagte Mercedes. »Das war es dann wohl. Hat mich gefreut, dich kennenzulernen, Theo Welk.«

Die Überwacher kamen näher. Ihre grellen Blicke blendeten unbarmherzig.

»Ja …«, erwiderte der Student. »Ähm, bevor es zu Ende geht, ich wollte dir noch sagen, äh, Mercedes …«

Und eine Stimme hinter ihnen sagte fröhlich: »Herzlichen

Glückwunsch! Euch wurde architektonische Selbstverwirklichung zugestanden!«

Theodor drehte sich um. In der spiegelnden Wand sah er sich und Mercedes und die Überwacher. *Und* einen (selbst für Wichtelverhältnisse) winzigen sowie geflügelten Wichtel, der direkt neben ihm in der Luft schwebte, ein Klemmbrett in der Hand hielt und eine Schreibfeder hinter seinem Ohr trug.

Der Student wandte seine Aufmerksamkeit jener Stelle neben sich zu, die ihm der Spiegel als Aufenthaltsort des Wichtels bezeichnete. Die Stelle war absolut wichtelfrei.

Er sah wieder den Wichtel im Spiegel an.

»Ähm«, sagte er, »bist du eine Art Stresssyndrom oder so?«

»Ich sehe ihn auch«, sagte Mercedes.

Ihrer Beute gewiss, bedrohlich wispernd, kamen die Überwacher unaufhaltsam näher.

»Ich bin der Geist des Labyrinths!«, verkündete der Wichtel freundlich.

»Ah, ach so«, sagte der Student. »Nett, dich kennenzulernen. Schade, dass wir bedingt durch unser baldiges Ableben keine Gelegenheit zu einem längeren Gespräch hatten.«

»Offenbar seid ihr derzeit noch beschäftigt. Ich hätte euch sonst vorgeschlagen rüberzukommen.«

»Rüberkommen?«, fragte Mercedes. »Was meinst du damit?«

»Na ja«, antwortete der Wichtel. »Rüberkommen eben, auf die andere Seite des Spiegels.«

Die Überwacher waren inzwischen so nah herangekommen, dass der Student verstehen konnte, was ihre dünnen, wie Metall auf Eis kratzenden Stimmen im Chor wisperten.

Widerstand ist zwecklos, wisperten sie. *Ergebt euch der Notwendigkeit. Deviantes Verhalten wird nicht toleriert.*

Mercedes tastete den Spiegel ab.

»Aber wie kommt man auf die andere Seite? Das Glas ist doch nicht durchlässig.«

»Ich spreche auch nicht von der anderen Seite des Glases. Ich spreche von der anderen Seite des Spiegels.«

»Aber … wie?«, fragte die Koboldin.

»Indem … man … auf … die … andere … Seite … geht«, erläuterte der Wichtel, jedes Wort betonend, mit einem Gesichtsausdruck, der besagte: Meine Güte, manchen Leuten muss man aber auch wirklich alles erklären.

»Zum Beispiel so?«, fragte Mercedes und sprang.

Plötzlich war sie verschwunden.

»Genau so. So einfach ist das«, lobte der Wichtel. »Kein Grund, die Sache durch unnötige Grübeleien zu verkomplizieren.«

Theodor sah in den Spiegel. Mercedes stand jetzt neben dem Wichtel.

»Komm!«, rief sie. »Spring!«

Der Student nahm Anlauf. Dann hielt er inne.

»Moment mal«, wandte er ein, »ist das hier *die Art* von Die-andere-Seite-des-Spiegels-Kitschgeschichte? Ich meine, wo der Übergang zur *anderen Seite* bloß eine hübsche Metapher dafür ist, dass ich in Wirklichkeit sterbe?«

»Mit Metaphern kenne ich mich nicht so gut aus«, sagte der Wichtel. »Ich würde sagen, dein Übergang zur anderen Seite bedeutet, dass du auf die andere Seite gehst.«

»Aber … wie?«

Der Wichtel rollte mit den Augen, als wollte er sagen: Jetzt geht das schon wieder los!

»Na ja, wie man eben auf die andere Seite geht«, erklärte er geduldig.

»Es ist ganz einfach«, rief Mercedes. »Komm einfach rüber.«

»Geht es etwas präziser?«

»Indem … man … auf … die andere Seite … geht«, wiederholte der Wichtel noch einmal langsam.

»Ohne zu sterben?«

»Kann es sein, dass du ein etwas obsessives Verhältnis zum Tod hast?«

Theodor trat einige Schritte von der Spiegelwand zurück.

Er schloss die Augen. Nahm Anlauf. Und sprang.

Als er die Augen wieder öffnete, sah er weiße Gitterlinien, die sich auf schwarzem Grund bis ins Unendliche fortzusetzen schienen.

Weder Spiegel noch Überwacher waren zu sehen.

»Ich habe es geschafft!«, jubelte Theodor, »allein durch die Kraft meines Glaubens habe ich es geschafft!«

»Na ja«, sagte die Stimme des Wichtels hinter ihm, »wenn du darauf bestehst ...«

Der Student drehte sich um. In Augenhöhe schwebte der geflügelte Wichtel, daneben stand Mercedes.

»Wo sind wir hier?«, fragte Theodor.

»Das hier ist das Potenzielle Labyrinth«, antwortete der Wichtel.

»Was? Ich sehe kein Labyrinth. Nur Flächen und Linien.«

»Ja«, sagte der Wichtel geduldig, »gut beobachtet. Deswegen heißt es ja auch das *Potenzielle* Labyrinth und nicht das Bereits Vorhandene Labyrinth.«

»Du meinst potenziell wie *möglich*?«

»Ja. Ausgezeichnet. Du hast bereits ein Synonym gefunden. Weiter so«, munterte ihn der Wichtel auf.

»Und du warst noch gleich ...?«, fragte Mercedes.

»Man nennt mich den *Geist des Labyrinths*. Gibt es ein Problem?«, fragte er den Studenten, der ihn von der Seite anstarrte.

»Nein, nein. Ich versuche nur, mich langsam an die Situation zu gewöhnen. Weißt du, da wo ich herkomme, gibt man Leuten, denen so was wie das hier passiert, Medikamente. Starke Medikamente.«

»Aha«, sagte der Geist des Labyrinths, und seine Libellenflügel schwirrten. »Wie dem auch sei. Darf ich eure Aufmerksamkeit auf die vor uns liegende Arbeit lenken?«

»Die worin genau besteht?«, fragte Mercedes.

Der Wichtel holte die Schreibfeder (sie schillerte in allen Farben des Regenbogens) hinter seinem Ohr hervor. »Ihr könntet zum Beispiel damit beginnen, mir eure Vorstellungen bezüglich eures Labyrinths mitzuteilen.«

»Unseres Labyrinths?«, fragten sie gleichzeitig.

»Ja, eures Labyrinths.«

»Das heißt ... wir können unser eigenes Labyrinth entwerfen?«

»So war es gemeint, ja.«

»Aber ... wieso?«

»Wie soll ich das wissen? Die Entscheidung darüber wird anderswo gefällt. Können wir anfangen?«

»Wir wollen vor allem eines«, rief Mercedes. »Einen Ausgang an die Oberfläche!«

Der Wichtel trug etwas auf seinem Klemmbrett ein. »Mhm. Und weiter?«

»Der Rest ist uns egal«, sagte der Student.

Der Geist des Labyrinths bedachte sie mit einem vorwurfsvollen Blick.

»Egal?«, fragte er. »Ihr seid euch dessen bewusst, dass es eine große Auszeichnung bedeutet, einen eigenen Bereich in König Gomfurs Labyrinth zu erhalten?«

»Ja, und wir fühlen uns auch dementsprechend geehrt und so weiter, aber wir stehen wirklich ein wenig unter Zeitdruck«, erklärte Theodor.

»Ich nehme an, du fürchtest das baldige Eintreffen deiner Todesvisionen?«

»Du wirst lachen (obwohl es nicht komisch ist): genau das.«

Der Wichtel seufzte. Er riss das oberste Blatt von seinem Klemmbrett, zerknüllte es und warf es in einen Papierkorb, der neben ihm aus dem Nichts erschien und sofort wieder verschwand.

»Na gut. Aber ihr werdet eure Entscheidung bestimmt noch einmal bereuen.«

»Es gibt Dinge, die ich weitaus mehr bereuen würde, als ein nicht so hübsches Labyrinth zu besitzen«, erklärte Mercedes.

»Sag das nicht. Artis, der Selbstkritische, hat sich vor Wut einen Daumen abgebissen, als er bei einem späteren Besuch bemerkt hat, dass die Säulen am Eingangstor stilistisch nicht zu den Stuckornamenten an der Decke passten.«

»Für uns trotzdem nur die Basisversion, bitte.«

»Wir werden das Labyrinth selbst entscheiden lassen. Setzt euch einfach diese Helme auf.« Zwei schlichte, topfförmige metallene Helme materialisierten sich in den Händen des geflügelten Wichtels. »Aus dem gedanklichen Input wird automatisch ein euren Persönlichkeiten entsprechendes Labyrinth berechnet. Wenn mehr als eine Person an dem Prozess beteiligt ist, kommt es oft zu interessanten und unerwarteten Konstellationen.«

Er reichte jedem von ihnen einen Helm, und sie setzten sie sich auf.

»Geht es schon los?«, fragte Theodor.

»Bitte nicht dabei reden«, mahnte der Geist des Labyrinths.

Der Student wartete und versuchte, an nichts Blamables zu denken. (Vergeblich, wie sich zeigen sollte.)

Plötzlich begann es: Kristalle wuchsen aus der schwarzen Fläche, verdichteten sich zu bizarren, glitzernden Strukturen, krochen wie Pilzkolonien über den Boden, verbanden sich über ihnen zu einer funkelnden Decke und verblassten schließlich zu Stein.

Sie standen jetzt in einem Korridor, dessen Gestaltung tatsächlich ganz dem entsprach, was der Wichtel eine *interessante und unerwartete Konstellation* genannt hatte. Boden und Decke bestanden aus schwarzem Obsidian, am Übergang zwischen Wand und Decke lief eine breite Reliefleiste aus dem gleichen Material entlang, die Darstellungen aus dem kämpferischen Alltag der Kobolde und eher düstere Symbole wie Totenköpfe und gräuliche Untiere abbildete.

Und dann gab es die Tapete.

»Hübsche Tapete«, lächelte Mercedes. »Sehr geschmackvoll.«

Sie zeigte auf eines der Tapetenmotive.

»Ein alter Freund von dir?«

»Schnuffel.«

Sagte der Student heiser.

Schnuffel der Hase.

Das hier setzte sich souverän an die Spitze der Top Ten seiner peinlichsten Momente und deklassierte überlegen den aktuellen Gesamtführenden: ›Ich-wusste-gar-nicht-dass-Kobolde-auch-rote-Haare-haben‹.

»Es ist doch ganz nett geworden«, behauptete der Geist des Labyrinths. »Besonders die Tapete. Sehr … individuell.«

Der Student trat näher an eine der Wände heran.

Die Tapete zeigte einen flauschigen Hasen, der – wie Hasen bekanntermaßen zu tun pflegen – eine blaue Latzhose trug und überaus frohsinnig verschiedenen typisch hasenspezifischen Aktivitäten nachging, wie z. B. Ballspielen, Angeln oder Fliegen eines roten Doppeldeckers.

Schnuffel der Hase war vor langer Zeit Theodors erster Bester Freund gewesen, und es ist eine rührende Tatsache in der langen Reihe von rührenden Tatsachen, die sich Theodors Leben nannte, dass Schnuffel der Hase, das Motiv einer Kindertapete war.

Diese Freundschaft war so intensiv gewesen, dass seine besorgten Eltern eines Tages mit ihm zu einer sehr verständnisvoll blickenden Frau gefahren waren, bei der sich Theodor auf eine rote Couch setzen musste, woraufhin die Frau mit sanfter Stimme sagte: »So, Theodor, nun erzähl mir doch einmal von deinem Freund Schnuffel. Wie ich höre, ist er ein Hase? Du *magst* Hasen, oder?«

Schmerzliche Erinnerungen regten sich in Theodors Herz, und nur mit Mühe konnte er die Tränen zurückhalten.

»Wenn ihr nichts dagegen habt, verschwinde ich dann mal wieder«, sagte der Wichtel unbeschwert. »Ihr kommt ja wohl auch ohne mich zurecht.«

»Warte!«, rief Mercedes. »Du hast uns noch nicht gesagt, wo der Ausgang ist!«

»Woher soll ich das wissen? Das hier ist euer Labyrinth. Wiedersehen also! Hat mich gefreut, mit euch zusammenzuarbeiten!«

Und der Wichtel verschwand.

Unglücklicherweise passierte das Gleiche auch mit der schwarzen Fläche, die bisher die Spiegelwand eingenommen hatte, durch die sie in das Potenzielle Labyrinth gesprungen waren.

An ihrer Stelle formte sich ein Torbogen.

Auf der anderen Seite, wenige Meter von ihnen entfernt, standen die Überwacher.

»Lauf«, sagte Mercedes.

Sie rannten durch die verzweigten Korridore. Theodor glaubte in seinem Rücken die eisig durchbohrenden Blicke der Überwacher zu spüren.

»Weißt du, wo der Ausgang ist?«, rief er atemlos. »Ich bin sicher, dass ich mir einen vorgestellt habe, aber ich weiß nicht, wo!«

»Geht mir genauso!«, rief die Koboldin. »Aber ich … duck dich!«

»Was?«, fragte der Student verständnislos.

Eine Bodenplatte klickte unter seinen Füßen. Etwas schwirrte, und Theodor schaffte es gerade noch, seinen Kopf einzuziehen und so der großen Klinge zu entgehen, die aus der Wand auf ihn zuschwang und gleich wieder zurückschnappte.

»Was war das denn?«, keuchte er. »Hast du dir das ausgedacht?«

»Ich schätze irgendwie schon, so wie du dir die Tapete, aber … pass auf!«

Sie zog ihn mit erstaunlicher Kraft zu sich heran und bewahrte ihn so davor, von einem aus der Decke herunterschießenden Metallbolzen zerstampft zu werden.

»Könntest du«, fragte der Student schwer atmend mit schwacher Stimme, »mich das nächste Mal bitte etwas kurzfristiger warnen, wenn so etwas bevorsteht?«

»Das Problem ist nur: Ich habe es selbst erst im letzten Moment gewusst. Aber ich glaube, in diesem Korridor gibt es sonst keine Fallen mehr. Komm.«

»Warte.«

Theodor blieb stehen und sah zurück. Die Überwacher näherten sich der Stelle, an der sich die Klingenfalle befand.

»Mal sehen, wie ihnen die Fallen bekommen.«

Die Klinge fuhr aus der Wand und teilte mehrere Überwacher in der Mitte durch.

»Ha! Hast du das gesehen?«, rief der Student triumphierend.

»Es wird sie nicht aufhalten«, sagte Mercedes.

Auf dem Boden, dort wo die Überwacher von der Klinge gefällt worden waren, verflüssigten sich die schwarzen Körper, wurden zu quecksilbrigen Lachen, die in eins flossen. Die Flüssigkeit brodelte, formte Gliedmaßen, Köpfe, Hände, Arme, grell leuchtende Augen, aufgerissene Münder wie Tore zu eisiger Finsternis, und ein Überwacher nach dem anderen entstieg unversehrt der schwarzen Lache.

»Ich habe doch gesagt: Es wird sie nicht aufhalten. Komm.«

Theodor riss sich von dem Anblick los und folgte der Koboldin. Hinter sich hörte er drohend wispernde Stimmen, viele Stimmen, die sich zu einer einzigen vereinten, sich gegenseitig in einem großen Chor auslöschten:

»Gib auf! Du kannst nicht entkommen! Du wirst nicht entkommen!«

»Hör nicht auf sie!«, rief Mercedes. »Ich weiß jetzt, wo der Ausgang ist.«

»Widerstand ist zwecklos«, wisperten die Stimmen. *»Vernünftige Einsicht ist die einzige Option.«*

Sie bogen in einen weiteren Korridor ein, nahmen noch eine Abzweigung und gelangten schließlich in einen Gang, von dessen Decke ein Schild herabhing. Es leuchtete grün und verkündete in großen weißen Buchstaben: AUSGANG.

»Was habe ich gesagt!«, rief Mercedes. »Wir haben es gleich geschafft.«

»Deviantes Verhalten wird nicht toleriert!«, flüsterten die Stimmen.

Plötzlich befiel den Studenten eine große Müdigkeit. Er wurde langsamer, fiel hinter Mercedes zurück und sah mit seltsamer Teilnahmslosigkeit, wie sie vorauseilte, auf eine Treppe zu, die am Ende des Ganges zu einer Tür hinaufführte. Am Fuß der Treppe blieb sie stehen, sah zurück und rief etwas, das er nicht verstand – aber es war ja auch egal.

Er war so müde, und jetzt konnte er endlich aufhören, sich sinnlos anzustrengen.

»Widerstand ist zwecklos«, wisperten die Stimmen.

Ein Zischen erklang, etwas schlang sich um seine Beine und er stürzte und schlug gefühllos der Länge nach auf dem Boden auf. Aus den Augenwinkeln sah er, wie die Koboldin auf ihn zugelaufen kam. Als er sich umdrehte, sah er in den Strahlenblick eines Überwachers, der über ihm stand, das Ende einer langen Peitsche in der Hand haltend.

Schwarze Schatten bauten sich wie eine Wand aus Dunkelheit um ihn herum auf.

»Flucht ist zwecklos«, flüsterten sie, *»Widerstand ist zwecklos. Ergib dich der Notwendigkeit.«*

Wie ein Schwarm von Ameisen krochen die dünnen Stimmen der Überwacher in seinen Schädel.

»Ergib dich der Notwendigkeit. Beuge dich der Macht. Widerstand ist zwecklos.«

Eine lähmende Kälte ging von den Schatten aus, eine Kälte, die fast wie ein Versprechen kam: Er konnte einfach hier liegen bleiben und erfrieren. Sein Körper würde taub werden, der Schmerz würde aufhören und die Furcht. Es ist so verlockend, sich zu ergeben, dachte der Student lächelnd, so bequem …

Plötzlich lockert sich der Riemen der Peitsche, die um seine Beine geschlungen ist.

Jemand packt ihn unter den Armen und richtet ihn auf.

Benommen sieht Theodor, wie die Überwacher zurückweichen, ihre Augen sind nur noch schwach glimmende Flecken.

Etwas Schweres legt sich auf seine Schulter. Er dreht erstaunt den Kopf und sieht …

Eine flauschige, riesige Hasenpfote.

Er blickt auf in …

… ein riesiges, flauschiges, freundlich lächelndes Hasengesicht.

»Schnuffel?«, fragt der Student heiser. Neue Kraft durchflutet ihn.

»Lauf«, sagt Schnuffel der Hase.

Und Theodor läuft.

Mit wenigen Schritten war er bei Mercedes, und zusammen eilten sie auf den Ausgang zu. Als er sich noch einmal umwandte, sah der Student, wie die Überwacher langsam den dreieinhalb Meter großen, latzhosetragenden Schnuffel umkreisten, wie Raubtiere zum Sprung bereit. Schnuffel holte mit seiner Schaufel aus (er trug einen roten Strandausflugseimer und eine kleine Schaufel aus Plastik) und versetzte einem der Schatten einen Schlag, der ihn einige Meter weit fortschleuderte.

Sie hasteten die Treppe hoch.

Der Student riss die Tür auf.

Helles Sonnenlicht blendete.

Sie sprangen durch das Tor und waren im Freien.

Das Tor führte in den verlassenen Hinterhof einer Fabrik und verschwand, nachdem sie es durchschritten hatten – offenbar funktionierte es nur als Ausgang aus dem Labyrinth.

Sie blickten sich um. Niemand war in der Nähe, der ihr verdächtiges Erscheinen aus dem Nichts hätte bemerken können. Es musste kurz nach Sonnenaufgang sein, was bedeutete, dass sie die ganze letzte Nacht im Labyrinth verbracht hatten.

Theodor lehnte sich an eine Mauer und verschnaufte.

»Das war haarscharf«, sagte Mercedes. »Ich denke, dein Hasenkumpel hat was gut bei uns.«

»Was machen wir jetzt?«, fragte Theodor, der langsam wieder zu Atem kam.

»Na ja, ich werde mich um meine Truppe kümmern, das heißt, wenn was von ihr übrig geblieben ist. Und du solltest wohl mal sehen, was aus deinem Professor geworden ist.«

Die Koboldin spähte um die Ecke der Fabrikmauer.

»Keine Patrouille zu sehen.«

»Aber … wissen die jetzt nicht, wer wir sind? Ich meine, die Überwacher haben uns doch gesehen.«

»Darum brauchst du dir keine Sorgen machen. Sie denken nicht. Sie führen nur aus. Und sie haben kein Gedächtnis. Nein, solange uns keiner der loyalen Fantastik-AG-Kobolde gesehen hat, sollte eigentlich alles in Ordnung sein. Zumindest für dich. Wenn sie auch nur einen meiner Männer erwischt haben, wird es nicht lange dauern, bis sie überall nach Leutnant Daumenschraube, der Koboldin mit dem seltenen roten Haar suchen.«

Sie lächelte.

»Na gut. Wir sollten von hier verschwinden. Hat mich wirklich gefreut, dich kennenzulernen, Theo Welk.«

Sie machte Anstalten zu gehen.

»Warte«, sagte der Student. »Wo kann ich dich finden, wenn ich nach dir suche?«

»Ich finde dich«, sagte sie lächelnd. »Ich finde dich, Theo Welk. Und denk dran: Die Rebellion wird nicht im Wunderspiegel übertragen.«

Scherzhaft salutierte sie zum Abschied und verschwand in der Gasse hinter dem Fabrikhof.

Der Student wartete noch einige Minuten, dann ging auch er.

Als er an die Wohnungstür des Professors klopfte, antwortete niemand.

Im Wohnzimmer der gemeinsamen Wohnung Homurs und des Unbesiegten Helden traf er Eralkes, der auf der Couch saß, einen *Super-Entspannungs-Wohlfühl-Freizeitanzug* trug, das *Schönen-Guten-Morgen-Lustig-und-Munter-Programm* sah und *Spezial-Komm-Gut-In-Den-Tag-Frühstücksflocken-mit-Zuckerwatte-geschmack* in elefantesken Portionen konsumierte.

Es war ein tränendrüsenreizender Anblick.

»Ist der Professor schon hier gewesen?«, fragte Theodor. »In seiner Wohnung ist er nicht.«

»Wuas?«, schmatzte Eralkes bei dem Versuch, Nahrungsaufnahme und sprachliche Kommunikation gleichzeitig stattfinden zu lassen.

»Der Professor, war er schon hier? Und hast du irgendwie zugenommen?«

»Weiß nich«, unterbrach Eralkes sein Gelage für den Bruchteil einer Sekunde, ökonomisch beide Fragen zugleich beantwortend.

Der Student trat zwischen den Helden und den Wunderspiegel.

»Hee!«, rief Eralkes und versuchte an Theodor vorbeizusehen.

»Eralkes, sieh mich an. Der Professor. Kleiner Gnom, ungefähr so groß. Bart. War er schon hier?«

»Achso, nein.«

»Was ist mit Homur?«

»Schläft noch. Er sollte wirklich was gegen sein Alkoholproblem unternehmen.« Rosafarbene Milch tropfte vom Kinn des Helden.

Eine Stimme meldete sich aus dem Wunderspiegel.

»Wir unterbrechen unser Programm für eine wichtige

Nachricht. Am Abend des gestrigen Tages gelang es unseren Sicherheitskräften, eine Gruppe gefährlicher Agitatoren zu verhaften.«

Im Spiegel dokumentierten unscharfe und verwackelte Bilder die Verhaftung zahlreicher Rebellen.

»Da ist doch der Professor«, kaute Eralkes unbeschwert.

In der Tat, da war der Professor.

Er wurde, mit Handschellen gefesselt, von Kobolden in einen Gefangenentransporter gestoßen.

Am Nachmittag bekamen sie Besuch von Fechus, dem Niederen Organisator, der ihnen mitteilte, dass er *zutiefst* von Professor Welk *enttäuscht* sei, dessen Verhalten als *höchst unvernünftig* und *beschämend uneinsichtig* getadelt werden müsse.

»Mit Rebellen und Verschwörern paktieren!«, rief der Elf (trotz allem wie üblich breit grinsend). »Wie verträgt sich das mit den Drei Goldenen Säulen des Phantastischen Erfolgs!«

»Was geschieht jetzt mit dem Professor?«, fragte Theodor.

»Oh!«, sagte Fechus, manisch lächelnd. »Er wird verschickt! Zur Kur!«

»Zur Kur?«, wiederholte der Student befremdet.

»Ins idyllische Bad Freudenhain!«, erklärte der Elf im Tonfall eines Reisekanal-Moderators. »Die Fantastik-AG legt großen Wert auf das Wohlergehen ihrer Mitarbeiter! Bad Freudenhain bietet eine breite Palette vielfältiger Entspannungs- und Erholungsangebote!«

»Das klingt verdächtig nach Gehirnwäsche«, brummte Homur.

»Wir von der Fantastik-AG mögen das Wort *Gehirnwäsche* nicht!«, erläuterte Fechus. »Wir bevorzugen *Progressive Reprogrammierung* oder *Psycholobotomische Willenskorrektur*!«

Zwei Tage später erhielt Theodor eine Postkarte.

Ihre Vorderseite zeigte verschiedene pittoreske Motive, einen blauen See, an dem fröhliche Menschen entlangspazierten, ein allerliebstes verschlafenes Dörfchen mit Kirche und historischem Marktplatz und ein großes, in einem gepflegten Park stehendes schlossähnliches Gebäude mit einem großen Pfeil, der auf eines der Fenster verwies. Unter dem Pfeil stand: »Hier wohne ich!«

Und ein großer bunter Schriftzug verkündete: Gruß aus dem idyllischen Bad Freudenhain!

Der Student drehte die Karte um und las den vorgedruckten Text auf der Rückseite.

Sehr geehrte(r)/ liebe(r)(s)
Bekannte(r), Kollege/in, Familie/nangehörige(r), Ehefrau/Mann, Kind(er), (Groß)Vater, (Groß)Mutter
(Unzutreffendes streichen)

Das Wetter ist hier sehr gut, auch das Essen.
Heute habe ich einen Ausflug an den See/ ins Dorf / in den Wald gemacht.
Ich bin hier sehr glücklich.

Liebe Grüße / Herzlichst

Dein(e)/ Ihr(e) / Eu/er/re

Bekannte(r), Kollege/in, Familie/nangehörige(r), Ehefrau/Mann, Kind(er), (Groß)Vater, (Groß)Mutter
(Unzutreffendes streichen)

Auch wenn es auf den ersten Blick nicht leicht zu erkennen war, musste die Karte zweifellos von Professor Welk stammen.

Ohne dass Theodor hätte erklären können, warum, jagte ihm der Name *Bad Freudenhain* einen Schauer des Entsetzens über den Rücken.

Er setzte sich an den Tisch in seinem Zimmer und schrieb eine Antwort.

An
Professor Dr. H. C. Welk
Verbesserungsklink ›Freude am Richtigen Leben‹, Zimmer 382
Straße der Sanften Einprügelung Nr. 1
Bad Freudenhain

Sehr geehrter Professor,

eben habe ich Ihre Postkarte erhalten. Ich hoffe, es geht Ihnen wirklich so gut, wie Sie schreiben. Es freut Sie vielleicht zu hören, dass ich ebenfalls, den Umständen entsprechend, wohlauf bin. Näheres später mündlich.
Gibt es eigentlich Besuchszeiten in Bad Freudenhain? Falls ja, lassen Sie es mich wissen.

Herzlichst,
Theodor Welk, stud. Phant.

Worauf der Professor mit folgender Postkarte antwortete:

Sehr geehrte(r)/ liebe(r)(s)
Bekannte(r), Kollege/in, Familie/nangehörige(r), Ehefrau/Mann, Kind(er), (Groß)Vater, (Groß)Mutter
(Unzutreffendes streichen)

Ich bin hier sehr glücklich.
Heute habe ich einen Ausflug an den See/ ins Dorf / in den Wald gemacht.
Das Essen ist hier sehr gut, auch das Wetter.
Liebe Grüße / Herzlichst

Dein(e)/ Ihr(e) / Eu/er/re

Bekannte(r), Kollege/in, Familie/nangehörige(r), Ehefrau/Mann, Kind(er), (Groß)Vater, (Groß)Mutter (Unzutreffendes streichen)

Theodor schrieb noch einige weitere Briefe, die alle von Professor Welk mit geringfügigen Variationen des obigen Textes beantwortet wurden. Schließlich erhielt der Student überhaupt keine Post mehr aus Bad Freudenhain. Der letzte Brief, den er abschickte, lautete:

Sehr geehrter Professor,

obwohl ich schon seit längerer Zeit keine Antworten mehr von Ihnen bekomme und daher nicht sicher sein kann, ob meine Briefe überhaupt an Sie weitergeleitet werden oder in irgendeiner [redacted] *Zensurbehörde auf dem Schreibtisch irgendeines* [redacted] *Bürokraten* [redacted] *enden, schreibe ich Ihnen noch einmal. Ich hoffe, es geht Ihnen gut.*
Uns geht es, offen gesagt [redacted] *d. h. jedenfalls mir, Eralkes' Gehirn hat sich ja in sonnige Zufriedenheit aufgelöst. Falls da überhaupt noch eine Steigerung möglich ist, würde ich sagen, er wird von Tag zu Tag immer* [redacted]*, was kein Wunder ist, wenn er die ganze Zeit vor diesem* [redacted] *Spiegel rumhängt. Und nicht nur das, er wird auch immer* [redacted]*. Inzwischen dürfte er gut und gerne seine* [redacted] *Zentner wiegen. Trotzdem behauptet er immer noch, er könnte jederzeit nebenbei, wenn er nur wollte, vom Sofa aufstehen (was schon einige Schwierigkeiten bereiten dürfte) und zum Beispiel die Rompilische Riesenwürgeschlange ›darniederwerfen‹. Auf jeden Fall müsste das bedauernswerte Reptil bei dem aktuellen Radius unseres ›Unbesiegten‹ Helden würgetechnisch in einige Schwierigkeiten geraten, sie würde wahrscheinlich nicht einmal eine Umschlingung schaffen. Außerdem hat Eralkes auch praktisch keinen Hals mehr.*
Er plant aber, wie er es ausdrückt, ›ernsthaft mal etwas für

seine Figur zu tun‹, nämlich eine Fettabsaugung machen zu lassen, was, wie er herausgefunden hat, für Angestellte der Fantastik AG zu vergünstigten Konditionen möglich sein soll. Homur ist meistens extrem [redacted] gelaunt, er benutzt zur Beschreibung unserer Situation in Neu-Sternheim nur noch Wörter wie [redacted] oder [redacted] auch [redacted] und behauptet, wenn nicht bald etwas passiert, dann würde er [redacted]

allerdings bezweifle ich, dass er dazu in der Lage wäre, schließlich ist er momentan nur noch 75 Zentimenter groß (und er schrumpft täglich weiter).
Soweit erst mal von uns.
Bleiben Sie weiterhin [redacted] einverstanden.

Viele Grüße
Theodor Welk, stud. Phant.

Durchgesehen und korrigiert:
H. Spitzlig, Zensuramt Bad Freudenhain.

Zwei Monate waren seit der Verhaftung Professor Welks vergangen, und Theodors Hoffnung, seinen Dozenten unversehrten Geistes wiederzusehen, schwand täglich.

Es war eine schwere Zeit für den Studenten. Auch von Leutnant Daumenschraube gab es keine Nachrichten. Er hatte einige Versuche unternommen, sie ausfindig zu machen, aber sie war entweder erfolgreich in den Untergrund gegangen oder der Fantastik AG in die Hände gefallen. Theodor konnte nur hoffen, dass Ersteres zutraf.

Dann hörte er eines Tages, wie die Wohnungstür nebenan aufgeschlossen wurde und wieder zufiel. Der Student horchte auf. Das war die Wohnung des Professors!

Er rannte auf den Hausflur und klingelte an der Tür.

Nach kurzer Zeit öffnete jemand.

Es war Professor Welk. Er grinste.

»Professor!«, rief Theodor. »Sie sind wieder da! Wie geht es Ihnen?«

»Toll«, sagte der Professor. »Supertoll.«

»Toll?«, fragte der Student verwundert. »Dann haben Sie«, er senkte die Stimme, »Bad Freudenhain gut überstanden?«

»War superschön«, sagte der Professor, und sein Grinsen wurde sogar noch breiter, »supertoll. Alles ganz, ganz toll.«

Der Student sah ihn zweifelnd an. Dann glaubte er zu verstehen.

»Oh, ach so, natürlich«, sagte er wissend und zwinkerte verschwörerisch. »Klar, *toll*!«

»Ja«, bestätigte grinsend der Professor. »Supertoll. Wir sehen uns später.«

Und er schob dem verdutzten Studenten die Tür vor der Nase zu.

Als er sich wieder gefasst hatte, klingelte Theodor noch einmal.

Diesmal dauerte es etwas länger, bis sich die Tür öffnete und der Professor erschien.

»Ja?«, grinste er.

»Wollen wir nicht drinnen weiter reden?«, fragte der Student. »Ich meine, da gibt es doch einiges, was diskutiert werden müsste.«

»Ist grad schlecht«, grinste der Dozent. »Jetzt läuft *Wähl den Superwichtel*. Superspannend.«

»Wähl den Superwichtel?!«, fragte fassungslos der Student. »Aber ...«

Und der Professor hatte die Tür schon wieder geschlossen.

Dann öffnete er sie noch einmal, steckte den Kopf heraus und sagte geheimnisvoll: »Man hat mich vor Ihnen gewarnt. Sie üben einen schlechten Einfluss aus.«

Die Tür fiel ins Schloss.

Eine sehr düstere Epoche im Leben des Studenten brach an. Gespräche mit seinem Dozenten waren praktisch unmöglich geworden, denn der lebte nur noch in der Superschönen Neuen Welt der Fantastik AG und ihrer Tochterfirmen und insbesondere des Wunderspiegels und verstand sich seit seiner Rückkehr aus Bad Freudenhain umso besser mit Eralkes. Wenn die beiden ihre Insidergespräche über unsterbliche Serienformate wie *Tränen am Fließband* und *Die peinlichsten Zwerge der Welt* führten, erschien vor dem inneren Auge des Studenten das Bild eines Grabsteins mit der Inschrift:

HIER RUHT
DER VERSTAND
DES PHANTASTIKERS PROF. DR. H. C. WELK.
ER GING NACH BAD FREUDENHAIN
UND KAM NICHT MEHR ZURÜCK.

Der Professor sprach nie darüber, was in dem idyllischen Kurort geschehen war, und Theodor, der es vorzog, albtraumfrei zu schlafen, stellte auch keine Fragen.

Einmal hatte er sich vorsichtig bei seinem Dozenten erkundigt, was aus den übrigen Mitgliedern der Rebellion geworden war, worauf der Professor behauptete, ›sie seien alle sehr glücklich und zufrieden‹.

Homur, der inzwischen auf die Sechzig-Zentimeter-Grenze zuging, war auch kein aufbauenderer Gesprächspartner.

Der ehemalige Riese pendelte manisch depressiv zwischen Größenwahn und Minderwertigkeitskomplexen, und wenn der Student seinen endlosen Klage- und Wutmonologen zuhörte, bekam er jedes Mal das seltsame und todtraurig stimmende Gefühl, in einer Welt gefangen zu sein, in der entweder alles zu groß oder zu klein war.

Langsam ergab Theodor sich der Resignation.

Eines Abends ertappte er sich dabei, wie er vor dem Wunderspiegel™ saß und über eine Szene aus *Die Peinlichsten Zwerge der Welt* lachte.

So war das Leben in Neu-Sternheim.

Monate vergingen.

Wähl den Superwichtel

Schließlich geschah etwas, das den Studenten aus seiner Lethargie aufrüttelte.

Es war ein Abend im Oktober, und Neu-Sternheim sah in dem trüben, nasskalten Herbstwetter trister aus denn je. Theodor hatte noch einige Besorgungen im Superphantastomarkt gemacht und war, mit Tüten beladen, gerade auf dem Weg nach Hause, als ihn aus einem dunklen Hauseingang eine Stimme anrief.

»He!«, rief jemand. »Theo.«

Der Student blieb stehen.

»Mercedes?«, fragte er ungläubig. »Bist du das?«

Kurz zeigte sich das von rotem Haar gerahmte Gesicht der Koboldin.

Theodors Herz schlug schneller. Er sah sich um und lief zum Hauseingang.

»Mercedes«, flüsterte er, »wo bist du gewesen …«

»Still«, befahl die Koboldin und zog ihn in den Hausflur. Theodor folgte ihr in den Keller des Hauses, wo sie an eine schwere Stahltür anklopfte.

Das kleine Sichtfenster der Tür wurde aufgeschoben, und eine bekannte Stimme forderte:

»Passwort?«

»Zirkel«, flüsterte Leutnant Daumenschraube, »mach die verdammte Tür auf.«

»Schon gut, schon gut«, murrte der Wichtel. »Warum lassen wir die Tür nicht gleich ganz weg.«

Riegel knirschten, ein Schlüssel drehte sich im Schloss, und in der geöffneten Tür stand Zirkel. Er trug noch immer seinen aluminiumverkleideten Helm und musterte den Studenten kritisch.

»Aha«, sagte er. »Der Trollspion. Hat euch jemand gesehen?«, wandte er sich an Mercedes.

»Nein, niemand«, antwortete die Koboldin.

»Gut. Dann kommt rein.«

In dem kleinen Raum hing dichter Zigarrendunst. Theodor blickte in verwegene, bärtige Koboldgesichter, sah zerschlissene Uniformen, blankgeputzte Musketenläufe, roch Schweiß und Entschlossenheit.

»Darf ich vorstellen?«, sagte Mercedes. »Meine neue Truppe. Es hat einige Zeit gekostet, sie zu rekrutieren. Wir beide, du und ich, Theo, und Zirkel waren die Einzigen, die sie damals nicht erwischt haben.«

»Es hat sich ja außer mir keiner an den verbindlichen Notfallplan gehalten«, sagte Zirkel vorwurfsvoll.

»Schraa nal chhruk nra hral lam kchrua baruk no kschul?«, fragte einer der Kobolde.

Mercedes lachte.

»Er hat gefragt, ob du der bist, der den großen Hasengeist rufen kann.«

Theodor wurde rot.

»Ja«, sagte Mercedes, »ich habe ein bisschen von unseren Abenteuern im Labyrinth erzählt. Seit damals ist viel Zeit vergangen. Die Dinge haben sich sehr ungünstig entwickelt.«

»Das kann man wohl sagen«, bestätigte der Student.

»Ich meine nicht nur hier«, entgegnete die Koboldin. »Es war nicht leicht, aber wir haben Nachrichten von draußen erhalten. Es scheint, als hätte Tinorius recht gehabt. Es gibt beängstigende Berichte aus dem Kristallgebirge. Es *schwindet,* sagen einige. Was mit Königin Hymnia ist, weiß niemand.«

»Die Zeit läuft uns davon«, sagte Zirkel. »Wenn wir nicht bald etwas unternehmen ...«

»Unternehmen? Aber was?«, fragte der Student. »Was können wir denn ausrichten? Wir sind vielleicht zwanzig. Und die sind Tausende.«

Auf diese Frage wusste niemand eine Antwort, und Theodor nahm sie nach dem Ende der Versammlung grübelnd mit nach Hause: Was konnten sie unternehmen?

Aber immerhin: Es war wieder möglich, Fragen zu stellen. Und vielleicht sogar zu hoffen. Er hatte Mercedes gefunden. Obwohl – eigentlich eher sie ihn.

Die nächsten Tage verbrachte er damit, fieberhaft Lösungsansätze für unlösbare Probleme zu entwickeln. Sie hatten eine weitere Zusammenkunft in der folgenden Woche vereinbart, und bis dahin wollte der Student unbedingt etwas Präsentables zustande gebracht haben. Also zerbrach er sich den Kopf, mobilisierte sein gesamtes Phantastisches Wissen (das so bescheiden nicht war, wie es sein Professor gern darstellte). Für die vorliegende Situation gab es keinen geschichtlichen Präzedenzfall in den Fernen Ländern, zumindest keinen, aus dem sich eine erfolgversprechende Strategie gewinnen ließe. Zwanzig Rebellen gegen Tausende gut bewaffneter Kobolde und die Überwacher.

Echebal, der Verwegene, war, um seine Geliebte aus den Fängen des Höllenfürsten Schruuug zu befreien, mit hundertfünfzig tapferen Getreuen in die Metaphorische Hölle gezogen, wo sie gegen zweitausend Dämonenkrieger angetreten und erwartungsgemäß bis auf den letzten Mann niedergemacht worden waren.

Dergleichen Beispiele für gut gemeintes, aber spektakulär gescheitertes Heldentum fanden sich reichlich in der Historie der Fernen Länder, und Theodor fühlte sich nicht unbedingt berufen, sich in diese Tradition einzureihen.

Er fand keine Lösung – bis ihm das Schicksal half, und es half ihm ironischerweise in der letzthin ein wenig aus der Form geratenen Gestalt von Eralkes, dem Unbesiegten Helden.

Einen Tag vor dem nächsten Treffen der Rebellen, als der Student schon fast an der Unmöglichkeit ihres Vorhabens verzweifeln wollte, war er gerade zufällig zugegen, als Eralkes, vor dem Wunderspiegel auf der Couch quallengleich ausgebreitet, etwas aus seiner mit Milch und giftgrünen Knusperflocken gefüllten Schüssel zog und eloquent feststellte: »Ist ja lol, hab ich schon drei von.«

»Was ist das denn?«, fragte Theodor.

»Aus soner Serie. Die gefährlichsten Bösewichter aller Zeiten, oder so.«

Es war eine kleine Plastikfigur, deren aufgemalter grimmiger Gesichtsausdruck keinen Zweifel daran ließ, dass es sich hier um einen der wahrhaft furchtbarsten Schurken aller Zeiten handelte. Auf der Schulter trug sie einen Plastikbaumstamm, fraglos, um damit Unheil und Verwüstung anzurichten.

»Und wer soll das sein?«, fragte Theodor, die Figur betrachtend.

»Keine Ahnung«, meinte Eralkes. »Steht auf der Schachtel.«

Theodor nahm die Knusperflockenschachtel und las auf ihrer Rückseite: *Hol das Böse zu dir nach Hause! Sammeln, tauschen, fürchten!*

Du brauchst sie einfach alle!

Darunter waren zehn Figuren abgebildet, eine gruseliger als die andere. Theodor las: *Trouk, der Kannibale, Etzrulon, der Würger, Häma, die Blutige …*

Der Student las den nächsten Namen.

Er verglich die Figur mit der Abbildung.

»Homur!«, rief er. »Ich glaube, du solltest dir das hier ansehen!«

»Also noch mal«, sagte der Riese. »Das«, er zeigte auf die Figur, »soll ich sein.«

»So steht es auf der Verpackung«, meinte der Student. »Homur, der Entsetzlich Große Riese.«

»Und dieses Ding saugt mich aus?«, fragte Homur mit einem unheilvollen Funkeln in den Augen.

»Sozusagen, ja, aber …«

Mit einem Aufschrei, in den sich gleichermaßen Zorn und Triumph mischten, schmetterte Homur die Figur auf den Boden und sprang auf ihr herum. Dabei rief er: »Siehst du, was passiert? Siehst du, was passiert, wenn du versuchst, Homur den Riesen auszusaugen? Siehst du, was passiert?«

Der Anfall dauerte einige Minuten, dann beruhigte sich der Riese und gab Theodor die Figur oder das, was von ihr übrig war, zurück.

»Gut«, sagte er und wischte sich den Schweiß von der Stirn. »Wie funktioniert das jetzt genau mit dem Aussaugen?«

»Ich bin mir nicht ganz sicher. Ich bin kein Experte für solche Phänomene. Der Professor hätte wahrscheinlich etwas gesagt wie: Durch die massenweise Verfügbarkeit findet eine Assimilierung statt. Das, was wir die originäre Person nennen, wird magisch aufgespalten und fließt ab, bis die Niveaus angeglichen sind. Dann kommt der Prozess zum Stillstand.« Er überlegte. »Hm. Das klang eigentlich gar nicht so dumm.«

»Mal abgesehen davon«, sagte der Riese, »dass ich kein Wort verstanden habe: Wie werde ich wieder groß?«

»Ich weiß es wirklich nicht. Dafür müssten wir den Energiefluss umkehren, aber ich habe keine Ahnung, wie das funktionieren könnte. Und es gibt sicherlich Tausende dieser Figuren …«

»Entschuldigung«, unterbrach ihn Eralkes. »Ich würde jetzt wirklich gerne in Ruhe *Wähl den Superwichtel* sehen. Könnt ihr euch also bitte woanders unterhalten?«

Theodor sah den Helden an. Etwas in seinem phantastisch geschulten Gehirn hatte gerade laut und deutlich *klick* gemacht. Er sah den Riesen an. Zum zweiten Mal rastete etwas ein. Er sah die Figur an (sie trug jetzt einige Abdrücke von Homurs Gebiss). Der dritte Treffer.

»Ich glaube«, sagte Theodor, »ich habe einen Plan.«

Am nächsten Tag präsentierte er den Rebellen seinen Plan. Die Kobolde und Zirkel hörten ihm mit ernsten Mienen zu, niemand lachte, was dem Studenten ein gutes Zeichen zu sein schien.

»Und?«, fragte er, als er mit seinem Vortrag fertig war. »Was meint ihr?«

Alle schwiegen.

Schließlich sagte einer der Kobolde:

»Das ist der bescheuertste Plan, den ich je gehört habe.«

»Vollkommen beknackt«, meinte ein zweiter.

»Total irrsinnig«, nickte Mercedes.

»Absolut undurchführbar.«

»Unmöglich.«

»Jaja, okay«, sagte der Student enttäuscht. »Hab's schon kapiert.«

»Ich bin dabei«, verkündete einer der Kobolde.

»Ich auch«, ein zweiter.

»Ich auch.«

»Und ich!«

»Wann geht es los?«

Sie klopften dem Studenten auf den Rücken, schüttelten ihm die Hand, hoben ihre Musketen und nicht viel hätte gefehlt, und sie hätten in die Luft geschossen.

»Glückwunsch«, lächelte Mercedes. »Du hast uns begeistert. Nichts schätzen wir Kobolde so sehr wie total irrsinnige, absolut undurchführbare Pläne.«

Der Plan des Studenten bestand eigentlich aus zwei separaten Plänen, die jeder für sich von zweifelhaften Erfolgsaussichten waren, aber perfekt aufeinander abgestimmt ausgeführt werden mussten.

Die eine Hälfte des Plans würde Mercedes mit ihrer Truppe erledigen. Um die andere wollte sich der Student kümmern.

Schon Phase 1 des Vorhabens war heikel. Es galt, Homur seine Rolle zu erklären.

»Homur«, begann er, »wenn ich dir jetzt etwas mitteile, versprichst du mir, dann nicht zu versuchen, mich zu erwürgen?«

»Ja, in Ordnung«, antwortete Homur, »warum sollte ich dich erwürgen wollen?«

»Gut. Ich habe dich bei *Wähl den Superwichtel* angemeldet.«

Der ehemalige Riese sprang ihm an die Kehle.

»Warte, lass mich erklären«, keuchte der Student. Mit übertrollischen Kräften gelang es ihm, sich aus dem Würgegriff Homurs zu befreien.

»Es ist die einzige Möglichkeit«, sagte er und rieb sich den Hals, »zumindest die einzige, die mir einfällt, dir wieder zu deiner alten Größe zu verhelfen.«

»Was?«, fragte der Riese. »Indem ich mich vor ganz Sternheim zum Idioten mache?«

»In gewisser Weise ja. Hör zu. Ich bin mir selbst nicht hundertprozentig sicher, aber ich glaube, es könnte klappen. Du musst mir einfach vertrauen.«

»Hm«, sagte der Riese, wenig begeistert.

»Homur macht bei *Wähl den Superwichtel* mit?«, mischte sich Eralkes ein. »Das ist doch super! Was kann er denn?«

»Wieso, was soll er können?«, fragte der Student.

»Na ja, wenn er bei einer Talentshow mitmacht, muss er doch irgendwas besonders gut können.«

Das stimmte zweifellos, aber Theodor hatte sich über diesen nicht unwichtigen Punkt bislang noch keine Gedanken gemacht.

Homur überlegte.

»Ich kann Städte dem Erdboden gleichmachen«, sagte er. »Burgen zerschlagen, Heere aufreiben. So was.«

Der Student kratzte sich am Kopf.

»Hm«, sagte er. »Und was sonst noch?«

»Wie ist es mit Singen?«, schlug Eralkes vor.

»Oh ja. Singen kann ich gut. Ich habe mit meinem Gesang die Mauern der Festung Dauerstein zum Einsturz gebracht.«

»Dann lass mal hören«, sagte Theodor.

Homur, der Vormals Wirklich Sehr Große Riese hob an zu singen (es war traditionelles Riesenliedgut):

»Fleisch und Bein schlag ich zu Brei,
Mensch und Zwerg und Gnom und Ülf,
Wo Riesen gehn, geht alls entzwei,
Umsonst gewinselt ›Gnade! Hülf!‹

Erde bebt, Paläste stürzen,
Könge machen sich ins Hemd,
Wenn Riesen Land mit Blute würzen,
mancher schon sich totgeflennt.«

Die Wirkung, die von Homurs Gesang ausging, war außerordentlich, vor allem, weil er seine martialischen Verse mit dem reinsten Wichtelknabensopran vortrug, der auch dem Heiligen Dom von Drachingen andächtige Ehre gemacht hätte.

Eralkes wischte sich eine Träne aus dem Augenwinkel.

»Wenn du später reich und berühmt bist«, schluchzte er, »vergiss uns nicht.«

Bis zur (von ihm so bezeichneten) *heißen Phase* des Plans unternahm der Student noch einige Versuche, Professor Welk, der inzwischen morgens, mittags und abends je drei Calmirex™ einnahm, für die Sache der Rebellen zu gewinnen.

Es waren vergebliche Mühen – der Dozent lag zugedröhnt, blödselig lächelnd und schlaff wie ein wirbelloser Grottenwurm in seinem Entspannungssessel, nur noch empfänglich für seine siebenundfünfzig Lieblingswunderspiegelsendungen, die so vielsagende Titel trugen wie ›Voll irre! Der Schratenspsychiater‹, ›Seht euch diese Trottel an – Zyklopen zu Hause‹, oder ›Heimliche Küsse im Gehölz – Die romantische Waldwichtelsoap‹.

Dann kam schließlich der Tag, an dem sich alles entscheiden sollte. Die Rebellen trafen sich zu einer letzten Besprechung in einem ihrer Geheimverstecke und gingen die Einzelheiten des Plans noch einmal genau durch.

»Ich habe uns die hier besorgt«, sagte Mercedes und legte einige knopfartige Gegenstände auf den Tisch. »Darüber können wir in Kontakt bleiben. Man steckt sie sich ins Ohr und kann über weite Strecken miteinander sprechen. Sie sind leicht magisch, aber es ist offiziell genehmigte Koboldmagie, also sollte das kein Problem sein. Es war nicht leicht, sie zu beschaffen.«

Die Kobolde überprüften ihre Ausrüstung, luden ihre Musketen, nervliche Anspannung knisterte.

»Mercedes«, wandte sich der Student an die Koboldin, »bevor es losgeht … ähm …«

Leutnant Daumenschraube sah ihn lächelnd an.

»Ja?«

»Ich meine … falls es schiefgehen sollte … und wir … ähm, ich wollte dir sagen …«

»Entschuldigung«, kam Zirkel dazwischen, »aber wie lädt man diese Dinger?«

Mercedes nahm dem Wichtel die Muskete ab, lud sie mit einer routiniert-schnellen Folge von Handbewegungen und gab sie ihm zurück.

»Also dann«, grinste Zirkel. »Worauf warten wir noch?«

Er hob seine Muskete in die Höhe und rief:

»Rebellion oder Stumpfsinn!«

»Rebellion oder Stumpfsinn!«, wiederholten die Kobolde im Chor.

»Was wolltest du sagen?«, fragte Mercedes.

»Ähm«, sagte der Student schüchtern. »Viel Glück.«
Mercedes lachte.
»Danke. Dir auch. Dir auch viel Glück, Theo.«

Wähl den Superwichtel wurde an diesem Tag aus der Open-Air-Fantastik-AG-Arena übertragen. Homur war als Elfter an der Reihe. Vor ihm traten unter anderem zwei herzige Gnomenzwillingsmädchen auf, die einen affektierten Kitsch mit Seifenblasen tanzten und dafür großen Zuspruch vom Publikum ernteten, außerdem Olko, der allesfressende Troll, der sich inzwischen irgendwo im sanitären Bereich erbrechen mochte, sowie Himpfut, der flötenspielende Elf, der schließlich von der Bühne gepfiffen worden war, nachdem er seinen Vortrag zum fünften Mal unterbrochen und mit den Worten »zu Hause hat es noch geklappt« von vorne angefangen hatte.

Die Kandidaten mussten sich einer dreiköpfigen Jury stellen, die die Auftritte bewertete und kommentierte. Vorsitzender dieser Jury war Fechus, der Elf, der seinen seriösen Anzug trug und fast noch mehr grinste als sonst.

Das zweite Jurymitglied war eine hübsche Elfe namens Eloquentia, die vor allem hübsch war und meistens – sofern überhaupt – Sätze formulierte wie: »Mir fehlen jetzt echt die Worte. Ich weiß gar nicht, was ich noch sagen soll. Ich bin sprachlos.«

Auf dem dritten Jurystuhl saß Max Danger. Sein Agent hatte ihm den Job als Vorbereitung auf sein Comeback verschafft, nachdem Danger sich von dem traumatischen Erlebnis bei den Dreharbeiten zu *Eralkes – Strahlender Held* einigermaßen erholt hatte. Erst im letzten Moment war er, auf mysteriöse Weise, praktisch vom Grillrost der Zyklopen in seinen Trailer zurückteleportiert worden, den er dann für die nächsten zwei Monate nicht verlassen hatte, weil, seiner Meinung nach, draußen Zyklopen auf ihn warteten, die ihn bei lebendigem Leib fressen wollten, was seiner Überzeugung nach Teil oder sogar eigentliches Ziel einer sorgfältig eingefädelten Verschwörung einer international operierenden gnomischen Geheimorganisation war. Während dieser Zeit der inneren Einkehr ließ er Bart- und Haupthaar, Fuß- und Zehennägel munter sprießen und urinierte in Novia-Quellwasserflaschen, die er sammelte und sorgfältig beschriftete.

Und nun saß er, wieder halbwegs zivilisiert, angeödet auf seinem Platz in der Jury, sah den armseligen Nobodys und Möchtegerns dabei zu, wie sie sich zum Affen machten, und verbarg seine Abscheu hinter einem professionellen Lächeln.

In der Garderobe half der Student Homur dabei, die himmelblaue Fliege seines Wichtelknabenmatrosenanzugs zu binden.

»Gehn wir es noch mal durch«, sagte er. »Wenn Fechus dich fragt: ›Und lieber Homur, was möchtest du heute für uns machen?‹ Was sagst du dann *nicht*?«

»Dir den Kopf abreißen und damit Fußball spielen«, antwortete Homur mit den Augen rollend.

»Sondern?«

Der Riese wand sich.

»Ja?«

»Sondern ich möchte … euch ein … schönes Lied … aus meiner Heimat … singen«, brachte Homur gequält hervor. An seinem Gesichtsausdruck war die Anstrengung abzulesen, die es ihn kostete, diesen Satz auszusprechen.

»Ausgezeichnet«, lobte der Student.

»Aber später …«, sagte Homur.

»Was?«

»Köpfe abreißen«, sagte der Riese, seine Zähne entblößend.

»Jaaaein«, schränkte der Student ein, »innerhalb eines … gewissen Rahmens des Vertretbaren.«

Er zog sich in eine Ecke des Raums zurück, tippte leicht gegen sein rechtes Ohr und sagte leise:

»Mercedes. Wie sieht es bei euch aus?«

Es rauschte kurz in seinem Ohr, dann antwortete die Koboldin laut und deutlich über Magiefunk: »Bisher läuft alles nach Plan. Wir sind durch den Zaun. Bewegen uns auf das Zielobjekt zu. Wie geht es bei euch?«

»Noch alles gut. Bis auf Eralkes sind wir alle einigermaßen gefasst.«

Er warf dem Helden einen Blick zu. Eralkes hatte es sich nicht nehmen lassen wollen, bei Homurs sensationellem Wunderspiegeldebüt live dabei zu sein. Jetzt lief er nervös an seinen Nägeln kauend im Kreis herum und wiederholte unablässig: »Ohmeingottohmeingott, ich bin ja so aufgeregt, ohmeingott, ich bin ja *so* aufgeregt!«

»Okay«, sagte Mercedes. »Wir melden uns wieder, wenn wir drin sind.«

»Okay«, bestätigte der Student.

Auf einem Wunderspiegel hinter der Bühne verfolgten er, Homur und Eralkes, wie Herr Brombur, der Feuer speiende Zwerg, seine Nummer beendete, in deren Verlauf er mehr oder weniger spektakulär seiner Augenbrauen und seines Zwergenbartes verlustig gegangen war. Müder Applaus tröpfelte.

Brombur trat schüchtern an, um sich dem gerechten Votum der Jury zu stellen.

»Ich sag mal so«, begann Max Danger, sich lässig zurücklehnend, »als dein Bart angefangen hat zu brennen und du dich schreiend auf dem Boden gewälzt hast, das hat mich schon irgendwie begeistert. Aber ich muss sagen, insgesamt hat mich deine Nummer eher kalt gelassen.«

Herr Brombur nickte und sah beschämt auf seine Schuhe.

»Mir fehlen die Worte«, gestikulierte Eloquentia ausdrucksstark, »ich bin sprachlos.«

Das schien ihr gesamter Beitrag zu sein, und er enthielt fraglos mehr als nur ein Körnchen Wahrheit.

»Danke, dass du bei *Wähl den Superwichtel* mitgemacht hast, Herr Brombur!«, grinste Fechus, der Niedere Organisator.

»Aber wir müssen dir leider mitteilen: Du kommst nicht in die Auswahlrunde!«

Geknickt schlich Herr Brombur, der Feuer speiende Zwerg, von der Bühne. Nur der Geruch verbrannten Zwergenhaars, der noch einige Zeit in der Luft hängen blieb, erinnerte wehmütig an seine dreieinhalb Minuten flüchtigen Wunderspiegelruhms.

»Der Nächste bitte!«, sagte Fechus.

Der Koboldgefreite Reißnagel mochte seinen Job. Trotz fortgeschrittenen Alters und langer Dienstzeit hatte er es nicht bis zu einem der höheren Ränge in der Koboldmilitärhierarchie gebracht, für deren Inhaber beruflicher Erfolg vor allem darin bestand, dass man möglichst viele Untergebene möglichst laut und oft anschreien und schikanieren konnte.

Das wäre nichts für Reißnagel gewesen, der die Ansicht vertrat, dass ein paar zusätzliche Sterne auf der Uniform kaum die Unannehmlichkeiten eines stressbedingten Magengeschwürs oder das vorzeitige Ableben durch einen cholerischen Schlaganfall wert waren.

Den Kopf unten und das Maul halten, war sein schlichtes Motto – so konnte man es sich in dem Beruf ganz bequem machen und mit etwas Glück sogar alt werden.

Und hin und wieder das eine oder andere Saufgelage mit den gleichrangigen Kameraden, bei dem man sich deftig über die Offiziersstreber und großkopferten Generäle auslassen konnte, die große Klappen, aber von nichts eine Ahnung hatten.

Koboldgefreiter Reißnagel ließ es gern gemütlich angehen, und dieser Abend war ganz nach seinem Geschmack. Es war ein friedlicher Samstagabend, die ganze Stadt war ruhig, er und Gefreiter Knochenbrecher waren die einzigen wachhabenden Soldaten im Kraftwerk. Außer ihnen waren nur noch ein paar der Eierköpfe im Kontrollraum, und im Wunderspiegel wurde seine Lieblingssendung *Wähl den Superwichtel* übertragen.

Gerade lief die neunte Werbeunterbrechung, Knochenbrecher war *für kleine Kobolde* ausgetreten und Reißnagel hatte die Pause genutzt, noch ein paar Phantastische Minipizzas in den Ofen zu schmeißen. Jetzt kehrte er in den Wachraum zurück, weniger auf die Bilder der Überwachungskameras achtend als auf das bunte Geschehen, das der Wunderspiegel zeigte.

Die Werbung lief noch immer.

»... es sind zwei so phantastische Angebote!!!«, rief im Spiegel fassungslos begeistert eine Elfe, »ich weiß gar nicht, für welches ich mich entscheiden soll!!!«

Aus dem Off antwortete eine kernige Stimme:

»Dann machen wir Ihnen einen Vorschlag: Nehmen Sie sie doch beide.«

In diesem Moment hörte Koboldgefreiter Reißnagel hinter sich ein metallisches Klicken, dann spürte er etwas spitzes Hartes in seinem Rücken.

»Dreh dich nicht um«, befahl eine Stimme.

Reißnagel gehorchte.

»Wie heißt du, Gefreiter?«, fragte die Stimme.

»Gefreiter Reißnagel«, sagte Reißnagel.

»Haben außer dir noch andere Wachen Dienst?«

Reißnagel nickte.

»Eine«, sagte er, »Gefreiter Knochenbrecher. Er ist ... gerade austreten.«

»Dann hör mir jetzt gut zu, Gefreiter Reißnagel. Ich werde dir ebenfalls zwei Angebote machen, und du kannst mir glauben: In diesem Fall wirst du dich nur für eines entscheiden können. Hast du das verstanden?«

Der Koboldgefreite Reißnagel nickte.

»Ich bin sprachlos, mit fehlen die Worte«, erklärte Eloquentia und bezog sich damit auf die Vorstellung von Geranie, der messerwerfenden Blumenelfe und ihrem Gatten, Herrn Ginster.

»Ja, vielen Dank«, grinste Fechus, »und sollte dein Mann längerfristige medizinische Versorgung brauchen, möchte ich darauf hinweisen, dass die Fantastik AG nicht für die Kosten aufkommt!«

In der Garderobe gingen Theodor und Homur noch einmal den Ablauf des Auftrittes durch.

Eralkes kam aufgeregt vom Bühnenrand herangeschnauft, von wo er die Show mitverfolgt hatte.

»Ohmeingottohmeingott«, rief er, »wir sind dran! Ich bin so aufgeregt! Kannst du deinen Text, Homur? Ohmeingott, ich bin *so* aufgeregt!«

Ein Wunderspiegelmitarbeiter winkte ihnen zu.

»Ihr seid dran!«

»Denk dran«, erinnerte Theodor auf dem Weg zur Bühne, »Verhältnismäßigkeit der Mittel.«

»Jaja«, erwiderte Homur, und der Student stellte sich plötzlich die berechtigte Frage, was der Begriff *verhältnismäßig* für einen Riesen eigentlich bedeuten mochte.

»Und unser nächster Kandidat ist Homur, der singende Wichtelknabe!«, verkündete Fechus.

»Ich drück dir ganz fest die Daumen«, sagte Eralkes, den Tränen nahe.

Homur, der singende, matrosenanzugtragende Wichtelknabe, wehrte erfolgreich einen Versuch des Unbesiegten Helden ab, ihn zu umarmen, und trat hinaus auf die Bühne.

»Hoffentlich ist das Bühnendach kein Problem«, murmelte der Student.

»Was?«, fragte Eralkes.

»Nein, sind wir aber niedlich!«, rief Fechus.

Homurs Gesichtsausdruck behauptete das Gegenteil.

Cool bleiben, dachte Theodor beschwörend, cool bleiben, Homur.

»Und, lieber Homur, was möchtest du heute Schönes für uns machen?«

Der Riese wandte den Kopf und fixierte den Studenten mit einem Blick, der besagte: Wenn ich mich hier umsonst zum Superwichtel mache, dann wird das eines Tages, und dieser Tag wird kommen, jemand schwer bereuen …

Dann setzte er sein unschuldigstes Wichtelknabengesicht auf und sagte: »Ich möchte für euch ein schönes Lied aus meiner Heimat singen.«

Der Student atmete auf.

»Die Bühne gehört dir«, sagte Max Danger.

Homur blickte verträumt in den Nachthimmel.

Das Playback startete.

Der klarste Wichtelknabensopran, den die Fantastik-AG-Arena jemals gehört hatte, schwebte ätherisch durch das Stadion.

Dacht sich einst ein Heldenbürschlein
Riesenjagen wäre fein,
schwang sich auf seinen Heldengaul,
forscht nach Riesen gar nicht faul.

Suchte lange kreuz und quer,
wollte Riesen finden sehr.
Sagte ihm ein Graubart schier:
Riesen suchst vergeblich hier …

»Ist er nicht großartig«, flüsterte Eralkes gerührt.

In Theodors Ohrhörer rauschte es.

Mercedes meldete sich.

»Wir haben ein Problem«, sagte sie.

zogen lange fort nach Norden,
wo Kält und Eis den Wandrer morden,
in ein Land man Riesland heißt,
und keiner lebt, der es bereist.

»Das werde ich nicht tun«, sagte Dr. Kirrus, der Kraftwerksdirektor. Sie befanden sich im Kontrollraum des Reaktors. In einer Ecke standen, in Schach gehalten von den Rebellen, etwa ein Dutzend weiße Kittel tragende Kraftwerksmitarbeiter mit erhobenen Händen. Unter ihnen befand sich auch der Professor, der auf einem kleinen portablen Wunderspiegel *Wähl den Superwichtel* sah.

»Er weigert sich«, flüsterte Mercedes. »Was sollen wir machen?«

Der Student fluchte innerlich. Warum hatten sie diese Möglichkeit nicht mit eingerechnet? Es *war* ein wirklich absolut bescheuerter Plan, nüchtern besehen.

»Ich weiß nicht«, sagte er. »Setz ihn unter Druck.«

Mercedes spannte den Hahn ihrer Muskete und richtete die Waffe auf Dr. Kirrus.

»Ich zähle bis zehn«, sagte sie.

»Wir können die Verbindung zum Großen Projekt nicht unterbrechen«, sagte der Doktor. »Wenn wir das tun, wird sich die Energie stauen, und das Kraftwerk explodiert.«

»Die Energie wird nicht gestaut werden«, entgegnete Leutnant Daumenschraube. »Wir werden sie woandershin ableiten. Also. Ich zähle bis zehn. Eins.«

»Ich werde Ihre dunklen Machenschaften nicht unterstützen«, sagte Dr. Kirrus.

»Zwei. Drei.«

»Schön. Erschießen Sie mich.«

»Vier. Fünf.«

»Es wird ihnen nichts nützen. Ich bin der Einzige in diesem Raum, der die nötigen Operationen am Kontrollpult durchführen kann. Abgesehen von Professor Welk. Aber der …«

Er nickte kurz in Richtung des Professors, der abwesend in seinen Wunderspiegel starrte.

»Also, nur zu«, lächelte der Doktor herausfordernd, »erschießen Sie mich.«

Mercedes senkte die Muskete.

»Theo«, sagte sie. »Rede mit mir. Was sollen wir tun?«

Der Student überlegte. Ihm fiel nur eine einzige Lösung ein, und die würde wahrscheinlich nicht funktionieren.

Heldenbürschlein dankte fein,
schifft sich gleich nach Riesland ein.
Wollt nicht auf den Graubart hören,
Seinem Wahne nicht abschwören.

»Gib mir den Professor«, sagte Theodor.

»Ist das nicht Zeitverschwendung? Ich meine, er ist doch ...«

»Gib ihn mir«, wiederholte der Student.

»Okay, wie du willst.«

Mercedes nahm sich ihren Stöpsel aus dem Ohr und hielt ihn dem Professor hin.

»Für Sie«, sagte sie.

Ohne den Blick vom Wunderspiegel abzuwenden, steckte sich Professor Welk den Hörer ins Ohr und meldete sich mit:

»Können Sie später noch mal anrufen, ich sehe gerade *Wähl den Superwichtel.*«

»Ich weiß«, entgegnete der Student. »Das tun wir alle. Aber es ist wichtig. Sie erinnern sich vielleicht an mich. Ich bin Herr ... Welk. Ich würde gerne mit Ihnen über einige Inhalte Ihrer Vorlesung ›Ego, Fokus und Magie‹ aus dem Sommersemester 03 sprechen.«

Auf dem Schiffe gings ihm übel,
hing sein Köpfchen in den Kübel,
war des Schwankens nicht gewöhnt.
So geht's manchem, der groß tönt.

In Riesland wankt der Held von Bord
Und sah sich um am grausen Ort.
Schnee und Eis und kaltes Leid,
Und keine Seele weit und breit.

Koboldoberfeldwebel Rückgratstaucher hatte einen guten Tag gehabt. Erst hatte er zwei Rekruten zusammengefaltet und zu einer Woche Latrinendienst verurteilt, weil sie nicht rechtzeitig salutiert hatten, als sie ihm über den Weg gelaufen waren. Dann hatte er einem Gefreiten drei Tage Arrest aufgebrummt, der ebenfalls nicht salutiert hatte und dazu noch aufmüpfig geworden war: er hatte frech auf der unsinnigen Ausrede bestanden, er habe den Oberfeldwebel gar nicht grüßen können, weil der dreißig Meter hinter ihm und auf der anderen Straßenseite gegangen war. Und zu guter Letzt war der Oberfeldwebel noch von Oberst Schädelzwinge für den exzellenten Zustand gelobt worden, in dem er seine Rekruten hielt, was Rückgratstaucher dazu veranlasste, vor versammelter Truppe mit stolzgeschwellter Brust eine Rede über das ordnungsgemäße Salutieren als moralische Grundlage und oberstes Ziel einer jeden militärischen Organisation zu halten.

Jetzt machte er noch einen abendlichen Kontrollgang, der ihn auch in die Wachstube des Kraftwerks führte.

Auf den Anblick, der sich ihm bot, als er die Tür zur Wachstube öffnete, war der Oberfeldwebel nicht vorbereitet gewesen.

Gefreiter Reißnagel und Gefreiter Knochenbrecher, die diensthabenden Wachsoldaten, saßen, ihm den Rücken zuwendend, vor dem Wunderspiegel, in dem irgendein Wichtel ein süßliches Lied sang, und sie achteten nicht im Geringsten auf die Bildschirme der Überwachungskameras und – das war das Wichtigste: *Sie salutierten nicht!*

»Was zum schwefelfurzenden Dämonenfürsten geht hier …«, bellte Rückgratstaucher.

»Schhhh!«, zischten die Gefreiten Reißnagel und Knochenbrecher, und der Oberfeldwebel war einen Moment lang so überrascht, dass er wirklich verstummte.

Und dann explodierte er.

»Kriegsgericht! Insubordination!«, geiferte er. »Degradieren! Aufhängen! Der größte Saustall, der mir je untergekommen ist! Es wird salutiert, wenn ein Vorgesetzter den Raum betritt! Das ordnungsgemäße Salutieren ist moralische Grundlage, letztes Ziel einer jeden ...«

»Wir würden das hier wirklich gerne sehen«, unterbrach Gefreiter Knochenbrecher.

»Dieser Wichteljunge ist das größte Stimmwunder des Jahrtausends«, sagte Gefreiter Reißnagel gerührt. Eine Träne rann seine wettergegerbte Koboldwange hinab.

»Und wir salutieren nicht, wegen der Fesseln«, erklärte Knochenbrecher.

»Fesseln? Wieso Fesseln?!«, schrie der Oberfeldwebel außer sich.

Und jetzt erst merkte er, dass die beiden an ihre Stühle gefesselt waren.

Und nun explodierte er wirklich.

»Halt! Nehmt mich wieder mit zurück!«
Doch fort war's Schiff schon, oh Unglück!
Heldchen stand am dunklen Meer,
Und das Herze ward ihm schwer.

Hub ganz kläglich an zu klagen,
jämmerlich auch zu verzagen,
flucht, dass Torheit ihn gesandt,
ins kalte schlimme Riesenland.

Theodor Welk referierte. Es war der mit Abstand engagierteste Vortrag seiner bisherigen akademischen Laufbahn, und auch der am schnellsten gesprochene. Virtuos verband er Symbolische Energetik mit Phantastischer Psychologie, bewegte sich souverän interdisziplinär zwischen Imaginärer Politischer Theorie und Virtueller Mythosanalyse hin und her, integrierte Fußnoten in seinen mündlichen Vortrag und zitierte ganze Passagen aus einem Aufsatz mit dem Titel ›Hcmur der Riese oder das ungezügelte Subjekt.‹ Er weihte den Professor in ihren gesamten Plan ein, und dabei hatte er die ganze Zeit das Gefühl, in ein schwarzes Loch zu sprechen.

Als er fertig war, folgten einige Augenblicke des Schweigens.

Dann hörte Theodor seinen Dozenten über Funk sagen: »Ja, sehr schön, Herr … äh … ich würde dann jetzt gern weiter wunderspiegelsehen.«

Sprach da eine Donnerstimm:
»wer stört meine Ruhe schlimm,
mit Gewimmer und Geheule,
Schreien und Gejäule?«

Professor Welk widmete seine ungeteilte Aufmerksamkeit wieder dem Wunderspiegel. Dieser Wichtelknabe sang wirklich superschön. Irgendwie kam er ihm auch bekannt vor, und hatte nicht Herr … äh … gesagt, er sei eigentlich ein Riese, Homur der Riese? Na ja, wenn er meinte, aber eigentlich konnte er sich auch entfernt an einen Aufsatz mit dem Titel ›Homur der Riese oder das ungezügelte Subjekt‹ erinnern, und den sollte er selbst geschrieben haben? Etwas knirschte im Gehirn des Professors, wie ungeölte, eingerostete Zahnräder, die sich nach langer Zeit des Stillstands zögerlich ruckend eine Zehnteldrehung weiterbewegten. Was war das denn gewesen? Hatte er … wie war das Wort noch … ähm … na, sag schon gleich … ja: gedacht? Hatte er gedacht? Er wollte nicht denken. Man hatte ihn davor gewarnt. Es fühlte sich auch unangenehm an. Er wollte sich entspannen, zerstreuen.

Er konzentrierte sich auf den Wunderspiegel.

Der Wichtelknabe sang engelsgleich.

Und die Erd fing an zu beben,
und was Berg zu sein schien eben,
wuchs und wuchs und reckt die Glieder:
Ein Riese war´s, Gurnatolider!

Was ihm der junge Mann Herr … äh, Welk? Hieß er nicht *Welk*? Und war das nicht – komischer Zufall – auch sein eigener Name, Hieronymus C. Welk, Professor für … Dings … äh, egal, jedenfalls, was ihm der junge Mann erzählt hatte, reichlich wirres Zeug, magoenergetischer Vampirismus, Psychonekromantie, Fragmentierung des Giganten-Ich, vollkommen irrwitzig, andererseits aber auch faszinierend …

In seinem Bart Eiszapfen starrten,
sein Antlitz war kein Liebesgarten.
Von tausend Bären trug er´s Fell,
er war kein artiger Gesell.

Faszinierend? Hatte er eben *faszinierend* gedacht?

Die Zahnräder knirschten eine Achtelumdrehung weiter.

Und der *Plan*, ein absolut bescheuerter Plan, wie aus einem albernen Sciencefiction-Roman. Sie hatten vor die Energie der Wunderspiegel auf den Wichtelknaben konzentrieren, solange der im Mittelpunkt der allgemeinen Aufmerksamkeit stand, und dabei wollten sie eine der Miniaturplastikfiguren, in die ein Großteil seiner magischen Substanz gebannt worden war, als Fokus nutzen und so den Energieentzug umkehren. Das war brillant. Aber es würde so nicht funktionieren, wenn sie nicht auch die Polarität umdrehten, und außerdem …

Brillant?

Ein letzter Ruck ging durch das Getriebe, als zerbreche ein Widerstand, und die Zahnräder begannen sich zu drehen, schnell und immer schneller.

»Wir haben nicht viel Zeit!«, rief Professor Welk, aufspringend. »Geben Sie mir noch einmal den Studenten!«, wandte er sich an Mercedes, die den Dozenten verwundert anstarrte, wie jemanden, der einem nach seiner Beerdigung noch einen Besuch abstattet.

Professor Welk steckte sich den Hörer ins Ohr.

»Herr Welk?«, sagte er. »Hier ist Professor Dr. Welk. Ich bin zurück.«

»Was willst du Bürschchen«, dröhnt er, «hier?
Was jaulst du in die Ohren mir?«
Da kratzt das Heldchen Mut zusammen,
bedenkt warum es hergekommen.

Der Dozent lief aufgeregt im Kontrollraum umher und verteilte Anweisungen.

»Ich brauche zwei Mann, die die Leistungsanzeigen im Auge behalten. Sie dürfen nicht über fünfundsiebzig gehen. Herr Zirkel, stellen Sie sich hier hin, und wenn ich *jetzt* sage, legen Sie diesen Hebel um und drücken erst auf diesen Knopf und dann auf diesen …«

Eine Alarmglocke schrillte.

»Und wenn sich jemand um den Alarm kümmern könnte …«

»Seien Sie vernünftig«, sagte Dr. Kirrus, »bald wird das Kraftwerk von Polizeitruppen umstellt sein. Sie werden mit diesem Wahnsinn nicht durchkommen.«

»Es gibt eine Menge von Verhaltensweisen und Tätigkeiten, die von den sogenannten normalen Leuten als *Wahnsinn* bezeichnet werden und nichtsdestotrotz von größtem gesellschaftlichem Nutzen sind«, entgegnete der Professor und wandte sich über Funk wieder an den Studenten. »Herr Welk? Ich habe die Figur mit *Schobarts Gegenständlichem Teleporter* im Reaktorkern platziert. Bei Ihnen alles bereit?«

»Jederzeit«, sagte der Student. »Gut, Sie wieder auf unserer Seite zu haben.«

»Ein Riesentöter«, rief es, »bin ich,
fleuch oder kämpfe männiglich!«
Der Ries Gurnatolider lachte,
dass Eis im ganzen Riesland krachte.

Er packt den Held am Kragen an,
Und schmeißt ihn in den Ozean.
Wer wüsst, wie man mit Riesen ficht?
Ach weh, du, Heldchen, wusstest's nicht.

Ungefähr eine halbe Minute nachdem die letzte Note von Homurs Lied verhallt war, herrschte vollkommenes Schweigen im Stadion. Die Zeit schien eingefroren.

Dann brach ohrenbetäubender Applaus los. Die Zuschauer sprangen von ihren Sitzen auf, pfiffen, riefen Homurs Namen und warfen Blumen auf die Bühne.

Im Licht der Scheinwerfer stand ein missgelaunt blickender vermeintlicher Wichtelknabe.

»Jetzt!«, sagte der Professor.

Die im Spiegelreaktor schwebende, blau irisierende Kugel dehnte sich aus, schwoll an wie eine Supernova, ihr Licht wandelte sich von Blau zu einem gleißenden Weiß, dann zog sie sich urplötzlich zusammen und verschwand. Die kleine Homur-Miniaturfigur, die in der Mitte der Energiekugel geschwebt hatte, fiel klappernd auf den Boden des Spiegelraums. Blaue Energieströme knisterten über das Flastik.

»Ich bin sprachlos«, kommentierte Eloquentia verzückt die Vorstellung des Riesen. »Total sprachlos, ich meine jetzt echt sprachlos.«

Auch Max Danger hatte es die Sprache verschlagen. Ungekannte Gefühle hatten sich bei Homurs Lied in ihm geregt. Jetzt tastete er mit zitternder Hand nach seinen Calmirex-Tabletten und schluchzte leise vor sich hin.

»Ich glaube«, grinste Fechus, »dass ich für alle hier spreche, wenn ich sage: Du wirst mal ein ganz Großer!«

Als wäre dies das Stichwort gewesen, begann es.

Homur fing an zu wachsen.

Schon hatte er die überdurchschnittliche Wichtelgröße von

einem Meter zwanzig erreicht, eine blaue Aura umgab ihn pulsierend, ein Meter sechzig, Riesenzwergengröße, zwei Meter dreißig, ungewöhnliche Trollgröße, und er wuchs weiter, drei Meter vierzig, Zyklopengröße. »Was hat das zu bedeuten?!« Fechus, der Niedere Organisator, war aufgestanden und starrte den Riesen mit offenem Mund an, fünf Meter achtzig, sieben Meter dreißig, verdammt, das Bühnendach, dachte der Student, zehn Meter, zwölf Meter fünfzig, Bewegung geriet in das Publikum, einige schrien, fünfzehn Meter, der Riese hatte den kuppelförmigen Überbau mit dem Kopf durchstoßen, packte die Konstruktion und brachte sie mit ein paar kräftigen Rucken zum Einsturz, neunzehn Meter, der Student registrierte erleichtert, dass niemand zu Schaden gekommen war, die Jury hatte sich rechtzeitig in Sicherheit bringen können, dreiundzwanzig Meter, Homur hörte nicht auf zu wachsen, siebenundzwanzig Meter. »Herr Homur!«, rief der Niedere Organisator, »ich fordere Sie auf, augenblicklich Vernunft anzunehmen und mit diesem agitatorischen Unsinn aufzuhören!« Einundreißig Meter, vierunddreißig Meter siebzig.

Und noch immer hörte Homur, der Inzwischen Wieder Ziemlich Große Riese, nicht auf zu wachsen.

Die Tür wurde gesprengt und Koboldpolizeitruppen stürmten den Kontrollraum des Kraftwerks.

Die Rebellen hoben ihre Musketen.

»Nehmt die Waffen runter!«, rief Professor Welk ihnen zu, mit erhobenen Händen in die Mitte des Raumes tretend.

»Waffen runter!«, wiederholte Leutnant Daumenschraube, und die Rebellen gehorchten zögernd.

Oberfeldwebel Rückgratstaucher betrat den Raum.

»Soso«, schnarrte er. »Kleine Rebellion, was? Bisschen Aufstand proben, hä?«

Er blieb stehen und sah sich zufrieden um. Das hier würde sich sehr positiv auf seine Karriere auswirken. *Oberstabsfeld-*

webel Rückgratstaucher, dachte er, *Leutnant* Rückgratstaucher. Er leckte sich die Lippen. *Hauptmann* Rückgratstaucher.

»Festnehmen. Alle festnehmen!«, spuckte Nochoberfeldwebel Rückgratstaucher.

In der Ferne donnerte etwas, die Erde bebte. Der Oberfeldwebel geriet ins Schwanken, kippte hintenüber und wurde von zwei Koboldpolizisten (zufällig waren es die Gefreiten Reißnagel und Knochenbrecher) aufgefangen.

»Was war das?«, grunzte er, sich mithilfe der beiden Kobolde wieder aufrichtend.

»Ja, was war das wohl?«, lächelte der Professor. »*Wem hält keine Festung stand? Wer bricht Fels mit bloßer Hand?*«

»Schnauze!«, keifte Oberfeldwebel Rückgratstaucher, nach einem Moment kurzer Verunsicherung seine militärische Fassung wiederfindend. »Abführen! Alle Abführen!«

Mit offenem Mund starrte Eralkes den Riesen an, der gerade hingebungsvoll damit beschäftigt war, eine (inzwischen glücklicherweise leere) Kurve der Fantastik-AG.-Arena zu demolieren.

»Großer Gott«, hauchte der Held, »er ist es.«

»Ja«, nickte Theodor, »das ist Homur der Riese, so wie er wirklich ist.«

»Nein, ich meine: Ich erinnere mich an ihn. Ich habe mit ihm gekämpft, in den Gewitterbergen. Drei Tage und drei Nächte lang!«

Er seufzte wehmütig.

»Wenn ich jetzt ein Pferd hätte … und ein Schwert … und sechzig Kilo schlanker wäre …«

Theodor sah den Helden von der Seite an. Es schien tatsächlich zu funktionieren: projizierte symbolische Rekonstruktion der Identität. Auch die im Stadion verbliebenen Zuschauer hatten aufgehört, panisch zu schreien, und verfolgten gebannt jede Bewegung des Riesen.

In endlosen Trailern und Werbeslogans war ihnen immer

und immer wieder aufs Neue das Große Phantastische Megaevent angekündigt worden – und jetzt war es tatsächlich eingetreten, in Farbe und in 3D und größer und vor allem *wirklicher,* als sie es sich jemals hätten träumen lassen.

Homur riss die große Anzeigentafel aus ihrer Verankerung und warf sie wie ein Frisbee in den Nachthimmel.

Einzig Fechus, der Niedere Organisator, ließ sich nicht faszinieren. Er hatte sich ein Megafon besorgt und lief nun über den Rasen auf den Riesen zu, der inzwischen eine Größe von etwa sechzig Metern erreicht hatte.

»Herr Homur«, kam die Stimme des Elfs quäkend durch das Megafon, »im Namen des Aufsichtsrates fordere ich Sie zum letzten Mal auf, Ihre aufrührerischen Aktivitäten einzustellen. Ich appelliere an Ihre Vernunft!«

»Oh, oh«, sagte Theodor. »Das ist keine so gute Idee.«

Durch seine phantastischen Studien wusste er, dass es alles andere als ratsam war, an die Vernunft eines Riesen zu appellieren.

Der Philosoph und Riesenforscher Titanophon hat es in seiner ›Gigantischen Ethik‹ folgendermaßen erklärt:

Stellen Sie sich vor, Sie sind über siebzig Meter groß. Das Verwüsten von Städten und Königreichen ist Ihr alltägliches Geschäft, zügelloses Randalieren, maximaler Vandalismus und ungeheuerliche Barbarei stünden allzeit im Programm Ihres Terminkalenders, wenn Sie einen hätten. Im Umherwerfen mit Pferdekutschen, Belagerungstürmen oder Kriegselefanten sind Sie unangefochtener Weltmeister.

Ihnen kann, kurz gesagt, keiner was. Von Ihnen aus gesehen sind *Konsequenzen* etwas, das allen andern zustößt.

Und jetzt definieren Sie *Vernunft*.

Homur beugte sich hinab, packte den Niederen Organisator mit einer Hand, kletterte auf die Tribüne und schwang sich über die Stadionmauer.

»Meine Güte«, sagte der Student. »Was hat er vor? Eralkes?«

Er sah sich nach dem Helden um.

»… siehhben … ahhhhcht … neuhhhhhhn«, schnaufte Eralkes.

Er hatte angefangen, Liegestütze zu machen.

Als die Koboldgefreiten Reißnagel und Knochenbrecher mit den Gefangenen und den anderen Polizisten aus dem Haupteingang des Kraftwerks traten, fiel ihnen zunächst nichts Besonderes auf, das heißt nichts Besonderes, abgesehen von den Massen von Leuten, die in den Straßen standen und gebannt etwas beobachteten, das sich in großer Höhe abzuspielen schien.

Die Koboldobergefreiten Reißnagel und Knochenbrecher drehten die Köpfe, den Blicken der anderen folgend, und dann *fiel* ihnen etwas wirklich überdurchschnittlich Besonderes auf.

»Siehst du, was ich sehe?«, fragte Reißnagel.

»Ich glaube schon«, sagte Knochenbrecher. »Was siehst du denn?«

»Das Ende der Welt, das Ende der Welt, wie wir sie kennen«, sagte Reißnagel. »Und ich fühl mich gut dabei.«

»Was will er bloß da oben?«, fragte der Student.

Er verfolgte aus der Ferne, wie Homur Stück um Stück das Verwaltungsgebäude von Sternheim erklomm, in der einen Hand die winzige Gestalt des Niederen Organisators.

Kobolde umschwirrten den Riesen mit Flugapparaten, schienen aber keinen großen Eindruck auf ihn zu machen. Jetzt zog er sich auf das Dach hinauf und stand wie ein Monument seiner eigenen Größe hoch über der Stadt. Auf dem Wind wehte schwach Fechus' megafonverstärkte Stimme herüber: »Herr Homur … Maßnahmen ergreifen … irrational … kontraproduktiv …«

Der Riese holte aus.

Er warf.

Der zukünftige Oberst Rückgratstaucher verfolgte mit herunterhängendem Unterkiefer den beeindruckenden Auftritt des Wieder Sehr Sehr Großen Riesen Homur. Dann realisierte er, welch einmalige Aufstiegschance ihm das Schicksal hier sozusagen auf dem Präsentierteller servierte: *Oberst* Rückgratstaucher, dachte er, innerlich bebend vor Entzücken, *Generalmajor* Rückgratstaucher.

»Männer!«, bellte er. »Zum Angriff! Für den Aufsichtsrat!«

Niemand regte sich.

»Das soll ja wohl ein Witz sein«, meldete sich jemand aus den hinteren Reihen.

Rückgratstauchers Gesicht färbte sich dunkelbraun.

»Wer hat das gesagt?«, geiferte er. »Vortreten! Kriegsgericht!«

Gefreiter Reißnagel trat aus den Reihen der Polizisten hervor.

»Ich hab das gesagt. Und ich sag es auch gerne noch mal. Der Befehl ist für´n Drachenhinterteil. Ich mein, er ist mindestens siebzig Meter groß, das müssen ja wohl, bei allem Respekt, Sir, selbst Sie erkennen können.«

Oberfeldwebel Rückgratstaucher sah aus, als stünde er kurz davor zu platzen.

»Aufstand!«, würgte er, »Meuterei! An die Wand stellen! Waffe abgeben! Sofort!«

»Können Sie gerne haben.« Reißnagel warf seinem Vorgesetzten die Muskete vor die Füße. »Und ich sag Ihnen noch was, Oberfeldwebelchen. Ich hab sowieso die Schnauze voll von diesem Mist hier. Ich geh zurück in die Verhängnisvollen Berge. Wenn ich an meine Zeit unter Räuberhauptmann Nackenbeißer zurückdenke … Natürlich hatte er nicht alle Tassen im Schrank, der alte Nackenbeißer, aber dafür er hatte wenigstens nicht die *falschen* Tassen *im* Schrank …«

Die Wut des Oberfeldwebels hatte das Stadium der sprachlosen inneren Implosion erreicht. Seine Lippen bewegten sich stumm, seine Gesichtsfarbe war inzwischen zu einem dunklen Purpur geworden.

»Reißnagel hat recht«, rief einer der Koboldpolizisten.

»Genau!«, bestätigte ein anderer.

»Es lebe die Rebellion!«

»Es lebe die Freiheit!«

Und einer nach dem anderen warfen sie dem Oberfeldwebel ihre Gewehre vor die Füße.

Szenen dieser Art spielten sich in ganz Sternheim ab. Überall in der Stadt verweigerten Kobolde den Gehorsam, erwachten die Bewohner wie aus einem monatelangen Traum, rieben sich die Augen und fragten sich, was die dunklen Flecken auf ihren Erinnerungen zu bedeuten hatten – und vor allem: Wer sie eigentlich waren.

Dann kamen die Überwacher. Zu Hunderten krochen sie aus dunklen Orten hervor, und wo sie durch die Straßen zogen, zielstrebig auf das Verwaltungsgebäude zu, auf dem noch immer hoch aufgerichtet der Riese stand, breitete sich eisige Kälte aus.

Schwarzem Nebel gleich stiegen sie in die Höhe auf, umschwebten Homur wie ein Schwarm unheimlicher großer Vögel. Die Wolke aus Dunkelheit verdichtete sich und schloss den Riesen ganz ein.

Atemlose Stille folgte.

Ein Laut kam aus der schwarzen Wolke, ein ganz und gar unerwarteter Laut, voll und dröhnend, wie das Läuten einer gewaltigen Glocke.

Homur der Riese lachte.

Unruhe kam in die schwarze Wolke, als wäre ein Sturmwind in sie gefahren, die Schattengestalten der Überwacher zerfaserten, lösten sich auf, vergingen wie schwarzer Rauch.

In diesem Augenblick ging über Neu-Sternheim die Sonne auf.

Für Oberfeldwebel Rückgratstaucher war der Krieg noch nicht zu Ende.

Wutschnaubend eilte er durch unterirdische Korridore, heisere Flüche gegen den aufmüpfigen Sauhaufen ausstoßend, der es gewagt hatte, sich seinen Befehlen zu verweigern.

Aber sie werden sich gehörig umsehen, dachte er mit grimmiger Genugtuung.

Er, Oberfeldwebel Rückgratstaucher, wird schon noch für Ordnung sorgen.

Hatte er Oberfeldwebel gesagt?

General Rückgratstaucher, *Kriegsminister* Rückgratstaucher!

Kraftwerksangestellte kommen ihm entgegen, sie alle wollen Homur den Riesen in Aktion sehen, niemand nimmt Notiz von dem Kobold, der zornige Selbstgespräche vor sich hin knurrt und immer tiefer in die geheimen Gewölbe unter dem Kraftwerk hinabsteigt.

Er wird sich später um sie kümmern, jeder wird bekommen, was er verdient.

Wenn er erst zum *Alleinherrscher* aufgestiegen sein wird, wird er erbarmungslos abrechnen mit Deserteuren, Wehrkraftzersetzern und aufrührerischen Elementen.

Oberfeldwebel Rückgratstaucher, späterer *Imperator des Weltalls,* gelangt an ein riesiges Stahltor, auf dem in roten Buchstaben geschrieben steht:

Zutritt strengstens untersagt!

Rückgratstaucher lächelt schurkenhaft und drückt auf einen Knopf neben dem Tor.

Das Tor öffnet sich langsam …

Homur, der Unglaublich Große Riese, kletterte das Verwaltungsgebäude hinab.

Unten erwartete ihn eine jubelnde Menge, die begeistert seinen Namen rief und ihn hochleben ließ. Einige schwenkten Filmplakate der Fantastic-Dreams-Produktion *Homur, der Größte Riese Aller Zeiten.*

»Das war eine einwandfreie eigenständige Denkleistung«, lobte Professor Welk, der aus dem Kraftwerk hergekommen war, den Studenten. »Ich bin sehr zufrieden mit Ihnen!«

»Meine Güte«, entgegnete der Student. »Soll das heißen, dass das eine Eins ist?«

»Sagen wir eine ... Eins minus.«

»Eine *Eins minus*?«, protestierte Theodor. »Was muss man eigentlich machen, um bei Ihnen die volle Punktzahl zu kriegen? Das Universum durch Phantastik retten?«

»Das wäre ein Anfang«, sagte der Professor.

Homur kam mit erderschütternden Schritten heran und ging vor ihnen in die Hocke.

»Da hast du aber verdammtes Glück gehabt«, lachte er schallend, »dass dein vollkommen beknackter Plan funktioniert hat, Trollbürschlein, denn sonst ...!«

Theodor schluckte.

»Wir bleiben doch Freunde, oder?«, fragte er kleinlaut.

Vielleicht war der Wichtelmatrosenanzug doch übertrieben gewesen, dachte er rückblickend.*

Homur lachte.

»Riesen haben keine Freunde«, erwiderte er. »Sie haben nur flüchtige Bekanntschaften, die sie vorübergehend verschonen. Aber du hast was gut bei mir. Eines Tages, und ich gehe davon aus, dass dieser Tag nie kommen wird, wirst du mich um einen Gefallen bitten, und ich werde, wenn ich gerade in der Stimmung bin, diesen Gefallen vielleicht sogar einlösen. Oder auch nicht.«

»Ähm, okay ...«, sagte der Student bescheiden, »danke ...«

Plötzlich erklangen Schreie. Die Menge stob auseinander.

Theodor und der Professor wandten die Köpfe.

»Was zum ...«, begann der Student.

Professor Welk polierte seine Brillengläser.

---

* Der Anzug war übrigens mit dem Riesen mitgewachsen, falls das jemanden interessiert.

»Oh nein«, sagte er, sich die Brille wieder aufsetzend, »das kommt mir unangenehm bekannt vor …«

Oberfeldwebel Rückgratstaucher erlebt den Höhepunkt seiner militärischen Laufbahn.

Tief unter ihm wimmeln die hilflos kreischenden, Hals über Kopf flüchtenden Massen.

Rückgratstaucher lacht krächzend.

Ja, flieht nur, ihr Narren, denkt er hämisch, meinem Zorn entgeht ihr nicht! Sobald ich ein bisschen Ordnung in diesen Saustall gebracht habe, wird abgerechnet!

Er gibt seinem Reittier die Sporen.

»Vorwärts!«, ruft er.

»Das ist …«, sagte der Student.

»… eine Spinnenmutter«, vollendete Professor Welk den Satz. »Eine Katastrophe!«

Auf dem Kopf des Riesenmonsters saß eine winzige Gestalt in einer Art Sattel, hielt zwei Zügel in der Hand und lachte manisch.

Die Spinnenmutter stelzte langsam durch die Straßen, ihre langen Beine fielen schwer wie Stahlträger nieder, schlugen Löcher in den Asphalt und zertrümmerten parkende Fahrzeuge.

Auch Homur war aufgestanden und schritt der Spinne entgegen.

Wenige Meter voneinander entfernt blieben sie stehen, beide aufs Äußerste gespannt, wie zwei Duellanten, die darauf warten, dass es zwölf Uhr mittags schlägt.

»Werden sie kämpfen?«, fragte Theodor atemlos. »Und hat Homur eine Chance?«

»Die Chancen sollten relativ ausgeglichen sein«, sagte Professor Welk. »Aber wenn sie hier kämpfen, wird nicht viel von der Stadt übrig bleiben, fürchte ich.«

Die beiden Riesenkontrahenten umkreisten sich abschätzend, zum Angriff geduckt, bereit, jeden Augenblick übereinander herzufallen.

Plötzlich zischte die Spinnenmutter etwas.

Sie machte einen Schritt (das heißt, vier Schritte) auf Homur zu und hob eines ihrer Beine.

Der Riese packte das Bein mit einer Hand.

Und lachte.

»Was … was *machen* sie da?«, fragte der Student entgeistert. »Es sieht aus … es sieht aus, als …«

»Als würden sie einander die Hände schütteln!«, rief der Professor. »Natürlich! Das muss Zarrmysgrall, die Älteste sein! Dass ich nicht von selbst darauf gekommen bin! Sie und Homur kennen sich von früher! Sie haben zusammen am Großen Aufstand gegen die Götter teilgenommen!«

Homur und Zarrmysgrall hatten sich bequem auf der Straße niedergelassen und plauderten zweifellos über die guten alten (ururalten) Zeiten, als sie zusammen den Hohen Hügel der Götter erstürmten, wo Homur dem Gott der Eitelkeit Medo einen Zahn ausschlug.

Auf dem Kopf der Spinnenmutter saß zeternd Oberfeldwebel Rückgratstaucher, dessen Karriereträume wie eine Spekulationsblase geplatzt waren.

Während Homur lachend in der Uralten Sprache das Gejammere des Eitlen Gottes nachahmte, versetzte er dem Kobold beiläufig einen leichten Schnips mit dem kleinen Finger, der den Oberfeldwebel aus dem Sattel katapultierte und mit Überschallgeschwindigkeit durch die Lüfte schoss.

Zarrmysgrall nickte dankend mit dem Kopf.

Einige Kilometer entfernt erwachte Fechus, der Niedere Organisator in einem Gebüsch und wusste nicht, wie er dorthin gekommen war.

Seine letzte, etwas undeutliche Erinnerung handelte davon, dass ein Bote auf einem schwarzen Pferd in den Waldelfenhain, dessen Häuptling Fechus gewesen war, geritten kam und etwas von phantastischen Karrieremöglichkeiten mit unglaublichen Aufstiegschancen erzählte.

Fechus presste die Hände gegen seinen Kopf, der von einem furchtbaren Dröhnen erfüllt war, und erschrak, als er seine Ohren berührte. Was war mit ihnen passiert?

Seit wann waren sie so … *rund*?

Er befreite sich aus dem Gestrüpp und taumelte benommen einen Abhang hinunter, der zu einem kleinen stillen See führte, dessen Wasser in der aufgehenden Sonne blitzte.

Leise wisperndes Schilf wiegte sich sanft im Morgenwind.

Fechus horchte auf.

War es nur das Rascheln des Uferschilfs – oder flüsterten da nicht Stimmen?

Ein helles Mädchenkichern ertönte, es klang wie das Plätschern einer kühlen Waldquelle.

Fechus blieb stehen.

»Ist jemand hier?«, fragte er.

Mehr Gelächter, drei weibliche Stimmen riefen im Chor: »Ja!«

»Wer seid ihr?«, fragte Fechus.

»Und wer bist du?«, erwiderten die Stimmen lachend.

Fechus kratzte sich am Kopf.

»Ich … weiß es nicht«, gestand er murmelnd.

»Warum kommst du nicht ins Wasser?«, fragten die Stimmen. »Vielleicht finden wir es gemeinsam heraus.«

Der Elf zögerte.

Dann traf er eine Entscheidung und schritt zielstrebig auf das Ufer zu.

Bald war er im Schilf verschwunden.

Später wuchsen auch seine spitzen Elfenohren wieder nach.

Wiederum etwas weiter entfernt kniete eine junge Frau am Ufer eines träge dahinströmenden Flusses.

Die junge Frau hieß Delia, sie war mit einem Bäcker im nächsten Dorf verheiratet, und eigentlich, sagte sie sich ängstlich, sollte sie überhaupt nicht hier sein.

Sie betrachtete ihr Spiegelbild, das ihr besorgt aus dem Wasser entgegenblickte.

Plötzlich kräuselte sich die glatte Fläche, ein mächtiges Haupt erschien, und ein breitschultriger, muskulöser Körper hob sich aus dem Fluss.

Obwohl sie – um ehrlich zu sein – genau mit diesem Ereignis gerechnet, ja nur darauf gewartet hatte, stieß Delia einen leisen, erschrockenen Schrei aus und sprang auf.

»Du bist also gekommen«, sagte Sneifnifflur, der Umtriebige Flussgott (denn niemand anders war es) mit seiner unheimlich maskulinen Stimme, der keine Frau, sterblich oder unsterblich, widerstehen konnte.

»Ja«, hauchte Delia schwach und fügte hastig hinzu: »Aber ich kann nicht lange bleiben …«

Sneifnifflur lachte.

»Es ist nie für lange«, sagte er. »Ein paar Augenblicke der Ewigkeit im rastlos eilenden Strom der Zeit.«

Er griff mit der Hand in den Fluss und formte mit göttlicher Kunstfertigkeit eine Rose aus dem Wasser, das unter seinen Fingern die Festigkeit von Kristall annahm.

Sneifnifflur überreichte das filigrane Gebilde der jungen Frau, die es errötend entgegennahm.

Die Rose verflüssigte sich und zerrann in ihrer Hand.

»Wenn mein Mann wüsste, dass ich hier bin …«

»Da trifft es sich doch gut, dass er nicht die leiseste Ahnung hat«, entgegnete der Flussgott. »Das Wasser ist übrigens sehr angenehm. Warum kommst du nicht herein?«

Delia wich einen Schritt zurück.

»Aber … dann würde mein Kleid ganz nass werden«, sagte sie.

»Für dieses Problem gibt es eine überraschend einfache Lösung …«, sagte Sneifnifflur.

Diese hübschen sterblichen Frauen konnten bezaubernd kompliziert sein, dachte er.

Wahrscheinlich machte genau das sie so interessant.

Delia errötete noch etwas mehr und zeigte damit, dass sie seinen Vorschlag verstanden hatte.

»Aber …«, flüsterte sie. »Na gut. Aber du musst dich umdrehen!«

Sneifnifflur lächelte.

Wirklich entzückend kompliziert!

»Dein Wunsch ist mir Befehl, schöne Delia«, sagte er mit einer leichten Verbeugung und drehte sich um.

Hinter sich hörte er Stoff rascheln.

»Nicht gucken!«, rief Delia.

Der Flussgott bebte vor Heiterkeit.

Sie konnte nichts enthüllen, was er nicht schon siebenhundertvierundvierzigtausendachthundertdreiundfünzig Mal zuvor gesehen hatte.

Und dennoch war es immer wieder aufs Neue schön und reizvoll.

Sneifnifflur, der Umtriebige Flussgott liebte seinen Job.

Dann erklang plötzlich ein merkwürdiges Geräusch.

Es kam schnell näher und hörte sich an wie:

»aaaaaaaaaaaaaaaaaaaaaaaaaaaaaaaaaaaaaaaaahhhh!«

Etwas fiel vom Himmel und landete platschend neben dem Flussgott im Wasser.

Sneifnifflur wandte sich um und sah, wie die schöne Delia mit hastig gerafftem Kleid barfuß über die Wiese davonrannte.

Er griff in den Fluss und hob den hustenden und spuckenden Oberfeldwebel Rückgratstaucher wie ein Kaninchen am Genick aus dem Wasser.

»Junge«, sagte er, göttlich erzürnt, »du hast dir einen denkbar ungünstigen Zeitpunkt ausgesucht, um ein Bad zu nehmen!«

Die Fernen Länder, das Musical

Um die Mittagszeit tagte in der ehemaligen Fantastik-AG-Arena (was Homur davon übrig gelassen hatte) eine Versammlung aller Bürger der Stadt. Für den als Ehrengast anwesenden Riesen war im Stadion kein Platz mehr gewesen, also stand er außerhalb, stützte sich mit beiden Ellenbogen auf das Tribünendach und sah von oben herein. Bei siebenundsiebzig Metern achtzig hatte er aufgehört zu wachsen. Den ihm schon kurz nach der Befreiung der Stadt angetragenen Posten als Bürgermeister hatte Homur lachend mit der Begründung ausgeschlagen, Riesen und Zivilisation seien zwei Dinge, die man besser auseinanderhalten solle, vor allem im Interesse Letzterer. Er würde aber gerne zu einem späteren Zeitpunkt wieder einmal zu Besuch kommen und die Stadt in Schutt und Asche legen. Als auf diese Ankündigung betroffenes Schweigen folgte, erklärte Homur heiter, das sei ein Witz gewesen. Worauf alles in sein Lachen einstimmte, dabei übersehend, dass für Riesen das In-Schutt-und-Asche-Legen von Städten tatsächlich eine humorige Angelegenheit war.

Zarrmysgrall hockte riesenhaft auf dem Dach einer Fabrik, kritisch beäugt von den Sternheimern, die sich besorgt fragten, ob sie etwa vorhatte, zu bleiben und falls ja, wovon sich unvorstellbar gigantische Riesenspinnen eigentlich ernährten.

Zur Erleichterung aller verließ sie aber bald darauf mit den anderen Spinnen die Stadt, ohne dass es zu größeren Zwischenfällen kam. Ein Mitglied der Liga zum Schutz Unbeliebter Arten, die die Freilassung der Spinnen aus den unterirdischen Zuchthallen organisierte, wurde *versehentlich* (wie er sich ausdrückte) eingesponnen, weil er *irrtümlich* (so sagte er selbst) für ein Beutetier gehalten worden war.

Ordinäre Riesenspinnen seien eigentlich äußerst friedliebende Geschöpfe mit hoher sozialer Kompetenz, die sich rührend um die Aufzucht ihrer Brut kümmern (indem sie sie zum Beispiel mit nahrhaften Wichteln füttern, was aber so nicht erwähnt wurde).

In der Fantastik-AG-Arena sprach jetzt Tinorius, der wie die übrigen Dissidenten inzwischen wieder zu Verstand gekommen war, und stellte den beunruhigten Sternheimern seine *Große Apokalyptische Verschwörungstheorie* vor.

Theodor saß neben Mercedes auf der Tribüne.

»Offensichtlich ist die Rebellion doch im Wunderspiegel übertragen worden«, lächelte die Koboldin. »Ein ausgezeichneter Plan war das, Theo Welk.«

»Ach na ja«, sagte der Student, bescheiden errötend.

Tinorius beendete seinen alarmierenden Vortrag, und nun trat Professor Welk hinter das Rednerpult.

»Ich möchte meinem Vorredner für seine erhellenden Ausführungen danken«, begann er, »und Ihnen jetzt meine eigene Theorie vorstellen, die ich in den letzten Stunden entwickelt habe. Diese Theorie bezieht sich auf etwas, das ich *Wirkliches Verhalten* nennen möchte. Diverse Phänomene sozialer, psychischer und politischer Natur, die wir in der letzten Zeit nicht allein in Sternheim, sondern in den gesamten Fernen Ländern beobachten, halte ich für Symptome einer Infizierung dieser Welt mit Wirklichkeit. Und ich glaube auch, die Ursache dieses Problems zu kennen. Bürger von Sternheim, ich muss Ihnen ein Geständnis machen.«

Der Professor legte eine dramaturgisch wirksame Pause ein.

»Wir, ich und mein junger Assistent«, er nickte in Theodors Richtung, »stammen aus jener Sphäre, die man *Die Wirklichkeit* nennt.«

Betroffene Stille folgte dieser gewichtigen Mitteilung. Dann sprachen alle aufgeregt durcheinander.

»Das heißt«, Mercedes sah den Studenten mit großen Augen an, »du bist ... ein Dämon, ein Dämon aus der Wirklichkeit?«

»Nein«, wehrte Theodor ab, »es gibt in der Wirklichkeit keine Dämonen, ich bin da drüben ein ganz normaler Mensch.«

»Oh.«

Verwirrenderweise schien diese Mitteilung die Koboldin zu enttäuschen.

»Na ja, aber«, beeilte sich der Student hinzuzufügen, »vielleicht bin ich ja *doch* ein Dämon, sozusagen *inkognito*, ich meine ...«

»Seien Sie unbesorgt«, sagte der Professor, und die Gespräche verstummten, »die Geschichten über Dämonen entbehren jeder vernünftigen Grundlage. Doch es gibt in unserer Heimat andere Dinge, die dieser Welt gefährlich werden können. Und wie Herr Tinorius ausgeführt hat, ist die Bedrohung noch nicht vorüber. Wir müssen schnellstmöglich handeln, wenn wir die Katastrophe noch abwenden wollen. Ich möchte Ihnen einen Vorschlag machen. Wir beide, ich und Herr ... äh ... Welk haben diese Sache begonnen, und wir sollten sie auch beenden. Darüber hinaus bin ich der Überzeugung, dass es sich hier um eine Aufgabe handelt, die aus gewissen Gründen überhaupt nur *von uns beiden bewältigt werden kann.*

Dies ist mein Vorschlag: Wir werden uns ins Kristallgebirge begeben und uns dem stellen, was uns dort erwartet.«

Gegen diesen Vorschlag hatte niemand etwas einzuwenden.

In dieser Nacht schlief Theodor schlecht. Die Abreise war für den nächsten Tag angesetzt worden. Sie würden mittels Orikels Verbessertem Personenteleporter, einem ungemein komplizierten Zauber, der zwölf Stunden lang von mindestens zwölf Magiern vorbereitet werden musste, ins Kristallgebirge reisen. Damit endete auch der geplante Teil des Vorhabens. Professor Welk hatte nicht sagen können (oder vielleicht nicht wollen), was sie im Kristallgebirge erwartete, und die Ungewissheit machte dem Studenten schwer zu schaffen.

Als er endlich einschlief, träumte er von Dunkelheit.

Am nächsten Tag gab es einige Abschiede.

Eralkes, der eine kurze Pause bei seinen Leibesübungen einlegte, überreichte Theodor ein prächtiges Schwert.

»Sirvanor«, erklärte er, »die Klinge aus Wichtelsilber. Ich habe es gestern in den Archiven Beschlagnahmter Artefakte der Fantastik AG gefunden. Da unten liegen noch eine Menge Sachen, die mal mir gehört haben.«

»Das kann ich nicht annehmen«, wehrte der Student ab.

»Ach, Quatsch, ich hab noch dreihundertsiebenundzwanzig andere Schwerter, zwei Drittel davon magisch oder besessen. Außerdem weiß man nie, wozu man so was gebrauchen kann, wenn man in eine Aventüre zieht.«

Der Professor und Dr. Vendel versprachen sich, nach erfolgreich verlaufener Weltrettung an einem gemeinsamen Forschungsprojekt zur Lyrik Kert von Minkelstadts zu arbeiten, was der Student nicht anders als wiederum ausnehmend romantisch finden konnte.

Dann kam der Abschied von Leutnant Daumenschraube.

»Ich möchte dir etwas geben«, sagte die Koboldin.

Sie öffnete den Knoten ihres Halsbandes.

»Geh mal ein bisschen in die Knie.«

Mercedes hängte Theodor das Halsband um.

»Ein Glücksbringer. Es ist der Zahn eines wilden Rieseneberś«, erklärte sie. »Rieseneberzähne sind so ziemlich das

Härteste, was es gibt. Man könnte Diamanten damit zertrümmern. Sein ursprünglicher Besitzer hat es mir nicht leicht gemacht, fast hätte er mich untergekriegt. Am Ende musste ich ihm mit bloßen Händen das Genick brechen.«

»Danke«, murmelte der Student und befingerte das martialische Geschenk.

»Und jetzt brauche ich entweder einen Hocker oder du musst noch mal in die Knie gehen.«

»Warum?«, fragte Theodor verständnislos.

Mercedes zog ihn zu sich herab und gab ihm einen langen Kuss.

»Pass auf dich auf, Theo«, sagte sie.

»Können wir, Herr Welk?«, rief der Professor.

Theodor richtete sich auf.

»Wir können«, sagte er, bereit für künftige Heldentaten.

Jetzt standen sie in dem Zauberkreis, während zwölf Magier, unter ihnen Tinorius, Dr. Vendel und Zirkel, die Formel von Orikels Verbessertem Personenteleporter intonierten.

»Moment mal«, sagte Theodor, sich plötzlich an etwas erinnernd, »das hier ist nicht zufällig die Art von drahtloser Materieübertragung, bei der es unangenehme genetische Folgen hat, wenn mehr als ein Lebewesen ...«

Ein Lichtblitz flammte auf.

[ähm

(dachte der student)

ohh-

kay]

[wie ich mir gedacht habe

(dachte professor welk)

der prozess der nihilisierung hat bereits begonnen und wir sind mitten im nichts gelandet das heißt das große projekt muss sich ganz in der nähe befinden]

[es passiert überhaupt nichts

(dachte theodor)

professor haben sie eine Ahnung wieso habe ich keine stimme] [es gibt hier natürlich keine schallwellen

(dachte professor welk)

immerhin überrascht es mich, dass ich atmen kann, was wahrscheinlich darauf zurückzuführen ist, dass es hier nicht nur keine atemluft sondern auch nicht keine atemluft gibt was auf paradoxerweise faszinierend ist aber wir sind nicht zu unserem vergnügen hier mal sehen die dreidimensionalität scheint auch aufgehoben]

[es gibt nicht einmal oben oder unten links oder rechts

(dachte der student)

man weiß überhaupt nicht wohin man gerade geht halt da hinten ist etwas professor haben sie ah er hat es schon gesehen]

[was mag das sein

(dachte professor welk)

wie navigiert man im richtungslosen raum ich bewege mich einfach darauf zu und lasse die theorie außer acht]

[wir kommen näher heran]

[es sieht aus wie eine art tor]

[es ist ein großes tor]

[was steht da

(dachte Professor Welk)

die fernen länder ein entertainment-produkt der fantastik ag]

[das tor öffnet sich]

»Was war das denn?«, fragte der Student. Seine Zähne klapperten.

»Das war genau das, wonach es sich angefühlt hat«, sagte Professor Welk. »Das war das Nichts.«

»Zumindest war es nicht kalt.«

Theodor trat von einem Bein auf das andere, um sich aufzuwärmen. Er sah sich um.

Sie standen auf einer Insel im Nichts.

Jenseits der schwer – eigentlich gar nicht – beschreibbaren Abwesenheit von Etwas ragten schneebedeckte Berggipfel auf. Doch während der weitere Umkreis eher riesenhafte Dimensionen besaß, wirkte die nähere Umgebung fast geschrumpft, wie ein verkleinertes Modell von etwas viel Größerem.

»Wo sind wir hier?«, fragte der Student. Seine Worte kondensierten zu weißen Atemwölkchen.

»Im Kristallgebirge. Das dort drüben ist die Hohe Zinne, da vorne ist …«

»Nein«, unterbrach der Student. »Ich meine das hier.« Er wies mit einer Handbewegung auf das Naheliegende.

»Erkennen Sie es nicht?«, fragte Professor Welk. »Es sind die Fernen Länder, nachgebaut im Kleinen. Das da ist der Wurzelwald, und dies dort hinten, bei dem nicht ganz originalen Riesenkarussell, soll die Gedörrte Wüste darstellen. Bei der Würstchenbude dort drüben ist der Sumpf der Versteinerten Dinge und diese Wildwasserbahn endet im Ozean der Sirenen. Und so weiter. Es ist ganz offensichtlich ein …«

»Ein Freizeitpark!«, beendete der Student den Satz. »Das Große Projekt ist ein Freizeitpark?«

Die ganze Anlage wirkte unfertig. An einigen Bauten standen noch Gerüste, Baumaterial lag herum und alles war mit Schnee bedeckt. Am Boden lag er knietief. Leise kreischend bewegte sich ein Riesenrad im eisigen Wind.

Bedrückende Stille lastete auf dem Ort. In seinem Zentrum stand ein hoher schwarzer Turm.

Die Atmosphäre des Unheils schien sich dort zu verdichten.

»Kommen Sie«, sagte Professor Welk. »Wir sollten uns diesen Turm näher ansehen.«

»Die Festung der Fürchterlichen Finsternis«, las der Student, »tritt ein und erlebe das Grauen.«

Professor Welk betrachtete das Tor des schwarzen Turms, das wie ein aufgerissenes Maul geformt war.

»Wir gehen rein«, entschied er.

Im Innern war das Gebäude weit größer, als sein Äußeres hätte vermuten lassen. Sie traten in einen gigantischen Hohlraum. Eine schmale Brücke, ins Bodenlose vorgestreckt wie eine Dämonenzunge, führte zu einer kristallenen Röhre, die senkrecht in Schwindel erregende Höhen aufstieg. Als sie bei der Röhre ankamen, sahen sie, dass es ein Fahrstuhlschacht war. Der dazugehörige Lift verfügte auf seinem Bedienfeld nur über einen einzigen Knopf.

»043. Stockwerk«, las Theodor. »Aufsichtsrat.«

»Wir sind ganz nah dran«, sagte der Professor.

Der Student drückte auf den Knopf, die Fahrstuhltüren schlossen sich, und sie fuhren aufwärts.

Nach etwa einer Minute glitten die Türen wieder auf, und Theodor und der Professor traten in eine kleinere Halle, deren Wände, Boden und Decke aus glattem grauen Marmor bestanden. Die Luft war kühl, es herrschte Totenstille. Es gab keine Fenster, schwaches Licht kam nur von Leuchtstoffröhren an der Decke.

In der Mitte des Raumes befand sich ein großer, ovaler Rahmen, in dem etwas, das wie schwarze Tinte aussah, wogte. Davor befand sich ein Podest, ebenfalls aus Marmor, auf dem ein gläserner, länglicher Kasten ruhte.

Sonst war die Halle leer.

»Tinorius hatte in allen Einzelheiten recht«, sagte der Professor und zeigte auf den Rahmen. »Das muss das Dimensionstor sein.«

»Und was ist in dem Glasbehälter?«

Sie gingen auf das Podest zu, ihre Schritte hallten unnatürlich laut durch den Raum.

In dem gläsernen Behälter (der Student vermied es, das Wort *Sarg* zu denken) lag eine Frau, die zu schlafen schien. Ihre Haut war von einer ungewöhnlichen Blässe, fast weiß, und sie trug einen schmalen Stirnreif, der mit einem großen Rubin verziert war.

»Ist sie das?«, flüsterte der Student.

»Ja«, antwortete Professor Welk. »Das ist Königin Hymnia.«

Theodor drehte sich um. Seit sie die Halle betreten hatten, hatte er das Gefühl, als verfolge ihn etwas. Aber da war nichts, nur sein eigener Schatten.

Moment, dachte Theodor, mein Schatten?

»Hallo«, sagte sein Schatten, »lange nicht gesehen.«

»Faszinierend«, sagte Professor Welk, »autonom agierende Schatten.«

»Faszinierend«, echote sein Schatten, »autonom agierende Körper.«

»Professor«, sagte der Student, »ich wäre Ihnen dankbar, wenn Sie damit aufhören könnten, jede unangenehme oder lebensbedrohliche Situation *faszinierend* zu finden.«

»Eine wirklich nervtötende Angewohnheit«, sekundierte sein Schatten.

»Wenn ich mich nicht irre«, sagte Professor Welk zu dem Studenten, »haben wir den Aufsichtsrat gefunden.«

»Wenn *ich* mich nicht irre«, wiederholte der Professorenschatten, jede Bewegung des echten Dozenten nachahmend, »haben *wir* den Aufsichtsrat gefunden.«

»Hören Sie auf damit«, sagte der Professor, »das ist kindisch.«

»Hören *Sie* damit auf. Das ist kindisch.«

»Oh, Mann«, sagte Theodor.

»Oh, Mann«, wiederholte sein Schatten.

»Fang du nicht auch noch damit an!«

»Fang *du* nicht auch noch damit an!«

»Das beginnt mir auf die Nerven zu gehen.«

»Das beginnt *mir* auf die Nerven zu gehen.«

»Wir werden dem ein Ende bereiten«, sagte Professor Welk.

»Oh nein. *Wir* werden dem ein Ende bereiten.«

Der Dozent trat vor das ovale, schwarz pulsierende Portal.

»Herr Welk«, sagte er, »wir müssen einen Weg finden, das Tor zu schließen.«

Sein Schatten lachte.

»Sie können die Geschichte nicht aufhalten«, sagte er. »Sie können sich nicht gegen die Notwendigkeit stellen.«

»Sind Sie sich dessen bewusst, welche Konsequenzen Ihr Handeln nach sich ziehen wird?«, fragte der Professor.

»Durchaus«, entgegnete sein Schatten. »Und wir sind gerne bereit, sie in Kauf zu nehmen.«

»Dann beantworten Sie mir eine Frage: Warum tun Sie das alles?«

»Aus rationalen Gründen«, sagte der Schattenprofessor. »Ich frage Sie: Welche Existenzberechtigung hatten die Fernen Länder jemals? All die Elfen und Wichtel und die Trolle und *Vergessenen Tempel* und der ganze Blödsinn: Wozu? Alles brachliegendes Material. Es war an der Zeit, dass sich jemand der Sache annimmt. Dass jemand das wirtschaftliche Potenzial erkennt. Phantasie um der Phantasie willen? Ich bitte Sie. In welchem Jahrtausend leben wir denn? Intersphärischer Tourismus ist die Zukunft.«

»Wenn es denn eine gäbe«, warf der Professor ein.

»Und wenn nicht. Was sich nicht als nützlich erweist, ist wert unterzugehen. Wenn das auf das Universum zutrifft: Mag es zerstört werden. Wir betreiben Evolution auf höchster Ebene. Was sich nicht auf dem Markt durchsetzt, wird aussortiert.«

»Dann wird am Ende das Nichts übrig bleiben.«

»Wenn es das ist, was unsere Kunden wollen: Sollen Sie es bekommen. Solange sie dafür bezahlen.«

»Sie sind wahnsinnig«, diagnostizierte Professor Welk.

»Nein. Wir denken absolut vernünftig. Wir betreiben ökonomische Realpolitik, erkennen kausale Strukturen. Der Wahnsinn ist allein auf Ihrer Seite.«

»Ihre Kausalität ist eine scheinheilige Rechtfertigung der Tyrannei.«

»Ihre Phantastik entbehrt jeglicher Rechtfertigung.«

»Darum ist sie frei.«

»Freiheit ist eine Illusion.«

»Das ist sie nicht. Aber Sie bewerben die Illusion als Freiheit, um Unfreiheit zu verkaufen.«

Meine Güte, dachte der Student, fehlt nur noch: Es gibt kein richtiges Leben in der falschen Welt. Pathos, nickte sein Schatten.

»Alles hat seinen Preis. So stehen die Dinge nun mal.«

»Aber so sollte es nicht sein.«

»Es ist aber so.«

»Sie sind nur ein Schatten«, sagte der Professor. »Sie haben keine Macht. Sie werden tun, was ich tue.«

»Oh, werde ich das?«, flüsterte der Schatten. »Wie wäre es, wenn wir das mal umkehren?«

Er machte einige Schritte: der Professor folgte ihm willenlos, taumelnd wie eine an Schnüren geführte Marionette.

»He, das sieht lustig aus«, rief Theodors Schatten, vollführte mehrere Bewegungen, und der Student ahmte sie nach, unfähig sich zu widersetzen.

»Hören Sie auf mit diesem unwürdigen Unsinn«, sagte der Professor, der Willkür seines Schattens ausgeliefert.

»Och, jetzt schon?«, rief Theodors Schatten. »Aber das macht so viel Spaß!«

Er zwang den Studenten, sich selbst ein paar schallende Ohrfeigen zu geben.

»Der Professor hat recht«, sagte der Schatten des Dozenten. »Wie immer. Wir haben später noch genügend Zeit, um uns zu amüsieren.«

Er schnippte mit den Schattenfingern.

»Wachen! Nehmt sie fest.«

Überwacher strömten in die Halle.

Theodor hörte ihre wispernden, knisternden Stimmen, die wie wimmelnde Insektenschwärme in seine Gehirnwindungen krochen, als sich die Überwacher zu einer Mauer aus Dunkelheit um ihn und den Professor zusammenschlossen.

Dann wurde alles schwarz.

Theodor Welk hing über pechschwarzer Finsternis an einem roten, organisch wirkenden Abhang, durch den regelmäßig ein starkes Beben ging. Hunderte, eher Tausende phantastischer Wesen aller Arten kämpften wie der Student darum, nicht in die Dunkelheit zu stürzen. Neben ihm klammerte sich ein Wichtel verzweifelt an einen Vorsprung, etwas weiter entfernt bemühte sich ein Lindwurm vergeblich, nach oben zu klettern. Auf der anderen Seite versuchte eine Seilschaft Zwerge das Gleiche. Elfen, Trolle, Irrlichter, Wassermänner, Waldschrate, Moosnymphen, Erdgeister, selbst Bergriesen und Eisdrachen, sie alle kämpften darum, nicht abzustürzen. Hin und wieder verlor jemand diesen Kampf und fiel in bodenlose Dunkelheit.

Endlich konnte auch der Student sich nicht mehr halten. Starr vor Entsetzen stürzte er in den Abgrund.

Als Theodor wieder erwachte, war das Erste, was er bemerkte, ein heller Lichtblitz.

Das Zweite, dass dieser Lichtblitz aus dem Fotoapparat eines asiatisch aussehenden Mannes kam, der etwa anderthalb Meter vor ihm stand und sehr touristisch wirkte.

Ein Japaner, dachte Theodor. Oder vielleicht auch ein Koreaner oder Chinese, jedenfalls jemand aus dem asiatischen Raum.

Und dann: Moment mal, wo bin ich hier?

Als Drittes bemerkte er, dass er aufrecht auf beiden Beinen stand – was zumindest ungewöhnlich ist, wenn man gerade aus einem Albtraum erwacht – und einen schweren Gegenstand mit den Händen über seinen Kopf erhoben hielt.

Er versuchte seine Arme zu bewegen und musste feststellen, dass er keine Kontrolle über sie besaß.

War er gefesselt?

Er probierte, den Kopf zu drehen, aber auch das war unmöglich. Sein Hals war steif und unbeweglich, wie aus Stahl.

Und plötzlich sah er das Monster.

Es stand direkt vor ihm, zwischen ihm und dem Touristen.

Die Augen des Monsters waren weit aufgerissen. Aus seinem Maul ragten hässliche gelbe Hauer. Es trug einen Lendenschurz aus Fell und eine Halskette aus Schrumpfköpfen und holte mit einer riesigen Knochenkeule zum Schlag aus.

Theodor wollte schreien, aber auch seine Stimmbänder gehorchten ihm nicht.

Und dann sah er, dass es eine Spiegelung war.

Einen halben Meter vom Studenten entfernt befand sich eine Glasscheibe, und darin spiegelte sich das Monster.

Deswegen war es auch so durchscheinend.

Aber wenn das da vor ihm nur eine Spiegelung war – wo war dann …

Oh nein, dachte der Student, als er den einzig möglichen Schluss zog.

Der Tourist vor der Scheibe drückte auf einen Knopf und eine Stimme berichtete:

»Der Grauenvolle Steintroll gehört zu den aggressivsten und skrupellosesten Arten der Fernen Länder. Diese reißende Bestie ist alles andere als integrationsfähig, und darauf ist sie auch noch stolz. Wo immer sich eine Gelegenheit bietet, Angst und Schrecken zu verbreiten …«

Theodor ließ seinen Blick schweifen – zumindest die Augen konnte er bewegen.

Er war nicht der Einzige, den man hinter Glas ausgestellt hatte.

In der großen Halle gab es unzählige Vitrinen, in denen verschiedene Bewohner der Fernen Länder in ihren *natürlichen Habitaten* präsentiert wurden.

Theodor sah Zwerge, Feen, Einhörner, Kobolde und er sah – den Professor.

Der Dozent stand in einer Märchenwalddekoration aus Plastikblumen und Gummibäumen und focht offenbar einen simulierten Kampf mit einer Harpyie aus.

Gerade hatte ein Kind, das mit seinen Eltern vor der Vitrine stand, per Knopfdruck die Sequenz aktiviert:

Der Zauberstab des Professors begann elektrisch zu blinken, er bewegte seinen Arm marionettenhaft und schleuderte eine rötlich glühende, an einem deutlich sichtbaren Faden gezogene Kunststofffeuerkugel in Richtung der Harpyie, deren Flügel daraufhin mit einem mäßig beeindruckenden Flammeneffekt zu brennen anfingen.

Der Student konnte nur erahnen, wie sehr seinen Dozenten diese aus wissenschaftlicher Sicht unverantwortliche Vorstellung seelisch mitnehmen musste.

Das können Sie wohl sagen, sagte die Stimme Professor Welks in seinem Kopf.

Professor!, rief der Student in Gedanken. Was ist passiert? Wo sind wir hier?

Das ist doch offensichtlich. Der Freizeitpark ist eröffnet worden. All diese Leute da draußen kommen aus der Wirklichkeit.

Aber dann ist ja das Tor …, begann Theodor.

Ja. Das Tor zwischen den Welten steht offen. Hören Sie. Wir haben nicht viel Zeit. Ich werde den Bann von Ihnen nehmen, der Sie daran hindert, sich zu bewegen. In dieser extrem antimagischen Umgebung werde ich dabei wahrscheinlich einen psychosomagischen Schock erleiden. Es ist schon schwer genug, einen einfachen Zauber wie Quorms Hervorragenden Telekommunikator aufrechtzuerhalten. Aber kümmern Sie sich nicht um mich. Sie müssen Königin Hymnia finden und befreien. Das ist unsere einzige Hoffnung.

Aber …

Von diesem Zeitpunkt an gibt es keine Abers mehr. Also: Sind Sie bereit?

Nein, dachte der Student, aber das macht wohl keinen Unterschied.

Eine gute Verwendung des Wortes ›aber‹, an die ich gar nicht gedacht hatte. Gut. Ich zähle bis drei. Eins … Zwei … es kann übrigens sein, dass Sie ein kleines bisschen von dem Schock abbekommen, wenn ich den Zauber wirke. Drei!

»Er sieht richtig echt aus«, sagte die junge Frau. Sie trug ein Original-Ferne-Länder-Merchandising-T-Shirt, auf dem Max Danger im Kampf mit Smirfel, dem Blut- und Todesgott abgebildet war. »Meinst du, er ist ausgestopft?«

Ihr männlicher Begleiter lachte.

»Ach Quatsch. Der ist aus Plastik. Sieh dir doch die Schrumpfköpfe an: totales Plastik.«

»Aber sein Blick wirkt irgendwie lebendig«, meinte die junge Frau. »Ich glaub sogar, eben hat er die Pupillen bewegt.«

»Ja klar. Und gleich zerschlägt er das Glas mit seiner Gummiknochenkeule und springt brüllend …«

Das Glas der Vitrine zerbarst.

Seine Keule schwingend und einen barbarischen Urlaut ausstoßend – Wuuuooooaahhrrr –, sprang der Grauenvolle Steintroll aus seinem gläsernen Gefängnis.

Touristen schrien und fielen in Ohnmacht. Panik breitete sich aus.

Schnaufend, mit den Augen rollend, stand Theodor in der Halle, bis er sich einigermaßen von dem Magieschock erholt hatte.

Das war ein ›*kleines bisschen*‹ *gewesen*?

Wie musste es dann erst den Professor erwischt haben?

Theodor spie die künstlichen Grauenhafter-Steintroll-Hauer aus, die man ihm in den Mund gesetzt hatte und bahnte sich einen Weg durch die hysterische Menschenmenge zur Vitrine seines Dozenten hinüber.

Reglos, mit geschlossenen Augen lag Professor Welk hinter dem Glas.

»Oh nein!«

Theodor schlug gegen die Scheibe.

»Professor!«, rief er.

»Stehen bleiben!«

Der Student blickte sich um. Wachleute strömten in die Halle, und entsetzt erkannte Theodor die finsteren Schattengesichter unter ihren Uniformmützen.

»Verdammt!«

Er hatte keine Wahl, als den Professor fürs Erste zu verlassen. Später würde er zurückkehren.

Theodor rannte zum anderen Ausgang der Halle, aber auch von dort kamen jetzt die Überwacher.

Langsam kreisten sie ihn von allen Seiten ein.

»Unterwerfung ist der einzig gangbare Weg«, knisterten ihre dünnen Schwarmstimmen, »füge dich dem Unvermeidbaren.«

Die Überwacher kamen näher und näher. Jetzt konnte ihn nur noch ein Wunder retten.

Ein Wunder oder eine List.

»Hinter euch!«, rief der Student. »Ein riesiger weißer Stoffhase!«

Die Schatten drehten sich erschrocken um.

Theodor nutzte die wertvollen Sekundenbruchteile und rannte aus der Halle.

Königin Hymnia finden, dachte er, schön. Aber wie?

Ein entferntes Beben ließ den Boden unter seinen Füßen erzittern.

Wenn Tinorius' Prognosen stimmten, musste dies der Beginn der Apokalypse sein.

Warum passiert ausgerechnet mir immer so was, dachte der Student, während er durch den nächsten Ausstellungsraum hastete.

Wenn er ganz ehrlich war, musste er zwar zugeben, dass es der erste Weltuntergang war, den er erlebte, aber bei seinem Glück würde es bestimmt nicht der letzte sein.

Sein Blick fiel auf einen Stand mit Prospekten, in denen die Attraktionen des Parks aufgeführt waren. Er schnappte sich ein Exemplar.

Die Fernen Länder, las er. Ein grenzenlos-unbeschwertes Vergnügen für Jung und Alt.

Tauchen Sie ein in eine Welt voller Magie und Wunder. Lassen Sie sich von den Reizen unschuldig gebliebener Kulturen bezaubern.

Ein weiteres Grollen aus der Ferne. Die Erde bebte.

Erleben Sie hautnah das Ende der Welt, ergänzte Theodor. Live und in Farbe.

»Sind die echt?«

Es war ein kleiner Junge. Er zeigte auf Theodors Schrumpfkopfkette.

»Äh, nein«, sagte er. »Aber du kannst sie haben, wenn du willst.«

Er nahm die Kette ab und gab sie dem Jungen.

»Cool«, sagte der.

»Hast du keine Angst vor mir? Ich meine, weil ich doch ein grauenvoller Troll bin und so.«

»Nö«, sagte der Junge. »Hab schon Übleres gesehn.«

»Hör mal. Würdest du mir einen Gefallen tun?«

»Okay«

»Wenn hier gleich so ein paar schattenhafte Typen vorbeikommen, würdest du denen sagen, dass ich in diese Richtung da gelaufen bin, und nicht in die, in die ich jetzt wirklich laufe?«

»Okay«

»Danke.«

Der Student sprintete los. Der Junge hängte sich die Schrumpfkopfkette um und wartete.

Wenige Sekunden später erschienen die Überwacher.

»Halt!«, zischte der Vorderste von ihnen. »Der Rebell muss hier vorbeigekommen sein. Das Kind trägt seine Kette!«

Er beugte sich zu dem Jungen hinab und fauchte so sanft, wie er konnte: »Na, mein Junge, eine schöne Kette hast du da. Von wem hast du die denn?«

»Von einem Troll«, sagte der Junge. »Er hat gesagt, ich soll euch nicht sagen, dass er in die Richtung gelaufen ist«, er zeigte mit dem Finger, »sondern in die Richtung.«

Der Überwacher lachte misstönend.

»Ausgezeichnet. Das hast du gut gemacht, mein Junge. Vorwärts, Männer!«

Einer der Überwacher zögerte.

»Was ist?«, zischte der erste. »Brauchst du eine Sondereinladung, X 253?«

»Ähm«, sagte X 253, »und wenn … der Hasengeist bei ihm ist? Ich meine, ich war in Sternheim dabei und …«

»Abweichung wird nicht toleriert«, fauchte der erste Überwacher. »Wenn du aus der Reihe tanzen willst, brauchst du das nur zu sagen.«

»Nein, nein, schon gut«, flüsterte X 253.

»Dann also vorwärts.«

Die Überwacher eilten geräuschlos weiter.

Als sie weg waren, schüttelte der Junge den Kopf.

Manche Leute glaubten Kindern wirklich alles, wenn man sich nur dumm genug stellte.

Natürlich hatte er sie in die falsche Richtung geschickt.

Besuchen Sie die Wichtelstepptanzrevue, las Theodor, während er weiterrannte, köstliches Entertainment, präsentiert von Zisch, der pricklig frischen Himbeerwichtelbrause.

Er stürmte durch eine große Doppeltür ins Freie und kniff im hellen Sonnenlicht die Augen zusammen.

Der Schnee, der bei ihrer Ankunft aus dem Nichts noch auf allem gelegen hatte, war verschwunden. Das Große Projekt war fertiggestellt, und es wimmelte von Besuchern aus der Wirklichkeit.

Karussells wirbelten zu fröhlicher Musik im Kreis, Achterbahnen rauschten in irrwitzigem Tempo hoch über die Köpfe hinweg, bedauernswerte Animateure stapften in transpirationsfördernden Riesenkostümen durch die Menge.

Niemand schien sich um das Beben zu kümmern, das in regelmäßigen Abständen alles erzittern ließ.

Okay, dachte Theodor und konsultierte den Plan in seiner Broschüre.

Ich bin hier, beim Panoptikum der Fernen Länder. Dann ist das da drüben der ZwergenTwister und das die NymphenWaterFunBahn, irgendwo dahinten ist der ZyklopenThrill mit dem Eispavillon (1 Kugel Original-Zyklopen-ZiegenmilchIce-Cream nur 1,75 Fantastik-Dollar) und auf der anderen Seite müsste dann der Zauberkrötenstreichelzoo sein.

Hm.

Wie nur sollte er Königin Hymnia finden?

»He du!« Ein Zwerg hatte sich vor ihm aufgebaut und sah ihn von unten missbilligend an.

»Ich?«

»Ja, du. Was machst du denn hier? Es geht gleich los. Hymnia hat schon zwei Mal gesungen.«

»*Königin* Hymnia?«, fragte Theodor erstaunt.

Der Zwerg rollte mit den Augen.

»Nein, Hannelore Hymnia. *Natürlich* Königin Hymnia. Hast wohl heute deinen komischen Tag. Also los, komm schon.«

Das nennt man Glück, dachte der Student. Er hatte zwar keine Ahnung, woher ihn der Zwerg zu kennen glaubte, aber offensichtlich wusste er, wo sich Königin Hymnia befand, und das war die Hauptsache.

»Wo hast du überhaupt deine Schrumpfköpfe?«, fragte der Zwerg, während sie an den Attraktionen vorbeischritten.

»Die habe ich ... ähm, verloren.«

Der Zwerg schüttelte den Kopf.

»Amateure«, sagte er, »ein Haufen von Amateuren. Und ich hätte an der Oper von Drachingen inszenieren können!«

Vor einem großen Gebäude, über dessen Eingang ein buntes Transparent hing, machten sie halt.

Die Fernen Länder, las Theodor. *Das Musical.*

War es schon zu spät zur Flucht? Apokalypse und Untergang des Universums hielten sich ja noch irgendwie im Rahmen, aber das hier war ein bisschen zu viel des Guten.

Theodor überwand sich und ging auf den Eingang zu.

»He«, rief der Zwerg. »Wo willst du denn hin? Nimm gefälligst den Künstlereingang! Und lass dir aus dem Kostümfundus eine neue Schrumpfkopfkette geben.«

»Kostümfundus?«, fragte der Student.

»Und deine komischen Grimassen kannst du dir für die Show aufsparen.«

»Show?«

»Worauf wartest du? In spätestens einer Viertelstunde musst du auf dem Eis stehen.«

»Eis?«

In diesem Moment glättete ein plötzlicher Windstoß eine Falte im Transparent, sodass der ganze Schriftzug sichtbar wurde.

Die Fernen Länder. Das Musical. *On Ice.*

Nur dank übertrollischer Selbstbeherrschung sank Theodor angesichts dieser grausamen Enthüllung nicht in die Knie, griff sich auch nicht mit dramatischer Geste an den Kopf und entsandte kein verzweifeltes Neiiiiiiinn! in den erbarmungslosen Himmel.

»Hat schon mal jemand von euch in den Pausen genauer auf Grugo geachtet?«, fragte der Troll. Er rückte seine Schrumpfkopfkette zurecht und schenkte dem Garderobenspiegel ein hochprofessionelles Bühnenlächeln.

»Nein, wieso?«, entgegneten die anderen Trolle mit gespitzten Ohren.

»Ich will ja nichts sagen«, behauptete der erste Troll.

»Aber?«, lechzten die anderen.

Der Troll, der über die neuesten Nachrichten in der Sache Grugo verfügte, quetschte sich eine Ladung Haargel in die Hände und brachte seine struppigen Trollhaare in Form.

»Nun ja, ähem … Stressesser«, hüstelte er.

»Nein!«, riefen die anderen Trolle schockiert und entzückt zugleich von dieser Neuigkeit, die ihnen im Übrigen längst bekannt war.

»Doch. Und das bleibt natürlich nicht folgenlos.«

»Wieso? Sag schon!«

»Gilana aus der Kostümabteilung hat mir erzählt …«

»Ja?«

»Sie musste seinen Lendenfellschurz um *zwei Bünde weiter machen.*«

»Nein!«, riefen die anderen.

Die Garderobentür wurde geöffnet. Grugo, der Stressesser, trat in den Raum.

»Hat einer von euch zufällig meine Haarbürste gesehen?«, fragte er.

Die anderen warfen sich vielsagende Blicke zu.

»Nein«, antwortete einer von ihnen. »Aber wir haben gerade von dir gesprochen.«

»Ja«, sagte ein Zweiter grinsend. »Über deine Figur.«

»Schhh!«, machte ein Dritter.

»Genau,« bestätigte ein Vierter. »Wie schaffst du das nur, dass du essen kannst und essen und dabei einfach nicht zunimmst?«

Grugo stand einen Moment lang sprachlos in der Garderobe. Dann drehte er sich um, stampfte aus dem Raum und knallte die Tür hinter sich zu.

Die Trolle prusteten los.

»Ihr seid so gemein!«, kicherte einer.

»Habt ihr sein Gesicht gesehen?«

»Du meinst sein *Gewicht*?«

Ein neuer Lachsturm folgte diesem geistreichen Wortwitz.

Es klopfte an der Tür.

Sie verstummten.

Theodor steckte seinen Kopf herein.

»Äh, Entschuldigung«, sagte er. »Ich glaub, wir sollen gleich zusammen auftreten. Könnt ihr mir sagen, wo ich eine Schrumpfkopfkette herkriege?«

Die Trolle sahen einander an.

»Den Gang runter, dann die dritte Tür links«, sagte einer. »Frag nach Gilana.«

»Danke.«

Der Student schloss die Tür.

Die Trolle schwiegen.

»Meine Güte«, sagte schließlich einer, »wer hat denn *den* engagiert?«

Es war ein märchenhaftes Vergnügen für die ganze Familie, das jedenfalls behauptete die Werbebroschüre. Vor allem war es aber eines, fand der Student: historisch fragwürdig.

In der Historie der Fernen Länder – und die in *rasantem Tempo* nachzuerzählen war das ausdrückliche Anliegen des Musicals – hatte es keine in augenschmelzend quietschbunten Glitzerkostümen pirouettierenden Schlittschuhgnome gegeben, die zu allem Überfluss auch noch Sachen sangen wie: Hach, wie schön ist es, ein Gnom zu sein!

Nach dem aktuellen Stand phantastischer Geschichtsforschung deutete auch nichts auf das Stattfinden eines historischen Rap-Battles zwischen eissteppenden Gangstazwergen und breakdancenden Höhlenschildkrötenmenschen hin, bei dem nach Theodors Ansicht beide Seiten sowohl an Coolness als auch an Credibility einbüßten, was ihnen auf diesen Gebieten jemals zu Eigen gewesen sein mochte.

Doch dem Publikum, das aus der Wirklichkeit angereist war, schien es zu gefallen. Jede Szene wurde mit großem Applaus gewürdigt, jede humoristische Einlage erntete Lachsalven.

Theodor, der die Vorstellung auf dem Eis von einem Seiteneingang aus verfolgte, klapperte prüfend mit den Kufen seiner Schlittschuhe auf dem Boden.

Es war nicht so, dass er noch nie auf Schlittschuhen gestanden hatte.

Stattdessen war es so, dass er genau *ein Mal* auf Schlittschuhen gestanden hatte, an einem trüben kalten Wintertag, an den er nicht gern zurückdachte. Wenn er es doch tat, erinnerte er sich vor allem an Gleichgewichtsprobleme und blaue Flecken.

Aber die Gelegenheit war zu günstig, um sie nicht wahrzunehmen.

Nach dem, was ihm die anderen Trolle erzählt hatten, spielten sie eine Gruppe von Trollbarbaren aus dem hohen Norden, die mit ihrem Anführer Urk, dem Ungehobelten, aufbrechen, um Königin Hymnia aus ihrem Schloss zu entführen.

Es war, als hätten die Musicaldramaturgen die Szene nur für diese Gelegenheit geschrieben, um ihm, Theodor Welk, die Möglichkeit zu geben, die Welt zu retten.

Trotzdem fühlte sich der Student alles andere als wohl bei der Sache, vor allem, weil alles doch ein wenig *zu gut* passte, was immer höchst verdächtig ist.

Vielleicht sollte er doch noch verschwinden, bevor …

»Okay, Leute, wir haben ein Problem.«

Es war der Zwerg, mit dem er hergekommen war.

»Grugo weigert sich, seine Kabine zu verlassen. Gilana ist jetzt bei ihm und versucht, ihn zu überreden, aufzutreten, aber er sagt, er sei ein abscheulich hässlicher übergewichtiger Troll und werde sich auf immerdar vor der Welt verbergen. Außerdem kommen unkontrollierte Essgeräusche aus der Kabine. Das heißt: Unser Urk fällt aus. Und das bedeutet: Einer von euch muss die Rolle übernehmen. Was ist mit dir?«

Der Regiezwerg deutete mit dem Zeigefinger.

»Meinst du, du kriegst das hin?«

»Äh?«, machte Theodor. »Ich?«

»Super«, sagte der Zwerg. »Dann ist das ja geklärt.« Er klatschte in die Hände. »Also: drei Minuten.«

Damit ließ er den Studenten stehen, zusammen mit den anderen Trollen, deren Blicke ihn unmissverständlich darüber aufklärten, dass, wenn jemand es verdient hatte, Urk, den Ungehobelten zu spielen, dieser Jemand bestimmt nicht Theodor Welk hieß.

Die Lichter gingen aus.

Archaisch dumpfe Trommelrhythmen wummerten.

Die Wiesenhainfeen, die eben noch ihr luftiges Zuckergusseisballett getanzt hatten, zogen sich ängstlich zurück.

Ein Schlitten aus Knochen fuhr auf die Eisfläche hinaus, gezogen von acht Trollen, die einen düsteren Choral sangen, in dem sie erzählten, dass sie ausgezogen seien, Königin Hymnia zu rauben und bis in alle Ewigkeit in ihrem finsteren Eispalast im rauen Norden gefangen zu halten.

Auf dem Schlitten saß ihr Anführer, Urk, der Ungehobelte, und gab sich redliche Mühe, ganz besonders barbarisch zu wirken.

Theodor lehnte sich zurück. Bis jetzt lief noch alles nach Plan (das heißt, nach seinem sehr bescheidenen improvisierten Plan, der vorsah, dass er wenigstens bis zum Weltuntergang am Leben blieb).

Er winkte dem Publikum mit seiner Barbarenkeule zu und ignorierte die bissigen Bemerkungen, die zwischen den Gesangseinlagen aus der Zugmannschaft kamen. Gegenstand dieser Kommentare war ein übergewichtiges untalentiertes Gesäß, das von acht sehr undankbar behandelten und – wahrscheinlich gesäßmäßig – ungleich begabteren Trollen übers Eis geschleift wurde.

Plötzlich wurde es merklich kälter in der Halle.

Lautlos besetzten Dutzende, Hunderte von Überwachern die oberen Tribünen und sämtliche Ausgänge. Gleißende Augenpaare verfolgten jede Bewegung des Studenten.

Es sah nicht gut aus für Theodor und seinen bescheidenen Plan.

Aber noch rührten sich die Schattengestalten nicht. Es schien, als warteten sie die Vorstellung ab.

Die Trommeln verebbten und die Trolle brachten den Schlitten zum Stehen.

Stille breitete sich aus. Dann hob ein ätherischer Gesang an.

Alle Blicke richteten sich in die Höhe.

Von dort, aus dem Dunkel unter der Hallendecke, wurde ein gläserner Käfig heruntergelassen, in dem eine überirdisch schöne Frau saß, die die Saiten einer goldenen Harfe strich und dazu mit klarer Stimme eine melancholische Elfenmelodie sang.

Es war Königin Hymnia.

Sie sah unendlich traurig aus, fand Theodor, und ihre großen Flügel waren auf ihrem Rücken zusammengebunden.

Während sie sang, senkte sich der Käfig immer weiter, bis er schließlich auf der Eisfläche aufsetzte und sie verstummte.

Ominöse Orgelklänge kündigten bevorstehendes Unheil an.

Ein Scheinwerfer flammte auf, der Student blinzelte in die blendende Helligkeit.

»Jetzt mach schon«, zischte der nächststehende Troll. »Schwing deinen vollschlanken Hintern aus dem Schlitten.«

Trotz der Kälte rannen Theodor Schweißperlen über die Stirn.

Offensichtlich war dies der Zeitpunkt, da Urk, der Trollbarbar, seinen großen Auftritt hatte.

Ungelenk stieg der Student aus dem Schlitten und stand unsicher auf der Eisfläche.

»Na los, beweg dich«, flüsterten die Trolle.

Die Orgel nahm das Thema des Trollchorals auf und unterlegte es mit einem treibenden Marschrhythmus.

Theodor machte vorsichtig einige gleitende Schritte in Richtung des gläsernen Käfigs.

Es ging gar nicht so schlecht, fand er und erhöhte mutig das Tempo.

Es ging sogar ausgezeichnet!

Elegant wie ein gedoptes Wunderkind glitt der Student über das Eis. Offensichtlich war er ein echtes Naturtalent.

Ob er auch rückwärtsfahren konnte?

Er konnte.

Anmutig rauschte er an den Tribünen vorbei, und hätte nicht seine ernste Aufgabe und eventuell der Weltuntergang vor ihm gelegen, er hätte Kusshände verteilt.

Dann fiel sein Blick auf die Orgel.

Es war eine gewaltige Kirchenorgel, mit turmhohen Orgelpfeifen und zahllosen Manualen, über die sich eine schattenhafte Figur beugte.

Fünf Überwacher traten die Orgelbälge.

Der Schatten an den Manualen griff hingebungsvoll in die Tasten.

Es war der Schatten des Professors.

Theodor sah nach unten auf die Eisfläche, und in diesem Augenblick wusste er, warum er so überraschend gut Schlittschuh fahren konnte.

Weil nicht er selbst es war, der fuhr, sondern …

»Hallo«, sagte sein Schatten. »Lust auf ein kleines Tänzchen?«

Die Orgel ging zu einem schnellen Walzer über.

Die Welt drehte sich.

Von seinem eigenen Schatten gelenkt, wirbelte Theodor in irrwitzigen Spiralbahnen über das Eis, pirouettierend und Luftsprünge machend wie ein rasender Derwisch.

»Bitte aufhören«, ächzte er.

Das finstere Nichtgesicht seines Schattens erschien vor seinem Blick.

»Aufhören?«, lachte der Schatten. »Wir haben noch nicht mal angefangen!«

Der Schatten sprang einen vierfachen Axel, und Theodor, der bislang nicht gewusst hatte, dass man unter dieser Bezeichnung auch etwas anderes verstehen konnte als das Resultat eines moralisch fragwürdigen Gentechnik-Experiments, folgte millimetergenau der Bewegung.

Applaus brandete durch die Halle.

Ich … muss … näher an Hymnia … heran …, dachte der Student.

Er biss die Zähne zusammen und versuchte, die Richtung zu ändern.

»Oh«, sagte sein Schatten, »du willst näher an unser bezauberndes Goldkehlchen? Warum sagst du das nicht gleich?«

Er erhöhte das Tempo und nahm Kurs auf den gläsernen Käfig.

»Nicht!«, rief der Student und hob die Arme schützend vors Gesicht, was für die Zuschauer auf den Tribünen wie großes Theater aussah, »wir werden ...«

Im letzten Moment wich der Schatten dem Käfig aus, und sie schossen haarscharf daran vorbei.

»Was?«, fragte der Schatten. »Einen Salto drüber schlagen? Das ist eine phantastische Idee!«

Die Stahlkufen kratzten über das Eis, dann kamen sie abrupt zum Stehen.

Die Trommeln schwollen wieder an. Die Orgel stieg in dämonische tonale Tiefen hinab.

»Warte mal«, begann der Student und wurde in rasendem Lauf fortgerissen.

Noch fünfundzwanzig Meter bis zum Käfig. Fünfzehn. Fünf. Drei. Zwei.

Eins.

Sie sprangen.

Als sie auf der anderen Seite wieder auf dem Eis aufsetzten, tobte das Publikum.

Der Schatten ließ Theodor Kusshände verteilen.

»Hör doch mal zu«, keuchte der Student, dem die Knie zitterten. »Ihr könnt doch nicht ernsthaft den Weltuntergang ...«

»Weißt du, worauf ich jetzt Lust habe?«, unterbrach sein Schatten. »Noch einen Salto. Aber diesmal rückwärts.«

»Was? Nein!«

Aber sie hatten schon Anlauf genommen. Zwei Meter vor dem Käfig vollzogen sie im vollen Lauf eine Hundertachtzig-Grad-Drehung und sprangen ab.

Oben und unten wurden zu sehr relativen Begriffen, bevor

der Student den dreifachen Salto mit einer bravourösen Landung beendete.

Die Halle kochte vor Begeisterung.

»Und jetzt das große Finale!«, kündigte der Schatten an.

»Bitte nicht«, stöhnte Theodor schwach.

Die Orgel ruhte auf einem tiefen Halteton aus.

Der Kontrolle über seinen Körper beraubt, sah Theodor zu, wie sich sein rechter Arm mit anmutiger Geste über seinen Kopf hob.

»Das große Pirouettenfinale!«, sagte der Schatten.

»Oh nein«, ächzte der Student.

Und sie begannen sich zu drehen.

Erst langsam, dann schneller.

Und schneller.

Schneller und schneller und schneller.

Die Orgel modulierte mit manischen Arpeggios durch den Quintenzirkel.

Die Welt wurde ein einziger farblich verwaschener Schemen.

In der Halle war das Publikum von den Sitzen aufgesprungen und spendete stehende Ovationen. Aber davon bekam der Student nichts mehr mit.

Ihm wurde schwarz vor Augen.

Plötzliches Licht blendete ihn. Theodor lag auf dem Rücken.

Jemand beugte sich über ihn, ein Schatten, der einen Mundschutz trug.

»Keine Sorge«, sagte der Schatten, »die Operation wird ohne Komplikationen verlaufen. Ihr neues Herz wird wesentlich leistungsfähiger sein.«

Schwärze.

Ein sonniger Frühlingstag. Der Student folgt einem weiß leuchtenden Kiesweg, der zu der Tür einer herrschaftlichen Villa führt. Als er in seine Hosentaschen fasst, fühlt er zufrieden, dass sie voller Goldstücke sind. Er greift zwei Handvoll heraus und wirft sie hoch in die Luft. Die Münzen glitzern im Sonnenschein. Eine Weile erfreut sich der Student an diesem Schauspiel, wirft eine Handvoll Münzen nach der anderen in den blauen Himmel, ohne dass seine Taschen dabei leerer werden. Dann folgt er dem Kiesweg weiter zur Tür der Villa. Neben der Tür ist ein goldenes Schild angebracht, auf dem steht:

THEODOR WELK, HAUPTAKTIONÄR
DER FANTASTIK AG.

Wohlgelaunt öffnet Theodor die Tür und ruft: »Schatz, ich bin zu Hause!«

Er ist mit Königin Hymnia verheiratet, die im Wohnzimmer auf ihn wartet, eingesperrt in einen großen gläsernen Kasten, und ihn traurig ansieht.

Das gefällt ihm nicht, seine Frau soll nicht traurig sein, dagegen muss er etwas unternehmen.

Wie war noch die Gleichung?

S – mE = S + F, wobei *S* für *Subjekt*, *mE* für *magische Energie* und *F* für *Fröhlichkeit* steht.

Schön, schön.

Theodor reibt sich die Hände.

Er wirft eine seiner Goldmünzen in den kleinen Münzeinwurf, der an dem Glaskasten angebracht ist, und zwei negativ magische Stabmagneten werden an Hymnias Schläfen in Position gebracht. Hauptaktionär Theodor Welk drückt auf einen Knopf, und die Magneten fangen mit leisem Summen an, der schönen Lichtelfe überschüssige Magie abzuzapfen.

Weil es reine Verschwendung wäre, die Energie nicht anderweitig sinnvoll zu nutzen, wird sie in einen Wunderspiegel an der Wand geleitet, den Theodor nun einschaltet, um sich ein wenig zu unterhalten.

Im Wunderspiegel erscheint seine liebe Gattin und Ehefrau

Königin Hymnia, aber dort ist sie viel fröhlicher als ihr Pendant, das neben Theodor im Wohnzimmer sitzt und alles andere als glücklich wirkt.

»Hallo, Schatz!«, ruft Wunderspiegelhymnia winkend. »Der Fantastikkanal und ich freuen uns riesig, dir jetzt die aktuellen Börsenkurse präsentieren zu dürfen!«

Na, das hört man doch gern!

Theodor macht es sich im Sessel bequem und zündet sich eine Zigarre an.

Der Aktienkurs der Fantastik AG geht steil nach oben, erklärt Wunderspiegelhymnia und sieht dabei zum Anbeißen aus.

Ein Blick zur Seite offenbart, dass selbiges leider nicht von der anderen Hymnia gesagt werden kann, die nach wie vor miese Stimmung verbreitet.

Deswegen wirft Theodor jetzt noch ein paar Münzen nach und dreht an einem Regler, um die Energie-Absaugung zu erhöhen und Hymnias Gesichtsmuskulatur zu entspannen. Es wäre doch gelacht, wenn er das als Hauptaktionär nicht gemanaged bekäme.

Das Summen wird lauter und der Aktienkurs schnellt senkrecht in die Höhe, worüber sich Wunderspiegelhymnia riesig freut. Sie wirft ihm Kusshände zu, und das ganz zurecht, denn nur seinem cleveren Marketing ist es zu verdanken, dass Teil drei der Psychomörderballade »*Der Herzentferner*« so extraordniär an den Kinokassen punkten konnte.

Nur die andere Hymnia, die – Theodor muss es zähneknirschend eingestehen – *echte* Hymnia weiß das so gar nicht zu würdigen und blickt trüber denn je aus der Wäsche.

Schnell noch ein paar Münzen nachgeworfen und die Energie-Extraktion erhöht.

Das Summen wird so laut, dass die Goldmünzen in Theodors Taschen klimpern.

Im Spiegel explodieren die Börsenkurse und die gute Laune von Wunderspiegelhymnia.

Und noch immer weigert sich die andere Hymnia zu lächeln. Im Gegenteil: Sie fängt sogar zu weinen an.

Jetzt verliert Hauptaktionär Theodor Welk so langsam die Geduld.

S – mE = S + F!

Warum verdammt noch mal kann sie sich nicht an eine so simple Formel halten, die jeder Teilnehmer des Crashkurses ›Phantastische Marktperspektiven‹ sofort in den allerersten Minuten begreift!

Er springt auf und schlägt mit beiden Händen gegen das Glasbehältnis, in dem seine Frau gefangen ist.

»Wieso kannst du nicht fröhlich sein!«, schreit er. »Wieso tust du mir das an!«

Da sieht er plötzlich sein Spiegelbild und tritt erschrocken einen Schritt zurück.

Aus dem Glas blickt ihn jemand an, den er nur schwer als sich selbst erkennt.

Sein Spiegelbild trägt einen pechschwarzen Anzug und einen ebensolchen Zylinder und kaut wütend auf einer dicken Zigarre herum. Sein zorngerötetes Gesicht sieht aus wie das eines cholerischen Trollbarbaren.

Soll das wirklich er selbst sein?

Plötzlich bemerkt er die feine Schnur an seinem Hals. Er greift danach und zieht gedankenverloren einen kleinen Gegenstand unter seinem Hemd hervor. Es ist – ein großer, krummer Zahn?

Woran erinnert ihn das nur? Aus weiter Ferne hört er eine Stimme sagen: »Man könnte Diamanten damit zertrümmern …«

War da nicht mal was mit einer Rebellion?

Rothaarige Kobolde?

Jetzt ruft eine zweite Stimme (ist es die eines gewissen Professors?): »Das Glas, zerschlagen Sie das Glas!«

Das Glas?, denkt Theodor. Welches Glas?

Und plötzlich kehrt die Erinnerung zurück. Er weiß wieder,

wer er ist, wer er wirklich ist. Er weiß, von wem er den Zahn bekommen hat.

Und er weiß, welches Glas der Professor meint.

Theodor nimmt das Halsband ab und hält den Zahn in seiner Faust.

Er stößt zu.

Die Welt um ihn zersplittert.

In der Halle:

Das Glas des Käfigs zerbarst, leise klirrend ging ein Regen von Splittern nieder.

Vollkommene Stille.

Ihre großen Flügel ausbreitend, erhob Königin Hymnia sich aus ihrem gläsernen Gefängnis.

Licht ging von ihr aus, immer heller werdendes gleißendes Licht, vor dem alle Dunkelheit weichen musste.

Theodor sah, wie sich sein Schatten wand, in Flammen verzehrte und schließlich ganz verging, wie ein schwarzer Insektenschwarm – in alle Winde zerstob. Die Überwacher und den Schatten des Professors ereilte das gleiche Schicksal.

Königin Hymnia landete auf dem Eis und näherte sich dem Studenten, der ehrfurchtsvoll den Kopf neigte.

»Das war eine große Tat«, sagte sie lächelnd, »und sie soll nicht vergessen werden, Theodor Welk.«

»Ähm, danke, Euer Majestät«, sagte Theodor verlegen.

»Aber es ist noch nicht vorbei. Diese Menschen«, die Königin zeigte in die Runde, »müssen in ihre Welt zurückkehren, bevor es zu spät ist.«

»Ich kümmere mich darum, Euer Majestät«, sagte der Student, von seiner eigenen Entschlossenheit überrascht.

Er griff sich das Mikrofon, das Hymnias Gesang verstärkt hatte.

Seine Stimme echote durch die Halle, als er die bei solchen Gelegenheiten übliche Frage stellte:

»Ist dieses Ding an?«

Donnernder Applaus antwortete ihm.

Peinlich berührt, aber auch ein kleines bisschen von Stolz erfüllt, ließ Theodor den Beifall über sich ergehen.

»Äh, okay, ja, danke«, beschwichtigte er schließlich. »Vielen Dank. Äh … wie fange ich am besten an … also, äh, Folgendes: Es ist unheimlich wichtig, dass jetzt alle, die *nicht* aus dieser Welt stammen, geordnet und in aller Ruhe, aber zügig in ihre Heimatwelt zurückkehren.«

Schweigen.

»Warum?«, rief eine einzelne Stimme aus dem Publikum.

»Ähm.« Der Student kratzte sich am Kopf. »Weil … sonst die Apokalypse bevorsteht.«

Ein Sturm aus Gelächter und neuer Applaus.

Theodor warf Königin Hymnia einen Blick zu. Die Königin zuckte mit den Schultern.

»Das ist kein Witz!«, rief der Student.

Mehr Gelächter.

»Das ist die beste Show, die ich jemals gesehen habe!«, rief jemand.

»Ich meine es ernst«, erklärte der Student. »Und es gehört *nicht* zur Show.«

Applaus.

Ein Beben, stärker als die vorangegangen, ließ alles erzittern. Ein großer Riss entstand in der Hallendecke, Steinbrocken fielen herab und schlugen auf das Eis.

Panik entstand. Leute schrien und stolperten übereinander, als plötzlich alles zum Ausgang strebte.

»Genau das meine ich«, stellte der Student fest. »Schön, dass Sie es doch noch begriffen haben.«

Er wandte sich an die Königin.

»Wenn Ihr mich einen Augenblick entschuldigen würdet, Euer Majestät. Es gibt da eine wichtige Angelegenheit, um die ich mich kümmern muss.«

Der Professor lag noch immer reglos hinter dem Glas, genau so wie Theodor ihn verlassen hatte.

Der Student zerschlug die Scheibe und hob ihn aus der Vitrine.

Vorsichtig legte er die kleine Gestalt seines Dozenten auf den Boden und presste das Ohr an dessen Brust.

Kein Herzschlag.

In dem faltenreichen Gnomengesicht des Professors regte sich nichts. Seine Lider waren fest geschlossen.

Theodor spürte, wie sich seine Kehle zuschnürte und ihm Tränen in die Augen stiegen.

»Verdammt«, fluchte er, »verdammt«, und ballte die Hände zu Fäusten.

Das war kein gerechtes Ende, das war ein *miserables* Ende.

Der Boden erzitterte. Ferner Donner rollte.

Sehr schön. Mochte die Welt untergehen! Wenn die Geschichten in ihr solche Enden fanden, dann verdiente sie es nicht anders.

»Das ist nicht fair«, stieß Theodor zwischen den Zähnen hervor, während ihm Tränen über die Wangen liefen.

»Ausgerechnet jetzt«, rief er, »wo er die Gelegenheit bekommen hätte, Königin Hymnia persönlich gegenüberzustehen!«

Hinter dem Rücken des Studenten zuckten die Lider des Professors leicht.

»Der Lebenstraum jedes Phantastikers!«, rief Theodor. »Das ist nicht fair! Und er war noch so jung!«

»Königin Hymnia!«, rief der Professor und sprang von 0 auf 90 in die Senkrechte. »Phantastisch! Ich müsste mir Notizen …«

Er tastete nach seiner Brusttasche und stutzte.

»Moment mal. Wo bin ich? Was ist passiert?«

Theodor wischte sich die Tränen von den Wangen.

»Professor«, sagte er, über das ganze Gesicht grinsend, »wenn man Ihre wissenschaftliche Begeisterung in Tablettenform pressen und als Revitalisierungselixier verkaufen könnte, wäre das *der* Hit des Jahrtausends.«

Sie eilten durch den jetzt menschenleeren Park. Jenseits des Nichts glühte der Horizont rot, brennende Gesteinsbrocken stürzten herab (vom Himmel regnendes Feuer war anscheinend als apokalyptisches Stilelement bei derartigen Gelegenheiten verbindlich vorgegeben).

Auf dem Weg berichtete Theodor seinem Dozenten, was vorgefallen war.

»Faszinierend«, fand der Professor, der schon wieder ganz der Alte war, »ganz außerordentlich faszinierend!«

In der Festung der Fürchterlichen Finsternis erwarteten sie Königin Hymnia und einige Lichtelfen ihres Hofstaates, die sich um das wabernde Dimensionstor versammelt hatten.

»Es ist mir eine große Ehre, Euer Majestät«, sagte Professor Welk und verneigte sich tief.

»Die Ehre ist auf meiner Seite, Professor«, entgegnete die Königin.

»Ihr habt den Fernen Ländern einen großen Dienst erwiesen«, fuhr sie fort, »und werdet, solange sie bestehen, euren festen Platz in ihrer Geschichte haben. Ich selbst stehe tief in eurer Schuld.«

»Ayelo na silfunar anmen, toa nemalwan nowano, danoi asfanum«, zitierte Professor Welk aus einem alten elfischen Lied: ›Dem Licht zu dienen ist kein Zwang, sondern selbstgewählte Freiheit.‹

Die Königin lächelte.

»Wie ich sehe, seid ihr tief bewandert in den Wegen dieser Welt. Umso mehr schmerzt es mich, dass ich einen letzten schweren Gefallen von euch verlangen muss.«

»Verlangt nur, Euer Majestät«, sagte der Professor.

»Eure Landsleute aus der Wirklichkeit haben das Tor schon durchschritten. Ihr allein seid noch hier. Und auch Ihr müsst die Fernen Länder verlassen«, sagte die Königin. »Für immer.«

»Was?«, fragte der Student, nach dem Eberzahn auf seiner Brust tastend.

»Für den Augenblick mögen die Schatten gebannt sein«, sagte Hymnia, »aber sie werden zurückkehren, wenn Ihr bleibt. Es ist schon genug Schaden angerichtet worden, und es wird lange dauern und viel Mühe kosten, die Wunden zu heilen. Unsere Welten können friedlich nebeneinander existieren, doch die Grenzen dürfen nicht achtlos überschritten werden.«

»Aber ...«, begann Theodor.

»Die Königin hat recht«, sagte Professor Welk, »wir können nicht bleiben. Es muss hier enden.«

Der Student ließ den Kopf hängen, seine Hand umklammerte den großen Eberzahn, die Liebesgabe der Koboldin.

»Kommen Sie«, munterte ihn der Professor auf, »wir haben Stoff genug für mindestens zwanzig revolutionäre Monografien gesammelt. Die Expedition war ein voller Erfolg. Außerdem haben Sie genügend Kompetenzen unter Beweis gestellt, dass ich Sie bedenkenlos zum Doktor der Phantastik promovieren kann. Und zwar hier und jetzt. Summa cum laude.«

»Danke«, sagte der Student, nicht restlos begeistert. »Das trifft sich gut. Ich hab gehört, der Imbissstand am Bahnhof steht zum Verkauf.«

»Aber was ist mit der bereits zerstörten Region?«, fragte Professor Welk die Lichtelfe.

»Darum werden wir uns kümmern«, antwortete sie. »Es gibt noch genug Magie in dieser Welt.«

»Gut«, sagte der Professor. »Kommen Sie, Herr Welk.«

Zögernd folgte Theodor seinem Dozenten zu dem Dimensionstor.

»Es wird sich hinter euch schließen«, sagte die Lichtelfe. »und es wird keinen Weg mehr geben, von einer Welt zur anderen.«

»Nur noch den der Phantasie und des Denkens«, sagte der Professor. »Grüßt Eralkes, Homur und die Rebellen, wenn Ihr ihnen begegnet.«

»Das werde ich«, sagte Königin Hymnia. »Eure Namen sollen nicht vergessen werden in dieser Welt. Und vielleicht auch nicht in der eurigen. Lebt wohl.«

Theodor und der Professor durchschritten das Tor.

Schluss

Und auf der anderen Seite erwartete sie bereits eine jubelnde Menschenmenge, um sie auf den Schultern durch die Stadt zu tragen und für die Rettung des Universums gebührend zu feiern. Später wurde ihre Geschichte aufwendig verfilmt, sie wurden zu berühmten, wohlhabenden und geachteten Personen des öffentlichen Lebens, und alles nahm ein gutes Ende, zumindest in der Version, die der Student mindestens verdient zu haben glaubte. In der wirklichen sah es dagegen ein wenig anders aus.

Nämlich so:

Auf der anderen Seite herrschte Dunkelheit.

Der Student atmete abgestandene Luft.

»Ich kenne diesen Geruch«, sagte er. »Wir sind in …«

»Raum 043a«, beendete der Professor den Satz.

»Die Tür!«, riefen beide.

In der Dunkelheit suchten sie den Weg zu der schweren Stahltür. Theodor stöhnte. Sie war noch immer verschlossen.

Zwei Tage später sagte der Student, der kein Steintroll mehr war (ebenso wenig wie der Professor ein Gnomenzauberer), sondern hungrig und entkräftet:

»Mir ist eben ein witziger Gedanke gekommen: Was, wenn wir das alles in Wirklichkeit gar nicht erlebt, sondern bloß geträumt haben, während wir sterbend in 043a lagen?«

»Ich weiß nicht«, antwortete Professor Welk aus dem Finstern, »was an diesem Gedanken witzig sein soll.«

»Na ja«, gab der Student zu, »außerdem kann er auch nicht ganz stimmen, sonst hätte ich ja den Zahn und Eralkes' Schwert nicht mehr.«

Stille folgte.

Dann sagte der Professor:

»Sie haben *was*?«

»Den Zahn und das Schwert.«

Mit wenigen Schritten war der Dozent bei ihm.

»Zeigen Sie mir das Schwert!«

Theodor reichte es ihm in der Dunkelheit. Der Professor zog es aus der Scheide.

Seine Klinge leuchtete hellblau im Finstern, Runen zierten den makellosen Stahl.

»Ich hätte wirklich Lust, Ihnen Ihren akademischen Grad wieder abzuerkennen! Wissen Sie, welches Schwert das ist?«

»Ähm, Eralkes hat irgendwas gesagt von Si ... Sil ...«

»Sirvanor!«, rief der Professor. »Das Schwert, mit dem Eralkes die mächtige Eisenkette durchtrennt hat, mit der der wahnsinnige Zauberer Urkamir den Mond gefesselt hatte!«

Der Dozent eilte zu der verschlossenen Tür, holte aus und schnitt sie mit einem nicht sehr kräftig geführten Hieb in zwei Hälften, die krachend auf den Boden fielen.

Der Student starrte mit offenem Mund.

»Oh«, sagte er.

In der Wirklichkeit herrschte noch immer Winter. Hoher Schnee lag auf dem Campus der Universität.

»Und was machen wir jetzt?«, fragte der Student, als sie durch das Hauptportal ins Freie traten. Misstrauisch beobachtete er den Schatten, den er im Licht einer Straßenlaterne warf, aber der schien im Augenblick keine umfassende Weltverschwörung anzetteln zu wollen.

»Jetzt werten wir die Ergebnisse unserer Expedition aus. Was sollten wir sonst tun?«

»Na ja, ich dachte, wir sonnen uns vielleicht eine Weile im wohlverdienten Ruhm«, meinte Theodor.

»Ruhm?«, lachte der Professor. »Mein lieber Herr Welk, wenn es Ihnen um Ruhm geht, hätten Sie Marketing studieren sollen. Nein, vor uns liegt ein Berg ernster wissenschaftlicher Arbeit.«

»Ich dachte ja nur«, seufzte Theodor.

Tatsächlich schien man in der Wirklichkeit keinerlei Notiz von den Ereignissen in den Fernen Ländern genommen zu haben.

Theodor saß in seiner Wohnung und sah hinaus in das nach wie vor trübe Winterwetter.

Es stimmte allerdings nicht ganz, dass ihre Reise überhaupt keine Auswirkungen gehabt hatte.

Ein paar Tage nach ihrer Rückkehr aus den Fernen Ländern bekam Theodor einen Brief aus dem Studiensekretariat.

Sehr geehrter Student, sehr geehrte Studentin,

möglicherweise haben Sie in den letzten Tagen einen Brief erhalten, in dem Ihnen die Abschaffung Ihres Studienganges angekündigt wurde.
Dieser Brief ist irrtümlich versandt worden und geht auf einen Fehler in unserem EDV-System zurück. Daher ist er als gegenstandslos zu betrachten.
Selbstverständlich können Sie Ihr Studium wie geplant an dieser Universität beenden.

Mit freundlichen Grüßen

»Wie geplant«, dachte der Student. Sehr humorvoll.

Immerhin war ihre Expedition nicht ganz vergeblich gewesen.

Er nahm den Telefonhörer in die Hand, um Professor Welk die Neuigkeit mitzuteilen, aber der Dozent schien nicht zu Hause zu sein.

Theodor sah auf die Uhr.

Richtig, wenn das Phantastische Institut noch existierte, müsste der Professor in einer halben Stunde seine Vorlesung über die Verschollenen Chroniken halten.

Ob er wohl ihre Begegnung mit Eralkes, den Zyklopen und ihre Aventüren auf der Suche nach dem *Verlorenen Tempel* in seinen Vortrag einbeziehen würde?

In Form einer lustigen Anekdote, die sich irgendwann als regelmäßige professorale Abschweifung etabliert und Generationen künftiger Phantastikstudenten durch ihr Studium begleitet?

Ach, du hast eine Vorlesung bei Professor Welk? Hat er schon die Story erzählt, wie der Student fast von den Zyklopen gegrillt worden wäre, weil er nicht wusste, wie man *Grschoutou* richtig ausspricht?

Generationen künftiger Phantastikstudenten?

Würde überhaupt noch jemand zu den Lehrveranstaltungen des Professors kommen?

Theodor sah ein weiteres Mal auf die Uhr.

In zehn Minuten konnte er bei der Uni sein.

An der Wand neben dem Eingang von Raum 043a lehnten die zwei Hälften der Stahltür, die das Schwert Sirvanor glatt durchtrennt hatte.

Der Hörsaal war noch genau in dem Zustand, in dem sie ihn verlassen hatten. Teile der Holzvertäfelung, die Theodor selbst vor (so schien es ihm) unvorstellbar langer Zeit abmontiert hatte, lagen verstreut auf dem Boden herum. Auf der Tafel standen noch in der kaum leserlichen Handschrift des Professors einige phantastische Fachbegriffe aus der letzten Vorlesung. Auch Dr. Rettelbecks ›Überblick über die Fünf Hauptklassen der Fabeltiere‹ hing weiterhin vergilbt an der Wand, obwohl er, wie der Professor oft genug erklärt hatte, mittlerweile reichlich überholt war.

Theodor setzte sich auf einen der knarrenden Sitze im Auditorium und trommelte nachdenklich mit den Fingern auf dem Tisch.

Hier hatte er also Jahre seines Lebens verbracht.

Lange Jahre, die rückblickend auf schwer verständliche Weise zu einem einzigen Moment zusammenschrumpften, in dem er im Hörsaal saß und mit den Fingern auf dem Tisch trommelte.

Und nun war er Doktor der Phantastik.

Doktor Theodor Welk.

Theodor Welk, promovierter Phantastiker.

Vielleicht sollte er doch noch ein BWL-Studium dranhängen …

»Ist der hier noch frei?«, fragte plötzlich eine Stimme neben ihm.

Theodor, ganz in seine Gedanken versunken, wandte den Kopf.

Sein Blick begegnete einem Kobold, der eine Art Pickelhaube trug, ziemlich grimmig dreinsah und außerdem eine E-Gitarre spielte, die die Form einer Streitaxt hatte.

Erst beim zweiten Hinsehen wurde ihm klar, dass er einen T-Shirt-Aufdruck vor sich hatte, der offenbar für die Musik einer Band namens ›The Kobolds of Death‹ warb.

Dieser Name stand jedenfalls in Flammenschrift über dem gitarrespielenden Kobold.

Theodor hob den Blick etwas und sah ein markantes und dennoch weibliches Kinn, darüber schwarz bemalte Lippen, eine gepiercte Nase, grüne Augen, die ihn schelmisch musterten, rote Haare – insgesamt eine verwegene Mischung, die Theodor dazu veranlasste, ungläubig zu flüstern:

»Mercedes?«

Das Mädchen hob eine Augenbraue.

»Mercedes?«, wiederholte sie. »Versuchst du mir damit irgendwas zu sagen? Dass du dich für Autos interessierst, vielleicht?«

Sie ließ ihren Rucksack von der Schulter gleiten und setzte sich auf den Platz neben Theodor.

»Ähm«, sagte der Student, redegewandt wie eh und je.

»Das ist doch hier die Vorlesung von Professor Welk, oder? Über die Verschollenen Chroniken? Ich hab zwei Stunden gebraucht, um diesen Raum zu finden. Im Studiensekretariat meinten sie, es gibt überhaupt keinen Raum 043a, aber der Hausmeister hatte eine alte Karte, von 1820 oder so, auf der war der Hörsaal eingezeichnet.«

»Doch«, sagte Theodor, nachträglich auf die Frage antwortend, ob dies die Vorlesung von Professor Welk sei.

Das Mädchen sah sich um.

»Hier ist ja ziemlich viel los. Sind die Vorlesungen bei Welk immer so überfüllt?«

»Na ja«, sagte Theodor, womit er zum Ausdruck bringen wollte, dass die gleichzeitige Anwesenheit von *zwei* Studenten in *einer* Phantastikvorlesung tatsächlich bedeutete, dass der Hörsaal gewissermaßen zum Bersten gefüllt war.

»Ich bin übrigens Esmeralda«, sagte das Mädchen.

»Theodor«, sagte Theodor mit barockem Wortreichtum.

»Und du studierst auch Phantastik?«, fragte Esmeralda.

»Ja«, sagte Theodor. »Das heißt – nein. Ich hab gerade promoviert.«

Esmeralda pfiff leise.

»Nicht schlecht. Gratulation.«

»Danke.«

Theodor richtete sich auf. Für einen Moment hatte er vergessen, dass er nicht mehr der alte, ratlos in den Tag hineinstudierende Theodor, sondern der angesehene, gesellschaftlich weitgehend akzeptierte Jungakademiker Herr Welk, Doktor der Phantastik, war.

Außerdem hatte er gerade erst das Universum gerettet, und beides zusammengenommen konnte unmöglich seine Wirkung auf die Frauenwelt verfehlen.

»Und worüber?«, fragte Esmeralda.

»Was?«

»Na, über welches Thema bist du promoviert worden?«

»Ähm«, sagte Herr Doktor Welk.

Esmeralda lachte.

»Das bekannte schratenschamanistische *Ähm*?«, kicherte sie. »Jener mystische Zustand, in dem Alles alles Andere bedeuten kann und andersrum?«

Doktor Welk schrumpfte wieder ein wenig zum Studenten Theodor zusammen.

Esmeralda öffnete ihren Rucksack, nahm ein uralt aussehendes Buch heraus und legte es vor sich auf den Tisch.

»War echt schwer zu kriegen«, sagte sie. »Ich musste ewig danach suchen, bis ich es endlich in einem Antiquariat gefunden hab. Die Unibibliothek hat ja überhaupt keine phantastischen Fachbücher.«

Theodor las den Titel.

»Die Verschollenen Chroniken.«

»Ja«, sagte Esmeralda. »Ich find es ein bisschen schwülstig geschrieben. Und dieser Eralkes soll ja wohl der absolute Obermegasuperheld sein. Die Stelle, wo er über den Schmalen Grat des Verderbens balanciert und sich mit einer Hand gegen die 172 Gorgonenharpyien verteidigt, während er mit der anderen Hand die Flamme der Schönen Ewigkeit vor dem Wütenden Windgott Ylaous schützt und auf dem Rücken auch noch fünfzehn Kilo Gold schleppt, um die Armen von Sorgensburg reich zu beschenken: Ich meine – hallo?«

Vor dem inneren Auge des Studenten erschien der Unbesiegte Held, der lasch und aufgequollen auf dem Sofa vor dem Wunderspiegel herumlag, über die *Peinlichsten Zwerge der Welt* lachte und sich dabei an den Chips verschluckte, die er kiloweise in sich hineinschaufelte.

»Na ja«, sagte er, »es ist natürlich schon ein wenig poetische Übertreibung dabei …«

»Ein wenig? An einer anderen Stelle steht über Homur den Riesen, dass er mehr als siebzig Meter groß sein soll. Selbst für einen Riesen kommt mir das doch etwas viel vor.«

»Aber es stimmt wirklich!«, entgegnete Theodor.

Esmeralda kniff ein Auge zu.

»Woher willst du das wissen? Hast du ihn mal gesehen?«

»Ähm, na ja«, beeilte sich Theodor einzuschränken, »sozusagen. Im … übertragenen Sinn.«

Er sah auf seine Uhr.

»Eigentlich müsste der Professor längst hier sein.«

»Anscheinend verspätet er sich.«

»Er hat sich eigentlich noch nie verspätet.«

»Wie ist er denn so?«, fragte Esmeralda.

»Er ist … alt«, sagte der Student, was ihm die naheliegendste Beschreibung des Dozenten zu sein schien.

»Ist er streng?«

»Man könnte es so formulieren: Zu deinem T-Shirt würde er wahrscheinlich anmerken, dass Kobolde weder E-Gitarre spielen noch preußische Pickelhauben tragen, abgesehen vielleicht von den Kobolden der Grausigen Berge, die während des Siebeneinhalbmonatekrieges im 9. Jahrhundert eine der Pickelhaube nicht unähnliche Kopfbedeckung verwendeten, was aber nichts daran ändere, dass wir es hier mit einer sowohl historisch als auch ethnologisch höchst inakkuraten Darstellung zu tun hätten.«

»Hört sich ziemlich humorlos an.«

»Oh, er hat durchaus Humor, wenn auch einen etwas … akademischen. Wart's ab, bis er die Anekdote erzählt, wie der Student fast von den Zyklopen gegrillt worden wäre, weil er nicht wusste, wie man *Grschoutou* richtig ausspricht.«

»Grschtou?«, fragte Esmeralda. »Was ist das?«

»Grschoutou«, verbesserte Theodor. »Grschtou bedeutet so viel wie *alter Ziegenhintern*. Und Grschoutou – vielleicht veranstaltet die Phantastische Fachschaft ja demnächst mal ein Turnier, jetzt, wo sich das Institut kaum noch vor möglichen Teilnehmern retten kann …«

In diesem Augenblick betrat Professor Welk den Hörsaal.

Er sah abgehetzt aus, seine Haare waren noch wirrer als sonst und er wirkte sehr aufgeregt.

»Gut, dass ich Sie hier treffe«, sagte er an Theodor gewandt. »Wir müssen unbedingt …«

Der Professor stutzte, als er Esmeralda bemerkte.

»Und wer sind Sie, junge Dame?«, fragte er überrascht.

»Ich bin Esmeralda. Ich hab dieses Semester mein Phantastikstudium angefangen.«

»Ausgezeichnet,« sagte der Professor. »Kobolde spielen zwar weder E-Gitarre, noch tragen sie Pickelhauben, abgesehen vielleicht von denen der Grausigen Berge während des Siebeneinhalbmonatekrieges, aber wir können jetzt tatsächlich jede Hilfe brauchen. Also hören Sie zu. Herr Welk, erinnern Sie …«

»Du heißt auch ›Welk‹?«, fragte Esmeralda überrascht den Studenten. »Seid ihr zwei irgendwie verwandt?«

Theodor und der Professor tauschten einen verlegenen Phantastiker-Blick.

Der Professor fand als Erster die Sprache wieder.

»Wir haben jetzt keine Zeit für lange Erklärungen«, stellte er fest. »Die Welt ist in großer …«

Plötzlich unterbrach er sich und horchte misstrauisch auf.

»Was …«, begann Theodor.

»Schhhh!«, machte der Professor und legte den Finger auf die Lippen.

Vorsichtig schlich er an der Wand zur Tür und spähte in den Gang hinaus.

Theodor und Esmeralda sahen sich fragend an.

Professor Welk kehrte zu ihnen zurück.

»Das hatte ich befürchtet«, flüsterte er. »Möglicherweise sind sie schon hier …«

»Sie?«, fragte der Student entgeistert. »Wer sind denn *sie*? Wovon reden Sie, Professor?«

»Wir haben nicht viel Zeit,« wiederholte der Dozent. »Nur so viel: Ich bin bei meinen Nachforschungen in den letzten Tagen auf ein unglaubliches Geheimnis gestoßen. Sie werden es nicht glauben, aber ...«

Die Schatten der Vergangenheit ruhen nicht …
… dunkle Mächte regen sich … das Schicksal zweier Welten steht auf dem Spiel …

Mit Homur dem Riesen.
Eralkes, dem Unbesiegten Helden, gespielt von Max Danger.

Von den Machern von *Eralkes – Strahlender Held*.
Geschrieben von einem phantastischen Autorenteam, für eine Handvoll Fantastikdollar.
Besser als der erste Teil!

Mit Smirfel, dem 18-köpfigen Gott des Blutvergießens.
Mehr Action. Mehr Spaß. Mehr Romantik. Mehr von allem.
Das Event des Jahrtausends.
Eine Fantastic-Dreams Produktion.

FANTASTIK AG II
DIE RÜCKKEHR

Wer das verpasst, ist so gut wie tot.

Homur™, Eralkes™, Smirfel™, Die Fernen Länder™ und Wer das verpasst, ist so gut wie tot™ sind eingetragene Warenzeichen der Fantastik AG.